『歌曲源流』에 대한 管見

『歌曲源流』에 대한 관견

인쇄 2015년 6월 1일 | 발행 2015년 6월 5일

엮은이 · 황충기
펴낸이 · 한봉숙
펴낸곳 · 푸른사상사

주간 · 맹문재 | 편집 · 김선도 | 교정 · 김수란
등록 제2-2876호
서울시 중구 초동 42번지 아시아미디어타워 502호
대표전화 02) 2268-8706(7) 팩시밀리 02) 2268-8708
메일 prun21c@hanmail.net
홈페이지 http://www.prun21c.com

ISBN 979-11-308-0369-2 93800
값 33,000원

『歌曲源流』에 대한 管見

黃忠基 著

푸른사상
PRUNSASANG

序文

『가곡원류(歌曲源流)』는 『청구영언(靑丘永言)』과 『해동가요(海東歌謠)』와 더불어 조선 시대 3대 가집(歌集)이라 일컬어진다. 『청구영언』과 『해동가요』에는 편자인 김천택(金天澤)과 김수장(金壽長)의 서문이나 발문을 비롯하여 편자가 아닌 다른 사람의 서문이나 발문이 수록되어 있으며, 거기에서 서명(書名)을 '靑丘永言'이나 '海東歌謠'라고 밝혀놓았다. 그러나 『가곡원류』에는 편자의 서문이 없다. 다만 국악원본(國樂院本)에 박효관(朴孝寬)의 것으로 추정되는 발문이 수록되어 있을 뿐이다. 거기에도 서명에 대한 언급은 없다.

가집의 서명이 무엇인지 편자가 누구인지도 모르는데 어떻게 서명은 '가곡원류'가 되고, 편자는 박효관과 안민영(安玟英)이 된 것인가.

『가곡원류』계 가집에 대해 처음으로 언급한 사람은 육당(六堂) 최남선(崔南善)이며, 편자가 박효관과 안민영이라고 한 사람은 도남(陶南) 조윤제(趙潤濟)다. 육당은 자가(自家) 소장본인 가집의 표지 제첨(題簽)이 '靑丘樂章'으로 되어 있으나 이것이 본래의 서명이 아니라 생각하고 첫머리에 수록되어 있는 송나라 오증(吳曾)의 『能改齋漫錄』 이조(二條) '歌曲源流'와 '論曲之音'에서 먼저 실린 '가곡원류'를 가져다 임시로 서명을 삼았다. 이것이 굳어져버린 것이다. 또한 국악원본

『가곡원류』에 실린 박효관의 글로 여겨지는 발문과 『해동악장』에 수록되어 있는 안민영의 서문을 들어 박효관과 안민영이 고종 13년에 엮었다고 한 도남의 주장이 학계의 정설로 굳어져 지금까지 내려오고 있다.

어떤 사람이 가집을 편찬했다 하더라도 오늘날처럼 곧바로 출판되는 것이 아니고 편찬한 가집을 다른 사람이 보고 전사(轉寫)하고 또 다른 사람이 전사하는 동안 원본의 모습은 없어지고 전사하는 사람에 따라 수록 작품을 추가하거나 누락시키기도 하여 본래의 모습을 찾아보기 어려워진다. 여기에 후대에 와서 가집이 발굴되면서 전사된 순서로 전해지는 것이 아니고 나중에 전사된 것이 먼저 전사된 것보다 세상에 먼저 전해지게 되면 그것이 가집 본래의 모습인 것처럼 여겨지게 된다.

김천택이 『청구영언』을 편찬하자 후대에 가집을 만들거나 전사한 사람들이 너도 나도 가집의 이름을 '청구영언'이라 하였으므로 오늘날 전하는 가집에는 이름이 '청구영언'인 경우가 상당히 많다. '청구영언'이 고유명사가 아닌 보통명사가 된 것이다. 1948년 진본 『청구영언』이 발굴되기 이전에 육당본 『청구영언』이 마치 김천택이 엮은 『청구영언』인 것처럼 인식되어왔고, 『해동가요』도 1979년에 박씨본(朴氏本)이 발굴되기 이전에는 주씨본(周氏本)이나 일석본(一石本)이 원본에 가까운 것으로 인식되었다.

『가곡원류』계 가집은 고종 연간에 이루어진 가집이나 다른 가집에 비해 이본(異本)이 상당히 많다. 각 이본들 사이에는 박효관의 작품보다 안민영의 작품을 얼마나 수록하고 있느냐에 따라 두드러진 차이가 있다. 안민영의 작품 수록이 적을수록 먼저 전사된 가집이고 많을수록 나중에 전사된 가집이라 하겠다. 『가곡원류』계 가집으로 제일 먼저 알려진 것은 육당본(=青丘樂章)이며 이후에 국악원본(=歌詞集)

과 『海東樂章』 등이 발굴되었고 도남에 의해 편자가 박효관과 안민영으로 굳어져버렸다. 그러나 이들 이본보다 먼저 전사된 것이 확실하다고 여겨지는 『協律大成』은 1960년에 김근수(金根洙) 교수에 의해 동국대학교에서 『국어국문학자료총서』 제7집으로 세상에 알려졌고, 하합본(河合本)(=靑邱永言)은 심재완(沈載完) 교수의 논문 「歌曲源流系 歌集 硏究」에 의해 1967년에 세상에 알려졌지만 이 이본들을 비교 검토한 연구가 없었기 때문에 하합본과 『협률대성』이 육당본이나 국악원본보다 앞서는 것이라고 언급한 사람이 없다.

필자는 『가곡원류』계 가집 가운데 가장 먼저 이루어진 것으로 추정되는 하합본(=靑邱永言)을 비롯해 『協律大成』, 육당본(=靑丘樂章), 국악원본(=歌詞集)과 『海東樂章』을 비교 검토하여 이들 가집이 '가곡원류'와는 무관하며, 편자도 박효관과 안민영과는 관련이 없음을 밝혀보았다.

또 여창 중에도 『가곡원류』계 가집에 수록된 것도 있고 수록되지 않은 것도 있다. 일반적으로 남창과 구별되어 수록된 것은 『가곡원류』가 처음이며, 어느 한 사람에 의해 남창과 여창이 같이 편찬된 것으로 알려져 있다. 그러나 여창은 이미 육당본 『靑丘永言』에서부터 수록되어 있다. 또한 『女唱歌謠錄』이라 하여 『가곡원류』계 가집에 수록되어 있는 여창을 누군가가 따로 베낀 것으로 알려져 있다. 하지만 『여창가요록』은 육당본 『靑丘永言』에 수록되어 있는 것을 대본으로 하여 누군가에 의해 새롭게 엮인 것이다. 『가곡원류』계 가집의 여창은 누군가가 이를 대본으로 하여 새로 편집한 것을 『가곡원류』계 가집에다 합본한 것이다. 『여창가요록』이 『가곡원류』계 가집에 수록되어 있는 여창보다도 앞서는 것이다.

앞으로 이들 가집의 이름을 무엇으로 할 것이며 편자가 누구인지를 밝히는 작업이 필요하다고 하겠다.

이제까지 『가곡원류』계 가집 가운데 『靑邱永言』을 비롯해 『協律大成』, 『靑丘樂章』, 『歌詞集』과 『海東樂章』의 주석본(註釋本)을 통해 얻어진 결과를 통해 다시 한번 '가곡원류'란 가집의 명칭은 존재하지도 않았고 편자도 박효관과 안민영이 아님을 주장하고, 『여창가요록』도 『가곡원류』계 가집에 수록되어 있는 것보다 먼저 이룩된 것임을 주장한다. 많은 질정을 바란다.

이러한 주장을 많은 사람들이 볼 수 있도록 기꺼이 출판을 허락해 주신 푸른사상사의 韓鳳淑 사장님께 감사를 드린다.

2015년 2월 20일
저자 삼가 적음

차례

제1장
序論

　고려 시대 중엽 이후에 나타난 것으로 알려진 시조는 오랫동안 구
전되어오다가 세종대왕께서 訓民正音을 창제하신 뒤에야 비로소 문
자로 정착하였다. 가집에 따라서는 고구려의 乙巴素, 백제의 成忠, 신
라의 薛聰의 작품이라 하여 1수씩 수록하고 있으나 이는 믿기가 어렵
고, 작품 제작 동기가 분명한 李芳遠의 「何如歌」와 鄭夢周의 「丹心
歌」는 비록 훈민정음이 창제되기 이전의 일이지만 우리는 그들의 작
품임을 의심한 여지가 없다고 믿고 있다. 그 외 餘他의 몇몇 고려 시
대 작가의 작품이라고 하는 것이 가집에 수록되어 있지만 작자를 신
뢰하기가 어려운 실정이다. 이후 고려가 망하고 조선이 건국되면서
지어진 고려 유신들의 懷古歌, 世祖가 端宗을 폐위시키자 사육신과
생육신들의 충절을 노래한 시조들, 孟思誠의 「江湖四時歌」에서 비롯
된 자연을 노래하는 시조들이 계속 지어졌다. 이후 李賢輔, 李滉, 宋
純을 거쳐 黃眞伊, 李珥, 鄭澈과 尹善道에 이르기까지 시조의 창작은
면면히 이어졌고, 英祖 4년에 南坡 金天澤이 『靑丘永言』을 엮을 때에
는 그동안에 지어진 시조들을 한자리에 모아 갈무리할 필요가 있었
기에 歌集이 등장하게 되었다.

영조 4년에 金天澤이 가집 『靑丘永言』을 엮은 다음 同 39년에 老歌齋 金壽長이 『海東歌謠』를 편찬하면서 이어지는 가집의 편찬도 韓末까지도 이어졌고, 이후에도 계속되었다.

가집의 편찬은 어떤 가집이 편찬되었다고 하는 역사적 사실에 의해 그 대강을 짐작할 수 있었고, 실제로 특정 가집의 실물이 발견됨에 따라 그 면모를 알게 되었다. 그러나, 가집의 출판이란 것이 가능하지 못했던 시절이라 어느 누가 가집을 편찬했다 하더라도 그것이 온전하게 후대에 전하기도 어렵고, 이 가집이 세상에 알려져 여러 사람들의 손을 거쳐 그 가집을 轉寫해오는 동안 원본을 그대로 轉寫하는 경우도 있겠지만 대부분 轉寫者가 자기 나름대로의 첨삭을 더해 여러 異本이 생겨나게 되었다. 이런 이본들의 後代 발굴이 전사된 순서로 되는 것이 아니라 선후가 뒤바뀌는 경우가 허다하다. 김천택의 『靑丘永言』만 하더라도 오늘날 우리가 原本이라 간주하는 珍本 『靑丘永言』보다 增補本의 하나인 六堂本 『靑丘永言』이 먼저 세상에 알려졌다. 그래서 사실과 부합되지 않는 부분이 있었지만 혹시 이것이 김천택이 엮은 것이 아닌가 여겨지기도 했으나, 珍本 『靑丘永言』이 등장하고서야 모든 의문이 해결되었다. 『海東歌謠』도 周氏本이나 一石本이 비슷한 시기에 같이 세상에 알려져서 크게 논란된 일이 없었으나 근래에 朴氏本이 발굴되고서야 이 가집의 전후관계를 파악할 수가 있게 되었다.

『歌曲源流』도 언제 누가 엮은 가집인지를 모르는 상태에서 먼저 세상에 알려진 六堂本 『歌曲源流』와 몇몇 다른 이본들의 첫머리에 있는 宋나라 吳曾의 『能改齋漫錄』 가운데 二條인 '歌曲源流'와 '論曲之音' 가운데 '가곡원류'를 가져다 임시 書名으로 삼은 것이 굳어져 이제는 다른 것으로 바꾸기도 어려운 실정이 되어버렸다. 1929년 六堂本에 대한 해제인 六堂의 「『歌曲源流』 小敘」에서 撰者와 撰成年代

까지 알 수 없다고 했는데, 이보다 4년 뒤인 1932년에 陶南 趙潤濟가 『朝鮮語文學會報』 제5호에 수록한 「歌曲源流 解題」에서 國樂院本에 수록되어 있는 朴孝寬의 것으로 추정되는 발문과 李王家 도서관본에 수록되어 있는 안민영의 序文의 "丙子榴夏節周翁安玟英聖武序"를 들어 박효관과 안민영이 高宗 13년(1872)에 편찬했다고 주장하자 이것이 지금까지 學界의 定說로 굳어져 내려오고 있으며, 『靑丘永言』과 『海東歌謠』와 아울러 조선 시대 三大 歌集이라 이를 만하다고 하여 가집의 書名이나 편자조차 확실하지 않은 『歌曲源流』가 조선 시대 삼대 가집의 하나가 되었다.

『歌曲源流』系 가집은 고종 시대에 이루어진 가집이고 이본이 상당히 많으며 이본들 사이에 차이가 있어, 어느 것이 먼저 이루어진 것이고 어느 것이 나중에 이루어진 것인지를 쉽게 단정하기는 어려웠을 것이다. 육당본보다는 국악원본이 수록된 작품 수가 많으며, 가집 체재의 질서가 안정되어 있고, 무엇보다도 박효관의 것으로 추정되는 발문이 붙어 있기 때문에 더 원본에 가까운 것으로 믿어졌으리라 생각된다. 여기에 『가곡원류』에 대해 본격적으로 연구한 심재완(沈載完)이 「歌曲源流系 歌集研究」란 논문을 통해서 국악원본이 完本(原本이거나 그에 가장 가까운)이라 생각하고 그 근거로 정성들인 寫法, 五音分節, 本文音符記入, 綴字法 등과 가람 이병기(李秉岐)와의 의견 교환에서 합치된 바가 있음을 들어, 이로써 국악원본이 正本으로 인식되게 되었다.

가집을 만들면서 서문이나 발문을 쓰고 그 가운데 서명을 정하는 것이 원칙이겠는데, 이제까지 가집들을 보면 김천택의 『靑丘永言』과 김수장의 『해동가요』에 서문이 있고, 그 후에 『東歌選』에는 편자의 서문에서, 『大東風雅』는 편자가 다른 사람이 쓴 서문에서 책의 서명을 밝혔다. 책의 서명을 붙인다는 것을 그만큼 책을 만드는 사람의 자부심이 대단하다는 뜻이므로 가집을 편찬하면서도 서명을 붙이는 일은 쉽지 않았고 무엇보다도 그 가집을 편찬한 사람이 편자의 이름을 떳떳하게 밝히는 것은 흔한 일이 아니었다고 하겠다. 가집 가운데 유일하게 판본으로 전하는 『南薰太平歌』도 편자의 서문이나 발문이 없는 것으로 보아 이 가집의 편자는 자신의 노력으로 가집을 편찬했다기보다는 어느 특정한 가집을 대본 삼아 재편집한 것이 아닌가 생각된다.

『가곡원류』계 가집에서는 책을 만든 사람의 서문이 없어 定해진 書名이 없으나 책에 따라 表衣에 書名을 적은 것이 있다. 국악원본과 박씨본은 '歌詞集', 육당본은 '青丘樂章', 河合本과 一石本은 '青邱永言'이라 했고, 그 외에 '協律大成', '海東樂章', '花源樂譜'가 있으며 '歌曲源流'라고 한 것 대부분은 이것들 가운데 하나의 사본일 뿐이다. 다만 이런 서명을 붙인 사람이 가집의 편자인지 전사자인지는 분명하지 않다.

『가곡원류』계 가집을 박효관과 안민영이 엮었다고 하는 근거는 국악원본에 수록되어 있는 박효관의 발문으로 추정되는 "余每見歌譜 則無時俗詠歌之第次名目 使覽者未能詳知 故與門生安玟英 相議略聚各譜 斯羽界名目第次 抄爲新譜 使後人昭然易考"라는 글이다. 이 글이 박효관의 것이라고 보고 문생 안민영과 상의하여 각 가보(歌譜)를 가져다 우조와 계면조의 명목과 제차(第次)를 정리하여 새로운 가보를 만든다고 한 것을 근거로 들고 있다.

박효관은 없는 사실을 있다고 하지는 않았겠지만 새롭게 만든다고 한 것이 종래의 가집과는 판이하게 다른 체재로 만든 것인지 아니면 있었던 가집의 일부만을 고쳐 새롭게 만든 것인지는 알 수가 없다. 같은 『가곡원류』계 가집의 하나인 『花源樂譜』에서 구은(龜隱)이란 사람은 서문에서 "今始搜得我東今古歌闋 分類蒐輯 刪厥宜刪者 斥其太

淫者 抄謄成卷"이라 하여 극히 음란한 내용의 것은 배척하고 깎아버릴 것은 마땅히 깎아버렸다고 했으나 『靑邱永言』(=河合本)과 『歌詞集』(=國樂院本)의 범위를 크게 벗어나지 못한 것을 보면 박효관과 안민영이 새롭게 만들었다고 하는 가집도 기왕에 있던 가집의 범위를 크게 벗어나지 못한 것이 아닌가 한다. 그러니까 새롭게 가집을 만들었다 하더라도 남파(南波)나 노가재(老歌齋)처럼 획기적으로 가집을 편찬하여 서명을 붙일 정도로 나름대로의 자부심을 가지고 편찬한 것이 아니라 기왕의 가집의 범위를 벗어나지 못한 것이 아닌가 한다.

『가곡원류』계 가집은 이본이 10여 종이 넘지만 『靑邱永言』(=河合本)을 비롯하여 『協律大成』, 『靑丘樂章』(=六堂本), 『歌詞集』(=國樂院本)과 『海東樂章』을 제외하고는 다 이들의 전사본(轉寫本)이거나 전사하다가 중간에 그치거나 초록한 것들이다. 불란서본이나 동양문고본 『화원악보』에 다른 가집에 수록되어 있는 것 이외의 작품이 몇 수(首)가 수록된 경우가 있지만 이것은 편자보다는 전사자가 삽입했을 가능성이 크다고 하겠다.

『가곡원류』계 가집도 앞서 있던 가집의 영향을 받아 만들어진 것임에는 틀림이 없다. 가집의 체재는 육당본 『靑丘永言』의 영향을 많이 받았으나 수록된 작품은 가람본 『靑丘詠言』의 영향이 컸음을 쉽게 발견할 수 있다. 시조가 음악과 관련이 있음은 주지의 사실이다. 가집도 단순히 작품을 한 곳에 모아놓는 것도 의의가 있겠지만 가창(歌唱)을 떠나서는 그 존재가치가 무의미한 것이 아닌가 한다. 진본 『靑丘永言』도 그 기본 체재는 가창과 관련이 있지만 二數大葉에서 특정 작가의 작품을 한 곳에 모으다 보니 실제 가창과는 관련이 없는 경우가 많다. 진본 『靑丘永言』은 단순히 가창을 위해 만든 가집은 아니었다. 그러나 육당본 『靑丘永言』이나 『가곡원류』계 가집들은 가창을 위해 만든 가집이기 때문에 가창과 거리가 있는 작품들은 과감하게 제외시켜버렸다.『靑邱永言』은 체재는 가창을 위한 가집으로 되어 있으나 수록 작품은 가창과 거리가 있기 때문에 그 뒤를 이은『협률대성』에서는 가창과 거리가 있는 작품은 과감하게 생략해버렸다. 이것이 현재 우리가 대하고 있는『가곡원류』계 가집의 표준이 되는 것이다.『협률대성』을 대본 삼아 만든『청구악장』은 편자 또는 전사자가『협률대성』과는 차이가 나게 만들기 위해 의도적(?)으로 작품 수록의 순서를 바꾸거나 작품을 누락시켜버렸고,『가사집』의 편자 또는 전사자는『협률대성』보다 안민영의 작품을 더 많이 수록하였으며,『해동악장』에서는 안민영의 작품을 훨씬 많이 추가하여 가집을 만들었다.

　박효관과 안민영의 작품을 보면 박효관의 현전하는 작품이 15首이며 안민영의 경우 그의 개인 가집『金玉叢部』에 수록된 180首를 비롯해 一石本『가곡원류』에 추록된 4首가 있으나 이것은 후인의 추록으로 여겨지기 때문에 제외하면『가곡원류』계 가집에 수록된 작품이 78수이다.『가곡원류』계 가집의 차이는 안민영의 작품이 얼마나 수록되어 있느냐에 따라 가집 편찬 또는 轉寫의 선후가 분명해진다고 하겠다. 안민영의 작품을 가장 적게 수록하고 있는『靑邱永言』이 가장 앞선 것이고 차례로『협률대성』,『청구악장』,『가사집』,『해동악장』의 순으로 편찬 또는 전사되었다고 하겠다.

　『가곡원류』계 가집도『청구악장』이 먼저 세상에 알려지고 이어『가사집』이 등장하면서 이 가집이 박효관과 안민영이 공동으로 편찬한 것이고 구황실본이 발굴되어 고종 13년에 이루어졌다는 것이 定說로 굳어져버렸다. 하지만『협률대성』이 1960년에 김근수(金根洙) 교수에 의해 印刊되고『靑邱永言』이 심재완(沈載完) 교수에 의해 1967년「歌曲源流系 歌集 硏究」란 논문이 발표되어 그 존재가 세상에 알려졌으나 이들이『청구악장』이나『가사집』보다는 먼저 이루어진 가집이란 것을 밝혀내지 못했기 때문에 이제까지 도남(陶南)의 학설을 넘어서지 못하는 실정이다.

女唱은 『가곡원류』계 가집에서 남창의 부록의 형태로 만들어진 것이다. 남창은 가집에서 특별히 '男唱'이란 표시가 없이 본문에 해당되고 여창은 '女唱'이란 표시가 없이 張을 달리해 부록으로 남창 뒤에 붙어 있는 경우가 있고, '여창'이란 표시를 한 것도 있으며, 여창이 없이 남창만으로 되어 있는 것도 있다. 또, 『女唱歌謠錄』처럼 남창과는 아무런 관련이 없는 별개의 가집도 있다.

여창은 육당본 『靑丘永言』에서 '女唱'이란 표시가 없지만 수록된 작품의 곡목 31개 가운데 24번 이후의 것들은 여창에 해당하는 것들로 이는 '女唱'이란 표시가 누락된 것이 분명하다. 가창에는 남창과 여창의 구분이 있지만 부르는 노래의 대사 자체는 남녀창의 구분이 없어 남창에서도 여창에서도 같은 작품을 부르기 때문에 가집에 보면 남창에 수록된 것이 여창에 수록된 경우가 많이 있다. 그러나 남창과 여창은 부르는 노래의 영역이 달라 여창을 위한 가집이 필요하게 되었다.

『가곡원류』계 가집에 남창에 해당하는 본문이 끝나고 여창이 이어지는데 남창과 여창이 어느 한 사람에 의해 이루어진 가집으로 알고 있고, 특별히 『여창가요록』은 이들 가집에서 따로 떼어낸 것으로 인식하고 있다. 그러나 『가곡원류』계 가집들 가운데 여창을 합쳐놓은 가집들을 보면 남창과 마찬가지로 안민영의 작품을 얼마나 수록했느냐에 따라 달라지는 것을 발견하게 된다. 『가곡원류』계 가집의 여창은 육당본 『靑丘永言』의 여창에 해당하는 부분을 모태로 하여 만든 것이다. 『가곡원류』계 가집의 여창은 남창 부분을 만든 다음 만든 것이 아니라 여창 부분이 따로 되어 있는 것을 가져다 합본한 것이다. 『여창가요록』은 육당본 『靑丘永言』을 모태로 하여 각 곡목의 앞에는 육당본 『靑丘永言』에 수록된 작품을 싣고 뒤에 새롭게 보태는 형식을 취한 것이다. 『가곡원류』계 가집들의 여창은 『여창가요록』에 안민영의 작품을 보태 만든 것이다. 『여창가요록』은 『가곡원류』계 가집의 여창 부분을 따로 떼어낸 것이 아니라 『여창가요록』에 안민영의 작품을 보태 만든 것이다.

『歌曲源流』란 이름을 가진 가집은 존재하지도 않았음에도 불구하고 이제까지도 버젓이 가집 『歌曲源流』는 존재하고 있는 실정이다. 이는 1920년대에서부터 1930년대에 걸쳐 육당(六堂)과 도남(陶南)의 연구 결과가 그대로 굳어진 것이고, 1960년대에 모산(慕山) 심재완과 성암(誠巖) 김근수의 연구가 있었음에도 구체적으로 이본들의 비교 검토가 제대로 이루어지지 않았기 때문에 이들의 주장을 뛰어넘지 못했다.

가집의 출판이란 것이 불가능했던 과거에는 어느 특정한 사람이 편찬한 가집을 전사하다 보니 먼저 전사한 것과 나중에 전사한 것이 있고, 전사하는 사람이 대본이 되는 가집을 똑같이 전사하는 경우도 있겠지만 대부분은 전사하는 사람이 다소간을 가감(加減)하여 또 다른 이본을 만들어내는 경우가 허다하다. 후대에 이들 이본들은 전사된 순서로 세상에 알려지는 것이 아니기 때문에 나중에 전사된 것이 세상에 널리 알려진 다음에 그보다 먼저 전사된 것이 발견되면 이제까지 알고 있던 것들이라도 쉽게 수정할 수가 있으니 『靑丘永言』의 경우가 이에 해당한다. 진본 『靑丘永言』이 발굴되기 이전에는 그런대로 육당본 『靑丘永言』을 남파(南坡) 김천택이 편찬한 것으로 알고 있었던 것과 같다고 하겠다.

『가곡원류』의 경우에도 나중에 전사된 것으로 여겨지는 『청구악장』과 『가사집』이 먼저 이루어진 것으로 추정되는 『靑邱永言』과 『협률대성』보다 먼저 세상에 알려졌고, 『靑邱永言』과 『협률대성』은 1960

년대에 세상에 알려졌지만 이제까지 이들 가집에 수록된 작품들을 비교 검토해보는 연구가 없었기 때문에 실제로 존재하지 않았던 가집이 버젓이 존재하고 최초 가집 편찬과는 관련이 없는 사람이 편자로 알려지고 있는 실정이다.

나는 『가곡원류』라는 가집은 존재하지도 않고 박효관과 안민영이 『가곡원류』라는 가집을 처음부터 편찬하지도 않았다는 주장을 1986 이래 몇 차례 논문을 통해 주장해왔고, 또 최근에는 『가곡원류』계 가집의 남창과 여창은 같이 편집된 것이 아니라는 주장을 하였다. 그동안 『가곡원류』계 가집인 『靑邱永言』을 비롯한 『협률대성』, 『청구악장』, 『가사집』과 『해동악장』의 주석서를 내면서 다시 이들 가집의 내용을 검토할 수 있었고 이를 통해 이들 가집의 선후관계를 밝힐 수 있었기에 이를 다시 한 번 정리하여 『가곡원류』계 가집이 박효관과 안민영이 고종 13년에 편찬한 것이 아니고 이미 그 이전에 이러한 계통의 가집이 있었음을 밝혀 나름대로의 주장을 하고자 한다.

『가곡원류』 가집에서 문제가 되는 것은 서명과 편자다. 이 가집의 서명이 육당이 언급한 것처럼 없던 것이냐 아니면 나름대로 이본들의 책 표의(表衣)에 있는 것을 서명으로 삼을 것이냐 하는 것과, 과연 이 가집이 그런대로 세상에 알려진 소위 '朴孝寬 跋文'을 그대로 인정하여 편자를 박효관과 안민영으로 볼 것이냐 하는 것이다. 무엇보다 먼저 이 문제부터 다시 거론해보고자 한다.

제2장

가집 『歌曲源流』에 관한 의문점

가집(歌集) 『歌曲源流』가 박효관과 안민영에 의해 고종 13년에 편찬되었다는 것에 대해 많은 사람들이 아무런 이의를 제기하지 않고 그대로 받아들이고 이를 정설로 인정하고 있는 실정이다. 하지만 나에게는 아직도 해결되지 않는 의문이 남아 있다. 그것은 과연 이 가집이 정해진 서명(書名)이 없는 가집이냐 하는 것과, 과연 편자는 박효관과 안민영이냐 하는 점이다.

필자는 이 가집에 대해 고찰하기에 앞서 서명과 편자에 대해 나름대로의 견해를 밝혀보고자 한다.

1. 書名에 관한 의문점

누구나 책을 만들게 되면 서명을 결정하고 이를 하나의 책으로 만들어 적어도 남에게 보이거나 아니면 자신만이 보기 위한 것이라 해도 본인이나 다른 누구의 서발(序跋)을 받는 것이 원칙일 것이다. 그러나 책을 편찬한다는 것이 쉬운 일이 아니기 때문에 편자 자신이 서발을 쓴다는 것도 쉬운 일이 아니지만 더구나 다른 사람의 서발을 받는다는 것은 더 어려운 일이다. 오늘날에도 그렇지만 유명인사의 서발을 얻게 된다면 편자로서는 금상첨화(錦上添花)가 되는 것이기 때문에 예전에도 문집을 판각(板刻)할 때 사계(斯界)의 유명인의 서발은 물론 글씨까지도 받아 그대로 문집 서두(書頭)에 판각한 것을 볼 수 있다.

책의 활용도가 높다 보면 훼손이 심해 앞뒤가 낙장된 경우가 있어 서명은 물론 본문의 일부도 훼손됨을 볼 수 있다. 가집 가운데 대표적인 것이 아마도 『古今歌曲』일 것이다. 이 가집은 이름을 알 수 없는 송계연월옹(松桂煙月翁)이란 호를 가진 사람이 엮은 것으로 표제 누락(表題漏落)으로 책명을 알 수 없다. 다만 책 뒤에 그가 지은 자작 시조 14수 가운데

늘거지니벗이업고눈어두어글못볼싀
古今歌曲을모도와쓰는뜻은
여긔나興을브쳐消日코져ᄒ노라.(自作 304)

에서 '古今歌曲'을 가져다 책명으로 삼았는데, 이는 손진태(孫晉泰) 씨가 한 것으로 전해지고 있다.

"歌曲源流"라고 불리는 가집에 대해 처음으로 언급한 육당은 그의 글 「『歌曲源流』小敍」에서 다음과 같이 밝힌다.

이 <歌曲源流>로 말하야도 본대로 書名의 定한 것이 잇지 아니하고 卷首에 다른 參考文字와 한 가지 宋 吳曾의 能改齋漫錄 二條를 引用한 中 初一條에 <歌曲源流>라 題한 것이 우연히 開卷 第一에 當하매 이 것을 書名으로 錯認하야 이제 破하기 어렵기에 이른 것이며 本文으로 말하면 아무 標題를 設하지 아니하고 바로 羽調 云云의 曲目 等으로써

거긔 當한 歌詞를 序次하얏슬 짜름이니 이는 一書로 未成品인 까닭이
지마는 쏘한 그 書로서의 重視되지 못한 것을 表함이라 할지니라.

즉, 이 가집은 정해진 서명이 없고 누군가가 가집 개권(開卷) 첫머
리에 있는 송나라 오증(吳曾)의 『能改齋漫錄』에 수록되어 있는 '歌曲
源流'와 '論曲之音' 가운데 '가곡원류'를 서명으로 착인(錯認)하여 써
왔기 때문에 그대로 쓸 수밖에 없으며, 자기가 본 4, 5본(本)도 서명이
가곡원류로 되어 있는데, 자가 소장본은 본의(本衣)에 '靑丘樂章'이라
제첨되어 있고 그 위에 '歌曲源流'의 명이 쓰여 있다고 했다. 이미 자
기가 편찬하여 1913년에 간행한 『歌曲選』이나 1926년에 편한 『時調
類聚』에서 인용한 가집에 가곡원류가 들어가 있으며, 자기가 본 이본
몇몇이 이미 '가곡원류'로 되어 있고, 자가 소장본은 '청구악장'으로
되어 있으나, 누군가가 그 위에 또 '가곡원류'라 적어놓았기 때문에
이 계통의 가집을 "歌曲源流"라 부를 수밖에 없다는 것이다.
이 가집의 서명에 대해 도남(陶南)도 의견을 제시한 바가 있다.

　　끝으로 本書의 書名에 對하여는 多少 疑訝스러운 點이 있다는 것을
　말해보고자 하는데, 李王家 雅樂部 本에 依하면 表衣에 「歌詞集」이라
　하였고, 崔南善 本에는 本衣의 面에 「靑丘樂章」이라 題簽되어 있다. 그
　러면 이들과 「歌曲源流」란 書名과는 무슨 關係가 있는가. 書名이 「歌曲
　源流」라 하였다면 「歌詞集」이니 「靑丘樂章」이니 하는 말이 없을 것인
　데 이것은 어째서 생긴 題號인가. 表衣의 題簽이 剝落되니까 後人이 任
　意로 붙인 것이 「歌詞集」이고 「靑丘樂章」이었던가. 或은 崔南善氏가 이
　미 指摘한 바와 같이 「歌曲源流」란 것은 本來의 書名이 아니고 卷頭의
　引用 題目이 「歌曲源流」이니까 後人이 그것이 開卷 劈頭에 있는 탓으
　로 그를 곧 書名으로 錯認하여 「歌曲源流」라 불리게 되고 其實 本名은
　「靑丘樂章」 或은 「歌詞集」이었던가. 알 수 없는 일이다. 그러나 그는 如
　何ㅎ든 이제 와서는 비록 錯認으로불렸다 할찌라도 「歌曲源流」란 書名

은 變할 수 없게 되고 말았다.

그러나 오늘날 전하는 『歌曲源流』계 가집들을 보면 서명을 누가 붙였든 나름대로의 서명이 있다. 이를 보면 다음과 같다.

1. 國樂院本   歌詞集
2. 奎章閣本   歌曲源流
3. 河合本   靑邱永言
4. 六堂本   靑丘樂章
5. 佛蘭西本   歌曲源流
6. 朴相洙本   歌詞集
7. 舊皇室本   歌曲源流
8. 가람本   歌曲源流
9. 一石本   靑邱永言
10. 東洋文庫本   歌曲源流
11. 海東樂章
12. 協律大成
13. 花源樂譜
14. 藤井本   靑丘咏言

위에서 보는 것처럼 서명이 '歌曲源流'인 것과 아닌 것으로 대별 (大別)되는데 '歌曲源流'라 한 것은 다른 이름을 가진 이본들을 전사 한 것들이다. 육당은 자신이 본 이본들이 4, 5本 되고 이들의 서명이 '가곡원류'로 되어 있다고 했으나, 이 가운데 국악원본은 아직 발굴되 지 않은 때였으므로 편자가 박효관과 안민영이란 것을 언급하지 않 았고, 더구나 하합본이나 『協律大成』 등은 세상에 알려지지 않은 것들이다. 『歌曲源流』계 가집에는 처음부터 편찬자의 서문이나 발문이 없었기 때문에 누군가에 의해 붙여진 '가곡원류'란 서명만 있었을 뿐이다. 이것이 굳어져 '가곡원류'가 된 것이다.

김천택이 『靑丘永言』을 편찬하여 세상에 내놓을 때는 서명을 『靑丘永言』이라고 했으나, 처음 편찬할 때에는 '靑丘永言'이 아닌 '海東歌謠'라는 서명을 붙였다가 '靑丘永言'으로 바꾸었다. 「靑丘永言後跋」을 쓴 마악노초(磨嶽老樵) 이정섭의 글이 처음에는 「海東歌謠後跋」로 되어 있음이 그의 문집 『樗村集』에서 발견되기 때문이다. 김천택은 『靑丘永言』에 이어 2차로 가집을 편찬한 사실이 있는데 서명을 '海東歌謠錄'이라 했고 뒤에 김수장은 자신이 편찬한 가집의 이름을 '海東歌謠'라 했다.

김천택이 편찬한 가집 『靑丘永言』이 세상에 알려지자 뒤에 가집을 전사하거나 나름대로 편찬한 사람들은 대부분 서명을 '청구영언'이라 하였으므로, 오늘날 전하는 가집 중 명칭이 '청구영언'인 것이 10여종이 넘어 '청구영언'이 고유명사가 아닌 보통명사가 되어버렸다.

서문과 발문을 제대로 갖추어 편찬한 가집은 『靑丘永言』과 『海東歌謠』밖에 없다. 『靑丘永言』에는 흑와(黑窩) 정윤경(鄭潤卿)의 서문과 마악노초의 발문이 수록되어 있고 그 중간에 표제는 없지만 편자의 발문이 수록되어 있다. 『海東歌謠』에는 편자의 서문과 사곡거사(社谷居士) 장복소(張福紹)의 발문이 수록되어 있다. 이처럼 편자의 서문이나 발문이 수록된 가집은 거의 없는 편이나 『東歌選』과 『花源樂譜』에는 편자의 서문이 있고, 『大東風雅』에는 편자 김교헌(金喬軒)이 아닌 이보상(李輔相)의 서문이 수록되어 있다.

이 가운데 가집의 이름을 거론한 것은

自麗季 至國朝以來 名公碩士及閭井閨秀之作 ――蒐輯 正訛繕寫 釐

爲一卷 名之曰靑丘永言(靑丘永言 金天澤 跋文)

　　自麗季 至國朝以來 名公碩士及閭井閨秀無名氏作 一一蒐輯 正訛繕寫
釐爲一卷 名之曰海東歌謠(朴氏本 海東歌謠 金壽長 序文)

　　余用是於東國名賢所作 歌曲中選各調若干 名之曰 東歌選(東歌選 白景
炫 序文)

　　輯列聖天章 以及先正宿德學士大夫 與夫閭巷之歌謠 稱之曰大東風雅
(大東風雅 李輔相 序文

이렇게 넷뿐인데, 『海東歌謠』의 서문은 『靑丘永言』의 발문을 그대로
가져온 것이다.

　가집을 편찬한 사실은 분명하나 특별히 서명을 定하지 않은 것으
로는

　　余每見歌譜 則無時俗詠歌之第次名目 使覽者未能詳知 故與門生安玟
英 相議略聚各譜 期羽界名目第次 抄爲新譜(中略) 略抄歌闋爲一譜 標其
句節高低長短點數 俟後人有志於斯者 爲鑑準焉(國樂院本 歌曲源流 朴孝
寬 跋文 推定)

　　今始搜我東今古之闋 分類蒐輯 刪厥宜刪者 斥其太淫者 抄謄成卷(花源
樂譜 龜隱 跋文)

이렇게 두 가지가 있다. 가집을 편찬한 사실은 분명하지만 특별히 가
집의 이름을 정하지 않았고, 박효관은 그 당시 불리고 있던 노래들이
제차(第次)와 명목이 없다고 했으나 그 이전의 가집들은 그런대로 체
계를 갖추고 있으며, 구은(龜隱)은 예전과 지금의 노래들을 찾아내어

分類하고 찾아내 가집을 만들었다고 했으나 이것보다 다소 앞서는 『青邱永言』(=河合本)이나 『協律大成』을 대본(臺本)으로 하여 가집을 편찬했지만 대본을 뛰어넘을 만한 것이 못 되기 때문에 가집을 편찬했으면서도 서명을 붙이지 못했던 것이 아닌가 한다.

다시 말해, 박효관과 안민영이나 구은이 가집을 편찬한 사실은 인정되나 그들이 어떤 독창적인 방법으로 기왕의 가집과는 뚜렷하게 차이가 나는 가집을 만든 것은 아니고 먼저 있던 가집에 다소의 작품을 가감하여 가집을 편찬했다고 할 수 있겠다.

박효관의 발문으로 추정되는 것이 『歌詞集』(=國樂院本)에 수록되어 있고, 『歌曲源流』계 가집 가운데 안민영의 작품이 가장 많이 수록되어 있는 가집은 『海東樂章』이다. 이들 가집은 표의에 '歌詞集', '海東樂章'으로 제첨(題簽)되었기에 '歌曲源流'란 이름과는 맞지 않는다. 만약 『歌詞集』이 박효관이 주관하여 만든 가집이고 『海東樂章』이 안민영이 주관하여 만든 가집이라 하더라도 이들 가집의 명칭을 '가곡원류'라고 하는 것은 타당하지 않다. 이제라도 막연히 박효관과 안민영이 공동으로 편찬한 가집의 이름이 '가곡원류'라는 주장은 그만두어야 할 것이다.

박효관은 『歌詞集』에 수록되어 있는 발문에서 "與門生安玟英相議略聚各譜 分別其羽界名目第次 抄爲新譜"라고 했으니 어떤 형태로든 가집을 만든 것은 틀림이 없다고 하겠다. 그러면서도 서명을 정하지 않았다. 안민영에게는 『金玉叢部』로 알려진 개인 가집이 있다. 책의 표제에 '金玉叢部'라 되어 있고 그 아래 이보다 작은 글씨로 '周翁漫詠'이라 되어 있다. 이는 '金玉叢部' 가운데 '周翁漫詠'이란 뜻으로, 몇 부로 되어 있는 것 가운데 일부란 뜻으로 해석해야 옳을 것 같다. 그렇다면 안민영은 박효관과 더불어 가집을 편찬하지는 않았으나 개인의 작품만을 수록한 '주옹만영'과 다른 작품을 합하여 한 편의 가집을 만들었다고 했으니(又輯前後漫詠數百関 作爲一篇)『금옥총부』는 안민영 개인의 작품집이 아니라 여러 사람들의 시조를 모으고 거기에 개인의 작품만을 엮은 '주옹만영'을 합친 가집이라 하겠다.

이제 박효관과 안민영이 가집을 편찬한 것은 사실이고 그 가집의 이름이 '가곡원류'가 아님은 분명해졌다. 앞으로 이 가집의 이름을 '금옥총부'로 할지, 아니면 '가사집'이나 '해동악장'으로 할지는 숙제로 남겨둘 수밖에 없다고 하겠다.

2. 편찬자에 관한 문제점

『歌曲源流』의 편자에 대해 최초로 언급한 사람은 안자산이 아닌가 한다. 그는 1929년 3월에 『조선일보』에 5회에 걸쳐 연재한 「平民文學을 復興한 張混선생 (1)」이란 글에서

> 近來 「歌曲源流」라 한 冊子는 大院君이 朴孝寛 安玟英 2人을 데리고 修正한 것이나, 그 原本은 友璧氏의 修集으로서 混氏가 完成하여 傳한 것이다. 그런즉 朝鮮文學이라곤 友璧氏의 業이 아니었더면 씨도 없이 亡할 번하니 그 어찌 朝鮮民族의 大恩人이 아니랴.

라고 하였고, 육당은 같은 해 여름에 발표한(己巳中伏前二日) 앞에 인용한 글 가운데

> 歌曲源流는 撰者와 撰成年代가 아울러 撰輯緣起까지를 傳하지 아니하며 前에 말한 것처럼 그 流布本이 만키도 하고 諸本의 詳略의 差도 잇스니 이는 그 書ㅣ 본대 公書의 謄錄으로 加除의 變通이 自由스러워오고 일변 斯道中心機關의 備本으로 傳寫流通의 便이 自其하얏슴에 말

미암음일 것이니 이들은 그 書名의 定함이 업슴과 한가지로 <歌曲源
流>의 本地를 밝히는 上의 유력한 암시가 될 것이다.

라고 하며 편자와 편찬 연대 및 편찬 동기까지 모른다고 했다.
　안자산이 말한 것에 대해 구자균(具滋均) 교수는 「近代的文人 張混
에 대하여」란 글에서

　　『歌曲源流』를 장우벽(張友璧)이 수집하고 장혼(張混, 1759~1828)이
　　완성한 것이라 하였으나, 안자산의 해(該) 논문이 무턱대고 장혼(張混)을
　　치켜 올리고 있는 감상문에 가까운 것이라 근거한 바를 밝히지 않아 신
　　빙(信憑)키 어려우며, 이것이 옳다고 가정한다면 우리 문학사의 변개(變
　　改)까지를 초래하는 중대한 소론이라 할 것이다. 어쨌든 이 점에 관해서
　　는 앞으로 밝혀짐이 있기를 원하는 바이다.

라고 하여 신빙성은 없지만 사실이라면 문학사에 큰 변혁을 초래할
수 있을 것이라 했다. 안자산이 이런 주장을 하게 된 것은 『歌曲源
流』계 가집의 서두에 '梅花點長短'이란 것이 수록되어 있는데 이것은
영조 때 가객(歌客)인 장우벽이 창안한 것이며, 그의 아들 장혼은 여
항시인이기 때문에 가집을 편찬했을 가능성을 시사한 것일 뿐 아무
런 근거가 없는 것이라 하겠다. 혹시라도 장우벽이 가집 편찬을 시작
해서 그 아들 혼(混)이 완성했다 하더라도 대원군이 박효관과 안민영
을 데리고 수정(修正)했다는 근거는 아직은 어디에서도 볼 수가 없다
고 하겠다.
　육당이 『가곡원류』계 가집의 편자를 알 수 없다고 한 것은 자기가
본 『가곡원류』계 가집 4, 5본에도 편자를 추정할 만한 근거가 없었고,
자가 소장본인 『청구악장』도 누군가가 표의(表衣) 상단에 '가곡원류'
라고 했기 때문이다. 그러나 이보다 4년 뒤에 도남(陶南)은 『朝鮮語文

學會報』에 『歌曲源流』에 대한 해제를 발표하면서 규장각본에 수록되어 있는 발문 가운데

余每見歌譜則　無時俗詠歌之第次名目 使覽者未能詳知　故與門生安玟
英相議 略聚各譜 分其羽界名目第次 抄爲新譜 云云

을 들어 안민영과 상의하여 가집을 만든 사람이 누구인가를 규장각
본에 수록되어 있는 안민영의 시조 가운데 몇 수에 박효관과의 관련
이 있는 해설을 들어 이 글을 박효관의 것으로 결론지었다. 그리고
이왕가(李王家) 도서관본에 수록되어 있는 안민영 서문의 연기(年記)
"丙子榴夏節周翁安玟英字聖武序"를 들어 이 가집이 고종 13년에 편
찬되었다고 주장하게 되었다.

　여기서 말한 이왕가 도서관본은 심재완이 말하는 구황실본을 가리
키는 것으로 구황실본은 2종이 있었으나 하나는 6·25전쟁으로 말미
암아 산일(散佚)되었고 하나만 남았다고 했다. 도남이 본 구황실본은
산일된 것으로 이는 지금의 『해동악장』과 같은 것이 아니었나 한다.
『해동악장』에는 '論詠歌之源'이란 項의 글이 수록되어 있는데 이는
전반과 후반으로 나눌 수 있다. 전반은 박효관의 음악에 관한 이론이
고 후반은 안민영의 서문에 해당하는 글이다. 『금옥총부』에도 '論五
音之用 有相生協律'이란 항의 글이 수록되어 있는데 이는 『해동악
장』에 수록되어 있는 '論詠歌之源'과 같은 글로서 후반부는 안민영의
서문이 아닌 박효관의 서문으로 되어 있다. '論詠歌之源'과 '論五音之
用 有相生協律'은 몇 자의 차이가 있으나, 끝부분이 『海東樂章』에는
"或有問論者故 槩陳愚魯之意 答之"라고 되어 있고 『금옥총부』에는
"或問於余 以字音高低詰難者故 略陳愚魯之義 答之耳"라고 되어 있다.
　'論詠歌之源'은 『해동악장』에 박효관의 가론(歌論)과 안민영의 서

문으로 되어 있는데, 이것은 뒤에 안민영의 개인 가집인 『金玉叢部』에 재수록되면서 항목도 '論五音之用 有相生協律'로 바뀌고 내용도 약간의 차이가 있으면서 안민영의 서문은 따로 수록하고 대신 박효관의 서문이 수록되어 있는데 이는 안민영의 개인 가집을 위한 서문이다. 다시 말해 안민영이 편찬한 것으로 믿어지는 『해동악장』을 위한 서문이 아니다. 안민영의 서문도 『해동악장』에 수록할 때는 마치 개인 가집의 서문처럼 되어 있으나, 『금옥총부』에 수록할 때는 내용을 변개(變改)하였으니

> 乃與碧江金允錫君仲相確 而作新飜數関 歌詠盛德 以寓慕天繪日之誠 然才疎識蔑 語多俚陋 謹以就質于先生 潤色之存削之 然後成完璧(海東樂章)

> 與碧江金允錫君仲相確 迺作新飜數十関 歌詠盛德 以寓摹天繪日之誠 又輯前後漫詠數百関 作爲一篇 謹以就質于先生 存削之潤色之 然後成完璧(金玉叢部)

안민영은 『해동악장』에 수록된 서문을 쓸 당시에 자신의 작품은 그렇게 많지 않았기 때문에 많지 아니한 신번(新飜)을 지었다고 했으나(作新飜數関) 『금옥총부』에 수록된 서문으로 변개할 당시에는 상당히 많은 작품을 지었기 때문에 "乃作新飜數十関"이라 했고, 무엇보다도 가집을 엮은 사실을 밝혔으니 그 가집이 남창과 여창이 합쳐진 것이 아니었나 한다(又輯前後漫詠數百関 作爲一篇).

이 가집이 『해동악장』으로 짐작되거니와 글의 내용으로 보아 개인 가집인 『금옥총부』를 엮고 또 전후만영(前後漫詠)으로 여겨지는 『해동악장』을 엮었는지 그 선후가 분명치는 않으나 남녀창이 함께 들어 있는 가집을 엮었음이 분명하다고 하겠다. 그러나 박효관과 상의하여

가집을 만들었다는 기록은 없다. 박효관의 발문에서는 안민영과 상의하여 가집을 만들었다고 했다.

　박효관이 안민영과 상의하여 만든 가집이 『歌詞集』이고, 안민영이 만든 가집이 『海東樂章』이라 해도 서명이 '歌曲源流'가 될 수는 없다. 박효관과 안민영이 『가사집』을 편찬했거나, 안민영이 『해동악장』을 편찬했다 하더라도, 이미 이보다 먼저 『靑邱永言』(=河合本)과 『協律大成』이 전사(轉寫)된 가집이지만 늦게 세상에 알려졌고, 『靑丘樂章』(=육당본)은 『歌詞集』(=國樂院本)보다 먼저 세상에 알려졌지만 편차가 뒤바뀌고 수록된 작품의 수가 떨어지는 등의 『가사집』보다 내용이 엉성하다 보니 주목을 받지 못했던 것이라 생각된다.

제3장
선행(先行) 가집의 고찰

　『가곡원류』계 가집의 올바른 이해를 위해서는 이보다 먼저 이루어진 가집이 『가곡원류』계 가집에 직간접으로 어떤 영향을 미쳤나 하는 것을 고찰해볼 필요가 있다고 하겠다. 그러기 위해서는 선행 가집 가운데 『가곡원류』계 가집에 영향을 준 가집으로 여겨지는 진본 『靑丘永言』을 비롯하여 가람본 『靑丘詠言』과 육당본 『靑丘永言』에 대해 고찰할 필요가 있다고 생각된다. 문제는 김천택이 『청구영언』을 편찬한 이래 후대의 가집들이 즐겨 이 명칭을 사용했기 때문에 비록 글자는 달라도 많은 가집들의 명칭이 '청구영언'으로 되어 있어 혼동을 가져온다는 사실이다.

1. 珍本 『靑丘永言』

　이 가집은 현전(現傳)하는 가집 가운데 가장 오래된 것으로 영조 4년(1728)에 남파 김천택에 의해 만들어진 가집으로 간주된다. 1948년 朝鮮珍書刊行會에서 『청구영언』이 간행되기 이전에는 육당 최남선이 소장한 육당본 『청구영언』이 그런대로 남파가 엮은 가집이 아니었나 하고 여겨졌으나 일사(一蓑) 방종현(方鍾鉉)의 고증이 아니라도 이 가집을 남파가 엮은 원본으로 보아도 거의 틀림이 없다고 하겠다.

원전의 서지사항(書誌事項)은 장광(長廣) 26×18cm이고 1장 반엽에 행수는 12행이고 1행 30자 내외로 되었는데 모두 70장이다.

580수의 작품이 수록된 이 가집은 기본적으로 곡조별로 엮는 편찬방식으로 되어 있다. 남파가 이 가집을 엮을 당시에 만대엽(慢大葉)은 이미 오래전부터 가창되지 않았고, 중대엽(中大葉)은 명목만이 남았으며 삭대엽(數大葉)의 가창만이 주류를 이루고 있는 듯하다. 삭대엽 가운데도 초삭대엽(初數大葉)이나 삼삭대엽(三數大葉)보다는 이삭대엽(二數大葉)이 크게 성행한 것이 아닌가 한다. 왜냐하면 이 가집에 수록되어 있는 초삭대엽이나 삼삭대엽은 그 곡목에 해당하는 작품을 수록한 것이 매우 적기 때문이다. 가집 첫머리에 초중대엽에서 이중대엽, 삼중대엽, 北殿. 二北殿, 初數大葉까지 6곡목에 각각 1수씩 수록한 다음에, 二數大葉으로 이어진다. 가집의 주류를 이루고 있는 이삭대엽을 보면 이삭대엽은 유명씨 작품을 시대별로 엮었다. 여말(麗末)의 이색(李穡)을 비롯한 3인을, 본조(本朝)의 김종서(金宗瑞)로 이어져 光齋에 이르기까지의 名公碩士의 작품과, 太宗을 비롯한 열성어제(列聖御製), 편찬자와 같은 신분의 閭巷六人, 妓女 黃眞을 비롯한 閨秀三人, 연대를 알 수 없는 年代缺考 등 유명인의 작품과 무명씨의 작품 104首(歌番 294부터 397까지)를 戀君, 견적 등 주제 또는 소재로 분류하여 52항목으로 수록하였는데 분류한 항목을 보면 다음과 같다.

戀君, 譴謫, 報效, 江湖, 山林, 閑適, 野趣, 隱遯, 田家, 守分, 放浪, 閔世, 消愁, 遊樂, 嘲奔走, 修身, 周便, 惜春, 壅蔽, 歎老, 老壯, 戒日, 戕害, 知止, 懷古, 閨情, 兼致, 大醉, 客至, 醉隱, 中道而廢, 壯懷, 勇退, 羨古,自售, 醉月, 盈虧, 命蹇, 不爭, 遠致, 二妃, 懷王, 屈平, 項羽, 松, 竹, 杜宇, 太平, 戒心, 勞役, 忠孝, 待客

그러나 이 가운데

가마귀싸호는골에白鷺ㅣ야가지마라
성낸가마귀흰빗츨새올셰라
淸江에잇것시슨몸을더러일가ᄒ노라.(珍靑 380)

北海上져믄날에울고기는져기러기
내말슴드러다가金尙書ᄉ게ᄉ뢰주렴
수羊이삿기칠덧으란춤으쇼셔ᄒ여라.(珍靑 382)

의 2首는 분류하는 항목을 빠뜨렸다.

무명씨의 작품은 삼삭대엽과 낙시조까지 이어지고 이들은 모두 평시조다. 따로 만횡청류(蔓橫淸流)라 하여 장시조를 수록하고 있다. 만횡청류 앞에 「장진주사(將進酒辭)」와 「맹상군가(孟嘗君歌)」를 수록하고 있으나 이는 혹시 편자의 失手(?)가 아닌가 한다. 시조를 수집한 가집에 시조와는 관련이 적은 장가(長歌)를 수록하여 후대 가집에 어쩌다 이 두 작품이 수록되는 경우가 없는 것은 아니나 시조와는 관련이 없는 것으로 여겨진다. 수록된 곡목도 初中大葉, 二中大葉, 三中大葉과 北殿, 二北殿, 初數大葉. 二數大葉, 三數大葉, 樂時調와 蔓橫淸流의 10가지 곡목으로 평시조는 이삭대엽이 거의 전부이다.

또 한 가지 특이한 점은 이 가집은 곡조별로 엮었으나 단순히 가창(歌唱)만을 위해 만든 가집이 아니라는 사실이다. 유명씨 작품도 지은 사람의 이름을 쓰는 대신에 아호를 썼으며, 간단한 인적사항을 적어 작품을 이해하는 데 도움을 주고 있다. 또, 단순히 시조 작품만을 수록한 것이 아니라 그 작품이나 지은 사람과 관련이 있는 글까지도 수록했다. 신흠(申欽)과 조존성(趙存性)의 경우에는 시조의 한역(漢譯)까지 수록했다. 편자 자신을 포함하여 張鉉(炫의 잘못), 朱義植, 金三賢, 金聖器와 金裕器를 '閭巷六人'이라 부르면서 주의식(朱義植)과 김성기와 김유기의 작품 다음에는 편자가 직접 쓴 발문을 붙여 작품의 이해를 돕고 있다. 이황의 경우「陶山十二曲」을 판본의 순서대로 수록하고 송강 정철의 경우는『松江歌辭』의성본의 순서와 거의 비슷하게 수록하고 있는 것은 이 가집이 가창만을 위해 만든 가집이 아님을 말해주는 것이라 하겠다.

2. 가람본『靑丘詠言』

가람 이병기 박사 소장했던 필사본 가집으로 제첨(題簽)이 "靑丘詠言"으로 되어 있다. 김천택이『靑丘永言』을 엮은 다음에 후대에 이루어진 가집의 많은 것들이 책명을『靑邱永言』,『靑丘詠言』등으로 표기하여 비록 글자는 다르나 독음(讀音)이 같은 "청구영언"이라 혼동을 가져오기 쉽다.

서지사항은 심재완에 따르면 책대(冊大)는 종횡 31.8×22.8cm인데 판의 광곽(匡郭)과 괘선(掛線)이 인쇄되어 있으며, 본문은 그 속에 시종 동일인의 국한문 행서로 미려(美麗)하게 필사되어 있다. 광곽은 22.5×16/2cm의 장광(長廣)이요, 반엽행수(半葉行數)는 10행, 1행이 25자 내외이다.

서두에는 다른 어느 가집보다 많은 참고 문서를 수록하고 있다. '海東歌謠錄'이란 제하에 金壽長, 洪于海, 金得臣의 序가 수록되어 있는데 김득신의 서는 다른 가집에 없는 것이다. 계속해서『해동가요』에 수록되어 있는 것과 같은 '歌之風度形容十四條目'과 『해동가요』 周氏本에서는 '各歌體容異別不同之格'이라 했고, 一石本에서는 '歌之體容名異不同之格'이라고 한 것의 일부를 수록했다. 이어서 五音統論, 太史公禮樂序, 邵子, 易의 글들을 인용했다. 平調, 羽調, 界面調에 대한 설명과 '調格', '長短點數' 등 다른 가집에서 볼 수 없는 것들이 수록되어 있다.

수록 작품은 596수이나 중복하여 수록된 작품이 17수나 된다. 곡목은 초중대엽을 시작으로 이중대엽, 삼중대엽과 북전, 초삭대엽, 이삭대엽, 삼삭대엽까지가 평시조이나 삼삭대엽에는 종종 평시조형을 벗어난 장시조 형태의 작품도 간혹 들어 있다. 장시조는 곡목을 구분하지 않고 '蔓橫 樂時調 編數葉 弄歌'라 하여 같이 통합하여 다루고 있다. 낙시조는 육당본 『靑丘永言』에는 界面樂時調, 羽樂時調, 言樂, 編樂으로 나뉜 것으로 보아 이보다는 앞선 가집이라 생각된다.

작품의 수록은 초중대엽부터 초삭대엽에 이르기까지 17수를 첫머리에 수록했고, 이어서 이삭대엽에 태종과 효종, 숙종의 열성어제(列聖御製)를 시작으로 여말에 목은(牧隱), 이색(李穡)을 비롯하여, 포은(圃隱) 정몽주(鄭夢周), 야은(冶隱) 길재(吉再), 시은(市隱) 서견(徐甄), 호두장군(虎頭將軍) 최영(崔瑩), 남당(南堂) 원천석(元天錫), 송당(松堂) 조준(趙浚), 삼봉(三峰) 정도전(鄭道傳), 흡헌(恰軒) 성여완(成汝完), 방촌(厖村) 황희(黃喜), 동포(東浦) 맹사성(孟思誠)의 작품을 수록하고 본조(本朝)에 들어와서는 성삼문(成三問)부터 시작하여 이정보(李鼎輔)에 이르기까지의 작가들의 작품을 수록했다. 이후 작품의 작자가 알려진 것을 추가하는 형식으로 기녀 입리월(立里月)과 부동(夫同), 임경업(林慶業), 이원익(李元翼), 길재(吉再), 정철(鄭澈), 박영(朴英)의 작품과 영조와 정조 때 인물로 추정되는 이정화(李定和), 김영숙(金英淑), 김상옥(金相玉)의 작품을 수록했다.

다수의 작품을 남긴 작가로 이 가집에 수록된 사람은 퇴계 이황(「陶山十二曲」)을 비롯해 송강 정철(15수), 죽소 김광욱(8수), 주의식(5수), 상촌 신흠(22수), 용호 조존성(「呼兒曲」 4수), 율곡 이이(「高山九曲歌」 10수)가 있고, 박인로의 「早紅柿歌」 4수는 한음 이덕형의 작으로 되어 있다. 그 밖에 김유기(金裕器)의 작품 6수와 이름을 밝히지 않은 오남헌의 5수와 은와당(隱臥堂)의 19수가 있다. 오남헌의 작품들은 새로운 작품이나, 은와당의 작품을 보면 9수는 새로운 작품이고, 5수가 김천택의 작품으로 되어 있고, 하위지(河緯地)나 이정보(李鼎輔), 또는 성혼(成渾)의 작품으로 알려진 것이 들어 있다. 끝으로 이정보의 작품을 24수나 수록하고 있는데 이 가운데 4수는 다른 가집에 수록되지 않은 새로운 작품이다.

> 鴨綠江히진後에에엽분우니님금
> 燕雲萬里을어디라가시는고
> 春來에 草綠ᄒ거든卽時도라오소셔.(靑丘詠言 97)

는 작가를 계곡 장유(谿谷 張維)라고 했으나 이는 장현(張炫)의 잘못이며,

> 十年ᄀ온칼이匣裡에우노매라
> 關山을ᄇ라보며째째로몬져보니
> 丈夫의 爲國丹衷을어늬째에드리올꼬(靑丘詠言 85)

는 충무공 이순신의 작품이라 하였으나 이는 잘못이다. "白日은西山에지고……"는 다른 가집에 최충(崔冲)으로 되어 있는 것을 권제(權堤)의 작이라고 한 것이나, "天心에도든달과……"는 주의식의 작품으

로 되어 있는데 박은(朴誾)의 작이라 한 것도 새로운 주장이다. "감쟝 새쟉다ᄒ고……"는 이택(李澤)의 작으로 된 것을 이담(李潭)이라 한 것은 실수이다.

『靑邱永言』은『靑丘詠言』에서 장현의 작품을 장유의 작품으로 한 것이나, 주의식의 작품을 박은으로 한 것 등을 그대로 따랐다. 가집 체제는 달라도 수록 작품들은『靑丘詠言』의 영향을 받았음을 알 수 있다.

> 貧賤을폴냐ᄒ고富貴門의 드려가니
> 짐업순흥졍을뉘몬져ᄒ쟈ᄒ리
> 江山과 風月을달나ᄒ니그는그리못ᄒ리.(靑丘詠言 83)

는 현주(玄洲) 조찬한(趙纘韓)의 작품으로 되어 있는 것을 유자신(柳自新)의 작이라고 한 것을 그대로 따르는 등 곳곳에서『청구영언』의 주장을 따르고 있음을 발견하게 된다.

3. 六堂本『靑丘永言』

육당 최남선이 소장했던 사본의 가집을 말한다. 1948년 진본『靑丘永言』이 발굴되기 이전에는 김천택이 엮은 가집으로 인식되기도 하였지만 가집의 내용이 현실과는 다르기 때문에 누군가에 의해 增補된 가집임이 밝혀졌다. 이 가집은 육당의 소장본 외에 연희전문(延禧專門)에도 있었던 것으로 알려졌다. 육당본은 1930년 경성제대(京城帝大)에서 인간(印刊)한 바가 있으며, 최남주(崔南周)는 연전본을 대본으로 하고 육당본을 교합본으로 하여 1939년에 조선문고본(朝鮮文庫本)

으로 발행하고 해방 후 통문관(通文館)에서 이를 다시 발행하였다. 또, 1957년에 청구대학(靑丘大學)에서 유인(油印)하기도 하였다.

청구대학에서 유인한 육당본과 조선문고본을 재간한 통문관본과는 1수의 차이가 나며 순서도 약간의 차이가 난다. 육당본에는

> 功名이그지이시랴壽天도천정이라
> 金犀씌굽은허리에八十逢春긔몃히요
> 年年에오날이야亦君恩이숫다.(通文館本 624)

가 누락되었으나 이 작품은 이미 가번(歌番) 60에 농암(聾巖) 이현보 (李賢輔)의 작으로 수록되어 있어 중복된 것이다.

이 가집은 진본 『청구영언』과는 달리 가창을 위해 만들어진 가집 임에 틀림없다. 왜냐하면 곡목의 설정부터 우조(羽調)와 계면조(界面 調)로 나뉘었기 때문이다. 이제까지의 가집에서 우조와 계면조가 언급되기는 했지만 우조와 계면조로 분류해서 만든 가집은 이 가집이 처음이다. 원류계(源流系) 가집에는 비록 남창이란 표시가 없지만 본문은 남창이고 여창은 부록 형태로 되어 있다. 이 가집의 곡목 순서를 보면 우조 초중대엽에서 시작하여 편삭대엽(編數大葉)에 이르기까지가 일단 마무리된 것이고, 이하 우조 이중대엽에서 편삭대엽에 이르기까지는 앞의 것의 중복되는 셈이다. 가집을 1차로 편집하고 다시 같은 사람이든 아니면 다른 사람에 의해 추가로 편집한 것이 아닌가 도 생각되나 이는 '女唱'이란 말이 빠진 것이 분명하며 편삭대엽 이하 다시 시작되는 우조 이삭대엽 이하 편삭대엽은 여창에 해당하는 것이라 하겠다. 언제부터 남창과 여창의 구분이 생겼는지는 분명하지 않으나 나중에 이루어진 원류계 가집에 수록되어 있는 여창과 그 순서가 일치하기 때문이다.

육당본 『청구영언』의 곡목을 보면 다른 가집들과 마찬가지로 처음에 초중대엽부터 시작하여 이삭대엽에 이르기까지는 가집에 따라 차이가 있으나 각 곡목에 해당하는 곡목을 1수에서 몇 수씩 들고 있고, 우조와 계면조가 분류되기 이전에는 초중대엽부터 이중대엽, 삼중대엽과 북전, 이북전, 초삭대엽의 순서로 되어 있다. 우조와 계면조가 구분되면서 중대엽도 우조와 계면조 중대엽으로 나뉘고, 북전도 이북전이 없어진 대신에 '臺'란 것이 생겼다. 그런데 육당본 『청구영언』에서는 우조 삼중대엽 다음에 '晉化葉'이라 하여

> 松林에눈이오니柯枝마다곳지로다
> 흔柯枝것거니여님계신듸드리고져
> 님계셔보오신後에녹아진들어이리. (六靑 6)

를 수록하고 있는데 이는 다른 가집에 없는 곡목을 하나 더 설정한 것이다. 가집 『興比賦』에서는 '진하엽'으로 표기되고 『大東風雅』에서는 '장삭대엽'으로도 표기되었으며, 원류계 가집에서는 '장대엽'으로 표기되었으나, 모두 같은 뜻으로 '긴한닙'을 한자로 표기한 것이다. 그러나 이것은 잘못된 것이 아닌가 한다. 원류계 가집에서는 우조 이중대엽 대신에 장대엽이란 명칭을 사용했고, 이본 가운데 불란서본에서는 '長大葉 便是二中大葉'이라 한 것으로 미루어 우조 이중대엽을 달리 부르는 것이 '장대엽'이니, '진화엽'은 가집을 엮은 사람이나 혹은 전사(轉寫)한 사람이 착각한 것이 아닌가 한다.

본 가집에 수록 작품은 송강의 「將進酒辭」를 시조로 볼 것이냐 여하에 따라 999수가 되느냐 1000수가 되느냐의 차이가 있다. 현전하는 가집 가운데 『樂學拾零』(=甁窩歌曲集) 다음으로 수록 작품이 많은 가집이다. 김천택이 처음 『청구영언』을 찬집하고 이어 김수장의 『해

동가요』를 거쳐 그사이에 다른 사람이 엮은 가집들을 참고하여 만든 것으로 심재완의 『時調의 文獻的 研究』에 따르면 본 가집에만 보이는 작품이 75수가 된다고 하였다.

새로운 작품이 많이 수록된 것도 중요하지만 달리 이 가집의 특이한 점은 장시조를 많이 수록하고 있는 것이라 하겠다. 진본 『靑丘永言』에서는 만횡청류(蔓橫淸流)에만 장시조가 수록되어 있으나, 본 가집에는 만횡을 비롯하여 '言弄, 弄, 界樂, 羽樂, 言樂, 編樂과 編數大葉'에서 장시조를 수록하여 수록된 작품의 2/3가 장시조다. 한마디로 장시조의 보고라고 할 수 있을 것이다.

이 가집의 찬성(撰成) 시기는 작품이 수록된 작가 가운데 가장 늦게까지 생존한 김민순(金敏淳, 1776~1859)이나 김조순(金祖淳, 1765~1831), 익종(翼宗, 1809~1830)과 서두에 실려 있는 광호어부(廣湖漁父)의 「題靑丘永言後」를 보면 어느 정도 짐작할 수 있다. 익종은 순조 30년(1830) 5월 3일에 붕어(崩御)했고, 순조는 순조 34년(1834) 11월 13일에 붕어하고 헌종이 같은 달 18일에 즉위하면서 다음날 익종을 추존했다. 익종이 추존된 다음에 가집이 찬성되었으며, 광호어부의 「題靑丘永言後」는 칠언배률(七言排律)로 임자세(壬子歲)에 쓴 것으로 되어 있어 이는 철종 3년(1852)에 해당하므로 적어도 헌종이 즉위하던 해인 1834년부터 철종 3년에 이루어진 것이 아닌가 한다.

작품 수록은 우조 초중대엽부터 편삭대엽의 "文讀春秋左氏傳ᄒ고……"로 997수가 끝나고 '將進酒'라고 하여 송강의 「將進酒辭」와 석주(石洲) 권필(權韠)의 한시 「過松江墓」를 누군가가 시조로 만든

空山木落雨蕭蕭ᄒ니相國風流且寂寥ㅣ라
슬푸다흔盞 술을다시勸키어려왜라
어즈버 昔年歌曲이 卽今朝ᄂ가ᄒ노라.(六靑 999)

다음에 가사로 상사곡(相思曲)을 비롯하여 춘면곡(春眠曲), 권주가(勸酒歌), 백구사(白鷗詞), 군악(軍樂), 관등가(觀燈歌), 양양가(襄陽歌), 귀거래(歸去來), 어부사(漁父詞), 환산별곡(還山別曲), 처사가(處士歌), 낙빈가(樂貧歌), 강촌별곡(江村別曲), 관동별곡(關東別曲), 황계가(黃鷄歌), 매화사(梅花詞) 등이 수록되어 있다.

제4장

『歌曲源流』系 가집의 전반적 검토

1. 男唱

『歌曲源流』系 가집은 본문에 해당하는 남창 부분과 부록에 해당하는 여창으로 구분되는데 이본에 따라 여창 부분이 없는 것도 있다. 지금까지 원류계 가집을 편찬한 사람 누군가 혼자서 남창 부분을 만들고 여창 부분을 추가로 만든 것으로 이해하고 있으나 남창 부분과 여창 부분은 별도로 만들어진 것임이 틀림없다고 생각되기 때문에 나누어 고찰해보고자 한다. 우선 남창 부분을 검토해보면 『青邱永言』(=河合本)을 비롯한 『協律大成』, 『青丘樂章』(=六堂本). 『歌詞集』(=國樂院本)과 『海東樂章』을 제외한 이본들은 대부분 이들의 전사본(轉寫本)이거나 이들 가집의 일부만 전사한 것이다. 『花源樂譜』의 경우는 『청구영언』과 『가사집』을 대본으로 삼았으나 이들의 전사본으로 보아도 크게 다르기 때문에 이들 5종의 가집에 대해서만 구체적으로 언급하고 나머지는 개략적으로 설명하고자 한다.

오늘날 원류계 가집은 후대의 전사자(轉寫者)들의 영향으로 가집 본래의 모습이 달라진 경우가 없는 것은 아니지만 이들을 비교해보면 가집의 선후를 짐작할 수 있다고 생각된다.

원류계 가집 가운데『歌詞集』을 원본 또는 고본(藁本)으로 보고 있으나 이들 가집을 비교해보면『靑邱永言』이 가장 먼저 이루어졌고, 이것을 대본으로 하여 가창과 거리가 먼 것으로 생각되는 작품들을 제거하고 새로 박효관과 안민영의 작품을 대거 수록한『협률대성』이 뒤를 이었고, 여기에 박효관의 작품을 새롭게 발굴하고 안민영의 작품을 추가하였으나『靑邱永言』이나『協律大成』에 수록되어 있는 작품들을 많이 생략하고 이들 가집의 작품 수록 순서를 의도적(?)으로 뒤바꾼 것으로 여겨지는『靑丘樂章』이 있다. 또, 안민영과 그보다 후배로 여겨지는 김학연(金學淵)과 호석균(扈錫均)의 작품을 수록한『歌詞集』과 안민영의 작품을 대량으로 새롭게 수록하고 안민영의 작품 이외에는 金兒錫(金允錫의 잘못임)의 작품 1수를 수록한『海東樂章』이 뒤를 이었다. 안민영의 작품이『靑邱永言』이나『協律大成』과『靑丘樂章』에는 비교적 적게 수록되어 있고『海東樂章』에는 지나치게 많이 수록되어 있기 때문에 안민영의 작품이 비교적 다량으로 수록되었고 이보다 얼마 앞서 발굴된『靑丘樂章』이 작품 수록의 순서가 뒤바뀌고 많은 작품을 누락시키는 등의 이유로『歌詞集』을 原本으로 추정한 것이 아닌가 한다.

이제 이들 5종의 가집에 수록된 곡목별 작품 수록 현황을 보면 다음과 같다. 곡목 가운데 처음인 우조 초중대엽에서 후정화(後庭花) 대까지는 각 이본들이 공통으로 같기 때문에 생략하고 우조 초삭대엽부터 엇편(旕編)까지만 기록한다.

	靑邱永言	協律大成	靑丘樂章	歌詞集	海東樂章
羽調初數大葉	9	10	11	13	12
二數大葉	38	35	39	37	37

中擧	16	17	16	19	20
平擧	18	22	20	23	19
頭擧	21	22	23	21	22
三數大葉	21	21	21	22	19
搔聳	10	12	12	14	13
栗糖數葉	4	5	5	5	6
界面初數大葉	3	3	4	4	4
二數大葉	98	81	69	81	78
中擧	54	53	124	54	53
平擧	60	62		65	65
頭擧	68	67	62	68	68
三數大葉	25	22	21	24	23
蔓橫	26	25	25	25	25
弄歌	58	57	55	60	56
界樂	31	31	26	31	31
羽樂	16	19	19	19	19
旕樂	28	27	25	28	28
編樂	7	7	7	7	7
編數大葉	22	22	21	22	30
旕編	23	10	10	12	12
計	657	642	626	665	658

위에서 보면 이삭대엽에 『靑邱永言』이 다른 이본보다 수록 작품이 월등히 많은 것은 가람본 『靑丘詠言』의 영향으로 歌唱과는 거리가 먼 퇴계나 송강의 작품을 많이 수록했기 때문이며, 편삭대엽에서 『해동악장』의 수록 작품 수가 많은 것은 안민영의 작품을 다른 이본보다 월등히 많이 수록했기 때문이다.

평시조인 우조와 계면조 삭대엽은 이본에 따라 차이가 많이 있으나 장시조에 해당하는 곡목들은 큰 차이가 없으며, 編樂은 수록 작품과 순서가 모두 같고, 蔓橫의 경우 『靑邱永言』에만 영조의 작품이라 하여 1수를 수록한 것을 제외하고는 수록 작품 수와 순서가 모두 같다. 장시조를 수록한 다른 곡목들도 수록 작품이나 순서가 크게 차이나지 않는다. 이는 평시조의 경우 편자가 나름대로의 의식을 가지고 가집을 만드는 과정에서 작품을 넣고 빼기가 쉬운 반면, 장시조의 경우는 평시조보다 작품의 양이 많기 때문인지는 몰라도 새롭게 만들기보다는 가집에 따라 약간의 차이는 있으나 대본이 되는 가집을 거의 그대로 轉寫하였다고 하겠다.

원류계 가집에는 다른 가집에 비해 작품을 중복해서 수록한 경우가 많다. 『靑邱永言』에는 13수의 작품을 중복해서 수록했다. 이것은 편자의 잘못도 있겠지만 박효관이 그의 발문에서 "而羽界本非係着者 亦推移有權變之度 唯在歌者之變通 而或而羽爲界 而界爲羽 數大葉弄 樂編 互相推移歌之 非徒以譜上名目偏執可也"라고 하여 우조나 계면조가 본래부터 고정되어 있는 것이 아니고 노래를 부르는 사람의 경우에 따라 바뀔 수가 있고 우조가 계면조가 되고 계면조가 우조가 될 수 있다고 하면서 악보상의 명목에 치우칠 필요가 없다고 한 것처럼 창곡(唱曲)의 발달로 여러 가지의 곡조가 생겨났지만 이에 해당하는 노래의 가사가 없자 다른 곡목으로 부르는 가사를 가져다 부르게 되었고, 자연스럽게 하나의 작품이 다른 곡목에도 중복하여 수록하게 되었기 때문이다.

> 白雪이쟈즈진골에구름이머흐레라
> 반가운梅花는어느곳에퓌엿는고
> 夕陽에흐올로셔이셔골ㄱ곳몰느ㅎ노라.(靑邱永言 103, 371)

은 羽調 頭擧에 수록되었으면서 界面調 頭擧에도 수록된 경우이고,

> 柴扉에기즛거늘님오시ᄂ반것더니
> 님은아니오고닙디는소릭로다
> 뎌긔아秋風落葉을즈져날놀닐쥴이시랴(靑邱永言 173)

는 歌詞가 약간의 차이가 있어

> 柴扉에기즛거늘님오시나반것더니
> 님은아니오고一陣金風에닙써러지는쇼릭로다
> 뎌긔아秋風落葉聲헛도이즛져날놀닐쥴이시랴(靑邱永言 498)

처럼 되어 각각 우조 이삭대엽과 농가(弄歌)에 수록되어 있으나 이는 중복하여 수록된 것이다. 진본 『靑丘永言』은 580首의 작품을 수록하고 있으면서도 중복해서 수록된 것이 하나도 없으나 『靑邱永言』은 657수의 작품을 수록하면서도 13수를 중복하여 수록하고 있다. 이 작품들이 『靑邱永言』에 중복 수록되자 다른 이본들은 이를 그대로 중복하여 수록했고,

> 秋江에밤이드니물결이츠노미라
> 낙시드리오니고기아니무노미라
> 無心흔달빗만싯고뷘빈도라오노라(協律大成 119, 244)

는 『靑邱永言』에는 중복되지 않았으나 『협률대성』과 『靑丘樂章』『歌詞集』『海東樂章』에는 중복하여 수록한 것으로 미루어 『靑邱永言』이 아닌 『협률대성』이 이들 가집의 대본이 되었음을 짐작할 수 있다.
다음에는 이들 5종의 가집 가운데 『靑邱永言』을 기준으로 하여 그

가집에만 처음으로 수록된 작품만을 비교해보면 다음과 같다.

	靑邱永言	協律大成	靑丘樂章	歌詞集	海東樂章
羽調初數大葉		1	1	3	
二數大葉	4	2	4	2	1
中擧				1	3
平擧		4		1	1
頭擧		1			1
三數大葉	1	1			
搔聳		2		2	
栗糖數葉		1			1
界面初數大葉			1	1	
二數大葉	21	4			1
中擧	5	5	4	1	
平擧	3	4	4	2	3
頭擧	6	4	1	1	2
三數大葉	1				
蔓橫	1				
弄歌	1		1	2	
界樂					1
羽樂		1			
旕樂	1				2
編數大葉					8
旕編	1				
計	47	29	16	16	24

『靑邱永言』을 보면 여기에 수록되어 있으나 다음의 『協律大成』에서는 누락된 작품이 모두 47수나 된다. 누락된 작품들의 곡목을 보면

대부분 우조와 계면조 이삭대엽과 계면조 중거(中擧), 평거(平擧), 두거(頭擧)이다. 누락된 작품에는 이황과 정철의 작품이 많고 신흠(申欽), 김광욱(金光煜)의 작품도 있고, 박인로의 작품을 이덕형(李德馨)의 것으로 잘못 알고 있는 것도 있다. 이들 대부분은 진본『靑丘永言』에서 볼 수 있는 것처럼 가창과는 관계없이 어떤 특정한 작가의 작품을 다량으로 수록한 것을 후대 가집을 편찬하는 사람이 그대로 계승한 것으로, 가람본『靑丘詠言』에 수록된 것을『靑邱永言』의 편자가 그대로 수록했으나『協律大成』의 편자는 이들의 작품들이 가창과는 관련이 적다고 하는 생각에 누락시킨 것이 아닌가 한다. 계면조 두거에서 가번 426부터 431까지 6수를 무더기로 누락시킨 것과 계면조 삼삭대엽의 마지막 작품을 누락시킨 것은 편자의 실수라 여겨진다. 가집을 새로 편집하거나 전사하는 과정에서 그 곡목의 마지막 작품을 누락시키는 경우가 종종 있기 때문이다. 계면조 두거에는 정철의 작품 2수를 비롯하여 작자의 진위와 관계없이 金學淵, 張維, 安玟英, 李舜臣의 작품이 수록되어 있는데, 안민영의 작품은『靑邱永言』에 수록된 4首 가운데 유일하게 안민영 작품으로 기명된 "夕陽高麗國에……"도 누락시켰기 때문에 이후 원류계 가집에는 수록되지 않는다. 旕編의 마지막 작품인 "草堂秋夜月에……"는 여창 부분에도 수록되어 있다. 여창을 수록하고 있는 원류계 가집의 전부가 이 작품을 여창 부분에 수록하고 있는 것으로 미루어 이는 편자보다는 전사자의 실수로 엇편(旕編)의 마지막에 중복하여 수록한 것이 아닌가 한다. 엇편은 단시조가 아닌 장시조 작품만을 수록한 곳이다. 농가(弄歌)나 엇락(旕樂)은 전부가 장시조를 수록하고 있는 곡목인데도 농가와 엇락의 마지막 작품

近庭軒花柳依然ㅎ니日午當天塔影圓을

봄빗츤눈앏히연마는玉人은어이머럿는고
至今에花相似人不同을못닉슬허ᄒ노라.(靑邱永言 540)

와 "揮毫紙面何時禿고……"는 장시조가 아닌 단시조 작품으로 장시
조만 수록하는 곳에 마지막으로 단시조를 수록한 것은 잘못이다. 무
엇보다도 英祖의 작품으로 되어 있는 "놉플샤昊天이며……"는 여창
부분에 수록되어 있는 영조의 작품과 내용이 같은 것으로 수록된 곡
목이 만횡(蔓橫)으로 되어 있으나 작품의 내용이 만횡과는 부합되지
않는다. 이 작품을 제외하고는 만횡의 곡목에 수록된 작품 수와 순서
가 모두 일치하고 있다. 이는 분명 편자보다는 전사자의 잘못으로 인
정된다. 가집을 전사하는 경우 그대로 전사하는 경우가 많지만 어쩌
다 전사자가 가집 본래대로 전사하는 것이 아니고 전사자의 의견을
개입시키거나 수록 작품을 증감하는 경우가 있다. 『靑邱永言』에도 분
명 전사자가 가집 본래대로 전사하지 않고 자신이 추가한 곳이 있으
며, 위에서 언급한 것은 편자이든 전사자든 실수를 범한 것이라 생각
된다.

『靑邱永言』에는 박효관과 안민영의 작품은 각각 4수 수록되어 있
다. 박효관의 경우 3수는 박효관으로 기명(記名)되어 있으나 1수는 작
가가 누락되었다. 안민영의 경우는 1수만 안민영의 작품으로 기명되
어 있으나 1수는 작가가 누락되었고, 2수는 작가가 李輔國(=李載冕)
과 대원군으로 되어 있는 것으로 미루어 『靑邱永言』의 최초 편자는
박효관이나 안민영과는 무관한 사람이 틀림없다고 하겠다.

현재 전하고 있는 『協律大成』도 원본이 아니고 전사본임에 틀림없
다. 왜냐하면 여창 부분이 끝난 다음에 '男唱삼編'이라 하여 "지넘어
쇠앗을두고……"와 "一身이사자ᄒ니……"의 2首와 '數大葉'이라 하여

슐먹지마자ᄒ고重ᄒᆞᆫ盟誓ㅣᄒ엿더니
盞좁고굽어보니盟誓ㅣ둥둥슐에셧다
兒禧야盞가득부어라盟誓ㅣ푸리ᄒ리라.(協律大成 여창 184)

의 3수를 추가로 수록했는데, 삭대엽이란 곡목은 앞의 남창 부분에
없고 이 작품도 이보다 먼저의 가집으로 여겨지는 『槿花樂府』에만
수록된 것으로 미루어 『협률대성』의 편자는 이 가집도 참고했을 가
능성이 크다고 하겠다.

『協律大成』에는 『靑邱永言』에 수록되지 않은 30수의 작품이 새로
수록되어 있다. 새로 수록한 작품 30수 가운데 박효관의 작품은 8수
이고 안민영의 작품은 17수다. 나머지 5수는 다른 가집에 수록되어
있으나 『청구영언』에 누락된 것은 5수인데, 원류계 가집 대부분에 수
록되어 있는 것으로 미루어 『청구영언』을 편찬한 사람이 어떤 대본
을 참고하면서 이들 작품들을 누락시켰는데 『협률대성』을 편찬한 사
람이 찾아 다시 수록한 것이 아닌가도 생각된다.

지금 우리가 볼 수 있는 원류계 가집들은 그 기본은 『청구영언』에
서 비롯되었으나 현재 우리가 접하고 있는 원류계 가집의 형태는
『협률대성』에서 이루어졌고 이후에는 이 가집이 원류계 가집의 대본
이 되었다고 하겠다.

『靑丘樂章』에는 『청구영언』이나 『협률대성』에 수록되지 않은 작
품 16수를 새롭게 수록했다. 계면조 二數大葉과 平擧에 정철의 작품
을 각각 2수씩 수록한 것은 『청구영언』에서 정철의 작품을 수록한
것과 같은 맥락이라 하겠다. 박효관의 경우 "文王子武王弟로……",
"南極老人星이……"의 작품 2수를 새롭게 발굴하기도 했지만 『靑邱
永言』과 비교해보면 의도적(?)이라 할 만큼 작품의 수록 순서를 뒤바
꾸거나 생략해버렸다. 그렇기 때문에 곡목을 구분하지 못하고 계속해

서 적다 보니 계면조 중거와 평거를 섞어버려 '中擧附平頭'라 하였고, 界樂의 순서가 다른 가집과 비교해보면 弄歌 다음이지만 編樂 다음으로 뒤바꾸어놓았다. 『협률대성』에는 수록되어 있으나 『청구영언』에 수록되어 있는 작품 30수를 누락시켰는데 곡목이 끝나는 부분에 가서 무더기로 누락시켰다. 계면조 평거의 마지막 2수를 비롯해, 계면조 두거에 5수, 계면조 삼삭대엽에 3수, 우락(羽樂)에 4수와 우락의 1수 등이다.

가집을 새로 편찬하는 사람이 새롭게 가집을 만들게 되면 새로운 형태의 가집을 만드는 것은 당연한 일이겠지만 전사하는 사람들의 경우 대본이 되는 가집과 똑같이 전사하는 것이 아니고 전사자 나름대로 보태거나 누락시켜버리는 경우가 있다. 『靑丘樂章』도 예외는 아니었다.

박효관의 작품 2수를 새롭게 발굴하기도 하였으나

져건너一片石이嚴子陵에釣臺로다
蒼苔빗긴가에흰두點이무슴것고
至今에先生遺跡이白鷗한雙썻잇도다.(靑丘樂章 351)

는 가집 『詩歌』에만 수록되어 있으면서 작자 표시가 없는데도 새삼스럽게 조광조(1482~1519)를 지은이로 하고 "字孝直號靜庵漢陽人中宗朝登第湖堂官至大司憲諡文正公配享文廟"라고 한 것은 전사자가 한 것이라 생각된다.

『가사집』에 새롭게 수록된 작품은 16수다. 앞선 『協律大成』과 『靑丘樂章』에 수록된 작품들을 대부분 수록하고 있기 때문에 새로 수록된 작품이 많지 않다. 16수 가운데 안민영의 작품이 9수 새로 수록되었고, 그보다 후배로 여겨지는 김학연(金學淵)의 작품 1수, 호석균(扈

錫均)의 작품은 3수가 수록되었는데 1수는 기명이 누락되었다. 특이한 것은 "비오는날들에가라……"는 윤선도(尹善道)의 작품으로 다른 가집에 비교적 많이 수록되어 있으나 원류계 가집에는 처음으로 수록되었는데, 작품이 수록된 곳이 계면조 두거의 끝으로 편자나 전사자가 삽입했을 가능성이 크다고 하겠다. 다른 2수는 『화원악보』에서만 대원군의 작품으로 되어 있고, 원류계 가집에 작자가 누락된

> 露花風葉香氣ㄷ속에棘艾는어이석위인고
> 웃고對答ᄒ되君不見香莖臭葉이俱長大ᄒ다
> 늬짐즛석거그려셔以明君子小人ᄒ노라.(歌詞集 156)

와, 작가가 박효관으로 표기되는 바람에 원류계 가집에 박효관의 작품으로 되어 있는

> 洛陽城西北三溪洞天에水證淸而山秀麗ᄒ듸
> 翼然佳亭에伊誰在矣오國太公之偃仰이시라
> 비ᄂᆞ니南極老人北斗星君으로享壽萬年ᄒ오쇼셔.(歌詞集 155)

인데 이는 안민영의 개인 가집인 『金玉叢部』에 수록된 것으로 미루어 박효관의 작품이 아닌 안민영의 작품이 틀림이 없다고 하겠다.

이처럼 『歌詞集』은 안민영과 호석균의 작품을 더 수록한 것이 다를 뿐 새로울 것이 없는 가집이다.

『海東樂章』은 24수의 작품을 새로 수록하고 있는데, 이는 전부 안민영의 작품이고 "玉樓紗窓花柳中의……"는 김태석(金兌錫)의 작품으로 되어 있으나 이는 김윤석(金允錫)의 잘못이다. 작품이 수록된 곳은 각 곡목의 끝 부분이 많으나 의도적(?)으로 곡목의 중간에 삽입하기도

했다. 안민영의 작품은 각 곡목에 골고루 들어 있고, 기왕의『協律大成』을 비롯한『歌詞集』등에 수록된 작품과 합치면 기명과 무기명을 합쳐 35수나 된다. 특히 편삭대엽에서는 8수나 무더기로 수록했다.

『해동악장』은 원류계 가집 가운데『화원악보』와 더불어 비교적 늦게 이루어진 가집으로 박효관보다는 안민영이 관여하여 만든 가집이라 생각된다.

(1)『歌曲源流』계 가집의 고찰

『가곡원류』란 명칭을 가진 가집은 실제 존재하지도 않는데도 불구하고 지금까지 우리가 알고 있는 원류계 가집은 다른 가집에 비해 늦게 이루어진 가집이고 또 활용이 많았던 가집이라 이본이 다른 가집에 비해 상당히 많다. 지금까지 알려진 이본으로는 국악원본을 비롯하여 규장각본(奎章閣本), 하합본(河合本), 육당본(六堂本), 불란서본(佛蘭西本), 박씨본(朴氏本), 구황실본(舊皇室本),『海東樂章』, 가람본(本), 일석본(一石本), 동양문고본(東洋文庫本),『協律大成』,『花源樂譜』등 13종이 있으며, 전 경성제대 교수였던 藤井秋夫가 소장했던 것으로 알려진 등정본(藤井本)이 있는데 이것은 행방을 알 수 없다. 이 가운데는 본문에 해당하는 남창 부분만 있는 것이 있고 부록 형식의 여창 부분이 같이 있는 것도 있다. 또, 여창 부분만 수록한『女唱歌謠錄』도 있다.

지금까지 남창과 여창이 한 사람에 의해 같이 엮어진 것으로 알려졌으나 남창과 여창은 별개로 이루어진 것이다. 또 국악원본은 박효관과 안민영이 공동으로 엮은 가집으로 알려졌으나『靑邱永言』(=河合本)이 원류계 가집 가운데 가장 먼저 이루어진 가집으로 여겨지기 때문에 원류계 가집 가운데 먼저 이루어진 것부터 시작하여 이들 가집을 전사한 순서로 여겨지는 바에 고찰해보자 한다.

1)『靑邱永言』

일본 경도대학(京都大學) 하합문고(河合文庫)에 소장되어 있는 가집을 말한다. 종전에 심재완(沈載完) 교수에 의해 발굴되어『歌曲源流』하합본이라 일컫던 것으로, 이 책의 서명이 제첨이나 내제에 '靑邱永言'으로 되어 있기 때문에 이렇게 부르고자 한다.

다른 이본에 비해 서두에 가악에 대한 참고 문서가 많은 것은 가람본『靑丘詠言』과 같다. 여기에 <海東歌謠錄>이라 하여 김수장(金壽長)의『海東歌謠』서문과 홍만종(洪萬宗)의 글 일부를 수록하고 '洪于海序'라고 한 것이 수록되어 있다. 또, 다른 가집에 없는 '金得臣序'란 글이 수록되어 있는데 여기에 김천택 이전에 송곡(松谷)이란 사람이 가집을 엮었다는 기록이 있어, 김천택의『靑丘永言』이전에 가집이 있었을 가능성을 시사하고 있다.

『靑邱永言』은 누가 뭐라고 하더라도 우선은 歌唱을 위하여 만들어진 가집임에 틀림이 없다.『協律大成』이나『歌詞集』(=國樂院本)처럼 시조 작품 옆에 音符를 붙여놓았기 때문이다.

수록된 작품 수는 849수(남창 657, 여창 192)이고 끝에「相思別曲」을 비롯한 歌詞 8편이 수록되어 있다. 이 가운데「首陽山歌」를 제외하고는 육당본『靑丘永言』에 수록되어 있다.

『靑邱永言』은 가집의 체재는 육당본『靑丘永言』의 영향을 받아 수록된 곡목의 순서가 거의 일치한다. 육당본『靑丘永言』에는 우조와 계면조의 二數大葉에 아무런 변화가 없는 대신에『靑邱永言』에 와서는 中擧, 平擧, 頭擧가 생겼고, 육당본『靑丘永言』은 編數大葉으로 끝나지만『靑邱永言』에는 마지막으로 旕編이 새로운 곡목으로 늘어났

다. 그리하여 곡목 수가 육당본 『靑丘永言』에서는 24곡목이나, 『靑邱
永言』에는 30곡목으로 늘어났다. 『靑邱永言』은 가집의 체계에서는 육
당본 『靑丘永言』을 따랐으나, 수록된 작품을 보면 가람본 『靑丘詠
言』의 영향을 받았음을 쉽게 발견할 수 있다.

> 五百年都邑地를匹馬로도라드니
> 山川은依舊ㅎ되人傑은간듸업다
> 어즈버太平烟月이쑴이런가ㅎ노라.(靑丘詠言 28)

는 야은(冶隱) 길재(吉再)의 작품인데, 시은(市隱) 서견(徐甄)의 작품으
로 기재해놓고는 가번 283에 중복 수록하고는 야은의 작품이라 했다.
대신에 이보다 바로 앞에 수록한

> 이바楚ㅅ사름들아네님군어듸ㄱ니
> 六里靑山이뉘쏜히되단말고
> 우리도武關닷은後ㅣ니消息몰나ㅎ노라.(靑邱永言 361)

를 야은의 작품이라 했는데, 이는 『靑丘詠言』의 영향을 그대로 받은
것으로 여겨지는 『花源樂譜』의 3종 가집에서만 야은의 작품이라고
했다.

> 鴨綠江히진後에에엿분우니님군
> 燕雲萬里을어듸라가시는고
> 春來에草綠ㅎ거든卽時도라오쇼셔.(靑邱永言 97)

는 珍本 『靑丘永言』에서 閭巷六人의 한 사람인 張鉉(=炫)의 작품으
로 되어 있는 것을 『靑丘詠言』에서 谿谷 張維의 작품으로 잘못 記載

하자 『靑邱永言』과 『花源樂譜』도 따라서 張維의 작품으로 기재했다. 이처럼 『靑丘詠言』에서 잘못 기재하는 바람에 『靑邱永言』이 이를 따랐고, 이처럼 잘못 기재된 것을 그대로 따른 경우가 많다. "흐린물엿다 ᄒ고……"를 鄭希良의 작품으로, 『해동가요』에서 朱義植의 作으로 되어 있는 "天心에돗은달과……"를 朴闇의 작품으로, "十年ᄀ온칼이……"를 忠武公 李舜臣의 작품으로 기재하는 등 곳곳에서 잘못 기재한 것을 발견할 수 있다. 또 『화원악보』는 『靑邱永言』을 대본으로 하였기 때문에 이런 실수를 반복하고 있다.

『靑邱永言』에는 같은 源流系 가집에 수록되지 않은 작품이 상당수 있다. 珍本 『靑丘永言』의 편집 체계가 곡조별로 되어 있지만 단순히 歌唱을 위한 것이 아니고 시조의 작품을 한 곳에 갈무리하고 작품의 이해를 돕는 의미에서 관련된 작품들과 관련 있는 글들을 함께 수록하고, 申欽과 趙存性의 경우에는 작품의 漢譯까지 같이 수록했다. 『해동가요』도 栗谷 李珥의 경우 「高山九曲歌」와 崔岦의 「高山九曲潭記」와 여러 사람들의 時調漢譯까지 수록했다. 松江 鄭澈의 경우 珍本 『靑丘永言』에서 『松江歌辭』 義城本의 순서와 거의 동일하게 수록하고 있으나 李滉의 작품이나 李珥, 鄭澈의 작품 전부를 수록한 것은 歌唱과는 거리가 있다고 하겠다. 『靑邱永言』에서도 가창과는 관계가 적은 退溪 李滉이나 松江 鄭澈의 작품이 주로 계면조 이삭대엽과 우조 이삭대엽에 수록되어 있으나 다른 이본들에 수록되지 않은 것은 이 가집보다 얼마간 뒤에 엮어진 것으로 여겨지는 『協律大成』의 편찬자가 이들 작품들이 가창과는 거리가 멀다고 생각하고 누락시키는 바람에 이후에 만들어진 원류계 가집들에는 누락되었고, 이후에 만들어진 이본들은 『靑邱永言』보다 『협률대성』을 대본으로 삼았다고 하겠다. 源流系 가집은 『靑邱永言』이 가장 먼저 엮어졌고, 이보다 뒤에 『協律大成』이 뒤를 이었음을 발견하게 된다. 『靑邱永言』에 수록된 작

품 가운데 우조와 계면조 數大葉 이외에 『協律大成』에서 누락시킨 것은

　　近庭軒花柳依然ㅎ니日午當天塔影圓을
　　봄빗츤눈앏히연마는玉人은어이머럿는고
　　至今에 花相似人不同을못늬슬허ㅎ노라.(靑邱永言 540)

가 있고, 마지막의

　　草堂秋夜月에蟋蟀聲도도못禁커던
　　무슴홀리라夜半의鴻雁聲고
　　千里에님이別ㅎ고즘못일워ㅎ노라.(靑邱永言 657)

는 여창에도 수록되어 있으나 다른 이본들도 다 여창에만 있는 것으로 미루어 남창 부분의 맨 마지막 작품으로 중복하여 수록한 것은 잘못된 것이라 하겠다.

　『靑邱永言』은 「首陽山歌」가 끝난 다음에 장(張)을 달리하여 '兪炳迪書終'이라고 筆寫者의 이름을 적어놓았다. 이 가집의 전사본인 김근수본(金根洙本, 一名 誠巖本)도 이를 본떠 '李容奭書終'이라 했다. 『靑邱永言』에 수록된

　　故人無復洛城東이요今人還對落花風을
　　年年歲歲花相似여늘歲歲年年人不同이로다
　　花相似 人不同ㅎ니그를슬허ㅎ노라.(靑邱永言 281)

　　洞庭湖밝은달이楚懷王의넉시되여
　　七百里平湖에두렷이빗췬뜻즌
　　屈ㄹ三閭 魚腹忠魂을못늬밝혀홈이라.(靑邱永言 307)

의 작자를 각각 유상지(兪尙智), 유수(兪邃)라고 기재하고 유상지(兪尙智)는 '昌原人太宗朝文科判書文章理學者纂麗史'라 했고, 유수(兪邃)는 '昌原人進士端宗朝並被遞六臣禍'라고 하였다. 이 가집에서만 이들의 작가라고 밝힌 것은 필사자(筆寫者)와 관련이 있는 듯하다. 필사자에 대해『昌原兪氏世譜』를 보면

字世卿號檜山高宗丙寅七月二十一生庚戌筮仕掌禮院典祀補　陞承訓郎
斂跡歸鄕不踐京都甲戌二月六日卒 有遺稿

라고 한 것을 보아 고종(高宗) 3년(1866)에 나서 처음 벼슬길에 나가던 해에 경술국치(庚戌國恥)를 당하자 귀향하여 1934년까지 생존했음을 알 수 있다. 그러니까 필사자는 대본으로 삼은 가집을 있는 그대로가 아니라 필사하면서 조금이라도 손을 보았음이 틀림없다. 또 필사자가 가필하였다고 의심할 수 있는 것이 있으니, 영조(英祖)의 작품이라 하여 남창과 여창에 1수씩 수록되어 있는 작품은 이 가집에만 있는 것으로 수록되어 있는 곡목과 부합되지도 않고 여창의 경우에는 가집의 순서에 따라 곡목이 있는데도 불구하고 1수만 따로 떼어 곡목을 설정하고 수록해놓은 것은 분명 필사자가 잘못 삽입한 것이 아닐까 의심된다. 영조의 작품이라고 한 것은 다음과 같다.

놉풀샤昊天이며둣터울샤坤元이라
昊天과坤元인들慈恩에셔더ᄒ시며놉고놉픈華崇과河海라혼들慈恩과갓
틀손가
아홉다 우리太母聖恩은헤아리기어려웨라.(靑邱永言471)

康衢에맑은노릭며南薰殿和ᄒ바름太平氣像을알니로다
大堯의克明ᄒ신峻德과帝舜의賢德이아니시면뉘라셔玉燭春臺를일우

리요

어긔야 우리太母聖德은堯舜을兼ᄒ오시니東方堯舜이신가ᄒ노라.(靑邱
永言 女唱 54)

　이제까지 『가곡원류』란 가집은 박효관과 안민영이 공편한 가집이
며 고종 13년(1872)에 편집되었다는 것이 학계의 정설이었다. 그러나
이들의 작품이 실제 가집에 얼마나 수록되어 있느냐 하는 것이 그들
이 이 가집을 편찬했을 가능성 여부를 가늠해볼 수 있는 근거가 된다
고 하겠다.

　박효관의 시조는 현재까지 15수가 전하고 있다. 이들 작품들은 어
느 한 이본에 전부 수록된 것이 아니고 적게는 4수부터 많게는 13수
가 수록되어 있는데, 아무래도 수록 작품이 적은 것이 많은 것보다
먼저 이루어진 가집이라 하겠다. 박효관의 작품은 『靑邱永言』 남창
부분에 4수 수록되어 있는데 1수는 작자가 누락되었다. 작자가 누락
된 것은

　　서리치고별성권제울며ㄱ는져기럭아
　　네길이긔언마ㄱ나밧바밤ㅁ길촛츠네는것가
　　江南에期約을두엇시ㅣ늣겨갈ㄱ가져레라.(靑邱永言 200)

이다. 안민영의 작품은 그의 개인 가집인『金玉叢部』에 180수 수록되
어 있고, 원류계 가집 남창 부분에 적게는 4수부터 많게는 35수가 수
록되어 모두 78수이다. 『靑邱永言』의 남창 부분에는 박효관과 마찬가
지로 4수가 수록되어 있는데, 1수는 작자가 누락되었고, 2수는 다른
사람의 작품으로 되어 있으며, 안민영으로 기명된 것은 1수이다. 작
자가 누락된 것은

붓슷히져즌먹을더져보니花葉이로다
莖垂露而將低ᄒ고香從風而襲人이라
이무숨造化를부럿관듸投筆成眞허인고(靑邱永言 134)

이고, 다른 사람의 작품으로 된 것은

豪放헐쁜더늙으니술아니면노릭로다
端雅象中文士貌요古奇畫裏老仙形을
뭇ᄂ니雲臺에숨언지몃몃히나되는고(靑邱永言 299)

揮毫紙面何時秃고磨墨硏田畢竟無ㅣ라
문노라뎌ᄉ룸아이글쑷즐能히알ᄅ다
其人이宛爾而笑ᄒ고唯唯而退ᄒ더라(靑邱永言 615)

로 앞에 것은 대원군의 장자(長子) 이재면(李載冕)의 작품으로, 뒤에
것은 대원군의 작품으로 되어 있다. 그러나 앞의 것은 『金玉叢部』에
수록되어 있고, 뒤의 것은 『海東樂章』에 안민영이 대원군을 위해 지
은 것으로 되어 있다. 안민영으로 기명된 것은 다음 하나뿐이며, 이것
은 본 가집에만 수록되어 있다.

夕陽高麗國에닷는말을멈췃시이
슯푸다五百年이물쇼릭가운더라
닉엇지술을씌고셔야滿月臺를지나리요(靑邱永言 430)

이 작품이 『靑邱永言』 이후에 다시 수록되지 않은 것은 『協律大
成』을 편집하거나 전사한 사람이 누락시켰기 때문이다.

2) 『協律大成』

편자나 편찬 연대를 알 수 없는 필사본으로 강릉 이돈희(李燉熙) 씨의 소장본이다. 이 가집의 전사본으로 가람이 소장하고 있고, 1960 년에 동국대학교 김근수(金根洙) 교수에 의해 『국어국문학자료총서』 제7집으로 유인(油印)된 바 있다.

이 가집은 원류계 가집 서두에 수록되어 있는 『能改齋漫錄』의 '歌曲源流'나 '論曲之音'이 없고 서두에 여민락(與民樂), 평조영산회상(平調靈山會上)이 수록되어 있다. 다음에 음부(音符)가 병기된 우조와 계면조의 보기가 상당히 많이 수록되어 있고 '題目標'라 하여 10가지의 음부와 명칭이 있다. 그리고 다른 이본들과 마찬가지로 歌之風度形容十五條目, 梅花點長短, 長鼓長短이 끝나고 '永言全部'라고 하여 본문인 남창 부분이 시작된다.

이 가집에 수록된 작품은 남창 642수, 여창 181수이나, 남창에서 누락된 엇편(旕編) 2수, 삭대엽 1수, 계면조 중거 1수 등 4수를 여창이 끝난 다음에 추록(追錄)했고, 어부사(漁父詞)를 비롯한 처사가(處士歌), 상사별곡(相思別曲), 춘면곡(春眠曲), 명기가(名妓歌), 관동별곡(關東別曲), 백구사(白鷗詞)와 권주가(勸酒歌) 등 장가(長歌) 8편을 수록한 다음에 '歌終奏臺'라 하여 태평가 1수를 추가하여 여창이 182수가 되었으므로, 모두 828수의 시조와 장가 8편이 수록된 셈이다.

가집 체계는 『青邱永言』과 같이 30곡목으로 순서도 동일하나 풍도형용(風度形容)이 『青邱永言』에는 계면조 이중대엽에 달려 있으나, 『協律大成』에서는 우조 삼중대엽과 소용(搔聳)에 달려 있는 것이 다를 뿐이다.

『青邱永言』의 체계를 그대로 따르면서 우조 이삭대엽에서 계면조 삼삭대엽에 이르기까지 많은 작품들을 누락시키면서 이번에는 우조 초삭대엽에서 계면조 두거에 이르기까지 『靑邱永言』에 수록되지 않은 작품들을 새롭게 추가했는데 대부분이 박효관과 안민영의 작품들이다. 『靑邱永言』에 없으면서 『협률대성』에 새로 수록된 작품들로 박효관과 안민영의 작품이 아닌 것은

　　가마귀너를보니익닯고도익달왜라
　　네무슴약을먹고머리조초검엇느냐
　　우리는 白髮검길약을못어들가호노라.(協律大成 35)

　　불아니쩔지라도절노닉는솟과
　　여무쥭아니먹여도크고슬져한것는말과딜쌈잘호는女妓妾과술십는酒煎
　　子와胖部도낫는감운암소오오上同
　　平生에 이다섯가지두량이면부러울거시업세라.(協律大成 143)

　　房안에혓는燭불눌과離別호엿관디
　　것츠로눈물디고속탄쥴모로는고
　　뎌燭불 날과갓트여속타는쥴모르도다.(協律大成 234)

인데 다른 이본에는 수록되어 있지만 『靑邱永言』에만 수록되지 않은 것은 『협률대성』을 전사한 사람이 새로 수록했다고 볼 수도 있으나, 『靑邱永言』의 편자나 전사자가 같은 가집을 대본으로 삼았지만 실수로 빼놓고 전사했을 가능성도 있다고 하겠다.

　　恨唱호니歌聲咽이요愁翻호니舞袖遲라
　　歌聲咽舞袖遲는님글이는탓시로다
　　西陵에 日欲暮호니익긋는듯호여라.(協律大成 343)

　　諸葛亮은七縱七擒호고張翼德은義釋嚴顔호엿느니

성겁다華容道좁운길노曹孟德이술아가단말가

千古에 凜凜흔大丈夫는漢壽亭侯신가ᄒ노라.(協律大成567)

의 2수는 다른 이본에는 남창과 여창에 함께 수록되었으나 『靑邱永言』에만 여창에만 수록되었다.

박효관과 안민영의 작품 수록을 보면 『靑邱永言』에서는 각각 4수씩 수록되었지만, 『協律大成』에 와서는 크게 증가했다. 박효관의 작품은 8수가 증가한 12수이고, 안민영의 작품은 『靑邱永言』에 수록되었던 작품은 하나도 수록하지 않았고, 새로 17수가 수록되었으나

히지고둣는달이너외期約두엇던가

閣裡에ᄌ든곳이香氣노아맛는고야

뉘엇지梅月이벗되는쥴몰낫던고ᄒ노라.(協律大成 117)

는 작자가 누락되었다.

3) 『靑丘樂章』

육당(六堂) 최남선(崔南善)이 소장했던 필사본 가집으로 6·25전쟁으로 망실되었으나 1929년 경성제대 조선문학회와 1952년 국어국문학회에서 유인간(油印刊)을 내놓아 세상에 널리 알려져 있다. 책의 제첨(題簽)은 '靑丘樂章'으로 되어 있다.

수록 작품 수는 804수(남창 626, 여창 178)로 다른 원류계 가집인 『靑邱永言』(=河合本)이나 『歌詞集』(=國樂院本)보다 약간 적다. 이는 『靑邱永言』이나 『協律大成』에 수록한 작품들을 새로 편집 또는 전사하는 과정에서 많이 누락하였기 때문이다. 『靑邱永言』과 비교해보면 곡목 다음에 붙인 풍도형용(風度形容)이 차이가 난다. 『靑丘樂章』에서

는 풍도형용을 우조 삼중대엽과 소용(搔聳)에 달았으나, 『靑邱永言』에서는 우조 이중대엽과 계면조 삼삭대엽에 단 것이다. 이후정화(二後庭花)는 육당본 『靑丘永言』에도 이미 없어졌는데 이 가집에서 이후정화 곡목에 "今失調可惜"이라 한 것은 아마도 필사자의 주관이 개입된 것이 아닌가 한다.

곡목의 수는 『靑邱永言』이나 『歌詞集』이 30곡목으로 같은 데 비해 짐작컨대 이보다 앞서는 『靑邱永言』이나 『協律大成』을 대본으로 하여 전사하다 보니 실수이든 고의든 빠뜨렸기 때문에 계면조 평거(平擧)는 중거(中擧)에 붙이면서 "中擧附平頭"라 하면서 '平擧'를 '平頭'라 잘못 표기했고, 농(弄) 이후 엇편(旕編)에 이르기까지 우락(羽樂)의 곡목 표시를 빠뜨렸으며 순서도 계락(界樂)과 바뀌었다. 이 가집은 의도적(?)이라 할 만큼 『靑邱永言』이나 『協律大成』의 작품 수록의 순서를 뒤바꾸었다. 그러다 보니 계면조의 중거와 평거를 섞어버려 구분이 어렵게 되자 구차스럽게 중거에 평거를 붙여버린다고 했다. 또 우락의 곡목 표시를 빠뜨렸고, 계락은 순서를 바꿔버렸다. 또 한 가지 특별한 것은 앞선 『靑邱永言』이나 『협률대성』에 없는 작품을 새로 수록하는 일도 있지만 그 가집에 있던 작품들을 많이 누락시키기도 했다는 점이다.

『청구악장』에서는 먼저 필사된 가집인 『靑邱永言』이나 『협률대성』에 수록되어 있는 작품을 많이 누락시켰다. 누락된 작품의 대부분은 각 곡목의 끝에서 발견할 수 있다. 이는 전사할 때 거의 의식적으로 이루어진 것 같으니, 비록 작가 표시가 없기는 하지만 박효관의 작품이든 안민영의 작품이든 관계없이 누락시켜버렸다.

셔리티고별셩긴졔울며가ᄂᆞᆫ저기럭아
네길이긔언마ㅣ나밧바밤씰좃ᄎᆞ네ᄂᆞᆫ것가

江南에 期約을두엇시민늣져갈까져혜라.(協律大成 203)

붓긋히져근먹을더져보니花葉이로다
莖垂露而將低ᄒ고香從風而襲人이라
이무슴 造化를부럿관듸投筆成眞허인고(靑邱永言 134)

　앞의 것은 박효관의, 뒤의 것은 안민영의 작품으로『靑邱永言』이나
『협률대성』에서 작자를 밝히지 않았으나『歌詞集』이나『海東樂章』에
서 박효관과 안민영의 작품으로 밝힌 것이다. 박효관이나 안민영이
직접『청구악장』의 편집이나 전사에 관여했다면 누락시킬 이유가 없
을 것이다. 대체적으로『협률대성』과 비교했을 때 가집 전반보다는
후반에서 누락한 경우가 두드러진다. 계면조 평거(平擧)와 두거(頭
擧), 삼삭대엽에서 곡목 끝부분에 누락이 두드러지고, 만횡(蔓橫), 계
락(界樂), 우락(羽樂), 엇락(旕樂)과 편삭대엽(編數大葉)도 끝에서 1수
에서 몇 수씩 누락시켰다.
　『靑邱永言』이나『협률대성』보다 누락된 작품이 많기는 하지만 이
들 가집에 수록되지 않은 작품을 발굴하여 수록하기도 하였다.

欄干에지혀안져 玉笛을빗기부니
五月江城에흣듯는梅花ㅣ로다
한曲調 舜琴에섯거百工相和ᄒ라.(靑丘樂章 54)

生前에富貴키는 一杯酒만흔니업고
死後風流는陌上花쑨이로다
무삼일 이조흔聖世에아니醉코어이리.(靑丘樂章 55)

는 작자 표시가 없지만 김유기(金裕器)와 김천택(金天澤)의 작품으로

이미 다른 가집에 수록되어 있고,

青天구름밧게 놉히쯘鶴이러니
人間이됴터티야무슴으로나려온다
長짓치 다써러지도록ㄴ라갈줄모르는다.(靑丘樂章 347)

져긔셧는저소나무 길가셜줄어이
져근듯드리혀더러길ㄱ에섯고랴쟈
삿쯱고 도치멘분네는다쯱으려ᄒᆞᆫ닷다.(靑丘樂章 348)

古今人物혜아리니 明哲保身누구누구
張良은謝病辟穀ᄒᆞ여赤松子를ᄯᆞ라놀고范蠡는五湖烟月에吳王의亡國讐
를扁舟에싯고도라오니
아마도 彼此高下를나는몰ㄴᄒᆞ노라.(靑丘樂章 500)

에서 앞의 2수는 정철의, 뒤의 것은 이정보(李鼎輔)의 작품으로 다른
가집에 수록되어 있으나『靑邱永言』이나『협률대성』에는 수록되지
않았다. 무명씨의 작품으로는

世事를뉘아던가 ᄀᆞ리라渭水邊에
世上은날를쯴들山水둧ᄎᆞ날를쯴랴
江湖에 一竿漁夫ㅣ되야잇셔待天時만ᄒᆞ리라.(靑丘樂章 268)

뭇노라汨羅水야 屈原이어이죽다ᄐᆞ냐
讒訴에더러인몸죽어뭇칠싸히업셔
滄波에 骨肉을싯셔魚腹裡에葬ᄒᆞ니라.(靑丘樂章 270)

뭇노라져禪師야 關東風景이엇더ᄐᆞ니
明沙十里에海棠花ㅣ붉어닛고

遠浦에 兩兩白鷗는 飛疏雨를ㅎ더라.(靑丘樂章 240)

져건너一片石이 嚴子陵에 釣臺로다
蒼苔빗긴가에흰두點이무슴것고
至今에 先生遺跡이白鷗한雙떳잇도다.(靑丘樂章 351)

다만한間草堂에 箭筒걸고冊床놋코
나안고님안즈니거문고란어듸둘고
두어라 江山風月이니한듸둔들엇더리.(靑丘樂章 273)

北窓凉風下에 훨쩍벗고누엇시니
紅塵에念絶ㅎ고一卷茶經뿐이로다
아마도 義皇上人은나뿐인가ㅎ노라.(靑丘樂章 369)

가 있는데, "져건너一片石이……"는『詩歌』에만 수록되어 있는데, 작자를 조광죠(趙光祖)라고 한 것은『靑丘樂章』뿐이며, "다만한間草堂에……"는 같은『詩歌』에

다만草廬흔間집에冊床노코箭筒걸고
나안고임이안즈니沈香거믄고를어듸두고
江山을 들일듸업시니둘너두고보리라.(詩歌 357)

와 類似歌로『靑丘樂章』은『靑邱永言』이나『협률대성』外에『詩歌』도 참고했을 가능성이 크다고 하겠다. "뭇노라汨羅水야……"는 다른 가집에 百濟 成忠의 작품으로 되어 있으나 여기에서 작자가 누락된 대신에 "뭇노라져禪師야……"를 成忠의 작품이라고 한 것은 착각이 아닌가 한다. "北窓凉風下에……"는 다른 가집에 없는 새로운 작품이며, 그 밖에 김문근(金汶根)의 작품으로

南極壽星도다잇고 勸酒歌로祝手ㅣ로다
오늘날老人들은서로노즈勸ᄒᆞ는고나
이後란 花朝月夕에每樣놀녀ᄒᆞ노라.(靑丘樂章 60)

이 있는데, 이것은 『靑邱永言』의 여창에 수록되어 있고 남창에는 『靑
丘樂章』이 처음이다.

　박효관과 안민영의 작품은 각각 2수씩 새로 수록되었다. 박효관의
작품은

文王子武王弟로富貴雙全허신周公
握髮吐哺ᄒᆞᆺ愛下敬勤ᄒᆞ샷거든
어디트後世不肖는驕奢自尊ᄒᆞ는고(靑丘樂章 59)

南極老人星이四敎齋에드리오셔
우리님壽富貴를康寧으로도으셔든
우리도德蔭을무르와太平燕樂ᄒᆞ노라.(靑丘樂章317)

로 본 가집에만 수록되어 있다. 안민영의 작품은

上元于甲子之春에우리聖主卽位신져
堯舜을法바드사光被四表ᄒᆞ오시니
物物이春風和氣를쯰여同樂太平ᄒᆞ더라.(靑丘樂章 21)

놉푸락나즈락ᄒᆞ며멀기와갓갑기와
모지락둥그락ᄒᆞ며길기와저르기와
平生을이리ᄒᆞ엿시니무삼근심잇시리.(靑丘樂章 162)

인데 "놉푸락나즈락……"은 『靑邱永言』에는 여창에 수록되어 있고,

"上元于甲子之春에……"는 안민영의 개인 가집인『金玉叢部』와『海東樂章』에도 수록되어 있으나, 終章이 "美哉라 億萬年東方紀數ㅣ이로 좃츳비로솟다."처럼 차이가 나는 것으로 미루어 이 작품은 뒤에 추고(推敲)한 것이 아닌가 여겨진다.

4)『歌詞集』

현재 국악원(國樂院)에 소장되어 있는 사본의 가집으로, 서지사항을 보면 冊大가 세로 30cm 가로 21cm에 총 72장이다. 수록 작품 수는 856수(남창 665수, 여창 191수)이다.

서두에 훼손이 많아서『能改齋漫錄』의 이조(二條)도 판독이 어려울 정도로 조금만 남아 있다. 다음에 삼조(三調), 歌之風度形容十五條目, 梅花點長短, 長鼓長短點 등이 있고, 이어서 본문인 남창 부분이 시작된다. 책미(冊尾)에는 발문이 붙어 있는데 다른 이본에 있는 박효관의 글로 여겨진다.

심재완 교수는 이 가집이 원류계 가집 가운데 완본(原本이거나 그에 가장 가까운)이라 생각하고 그 근거로는 정성을 들인 사법(寫法), 오음분절(五音分節), 본문음부기입(本文音符記入), 철자법(綴字法) 등과 가람과의 대화에서 서로의 의견이 합치된 점을 들었다. 김근수 교수는 한 걸음 더 나아가 원본(藁本)일 가능성을 제시하였다.

곡목은『靑邱永言』과 같은 30곡목이며 풍도형용을 표시한 곳은 우조 삼중대엽과 소용에 더 달려 있고, 계면조 중거와 편삭대엽에 빠져 있다. 시조가 끝난 다음에 장가(長歌)로는 어부사 하나만 수록되어 있다.

이 가집도 새롭게 작품을 발굴하여 수록하려는 노력이 있어 보이나 적극적이지는 않다. 이미 알려진 작품으로 새롭게 수록한 것은

비오는날에들에가랴 簑笠걸고쇼먹여라
마히每樣이라裝技撚匠을드스려라
쉬다가 기는날보아셔긴밧갈녀ᄒ노라.(歌詞集 437)

는 윤선도의 작품으로 비교적 많은 가집에 수록되어 있으나,『靑邱
永言』을 비롯한『협률대성』과『청구악장』에는 누락되었다.

　박효관과 인민영의 작품 수록을 보면, 박효관의 경우 이보다 앞선
것으로 여겨지는『청구악장』에 새로 2수가 발굴되어 수록됐으나 이
것을 제외시켜 현재 전하는 15수 가운데 더 발굴된 것이 없는 13수를
수록하고 있다. 안민영의 경우에는 9수를 더 발굴하여 30수를 수록하
고 있는데

牛山에지는히를 齊景公이우럿더니
三溪洞가을달을國太公이늣기샷다
아마도 古今英傑의慷慨懷는한가진가ᄒ노라.(歌詞集169)

는 작자가 누락되었다. 각 곡목마다 새로 수록한 작품들은 대부분 곡
목 끝에 수록하여 기왕의 가집에 삽입하는 형식을 취한 것이 많다.

　또, 새로운 것은 안민영보다는 얼마간 후배인 것으로 여겨지는 김
학연(金學淵)과 호석균(扈錫均)의 작품을 수록하고 있는 점이다. 김학
연의 작품은 3수 전하고 있는데『靑邱永言』에도 1수가 수록되어 있
고,『화원악보』에는 그의 작품 3수가 모두 수록되어 있다. 본 가집에
수록되어 있는

堯田을갈던ᄉ름 水慮를못닉엿고
湯田을갈던ᄉ름 旱憂를어이혼고
아마도 無憂無慮헐쓴心田인가ᄒ노라.(歌詞集 24)

가 본 가집 외에 가람본, 일석본, 『화원악보』에 수록되어 있는 것으로 보아 이들 이본이 비교적 후대에 전사된 가집임을 짐작케 한다. 호석균의 작품은 15수가 전하는데 대부분 일석본(一石本)의 추가된 부분에 수록되어 있고, 본 가집에 수록되어 있는

　　細柳淸風비긴後에 우지마라뎌믜암아
　　꿈에나님을보려계유든줌을씨오느냐
　　꿈씌야 것혜업스면病되실ㄱ가우노라. (歌詞集 366)

는 작자가 누락되어 있으나, 일석본과 『화원악보』에 호석균의 작품으로 되어 있다. 그리고

　　雲臺上鶴髮老仙 風流宗師그뉠너냐
　　琴一張歌一曲에永樂千年ㅎ단말가
　　謝安의 携妓東山이야닐너무슴ㅎ리요. (歌詞集 295)

　　紅白花쟈진곳에 才子佳人뫼혀셰라
　　有情흔春風裏에뺏혀간다淸歌聲을
　　아마도 月出於東山토록놀고갈ㄱ가ㅎ노라. (歌詞集 369, 543)

의 2수는 박효관의 문하(門下)에 출입한 사실을 노래한 것으로, 앞에 것은 박효관을 두고 노래한 것이고, 뒤의 것은 중복하여 수록하면서 '三月時來遊雲翁道壓製', '暮春會飮於雲坮山房作'이라 한 것으로 미루어 雲崖山房에서 있었던 일을 노래한 것이다.

　끝으로, 본 가집에서 누락시킨 작품을 보면

　　綠水靑山깁푼골에ᄎ쟈오리뉘잇시리

花逕도쓸리읍고柴扉를닷앗는듸
仙狵이雲外吠ᄒ니俗客을ᄀ가ᄒ노라. (靑邱永言 107)

이 있는데, 이는 바로 앞에 수록된 것이

綠水靑山깁푼골에 靑藜緩步드러가니
千峰에白雲이요萬壑에烟霧ㅣ로다
이곳이景槩됴ᄒ니예와놀녀ᄒ노라.(靑邱永言 106)

와 초장(初章)의 앞 구(句)가 같아 전사할 때 착각하고 빠뜨린 것이
아닌가 한다.

5) 『海東樂章』

원류계(源流系) 가집 가운데 늦게 이루어진 것으로 추정(推定)되는
가집이다. 제첨(題簽)이 '海東樂章'으로 되어 있으며, 건(乾)·곤(坤)의
2권으로 된 것과, 건곤의 구분 없이 단권(單卷)으로 된 것이 있다. 2권
으로 된 것은 조동윤(趙東潤, 1871~1923) 가(家)의 구장본(舊藏本)으로
건권 71장, 곤권 84장, 모두 155장이다. 서두에서 계면조 두거(頭擧)까
지가 건권에, 이하 여창까지가 곤권에 수록되었다. 수록 작품 수는 남
창 655수, 여창 215수를 합쳐 870수로 되어 있다. 그러나 심재완 교수
가 그의 『校本歷代時調全書』에서 대본으로 삼은 것은 건곤의 구분이
없는 단권으로, 남창 658수, 여창 216수를 합쳐 874수가 수록되어 있
어 수록 작품 수에 4수 차이가 있으나, 그 차이가 나는 4수는 어느
것인지 밝혀지지 않고 있다.

본 가집은 수록 작품 수가 가장 많고 수록된 안민영의 작품으로
보아 늦게 이루어진 가집에 틀림이 없으나, 안민영이 직접 찬집한 것

이 아니라 누군가에 의해 전사된 가집에 틀림이 없다. 왜냐하면 곳곳에 전사한 것임을 알 수 있는 곳이 많다.

가집의 체재는 『靑邱永言』이나 『協律大成』, 『歌詞集』과 같으나 계락(界樂)과 엇락(旕樂)의 곡목을 빠뜨렸다. 우락(羽樂)도 우거(羽擧)라고 잘못 표기하였다. 율당삭대엽(栗糖數大葉)이란 곡목 대신에 반엇삭대엽(半旕數大葉)이라고 했다. 이 가집은 안민영 자신이 엮은 가집이 아님이 분명하다. 만약 안민영 자신이 엮은 가집이라면 자신의 작품도 전사하다 중단하는 어리석음을 저지르지는 않았을 것이다.

> 菊花야너는어이 三月東風슬혀흔다
> 성권울츤빗뒤희츨아리얼지연졍
> 반드시 群花로더부러(以下 缺).(海東樂章 401)

는 안민영의 작품으로 『協律大成』과 『歌詞集』에도 수록되어 있는데, 여기서 전부를 수록하지 못한 것을 보면 이 가집도 안민영 자신이 직접 만든 가집이 아님을 알 수 있다. 다음의 작품

> 龍樓의祥雲이오鳳閣에瑞靄로다
> 甲戌二月初八日의우리世子誕降호사
> 億萬年東方氣數를바드이어계신져.(海東樂章 679(21))

는 그의 개인 가집 『金玉叢部』에 수록되어 있는 세자의 탄생을 축하하기 위해 지은 연시조 제6수의 초장과 제2수의 중장과 종장을 하나의 작품으로 착각한 것으로, 분명 전사(轉寫)할 때의 잘못이다. 『금옥총부』에 수록된 작품은 다음과 같다.

> 龍樓에祥雲이요鳳闕에瑞靄ㅣ로다

甘雨는汝液에둣고和風은御柳에둘닌져
美哉라祥雲瑞靄와甘雨和風은聖世子의時節인져.(金玉叢部 88)

獜在郊鳳翔岐하니이어인大吉祥고
甲戌二月初八日의聖世子ㅣ誕降하사
億萬年東方氣數를바다니여계신져.(金玉叢部 10)

또 작가 표시를 잘못한 경우니

玉樓紗窓花柳中의白馬金鞭少年들아
긴노릭七絃琴과笛필이長鼓稿琴알고져리즑기나냐모르고즑기나냐　調
音體法을날다려뭇게되면玄妙흔문리롤낫낫치니르리라
우리는百年三萬六千日의이갓치밤낫즑기리라.(海東樂章 643)

의 작자를 김태석(金兌錫)이라 하였는데, 김태석은 숙종(肅宗) 때 사람
으로 그의 작품 4수가 김수장(金壽長)이 엮은 『靑邱歌謠』에 수록되어
있는데, 3수는 『瓶窩歌曲集』과 서울대본 『樂府』에만 수록되어 있다.
장시조인

직넘어쉭앗슬두고손쌕치며애써간이
말만흔삿갓집의헌덕셕펼쳐덥고년놈이흔듸누어얽지고틀어졌다이졔는
얼이북이叛奴軍에들거곤아
두어라모밀쎡에두杖鼓룰말려므슴흐리요(靑丘歌謠 15)

는 원류계 가집에 수록되기는 하였으나 작자가 미상이다. 그러나 "玉
樓紗窓花柳中에……"는 안민영과 절친한 벽강(碧江) 김윤석(金允錫)의
작품으로 함화진(咸和鎭)의 『增補歌曲源流』에서도 김윤석의 작품이라
하였다.

다음의 작품은 안민영의 개인 가집인 『금옥총부』에 수록되어 있는 것에서 초장과 중장 첫머리가 누락된 형태로 『해동악장』에 수록되어 있다.

> 雲車를머무르고芳草岸의긔여올나
> 긴포폼흔마디로胸海를넓인後의다시금淸流邊의詩를읊고盡날닐졔불근곳푸른닙흔山形을그림ᄒ고우는싀닷는麋鹿春興을ᄌ랑흔다嘹喨흔가는소리香風의무더날고狼藉흔風樂소리行雲의셧겨간다
> 俄已오石逕隱隱죠븐길노緇衣白納이ᄎ례로늘어오며合掌拜禮ᄒ더라.
> (海東樂章 639)

> 不學이無聞이면正墻面而立이어니聖學을만이빅와溫故而知新허오리라
> 그러미雲車를머무르고芳草岸에긔여올라긴포롬흔마디로胸海를널닌후에다시금淸流邊에詩를읊고盡날닐졔불근곳푸른닙흔山形을그림허고닷는麋鹿나는싀는春興을藉良헌다嘹喨헌가는노리香風에무더가고狼藉헌風樂쇼리行雲에셧겨난다
> 俄已오石逕隱隱비긴길노緇衣白納이次例로느러오며合掌拜禮허더라.
> (金玉叢部 170)

『해동악장』에 수록되어 있는 것은 『금옥총부』의 "不學이無聞이면 正墻面而立이어니聖學을만이빅와溫故知新허오리라그러미"가 누락된 것으로 되어 있으나, 이는 『금옥총부』를 처음에 연구한 沈載完이나 姜銓爕이 原典을 잘못 해석하여 『금옥총부』에 수록된 작품 수를 180首로 보았기 때문에 編數大葉에 수록된 작품(가번167~173) 7수 가운데 여섯 번째인 가번 172번이 초장과 중장, 그리고 종장 초구(初句) 3자 가지만 있고 나머지와 이 작품에 대한 후기가 누락된 것을 모르고 다음 張으로 넘어가 "雲車를머무르고……"로 시작되는 가번 173과 이어진 것으로 잘못 보았기 때문에 『금옥총부』에 수록된 작품이 180수라

고 하였다. 그러나 최근 김신중(金信中)과 윤영옥(尹榮玉)에 의해『금
옥총부』의 주석서가 나오면서 이 같은 사실이 발견되었다.

　원류계 가집에 언제 편찬되었느냐에 대해 처음 언급한 사람은 육
당(六堂) 최남선(崔南善)이다. 그가 자가(自家) 소장인『靑丘樂章』을
1929년에 소개하며 쓴「『歌曲源流』小叙」에서 편자와 편찬 연대를
모른다고 하였으나, 도남(陶南)은 이보다 조금 늦은 1933년에「歌曲源
流 解題」란 논문에서 육당본보다 늦게 발굴된 국악원본의 박효관의
발문으로 추정되는 글을 들어 박효관과 안민영이 편찬하였으며,『海
東樂章』에 수록되어 있는 안민영의 글 "論詠歌之源"에 있는 '丙子榴
夏節周翁安玟英字聖武序'를 근거로 고종 13년(1876)에 편찬되었다고
주장하였다. 그러면서 영조 때 김천택과 김수장의『靑丘永言』과『海
東歌謠』와 더불어 조선 시대 삼대 가집(三大歌集)이라 부를 만하다고
한 이래 이것이 이제까지 학계의 정설로 굳어져 내려오고 있다.

　그러나 이것은 실제와 부합되지 아니한다.

　　　전나귀혁을치니돌길에날뇌거다
　　　兒孺야처치디말고술병부듸죠심ㅎ라
　　　夕陽이山頭의거니ᄂᆞᆼ뒤鶴의소릭들니더라.(海東樂章 99)

　　　알쓰리그리다가만나보니우읍거다
　　　그림갓치마죠안져믝믝이볼븐이라
　　　至今의相看無語룰情이런가ㅎ노라.(海東樂章 804(146)

의 2수에 대해서는『금옥총부』에 수록되어 해설이 수록되어 있는데,

　　　戊寅春 與蓮湖朴士俊 華山孫五汝 碧江金君仲 訪雲崖山房(金玉叢部
42)

丁丑春 余在雲宮矣 有人來訪故 出往視之則 其人自袖中出一封花箋 坼
而見之則 乃是全州梁臺 在京書也 卽往相握 其喜何量 信乎其喜 極無語
也(金玉叢部 150)

에서 각각 볼 수 있는 것처럼 정축(丁丑)은 고종(高宗) 14년이고 무인
(戊寅)은 15년이다. 고종 13년에 일단 편집을 마쳤다 하더라도 그대로
세상에 내놓은 것이 아니고 그대로 가지고 있다가 후에 보태 넣은 것
이 아닌가 한다. 그리고 이것은 『해동악장』과 관련이 있는 것이지 이
미 그 이전이 이루어진 것으로 믿어지는 『靑邱永言』을 비롯한 『협률
대성』과 『청구악장』, 『가사집』과는 관련이 없는 것이다.

『해동악장』에는 안민영의 작품을 새로 23수 수록했는데, 『가사
집』의 경우처럼 대부분 곡목의 끝부분에 삽입하는 형식을 취했고, 이
가운데 8수는 작자를 누락시켰다. 그 밖에 1수는 김윤석(金允錫)의 작
품이다.

다른 이본에 수록했던 작품을 누락한 것은 모두 7수로 모두 곡목
중간이지만 『靑邱永言』 우조 평거 끝의

座上客常滿이요樽中에酒不空은
北海風流를ᄂᆡ남업시혈뜻ᄒᆞ되
아마도草堂大夢은못미츨ㄱ가ᄒᆞ노라.(靑邱永言 91)

世上에마음이업셔北窓下에누엇시니
功名이可笑ㅣ로다至樂이여긔여니
이윽고有意흔明月은날을좃츠오나다.(靑邱永言 92)

2수를 연속하여 누락시킨 것은 『청구악장』의 경우처럼 고의적으로
한 것인지, 아니면 단순한 실수인지는 판단하기 어렵다고 하겠다.

6) 기타

여기서 기타라고 한 것은 앞에서 언급한 이본 이외의 것을 말한다.

① 규장각본(奎章閣本)

서울대학교 중앙도서관에 소장되어 있는 사본으로 서지사항(書誌事項)을 보면 책대(冊大) 세로 34.8cm, 가로 21.6cm이다. 심재완에 의하면『가사집』(=국악원본)의 전사본(轉寫本)으로

博浪沙中쓰고남문鐵槌를 天下壯士項羽듀어
힘〻지두러메어씨치과져離別두字
그제야 情든님다리고百年同住ᄒ리라.(歌詞集 455)

의 1수가 누락되었고 서로의 순서가 뒤바뀐 곳이 여러 곳이 있으며 전사가 충실하지 못하다고 하였다.

② 동양문고본(東洋文庫本)

이 가집은 현재 일본 동경대(東京大) 동양문고에 소장되어 있는데 원래 일본인 前間恭作의 구장본(舊藏本)이었다. 서지사항은 책대(冊大)가 세로 26cm, 가로 18,6cm인데 권두와 본문을 합쳐 46장이다. 수록작품은 454수로 이는 계면조 삼삭대엽(三數大葉)까지 전사하다 말았기 때문이다. 다음의 만횡(蔓橫)부터는 장시조이기 때문에 전사를 중단한 것이 아닌가 여겨진다.

작품의 수록된 순서나 체계에서『靑丘樂章』(=六堂本)과 비슷한 점이 많은 것으로 미루어 이를 대본으로 삼은 듯하다. 전사자는 처음부터 중간에 중단하려고 한 것은 아니라 하더라도 전사에 충실하지 못한 것으로 여겨진다. 같은 작품을 중복한 것이 7수나 되는데,

간밤에부든ᄇᄅ롬에눈서리티단말가
落落長松이다기우러가노ᄆ리라
허믈며 못다픤곳이야닐너부슴ᄒ리요(동양문고본 200)

엇그제부든ᄇᄅ롬눈서리티단말가
落落長松이다기우러가노ᄆ리라
ᄒ믈며 못다픤곳이야닐너무슴ᄒ리요(동양문고본 230)

은 초장(初章)이 "간밤에"와 "엇그제"의 차이 때문에 별개의 작품으로
인식하고 중복하여 수록한 이본들이 많다고 하겠지만,

燈盞불그무러갈제窓젼집고드ᄂ님과
五更鐘 나리올졔다시안고눕ᄂ님을
아무리 白骨이塵土ㅣ 된들니즐쥴이잇시랴(동양문고본 216, 219)

春山에눈녹인ᄇᄅ롬건듯불고간듸업ᄂ
더근덧비러다가ᄲ리과져ᄆ리우희
귀밋헤 히묵은셔리를불녀볼ᄀ가ᄒ노라(동양문고본 180, 208, 240)

처럼 같은 작품을 중복한 것은 전사가 충분치 못한 것이라 생각된다.
그리고 이것의 전사본이 서울대학교 도서관에도 있다.
    그러면서도 특이하게 전사하면서 자기의 의견을 보탰거나 아니면
다른 가집을 참고한 것이 아닌가 여겨진다.

굽어ᄂ千尋綠水요도라보니萬疊靑山
十丈紅塵을언마ㅣ 나가렷ᄂ고
江湖에月風淸ᄒ니더옥無心ᄒ여라.(東洋文庫 62)

는 이현보(李賢輔, 1467~1555)의 「漁父歌」 5수 가운데 하나인

구버는千尋綠水도라보니萬疊靑山
十丈紅塵이언매나가련는고
江湖에月白호거던더욱無心호얘라.(珍靑 19)

와 종장(終章)을 달리하여 김종직(金宗直, 1431~1492)의 작품이라 하고, "字號佔畢齋 善山人 學行文章爲世所推 世祖朝登第就仕 及成宗朝擢至刑判 謝病歸故鄕 作此歌以消憂 至燕山以弔義帝文剖棺斬屍"이라고 작자에 대해 설명하고 있다. 이 작품을 김종직이라고 한 것으로는 『甁窩歌曲集』이 있으나, 종장이 바뀌지 아니한 상태이니 아무래도 전사한 사람의 의견일 가능성 크다고 하겠다. 또, 다른 가집을 참고했을 가능성도 있다. 이현보의 「어부가」 첫 번째 작품인 "이듕에시름업스니……"를 『東歌選』과 『大東風雅』에서 김종직의 작품으로 표기하였으니 이를 참고했을 것으로 짐작된다. 그러면서

靑山아웃디마라白雲아譏弄마라
白髮紅塵에늬됴하단니더냐
聖恩이至重호시니갑고가려호노라.(東洋文庫 241)

를 새롭게 수록한 것은 전사자가 한 것이라 생각된다.

　박효관과 안민영의 작품이 수록된 현황을 보면 다음과 같다. 박효관의 작품은 11수 수록하였는데 『청구악장』이나 불란서본에만 수록되어 있는 것 2수는 수록되지 않았다. 안민영의 작품은 19수 수록되어 있는데 모두가 안민영의 작품으로 기명(記名)되어 있다.

③ 박씨본(朴氏本)

박상수(朴相洙) 씨가 소장했던 사본으로 책 표의(表衣)에 제첨(題簽)이 '歌詞集全'으로 되어 있어 『歌詞集』(=國樂院本)과 같다. 수록된 작품 수는 725수(남창 537수, 여창 188수)로, 서두가 원류계 가집들과 같으며 본문인 남창 부분에 수록된 만횡(蔓橫)의 끝 작품 "鶺鴒은 雙雙綠潭中이오……"부터 농가(弄歌), 계락(界樂), 우락(羽樂), 엇락(旕樂)의 앞 2首 "白髮漁樵江渚上에……"와 "白花山上上峰에……"까지를 중단했다가 나머지 편락(編樂)과 편삭대엽과 엇편을 전사했기 때문에 수록 작품 수가 다른 원류계 가집보다 적다. 동양문고본도 전사하는 사람이 전사에 부담을 느껴서 한 행동인지는 몰라도 장시조에 해당하는 부분부터는 전사하지 않고 중단한 것처럼 박씨본의 전사자도 그런대로 만횡까지는 전사했지만 이후 그쳤다가 끝에 얼마 안 되는 엇락부터 편락, 편삭대엽, 엇편을 전사했다.

다른 원류계 가집들에 수록된 작품을 특별히 누락시킨 것은

明明德실은수레어드메나ㅁ더이고
物格峙넘어드러知止고기지느더라
가미야ㅁ더라마는誠意館을못갈네라.(靑邱永言 50)

赤免馬슬지게먹여豆滿江에싯겨셰고
龍泉劍드는칼을선뜻쎄쳐두러메고
丈夫의立身揚名을試驗혈ㄱ가ㅎ노라.(靑邱永言 130)

長白山에旗를꼿고豆滿江에말을씨서
석은뎌선빅야우리아니ㅅ나희냐
엇지타麟閣畵像을누구몬져ㅎ리요(靑邱永言 245)

의 3수이다.

박효관과 안민영의 작품 수록 현황은 다음과 같다. 박효관의 작품은 13수가 수록되어 있는데 모두 무기명으로 된 것이 특이하다고 하겠다. 안민영의 작품은 23수가 수록되어 있는데

雨絲絲楊柳絲絲風習習花爭發을
滿城桃李는聖世에和氣로다
우리는康衢逸民인져太平歌로즑기리라.(朴氏本 96)

희기눈갓튼이西施의後身인가
곱기곳갓튼니太眞의녁시온가
至今에雪膚花容은너을본가ᄒ노라.(朴氏本 342)

의 2수는 본 가집과 구황실본(舊皇室本)의 남창 부분에 수록되어 있는데, 앞의 작품은 여창 부분에도 동시에 수록되어 있으면서 『靑邱永言』과 『歌詞集』, 『海東樂章』에는 여창 부분에만 수록되어 있다. 뒤의 작품은 본 가집과 구황실본, 그리고 뒤에 나온 것으로 추정되는 『해동악장』에만 수록되어 있어 본 가집을 전사한 사람이 추가시킨 것을 뒤에 『해동악장』 편자가 추록한 것으로 생각된다. 안민영 작품의 기명은 7수이고 나머지는 무기명이다.

④ 구황실본(舊皇室本)

장서각에 소장되어 있는 가집으로 본래 장서각에는 이것 이외에 다른 이본이 있었으나 6·25전쟁으로 소설(燒失)되었다고 한다. 소실된 가집은 아마도 현재 전하는 『해동악장』과 같은 것이 아니었을까 짐작된다. 왜냐하면 조윤제 박사의 논문 「歌曲源流 解題」에서 이왕가(李王家) 도서관본에 박효관의 '論詠歌之源'과 안민영의 서문이 수록

되어 있다고 했지만 본 가집에는 이것이 수록되어 있지 않다.

본 가집에 수록되어 있는 작품 수는 713수(남창 522, 여창 191)이다. 이는 박씨본의 전사본으로 본문 체재와 완전히 같으며 만횡 이하 농가, 계락, 우락, 엇락의 첫머리까지 누락한 것도 박씨본과 같고, 이후 전사를 계속한 것이다. 다만, 박씨본보다 15수가 부족한데 전사할 때 삭대엽에 해당하는 부분에서의 누락은 실수라고 하겠지만 장시조를 전사한 곳에서의 누락은 고의가 아니었나 한다. 왜냐하면 누락시킨 대부분이 장시조 부분이기 때문이다. 특히 엇편에서 집중적으로 누락시킨 것은 고의라고 생각된다. 박씨본의

閒밤의숨도좃코아적가치일우더니
반가운자니를볼여ㅎ고그러타셰
저임아왓는곳인이즈고간들엇더리.(朴氏本 265)

와 다음에

烏江의月黑ㅎ고騅馬도안이간다
虞兮虞兮여니너를어니헐이
平生의萬人敵빈와너여남우일님만ㅎ도다.(朴氏本 266)

의 2수를 구황실본에서는

간밤에숨도좃코騅馬도안이간다
虞兮虞兮여니너를어이허리
平生에萬人敵빈와너여이리될쥴어이알니.(舊皇室本 263)

처럼 2수를 1수로 만들어버렸다.

박효관과 안민영의 작품을 수록한 것은 박씨본과 같다.

⑤ 불란서본(佛蘭西本)

원류계 가집은 다른 가집에 비해 異本이 많아 일본에 있는 것 외에 불란서에도 있다. 심재완 교수의 노력으로 사진본이나마 볼 수 있는 것은 참으로 다행한 일이다. 모두 115장으로 수록 작품 수는 801수(남창 631, 여창 170)로 수록 작품 수가 『靑丘樂章』(=六堂本)과 비슷하다.

가집에 수록된 작품과 순서 체재 등을 비교하면 『청구악장』의 전사본임을 짐작할 수 있다. 『靑丘樂章』과 본 가집에만 수록되어 있는 작품이 13수나 있다. 다만 수록 작품이 남창에서는 5수가 많고, 여창에서는 오히려 8수가 적다. 남창에서 『청구악장』에 수록된 5수 가운데 새롭게 발견된 것은 남창 부분의 끝에 수록된

　一匹靑로楊花江頭도라드니
　岸柳依依烟波淡淡天一色흔빗치라
　童子야知曲叢비져어라太行에多白雲을.(佛蘭西本　629)

　屛風에그린瑤草四時四時長春이라
　그아릭一雙彩鳳丹山秋月어딕두고不飛不啄됴으는고
　아마도飛必千刃ᄒ고飢不啄粟은너뿐인가.(佛蘭西本　630)

　春夏秋冬地水堂은碧桃花紫蕚花요
　君子蓮大夫松을
　至今에南漢風流는金相國閔相國이라홀낫다.(佛蘭西本　631)

의 3수는 『청구악장』과 마찬가지로 다른 가집 남창 부분의 마지막

작품 "一身이사자ᄒ니……"와 "지너머쇠앗슬두고……" 다음에 계속
이어졌다. 작자에 대해서는 앞의 2수는 '典洞'이라 되어 있고, 뒤의 1
수는 '不知何許人'이라 하였는데 이는 본래의 가집과는 관련이 없는
것으로 누군가에 의해 추록된 것으로 생각된다. 앞의 2수는 종장 말
구가 생략된 것으로 보아 이 가집을 단순히 시조창의 대본으로 착각
한 것으로 여겨진다.

박효관과 안민영의 작품을 수록한 것을 보면, 박효관의 경우『청구
악장』에만 수록된 2수를 그대로 수록한 것을 비롯하여 13수를 수록
하고 있으나,

> 서리치고별성귄제울며ᄀ는져기럭아
> 네길이긔언마ᄀ나밧바밤ᄆ길촛츠네는것가
> 江南에期約을두엇시믹늣져갈ᄀ가져례라.(靑邱永言 200)

는 같이 누락시켰다. 안민영의 경우는『청구악장』과 마찬가지로 19수
를 수록하고 있다.

⑥ 일석본(一石本)

일석(一石) 이희승(李熙昇) 박사의 소장본이었으나 6·25전쟁으로
소실되었다. 다행이 이재수(李在秀) 박사가 전사한 것이 있어 그 전모
를 알 수 있게 되었다.

제첨(題簽)이 '靑邱永言'으로 이는『靑邱永言』(=河合本)과 같다. 모
두 4권으로 되어 있으나 권3은 낙질되었다. 권1은 원류계 가집 권두
의 기록들과 체재가 일치하며, 계속하여 우조 초중대엽에서 시작하여
계면조 두거(頭擧)(가번 423)까지를 수록하고 있다. 권2에는 이하 남창
의 끝까지가 수록되어 있고, 권4에는 가사, 한시, 언간(諺簡) 등이 책

한 권을 이룰 정도의 분량이며, 이 가운데에는 시조도 107수 추록되어 있다. 여기에는 호석균(扈錫均)과 안민영(安玟英)의 작품도 수록되어 있는데, 아마도 원류계 가집이 편집되고 난 뒤의 작품들이 아닌가 여겨진다. 심재완 교수는 낙질된 권3에 여창 부분이 수록되었을 것으로 짐작된다고 하였으나, 권2의 말미에 박효관의 발문으로 여겨지는 글이 수록된 것으로 미루어 일단은 남창만으로 가집이 끝나고 여창은 별도로 이루어진 것이 아닌가 생각된다.

특이한 것은 박효관의 발문 가운데 "與門人安玟英相議"란 구절이 빠졌다고 했다. 김근수 교수도 가람本에서 박효관의 발문 가운데 이 부분이 빠졌다고 했는데, 혹시라도 『가사집』(=國樂院本)에 수록되어 있는 박효관의 발문이 사실과 부합되지 않기 때문에 누군가가 빼어 버린 것이 아닌가도 생각된다.

본 가집에 수록된 작품 수는 권1과 2에 633수가 수록되어 있고, 권4의 107수는 추록이라 원류계 가집과는 관련이 없는 것이다. 이 가집이 대본으로 삼은 것은 『歌詞集』으로 수록 작품 수가 『가사집』보다 32수 적다. 작품의 수록 순서는 『가사집』과 일치하는데, 다만 전사하는 과정에서 앞뒤가 바뀐 곳이 5곳 있다. 4곳은 1수가 서로 뒤바뀌었고,

임이가오실덕에날은어이두고간고
陽緣이有數ᄒ여두고갈법은ᄒ거니와
玉皇게所志原情ᄒ여다시오게하시소.(一石本 291)

은 뒤의 4수를 전사하다가 누락된 것을 발견하고 추록하였다.

박효관과 안민영의 작품 수록을 보면, 박효관의 경우 『가사집』과 같은 13수이다. 안민영의 경우는 누락한 경우가 『가사집』에 30수 수

록되었으나 21수만 수록되었다.

⑦ 가람본

가람 이병기(李秉岐) 박사의 소장본이었으나 현재는 서울대학교 중앙도서관 가람문고에 수장되어 있는 가집이다. 원류계 가집들과는 달리 권두에 시절가장단(時節歌長短)과 연음목록(連音目錄)이 있고, 계속해서 매화점장단(梅花點長短)과 장고장단(長鼓長短)이 실려 있으며 다음에 가론(歌論)과 곡조(曲調)에 대한 것이 수록되어 있는 것이 다르다.

본 가집에 수록되어 있는 작품 수는 다른 가집의 절반도 못 되는 446수(남창 309, 여창 119)이며 누군가의 추록으로 보이는 18수(남창 6, 여창 12)가 있으나 이는 작품 내용으로 보아서 추록된 것임이 틀림없다. 어느 가집을 대본 삼아 그것을 전부 전사한 것이 아니라 일부만을 초록한 것이니 김근수 교수에 의하면 박효관의 발문 끝에 "河順一所藏寫本中抄出"이란 부기(附記)가 붙어 있다고 했다. 하순일(河順一)은 박효관의 제자라고 알려진 사람으로 그의 소장본이 곧바로 박효관이 만든 가집의 원본일 가능성은 있으나 왜 전부가 아닌 초출인지는 이유가 충분하지가 않다.

또 박효관의 발문 다음에 장진주(將進酒)를 비롯한 가사가 실려 있어 심재완은 이 가운데 「장진쥬」와 「권쥬가」만 시조로 다루고 「상수별곡」을 비롯하여 「춘면곡」「길군악」「빅구ㅅ」「황계ㅅ」「쥭지ㅅ」「슈양산가」「믹화ㅅ」「쳐ㅅ사」「양양가」는 시조로 다루지 않았다고 했는데 가집의 편차로 보아 「장진쥬」와 「권쥬가」도 가사로 다루어야 하는 것이 아닌가 한다.

수록된 작품 가운데 원류계 가집에 등장하는 작가로 안민영보다는 얼마간 후배로 생각되는 김학연의 작품을 보면 그의 작품이 3수 전한

다. 『靑邱永言』과 『화원악보』에는

> 낙화는쯧이이셔流水를쪼루거늘
> 無情ᄒ뎌流水는落花를보닉거다
> 落花야닉언제너홀로보닉더냐나도함의흐르노라.(靑邱永言 428)

가, 『歌詞集』과 『화원악보』에는

> 堯田을갈던스룸 水慮를못닉엿고
> 湯田을갈던스룸旱憂를어이ᄒ고
> 아마도 無憂無慮헐쓴心田인가ᄒ노라.(歌詞集 24)

가, 『화원악보』에는

> 碧雲天黃花地에西風緊北雁飛라
> 하룻밤찬싀벽에뉘라셔霜林을醉ᄒ인고
> 아마도離恨別淚로물드린ᄀᄆᄒ노라.(花源樂譜 618)

가 수록되어 있다. 가장 늦게 이루어진 것으로 여겨지는 『화원악
보』에는 3수 모두 수록되어 있으나 그보다 앞서는 것으로 여겨지는
『靑邱永言』과 『歌詞集』에는 수록되지 않은 것이다. 가람본에는 『가사
집』에 수록된 것만 수록되어 있고, 원류계 가집에 처음 수록된 것은
아니지만 『가사집』에서 지은이를 '李白詞'라고 한

> 楚山秦山多白雲ᄒ니白雲處處長隨君을
> 長隨君君入楚山裏ᄒ다雲亦隨君渡湘水ㅣ로다
> 湘水上女蘿衣白雲堪臥君早歸를ᄒ여라.(歌詞集 134)

의 이백사(李白詞)는 지은 사람이 아니고 이백의 사(詞)를 가리키는 것이다. 이를 수록한 것은 그 대본을 삼은 가집이 『가사집』이 분명하다고 하겠다.

이 가집은 『歌詞集』을 초록한 것으로 『가사집』에 수록된 작품들과 비교해보면 『가사집』의 가번 185부터 220에 이르기까지 최대 35首를 수록하지 않은 것을 비롯하여 남창이 끝나는 가번 664 "一身이ㅅ쟈ᄒ엿더니……"까지를 308번으로 끝낸다.

박효관의 작품은 3수 수록되어 있는데 1수는 작가가 누락되어 있다. 안민영의 작품은 2수 수록되어 있는데 1수는 작가가 누락되었다.

⑧ 『花源樂譜』

이 가집은 이능우(李能雨) 박사의 소장본으로 제첨이 '花源樂譜'라 되어 있으며, 수록 작품 수는 651수로 남창에 해당하는 부분만 있다. 원류계 가집에 공통으로 수록되어 있는 『能改齋漫錄』의 '歌曲源流'와 '論曲之音'의 이조가 없는 것은 『협률대성』과 같으나, 박효관의 가론(歌論)을 비롯하여 '五音論', '歌之風度形容十五條目', '梅花點長短', '長鼓長短' 등이 있는 것은 원류계 가집과 같다. 다만 구은(龜隱)이란 아호(雅號)를 가진 사람의 '花源樂譜序'와 필자 불명의 '歌譜跋'이 수록되어 있는 것이 특이한데 '花源樂譜序' 가운데 "今始搜得 我東方今古歌闕 分類蒐輯 刪厥宜刪者 斥其太淫者 抄謄成卷 余亦愁憂多感之人 聊爲遣悶解顔之資 而且惑有補於養生之道云爾"라고 하여 전래의 여러 가집을 모아서 견민해안(遣悶解顔)과 양생지도(養生之道)로 새롭게 가집을 만들었다고 했으나 실제로는 원류계 가집 가운데 『靑邱永言』과 『歌詞集』을 대본으로 삼아 엮은 가집일 뿐이다.

권두에 훼손된 곳이 많아 해독이 어려우나 김득신(金得臣)의 서문이 서명만 보이고 이어서 가람본 『靑丘詠言』에 있는 "夫唱歌之法

……"이 있다. 박효관의 가론도 일부가 남아 있다고 하였으면서도 제첨은 '花源樂譜'라 되어 있고 내제에는 책명이 있는 외에 장고를 치며 앉아 있는 여인의 고락도(鼓樂圖)가 있고 화제에 "年年歲歲花相似 歲歲年年人不同"이라고 하였으며 그 아래의 '小石試寫'란 서명이 남아 있다. 이로 미루어보면 제첨과 내제가 있는 부분은 後人이나 아니면 혹 필사자로 여겨지는 소석(小石)의 추보(追補)가 아닌가 생각된다.

또, 구은(龜隱)의 '花源樂譜序'의 연기(年紀)가 '歲旃蒙作噩 四之日 旣生魄後五丁酉龜隱手記于桃源僑居焉'이라 하였는데. 전몽작악(旃蒙作噩)은 을유(乙酉)이니 이는 고종 22년(1885)로 생각되며 사지일(四之日)은 사지월(四之月)의 잘못이라 한다면 4월이며, 기생백(旣生魄)은 17이니까 그 뒤 5일은 22일 정유(丁酉)인데 정유는 그날의 일진이 아닌가 한다. 그러나 1885년 4월 22일의 일진은 정유가 아닌 경신(庚申)이라 혹 22일 후 5번째 정유라고 해석할 수도 있을 것이다.

이 가집에는 안민영보다 얼마간 후배로 여겨지는 김학연과 호석균의 작품이 3수씩 수록되어 있다. 김학연의 작품 "낙화는 쯧이이셔……"는 『靑邱永言』과 본 가집에, "堯田을갈던사람……"은 『가사집』과 본 가집에, "碧雲天黃花地에……"는 본 가집에만 수록되었고, 호석균의 작품은 대부분 일석본의 추록된 것에 수록되어 있는데. 『가사집』에

> 雲臺上鶴髮老仙風流宗師그뉠너냐
> 琴一張歌一曲에永樂天年ᄒ단말가
> 謝安의携妓東山이야널너무슴ᄒ리요(歌詞集 295)

> 紅白花쟈진곳에才子佳人뫼혀셰라
> 有情ᄒ春風裏에삣혀간다淸歌聲을
> 아마도月出於東山토록놀고갈ㄱ가ᄒ노라.(歌詞集369.543)

細柳淸風비긴後에우지마라더믜암아
꿈에나님을보려계우든줌을찌오ᄂᆞ냐
꿈찌야졋헤업스면病되실ㄱ가우노라.(歌詞集 366)

의 3수가 수록되어 있는데 이 작품은 그대로 본 가집에 수록된 것으로 미루어 『가사집』을 참고했을 것으로 생각된다.

그리고 안민영의 작품 「梅花詞」 7수 가운데 마지막 작품인

녀건너羅浮山눈ㄷ속에검어웃쑥울통불통광듸들걸야
네무슴힘으로柯枝돗쳐곳좃ᄎᆞ져리뛰엿ᄂᆞ냐
아모리셕은빙半만남앗슬망졍봄뜻을어이ᄒᆞ리요.(花源樂譜 152)

의 지은이를 안민영이 아닌 손영수(孫瑩洙)라고 한 것은 잘못이라 하겠다.

수록된 작품 수가 651수인데 이 가운데 마지막 2수는 책장(冊張), 지질, 필체가 다르게 보완되었다고 했는데, 가번 650은 원류계의 가집과 비교해볼 때 순서나 곡목이 서로 부합되나 가번 651인

金樽이酒滴聲과 玉女의解裙聲이
比兩聲之中어늬쇼릭더욱죠흐리
아마도 月沈三更에解裙聲인가ᄒᆞ노라.(花源樂譜 651)

는 곡목이 계면조 증거로 가집의 순서와는 맞지 않아 누군가에 의한 추록(追錄)이라 여겨진다.

이 가집은 『靑邱永言』에만 수록되어 있는 작품을 다수 수록했다든지, 『靑邱永言』에서 잘못된 장현(張鉉)(=炫)의 작품을 장유(張維)라고 한 것이나 작가로 박은(朴誾)이나 정희량(鄭希良)을 들고 있는 것들을

똑같이 따라한 것은 이를 대본 삼았음을 말해주는 것이고, 박효관이 나 안민영의 작품 다수 수록한 것에서 『가사집』도 마찬가지로 대본 으로 삼았음을 발견할 수 있다.

박효관과 안민영의 작품 수록을 보면 다음과 같다. 박효관의 작품 은 11수를 수록하고 있는데, 『청구악장』에 수록되어 있는 2수 외에

周雖舊邦이나 其命이維新이라
受天命之詔命ㅎ샤布德宣化ㅎ오시니
다시금 我東方生靈이熙皥世를보리로다.(歌詞集 17)

蔽日雲쓰르치고 熙皥世를보렷터니
닷는말서셔늙고드는칼도보뮈쎳다
ᄀ지록 白髮이지촉ㅎ니不勝慷慨ㅎ여라.(歌詞集 98)

의 2수가 누락되었다. 안민영의 경우는 19수가 수록되었다.

2. 女唱

이제까지 원류계 가집을 연구한 사람들이 남창 부분과 여창 부분 을 언급할 때 여창은 남창의 부록으로 같은 사람에 의해 이루어진 것 으로 알려졌다. 그러나 여창 부분은 그 모태가 육당본 『靑丘永言』이 며 이것을 토대로 하여 남창 부분과는 별개로 아무런 관련이 없고 누 군가에 의해 남창 부분과 합쳐 이루어진 가집이라 언급한 사람은 없 는 것 같다. 남창 부분과 마찬가지로 여창 부분도 육당본 『靑丘永 言』을 거쳐 『女唱歌謠錄』이 이루어진 뒤에 원류계 가집으로 이어졌 다. 원류계 가집의 여창을 언급하기 이전에 여창 가집이 이루어진 과

정을 고찰할 필요가 있다.

원류계 가집의 여창에 대해 언급하기 이전에 이것과 절대적인 관련이 있는 육당본『靑丘永言』과『女唱歌謠錄』에 대해 고찰해보는 것이 우선이라 생각되어 원류계 가집보다 선행 가집인 육당본『靑丘永言』과『女唱歌謠錄』에 대해 고찰해보고자 한다.

(1) 선행 가집의 고찰

1) 육당본『靑丘永言』

육당본『靑丘永言』의 곡목 체계를 보면 우조(羽調) 초중대엽(初中大葉)에서 시작하여 편삭대엽(編數大葉)까지 24곡목이 끝나고 다시 우조 이삭대엽(二數大葉)부터 율당삭엽(栗糖數葉), 계면(界面) 이삭대엽, 농(弄), 우락(羽樂), 계락(界樂), 편삭대엽이 끝나고 장진주(將進酒)로 이어져 장가(長歌)가 계속된다. 그런데 편삭대엽 이후 다시 시작되는 우조 이삭대엽 이하 편삭대엽까지는 혹 추가로 편집하여 삽입한 것이 아닌가도 생각되었으나 이는 가집편자 또는 전사자(轉寫者)가 '女唱'이라고 하는 항목을 누락시킨 것이 분명하다.『協律大成』에 보면 여창을 '女唱秩'이라 표시하고 나서 "只傳羽調中大葉界面調中大葉界面調後庭花將進酒故今姑上冊後亦不知存亡"이라 했고, 『歌詞集』에도 '女唱'이라고 한 다음 거의 같은 내용인 "女唱只傳羽調中大葉界面二中大葉後庭花將進酒故今姑上冊後亦存亡"이라 했다. 이를 보면 여창가요에서는 처음에 우조 중대엽을 시작으로 계면조 이중대엽 후정화(後庭花)와 장진주(將進酒)를 수록하고 있는데 여창으로는 다만 위의 4가지 곡목만 전하는 것이 아니기 때문에 이제 다만 형식상 책의 첫머리에 붙이지만 존망 여부는 알지 못하겠다고 했다. 우조 중대엽에서 계면조 이중대엽 후정화 장진주는 다만 책을 만들 때에 첫머리에 넣는 것은 고식적(姑息的)인 행위라고 한 것이다. 여기서 주목할 것은 현재 여창에서 후정화와 장진주에 '듸' 또는 '듸밧침', '臺'라고 하여 후정화에는 "진회에빗를믜고……"를, 장진주에는 "공산목락우소소ᄒ니……"를 들고 있는데 '臺'는 위에서 언급한 것처럼 없었다가 나중에 생긴 것으로 육당본『靑丘永言』 때에는 없었고『여창가요록』에 처음으로 등장하는 것으로 미루어 '臺'라는 곡목은 생긴 지가 오래지 않은 것이라 짐작된다.

우조(羽調) 이삭대엽(二數大葉) 곡목 다음에 "女唱無初數大葉三數大葉旕弄旕樂編樂旕編"이라 했고,『歌詞集』도 같은 곳에 "女唱無初數大葉旕弄旕樂編樂旕編搔聳伊"라고 하여『협률대성』과는 차이가 있지만 여창에는 초삭대엽 삼삭대엽, 소용이(搔聳伊), 엇농(旕弄), 엇락(旕樂), 편락(編樂), 엇편(旕編)이 없다고 했다. 그렇다면 가창에서 여창이 언제부터 시작되었는지는 알 수 없으나 육당본『靑丘永言』이 편찬되었을 것으로 짐작되는 헌종(憲宗) 때부터도 남창에는 엇편을 제외한 곡목들이 있지만 여창에는 위에 擧論한 곡목이 없다고 하겠다. 다만 엇편은 원류계 가집에는 편삭대엽 다음에 새로 등장하나 육당본『靑丘永言』에는 없는 곡목이다.

육당본『靑丘永言』과 원류계 가집의 차이는 곡목에 있다. 육당본『靑丘永言』에는 우조와 계면조에 이삭대엽뿐이지만 원류계 가집에서는 여기에 각각 중거(中擧), 평거(平擧), 두거(頭擧)가 늘어나고 언농(言弄)과 농이 줄어 농가(弄歌)가 된 대신에 엇편(旕編)이 추가되어 육당본『靑丘永言』의 24곡목에서 30곡목으로 증가하였다. 육당본『靑丘永言』에서 여창에 해당하는 부분의 곡목과 수록된 작품 수를 보면 다음과 같다.

曲目	收錄作品數
羽調 二數大葉	24首
栗糖數葉	1首
界面調 二數大葉	46首
弄	8首
羽樂	12首
界樂	8首
編數大葉	8首
計	107首

또 하나 다른 것은 『여창가요록』은 여창만을 위해 만든 가집이라 완전히 한글로만 표기했고, 곡목도 가능한 우리말로 적었다. 그러면서도 수록된 시조의 작자를 밝히지 않았다. 육당본 『靑丘永言』에서는 가능한 작자를 밝혔고, 정철, 이명한, 김상용의 경우에는 두 번씩이나 기록했다. 채유후(蔡裕後)의 경우, 남창에서는 작자 표시도 누락했으나 유일하게 "號湖洲字伯昌仁祖朝文衡判書"라고 주석까지 달았다. 그러나,

青山裏碧溪水ㅣ야 수이감을 ᄌᆞ랑마라
一到滄海ᄒᆞ면 다시 오기 가어려오니
明月이 滿空山ᄒᆞ니 쉬여간들 엇더리.(六靑 983)

는 많은 가집에서 황진(黃眞)의 작품으로 표기하고 있음에도 유일하게 허강(許橿, 1520~1592)의 작품이라고 표기한 것은 잘못된 것이다. 이명한(李明漢)이나 김상용(金尙容), 성수침(成守琛)을 작가로 기명하는 것은 이 가집만의 주장이기에 작가의 신빙성이 문제가 된다고 하

겠다.

가집을 편찬하는 사람들은 자신만의 방법에 의해 새롭게 가집을 만들기도 하지만 많은 사람들은 기존의 가집을 그대로 전사하거나 다소간 새로운 작품을 보태기도 한다. 본 가집의 여창으로 여겨지는 부분의 107수 가운데 여기에만 수록된 작품들을 보면,

> 張郎婦李郎妻와送舊迎新무슴일고
> 新情이未洽ᄒ들舊情조초잇즐소랴
> 아마도山鷄野鶩은너쏀인가ᄒ노라.(六靑 934)

> 닭의소리기러지고봄이將츳졈어셰라
> 바룸은품에들고버들빗치시로왜라
> 님向혼相思一念은못늬슬러ᄒ노라.(六靑 956)

는 처음으로 수록된 것이고,

> 珠簾에빗췬달과멀니오ᄂ玉笛소릐
> 千愁萬恨을네어이도도ᄂ다
> 千里에님離別ᄒ고잠못드러ᄒ노라.(六靑 900)

> 나보기됴타ᄒ고남의님을믜양보랴
> 흔여흘두닷쇠에여드레만보고지고
> 그달도셜흔날이면또잇틀을보리라.(六靑 904)

의 2수는 앞에 것은 가람본 『靑丘詠言』과 본 가집에만, 뒤에 것은 『甁窩歌曲集』과 본 가집에만 수록된 것이며,

> 스랑인들님마다하며離別인들다셜우랴

平生에처음이오다시못어더볼님이로다
이後에다시못느면緣分인가ᄒ노라.(六靑 946)

는 일석본 『海東歌謠』에 수록된

思郎인들님마다ᄒ며離別잇든다셜오랴
平生에처음이오다시못어더볼님이로다
암아도이님의思郎은못니즐가ᄒ노라.(一海 562)

와 종장을 달리하고,

고지픠느마느접동시우나다나
그리던님을다시못나보량이면
구트나울고픠는거슬스러무슴ᄒ리오.(六靑 948)

는 『古今歌曲』에 수록된

곳치지나마나접동이우나마나
前前의그리던님다시만나보게되면
저지고저우는거슬슬흘줄이이시랴(古今歌曲 209)

와 유사하고,

님이가오실계노고네을두고가니
오노고가노고보닉노고기리노고
그中에가노고보닉노고그리노고란다몰속씌쳐바리고오노구만두리라.
(六靑 977)

는『甁窩歌曲集』에 수록된

님이가오실제爐口네홀조고가니
오노구가노구그리노구여희노구
이직는그리노구다흔듸모아가마나질가흥노라.(甁歌 747)

와 유사하다. 그러면서도 이들 작품들은 뒤의 원류계 가집에는 수록
되지 않았다.

2) 『女唱歌謠錄』

원류계 가집들의 대부분이 본문인 남창 부분 끝에 여창을 수록하
고 있다. 가집에 따라 '女唱'이란 표시가 없는『靑邱永言』을 비롯하여
'女唱秩'이라고 한『協律大成』과 '女唱類聚'라고 한『歌詞集』등이 있
다. 그런가 하면 여창 부분만을 따로 분리하여 "女唱歌謠錄"이라 하
여 여창만을 수록한 가집도 있다.

『女唱歌謠錄』은 심재완 교수의 주장에 의하면 여러 개의 이본이
있어, 이화여대본을 비롯하여 가람본, 도남본, 정병욱본 등이 있는데
이화여대본은 망실되었다. 달리 일본의 동양문고본이 있어 가람본과
도남본은 이것의 필사본으로 우리가 '여창가요록'이라 하면 흔히 동
양문고본을 가리킨다고 하였다.

동양문고본은 끝에 "庚午仲春望間雪峰試"라고 한 것이 있는데 누
군가 뒤에 '雪峰'을 지우고 '愚泉'이라고 하였다. 심재완은 이를 근거
로 이 가집의 필사 연대를 고종 7년(1870)이나 1930년 가운데 하나로
추정할 수 있는데 이는 아마도 후대에 누군가에 의해 추가한 것이 아
닌가 여겨진다고 하였다. 그러면서도 이 기록을 믿지 못하는 것은
『가곡원류』란 가집이 고종 13년(1876)이 이루어졌다는 종전의 기록을

믿고 있기 때문이다. 정병욱본은 권말에 "계미뉵월남간셔장진쥬명기"란 기록이 있는 것으로 미루어 고종 20년(1883)에 필사된 것으로 보고자 한다고 하였다. 그러니까 정병욱본의 기록을 『여창가요록』의 필사 연대로 본 것이다.

원류계 가집은 본문에 해당하는 남창과 부록에 해당하는 여창으로 나뉜다. 누군가 이 계통의 가집을 만든 사람이 남창을 편집하고 계속하여 여창을 편집하여 하나의 가집으로 만들었다고 생각하기 쉽다. 그러나 남창 부분을 편집한 사람이 계속하여 여창 부분을 편집한 것이 아니라 이미 누군가에 의해 만들어진 여창 부분의 가집을 뒤에 가져다 合本한 것이 원류계 가집이라 생각하는 사람은 없다.

『여창가요록』은 처음부터 여창을 부르는 여성만을 위해 만든 별개의 가집이다. 그러므로 시조 가사에도 한자가 전혀 없고 곡목도 전부 한글로 표기하였다. 또, 가창만을 위한 가집이기 때문에 가창을 위한 음부(音符)가 붙어 있고 작품 이해를 위한 지은 사람의 이름도 밝힐 필요가 없어 지은 사람을 전체를 일부러 누락시켰다. 육당본『靑丘永言』을 대본으로 하여 만들었기 때문에 가집의 체계의 기본이 되는 곡목을 보면 우조와 계면조의 이삭대엽과 율당삭엽(栗糖數葉), 농(弄), 우락(羽樂), 계락(界樂)과 편삭대엽(編數大葉) 등 곡목이 같으며, 다만 이삭대엽은 가창의 변화로 중거(中擧), 평거(平擧), 두거(頭擧)가 늘어난 것뿐이다.

『여창가요록』에 수록된 182수를 보면 육당본『靑丘永言』에서 여창 부분에 해당하는 우조 이삭대엽 이하 편삭대엽의 107수 가운데 14수를 탈락시키고 93수는 그대로 수록하였고, 여기에 새로 83수를 추가했다. 그러면서 각 곡목의 첫머리에는 육당본『靑丘永言』에 수록된 작품들을 가져왔고 다음에는 새로 수록되는 작품들을 가져와 먼저 것에 새 작품들을 보태는 형식을 취했다. '우조누륵ᄂ자즌한입'을 보면 가번(歌番) 8번부터 14번까지 7수는 1수만 새로 수록한 것이고 나머지 6수는 육당본『靑丘永言』에 수록된 것이다. '우됴즁허리드는자즌한입'도 6수 가운데 1수만 새로 수록한 것이고 5수는 육당본『靑丘永言』에 수록한 것이며 이어 4수를 새로 수록했다. 이처럼 처음에는 육당본『靑丘永言』에 수록된 작품을 싣고 다음에 새로운 작품을 수록하는 형식을 취한 곡목은 '우됴막드는자즌한입', '우됴존자즌한입', '밤엿자진한입', '계면막니는자즌한입', '界樂'과 '編數大葉'이 있다. '계면존자즌한입'의 경우에는 가번 58번부터 68번까지 앞뒤로 몇 수씩 육당본『靑丘永言』에 수록된 작품을 수록하고 가운데에 새로운 작품을 수록했다. '즁허리드는자즌한입'과 '존자즌한입', '羽樂'도 이런 형식을 취하고 있다.

『여창가요록』은 수록 작품의 작가를 전연 밝히지 않았기 때문에 누구의 작품인지를 하나하나 확인해야 한다. 이 가집이 혹시라도 박효관과 안민영이 엮은 가집이라면 이들의 작품이 어느 정도 수록되는 것이 당연하겠지만 이 가집을 처음 편찬한 사람은 전연 박효관이나 안민영을 의식하지 않은 것이 아닌가 한다. 박효관의 작품은 2수이고 안민영의 작품은 3수다. 박효관의 작품과 안민영의 작품 가운데 앞의 2수는 가집에 따라 남창과 여창에 같이 수록되었으나, 안민영의 작품 가운데 끝의 것은 여창에만 수록되어 있고『海東樂章』에만 작자가 안민영으로 되어 있다. "놉흐락나즈락ᄒ며……"와 "늙으니져늙으니……"는 박효관을 두고 지은 것이고, "화산도ᄉ슈즁보로……"는 대원군을 두고 지은 것이다. 또 앞의 2수는 그의 개인 가집인『金玉叢部』에도 수록되었지만 나중의 것은 거기에도 수록되지 않았다.

대원군이 고종 2년(1865) 4월에 경복궁 중건(重建)을 위하여 영건도감(營建都監)을 설치하고 역사(役事)를 시작하였지만 민심이 쉽게 따르지 아니하자 한 달 뒤인 5월 4일 조회(朝會)에 경복궁의 석경루(石

瓊樓) 아래에서 얻은 것이라고 하면서 뚜껑을 덮은 구리그릇 하나를 보여주었는데 그 뚜껑 속에 나작(螺酌) 하나가 들어 있었고 그 뚜껑 속에는 돌아가면서 詩가 쓰여 있었다. 시는 "華山道師袖中寶 獻壽東方國太公 青牛一廻白巳節 開封人是玉泉翁"라 하였다. 또 중앙에 "壽進寶酌"이라는 4자가 기록되어 있었다. 안민영이 이 詩를 시조로 만든 것이 "화산도ㅅ슈쥼보로……"이다. 시의 "青牛一廻白巳節"이 '청우십회빅ㅅ절'(青牛十廻白蛇節)로 바뀐 것은 아마도 시조를 지은 안민영이 대원군의 입지를 강조하기 위해 고친 것이라 생각된다. 국태공(國太公)이란 칭호는 당나라나 송나라 사람들이 국가의 존속(尊屬)을 '國太公'이라 부른 데서 연유한 것으로 이때부터 대원군을 국태공이라 불렀으며, 안민영의 개인 가집인『金玉叢部』에는 대원군 개인을 두고 지은 작품이 17수나 되고, 국태공이란 낱말을 넣어 지은 것도 5수나 된다. 여기에 자신과 대원군과의 관계를 언급한 작품도 3수나 된다. 그런데, 이 작품은『여창가요록』에 수록되는 바람에 원류계 가집들도 여창에만 수록하였고 작자를 밝히지 않은 바람에 작자가 누락되어 누구의 작품인지를 모르게 된 것이라 생각되나 개인 가집인『금옥총부』에도 누락된 것은 적어도 원류계 가집들이 지금까지 우리가 알고 있는 것처럼 박효관과 안민영이 엮은 가집이 아님을 말해주는 또 하나의 증거가 아닌가 한다.

동양문고본도 전사본(轉寫本)이다. 우선 제첨(題簽)부터 '女唱歌謠錄'이 아닌 '女唱歌要錄'으로 되어 있다. 이 가집은 모든 표기가 한글로만 되어 있기 때문에 한자로 되어 있는 것을 한글로 표기하는 과정에서 잘못 표기한 경우가 많다.『여창가요록』에 수록된 작품 수는 182수인데 마지막으로 수록되어 있는

이몸이쥭거드란뭇지말고즙푸릐여메여다가

듀천웅덩이에풍드룻쳐둥둥씌여두고
평싱에즑이던슐을장취불셩ᄒ리라.(女唱歌謠錄 182)

는 다른 원류계 가집들과 비교해보면 가번 158번과 159번 사이에 들
어갈 것으로 작품 앞에 작은 글씨로 '계락쌔진것'이라고 한 것에서
알 수 있듯 전사할 때 누락시켰다가 추가로 수록한 것이다. 수록된
작품 가운데 "닷드쟈비쩌ᄂ늬……"는 곡목이 '쥼허리드ᄂ자즌한입'
(中擧)에 수록되어 있다. 하지만 이것은 다른 원류계 가집들처럼 '존
자즌한입'(頭擧)에 들어갈 것으로 이것도 전사할 때 빠뜨렸다가 수록
한 것이 아닌가 한다.

그러면서도 다른 원류계 가집에는 수록되지 않은 작품도 있으니

무릉원일편홍이부절업시무룰롯챠
츈광을누셜ᄒ니어리셕은져어랑아
일후에다시차즌들언에곳을아오리.(女唱歌謠錄 91)

는 다른 원류계 가집 어디에도 수록되지 않은 작품이다. 가집을 엮은
사람이 추가한 것인지, 아니면 전사한 사람이 추가한 것인지는 확실
하지 않지만 새 작품을 수록하겠다는 의지가 있었음을 알겠다.

이상에서 밝힌 것처럼 『女唱歌謠錄』은 원류계 가집에서 따로 떼어
서 유포시킨 것이 아니라, 누군가가 육당본 『靑丘永言』의 뒤에 수록
되어 있는 부분을 대본으로 하여 여성 창자들만을 위해 새롭게 만든
가집으로 쉽게 배울 수 있도록 시조 가사도 한글로만 표기하였고 곡
목의 명칭도 대부분 우리말로 바꾸었다. 여창에는 다만 우조와 계면
조의 이삭대엽과 후정화, 장진주만 전한다고 했고 뒤에 후정화와 장
진주에 '대'(딕밧침)이 생겨 가집은 만들 때 첫머리에 이것을 추가하

여 가집을 만들었다. 우리가 지금까지 알고 있는 것처럼 원류계 가집의 편자가 박효관과 안민영이었다면 그들의 작품이 각각 1수와 3수만 수록되지는 않았을 것이다. 수록 작품 수가 적다는 것이 그들과는 전혀 관련이 없음을 말해주는 것이라 하겠다.

(2) 『歌曲源流』계 歌集에 대한 전반적 고찰

원류계 가집이 남창 부분과 여창 부분이 별도로 이루어진 가집이라 믿어지기 때문에 원류계 가집의 여창 부분은 선행의 『女唱歌謠錄』과 거의 같으나 『여창가요록』은 원류계 가집과는 아무런 관련이 없다고 생각되어 선행 가집으로 다루고 현재 원류계 가집에 수록되어 있는 것들을 다루고자 한다. 남창 부분에 있어서는 『靑邱永言』이 가장 앞서는 것으로 생각되나 여창 부분에 있어서는 『協律大成』에 안민영의 작품이 『靑邱永言』보다 적게 수록되어 있으므로 이보다 앞서는 것이 아닌가도 생각된다. 그러나 남창 부분에 이황(李滉)이나 정철(鄭澈), 김광욱(金光煜)의 작품과 신흠(申欽)의 작품이 다량으로 수록된 것으로 미루어보면 오히려 『협률대성』이 안민영의 작품을 적게 수록했지만 『청구영언』이 그런대로 앞서는 것이 아닌가도 생각된다.

여창을 위한 가집으로는 육당본 『靑丘永言』이 처음이고 이를 계승한 것이 『女唱歌謠錄』이라 하겠다. 원류계 가집에서 본문에 해당하는 남창 뒤에 여창을 부록 형식으로 수록하고 있는데, 이제까지는 단순히 가집 편자가 남창 부분을 마치고 계속해서 여창 부분을 만든 것으로 추정하고 있었으나 원류계 가집의 여창보다 『女唱歌謠錄』이 먼저 이루어졌음을 이해하지 못했다고 하겠다.

육당본 『靑丘永言』을 대본으로 하여 이루어진 『여창가요록』은 온전히 여성들의 가창을 위해 만든 가집이기 때문에 수록 작품에 작자

표시를 하지 않았다. 여기에 박효관의 작품 2수와 안민영의 작품은 3
수를 수록하고 있는데 박효관의 작품은

> 쑴에왓던님이씌여보니간듸업다
> 탐탐이괴든ㅅ랑날바리고어듸간고
> 쑴속이허ㅅ라망정즈로나뵈계ᄒ여랴.(女唱歌謠錄 36)

> 님그린상ᄉ몽이실솔에넉시되여
> 츄야장깁흔밤에님에방에드럿다가
> 날잇고깁히든잠을씌와볼가ᄒ노라.(女唱歌謠錄 122)

이고 안민영의 작품은

> 놉흐락나즈락ᄒ며멀기와갓갑기와
> 모지락둥그락ᄒ며길기와져르기와
> 평싱에이러ᄒ엿스니무슴근심잇시랴.(女唱歌謠錄 19)

> 늙으니져늙으니림쳔에숨은져늙은이
> 시쥬가금여긔로늙어오ᄂ져늙으니
> 평싱에불구문달ᄒ고졀노늙ᄂ져늙으니.(女唱歌謠錄 29)

> 화산도ᄉ슈즁보로헌슈동방국퇴공을
> 청우십회빅ᄉ졀에긔봉인시옥쳔옹을
> 이잔에쳔일쥬가득부어만슈무강비너이다.(女唱歌謠錄 136)

이다. 그런데 이들 작품은 각 곡목의 끝이거나 끝의 작품 바로 앞에
수록되어 있어서 가집의 편자가 가집을 만들고 난 다음에 추가로 삽
입한 것이 아닌가 한다.

『靑邱永言』에서 『여창가요록』에 수록된 작품 가운데 3수를 누락시켰다. 누락된 작품은 박인로(朴仁老)의

   왕상에니어냐고밍종의듁슌것거
   감은머리희도록로틴ᄌ에옷슬입고
   평싱에양지셩효를증ᄌ갓치ᄒ리라.(女唱歌謠錄 20)

   무릉원일편홍이부졀업시무릉롤좃차
   츈광을누셜ᄒ니어리셕은져어랑아
   일후에다시차즌들언에곳을아오리.(女唱歌謠錄 91)

와 앞에 박효관 작품 가운데 "님글인상ᄉ몽이……"이다. 박인로의 작품은 남창 부분에 두 번이나 중복해서 수록했기 때문에 누락한 듯하고, "무릉원일편홍이……"는 『여창가요록』에만 단독으로 수록된 작품으로 『여창가요록』의 편찬자가 삽입했을 가능성이 크기 때문에 누락시킨 것이 아닌가 한다.

그러나 『女唱歌謠錄』을 거쳐 『海東樂章』에 이르기까지 여러 차례 증보(增補)를 거치는 동안에 수록 작품 수가 증가했으니 그 현황을 보면 다음과 같다.

歌集	收錄作品數
女唱歌謠錄	182首
靑邱永言	192首
協律大成	182首
靑丘樂章	178首
歌詞集	191首
海東樂章	216首

	佛蘭西本	178首
	朴氏本	188首
	舊皇室本	191首
	가람本	119首

이제 『여창가요록』에서부터 『해동악장』까지 6종의 가집 가운데 각 곡목에 수록된 작품 수를 살펴보겠다. 우조 중대엽부터 계면조 중대엽, 후정화, 대, 장진주, 대까지는 어느 가집이나 공통이므로 우조 이삭대엽 이하 가집에 따라 곡목의 명칭에 차이가 있지만 가종주대(歌終奏臺)까지 곡목에 따른 수록 작품의 현황을 보면 아래와 같다.

	女唱歌謠錄	靑邱永言	協律大成	靑丘樂章	歌詞集	海東樂章
羽調二數大葉	14	14	13	13	14	16
中擧	10	11	10	10	11	11
平擧	6	8	6	6	7	7
頭擧	12	12	12	12	15	14
栗糖數葉	2	2	2	2	2	3
界面二數大葉	18	19	17	16	16	28
中擧	23	23	20	18	21	22
平擧	20	24	21	24	21	24
頭擧	11	13	13	9	13	16
弄歌	14	13	14	14	15	16
羽樂	17	17	17	17	19	19
界樂	14	14	14	14	12	16
編數大葉	15	15	16	17	18	17
歌終奏臺			1		1	1
計	182	192	182	178	191	216

위에서 보면 『여창가요록』보다 『靑邱永言』과 『가사집』이 10여 수
가 많으며, 『해동악장』에서는 30수가 넘게 늘어난 것은 모두 안민영
의 작품을 더 많이 수록했기 때문이다. 『靑邱永言』의 경우 남창 부분
에 안민영의 작품을 4수만 수록했으나 여창 부분에서는 무려 11수를
수록하였다. 이는 남창 부분과 여창 부분이 동시에 이루어진 것이 아
니라 얼마간의 시차(時差)를 두고 이루어진 것으로 보아야 할 것이다.
　『女唱歌謠錄』을 비롯하여 『靑邱永言』, 『협률대성』, 『청구악장』,
『가사집』과 『해동악장』 순서대로 새로 수록된 작품을 보면 다음과
같다.

	女唱歌謠錄	靑邱永言	協律大成	靑丘樂章	歌詞集	海東樂章
羽調二數大葉	1	1			1	2
中擧		1				
平擧		2				
頭擧		1			2	
栗糖數葉						2
界面調二數大葉		1				8
中擧	1	3				1
平擧		4				1
頭擧	1	2				3
弄歌					1	1
羽樂					2	
界樂		1				2
編數大葉				1	2	1
歌終奏臺			1			
計	3	16	1	1	8	21

『青邱永言』은 源流系 가집 가운데 가장 먼저 만들어진 가집으로 추정되지만 여창 부분은 남창 부분과는 다르다고 하겠다. 『青邱永言』의 남창 부분에는 박효관과 안민영의 작품이 각각 4수씩 수록되어 있어 源流系 가집 가운데 그들의 작품이 가장 적다. 그러나 여창 부분은 오히려 안민영의 작품을 11수나 수록하고 있어 3수를 수록한 『협률대성』이나 『청구악장』보다 더 많이 수록하고 있다. 이는 『青邱永言』의 편자가 남창 부분의 편자와 다르거나 아니면 남창 부분과 어느 정도의 시차를 두고 편찬했기 때문이라 생각된다.

『青邱永言』에는 남창 부분과 중복하여 수록한 경우도 있지만 여창 부분에 새로 16수의 작품을 수록하였다. 이 가운데 9수가 안민영의 작품인데 대부분 곡목의 끝에 수록하였다. 이는 이미 편집한 것에다 삽입하는 형식을 취한 것으로 여겨진다. 특히 신흠(申欽)의 작품,

> 아츰은비오더니느즈니는ᄇᆞ름분다
> 千里萬里 ㅣ 길에風雨는무슴일고
> 두어라黃昏이머럿거니쉬여간들엇더리.(青邱永言 여창 93)

> 寒食비온밤에봄ㅁ빗치다낫닷다
> 無情ᄒᆞᆫ花柳도ᄯᅢ를아라퓌엿거든
> 엇딧ᄐᆞ우리에님은가고아니오는고.(青邱永言 여창 94)

2수를 작자를 누락하고 계면조 중거에 수록했는데 이는 마치 남창 부분에서 이황이나 정철의 작품을 다량 수록한 것처럼 가창과 관계없이 작품을 수록한 것과 맥락을 같이한다고 할 수 있다.

『여창가요록』의 틀과 크게 다를 것이 없는 『협률대성』과 『가사집』을 보면 『협률대성』에서는 여창 부분이 끝나고 장가인 가사를 수록하고 난 뒤에 '歌終奏臺(女唱)'이라 하여,

이리ᄒ여도太平聖代져리ᄒ여도聖代로다

堯之日月이요舜之乾坤이로다

우리도太平聖代니놀고놀녀ᄒ노라.(協律大成 여창 186)

를 수록하고 있는데 이는 여창에서 마무리할 때 부르는 태평가로
『여창가요록』에는 없었으니 이후 『가사집』과 『해동악장』에 '歌畢奏
臺'(가사집)니, '結終唱臺'(해동악장)니 하는 것과 마찬가지로 장가인
가사를 수록한 다음에 마지막으로 수록한 것으로 미루어, 추록한 것
이라 하겠다.

　『청구악장』에는 마지막에 수록한

初生달뉘버혀져그며보름달뉘그려둥그러는요

닉물흘너마르지안코연긔ᄂ며스라지니

셰상에영허소장ᄂ는몰나.(靑丘樂章 여창 178)

는 종장 말구(末句)가 생략된 것으로 미루어 가곡창(歌曲唱)이 아닌
시조창의 대본인 경우와 마찬가지니 편자가 삽입한 것임에 틀림이
없다고 하겠다.

　『가사집』에는 8수의 작품이 새로 수록되었는데 6수는 안민영의 작
품이고,

食不甘寢不安ᄒ니이어인모진病고

相思一念에님글이는탓시로다

더님아널로든病이니네곳칠ᄀ가ᄒ노라.(歌詞集 여창 53)

은 육당본 『靑丘永言』에는 수록되어 있으나 원류계 가집에서는 처음
으로 수록된 것이며, 나머지 1수는 『화원악보』에는 대원군의 작품으

로 되어 있으나 작가가 누락된 다음 작품이다.

露花風葉香氣ㄷ속에棘艾는어이석위인고
웃고對答ㅎ되君佛見香莖臭葉이俱長大ㅎ다
닉즘즛석거그려셔以明君子小人ㅎ노라.(歌詞集 여창 156)

『해동악장』에는 21수의 작품이 새로 수록되었는데 모두가 안민영의 작품이다. 계면조 두거와 이삭대엽에 수록한 작품 이외에는 곡목끝에 수록하여 기존의 가집에 삽입하는 형식을 취했다. 계면조 이삭대엽에는 7수나 되는 작품을 무더기로 수록했고, 계면조 두거에 3수를 계속해 수록하는 등 기존의 원류계 가집에 수록한 것을 합하면 안민영의 작품을 여창 부분에만 36수 수록하였다. 그러나 커다란 실수를 범했으니

龍樓의祥雲이오鳳閣에瑞靄ㅣ로다
甲戌二月初八日은우리世子誕降ㅎ사
億萬年東方氣數를바ㄷ이어계신져.(海東樂章 여창 21)

은 안민영의 개인 가집인 『금옥총부』에 세자 탄생을 축하하기 위해지은 연시조 가운데

龍樓에祥雲이요鳳閣에瑞靄ㅣ로다
甘雨는太液에듯고和風은御柳에들닌져
美哉라祥雲瑞靄와甘雨和風은聖世子의時節인져.(金玉叢部 88)

獜在郊鳳翔岐하니이어인大吉祥고
甲戌二月初八日은聖世子ㅣ誕降하사
億萬年東方氣數를바다니여계신져.(金玉叢部 10)

의 2수를 섞어 1수의 작품으로 만들었다. 이는 『해동악장』도 原本이 아닌 轉寫本임을 말해주는 것이라 하겠다.

(3) 『歌曲源流』系 歌集의 考察

1) 『靑邱永言』

남창 부분이 끝난 다음 아무런 표시 없이 다음 張부터 羽調 中大葉이 시작된다. '여창'이란 표시가 없는 것은 육당본 『靑丘永言』과 같다. 여창 부분에 모두 191수가 수록되었는데 『협률대성』에 수록되어 있는 것 가운데

> 가다가올지라도오다가란가지마소
> 뮈다가괼지라도괴다가는뮈지마소
> 뮈거느괴거늣中에자고갈까흐노라.(協律大成 43)

> 房안에혓는燭불눌과離別흐엿관듸
> 것츠로눈물지고속타는줄모르는고
> 져燭불날과갓트여속타는줄모로도다.(協律大成 80)

> 華山道師袖中寶로獻壽東方國太公을
> 靑牛十回白蛇節에開封人是玉泉翁을
> 이盞에千日酒가득부어萬壽无疆비너이다.(協律大成 134)

의 3수를 누락시켰다. 이 가운데 "華山道師袖中寶로……"는 『여창가요록』에도 『협률대성』에도 안민영의 記名은 없고, 박씨본에만 안민영으로 기명되어 있지만 안민영의 작품으로 간주되는 것으로 이를 누락시켰다는 것은 새삼 『靑邱永言』이 박효관과 안민영과 아무런 관련

이 없음을 말해주는 것이라 하겠다. 마지막 수록 작품인 "ᄉ랑이긔엇더터냐……"는 『협률대성』과 마찬가지로 중복해서 수록했기 때문에 실제로는 190수가 수록된 셈이다.

『협률대성』에 수록되지 않은 작품 13수를 새로 수록했다. 『여창가요록』과 마찬가지로 작자를 전연 밝히지 않았으나 안민영의 작품을 새로 9수를 수록해 모두 11수가 되고, 신흠(申欽)의 작품 "아ᄎᆞᆷ은비오더니……"와 "寒食비온밤에……"와

> 뒷뫼헤우는杜鵑네아니蜀魄聲가
> 몃千年恨이관ᄃᆡ져다지셜워ᄒᆞ랴
> 至今에歲遠年久ᄒᆞ니졈즉도ᄒᆞ다마는.(靑邱永言 여창 120)

를 수록하고 있다. 신흠의 작품은 남창에서도 새로 수록한 바가 있고, "뒷뫼헤우는……"는 가람본 『靑丘詠言』에만 수록된 것으로 작자가 치옹(癡翁)인데 그의 작품은 이 가집에만 수록되어 있어 이를 대본으로 삼았음을 짐작케 한다.

문제는

> 康衢에맑은노ᄅᆡ며南薰殿和ᄒᆞᆫ바름太平氣像을알니로다
> 大堯의克明ᄒᆞ신峻德과帝舜에賢德이아니시면뉘라셔玉燭春臺를일우리요
> 어긔야우리의太母聖德은堯舜을兼ᄒᆞ오시니東方堯舜이신가ᄒᆞ노라.(靑邱永言여창 54)

이다. 남창과 마찬가지로 영조가 지었다고 해서 추록하고 있는데 수록되어 있는 곳이 가집의 곡조 배열과 부합되지 않는다. 율당삭엽(栗糖數葉) 다음 계면조 이삭대엽이 시작되는 것이 순서인데 계락(界樂)

이라 하여 1수를 이 사이에 삽입한 것은 아무래도 전사자의 실수다. 계락이 뒤에 있음에도 불구하고 1수만을 따로 떼어내어 수록한 것은 무엇인가 잘못된 것이다.

안민영의 작품을 9수나 새로 수록하면서 그 작품들이 수록된 곳을 보면 신흠의 작품 2수를 수록한 계면조 중거에

> 秦王擊缶ㅎ니六國諸侯ㅣ다쓸거다
> 이제와혜여ㅎ니數千年ㅅ이여늘
> 다시금玉樓上봄ㅁ보롬에擊缶聲이이는고(靑邱永言 여창 90)

를 곡목 중간에 수록한 것을 제외하고는 모두 곡목 끝에 수록하여 기존의 가집에 삽입하는 형식을 취하고 있다.

> 揮毫紙面何時禿고磨墨硏田畢竟無라
> 뭇노라져ㅅ롬아이글쯧즐能히알쏜
> 其人이宛爾而笑ㅎ고唯唯而退ㅎ더라.(靑邱永言 여창 73)

는 남창 부분에도 수록되어 있으면서 작자를 대원군이라 하였으나 『해동악장』에서는 작자를 "安玫英右石坡"라 하였는데, 이는 안민영이 대원군을 두고 지은 것이다. 박효관의 작품은 『협률대성』에 수록되어 있는 것과 같은 작품 1수가 작자 누락으로 수록되어 있다.

2) 『協律大成』

여창 가요를 가집에 수록하면서 육당본 『靑丘永言』도 『靑邱永言』도 아무런 표시도 없이 장(張)을 달리하여 수록하고 있다. 그러나, 『협률대성』에서는 여창 부분을 "女唱秩"이라 하였는데 이는 여

창곡의 차례를 뜻한다. 그 다음에 '只傳羽調中大葉界面調二中大葉界面調後庭花將進酒故今姑上冊後亦不知存亡'이라 하여 여창에는 다만 우조 중대엽과 계면조 이중대엽, 후정화, 장진주만 전하기 때문에 책 앞에 붙이지만 存亡에 대해서는 알지 못한다고 하였다. 이는 다음의 이삭대엽 곡목 표시 밑에 '女唱無初數大葉三數大葉旕弄旕樂編樂旕編'라고 하여 위의 중대엽부터 장진주에 이르기까지의 의례적인 것 다음에 정식으로 불리는 이삭대엽부터 편삭대엽의 작품들을 수록하고 있다.

『협률대성』의 여창 부분에는 185수가 수록되어 있다. 그러나, 181번 다음에 4수는 남창 부분을 전사하는 과정에서 누락시킨 것을 추가한 것이다. 가번 182 "지넘어싀앗슬두고……"와 183 "一身이스쟈ᄒ엿더니……"는 남창 旕編의 마지막에서 누락된 것이고,

> 슐먹지마자ᄒ고重ᄒ盟誓ㅣᄒ엿더니
> 盞줍고굽어보니盟誓ㅣ듕듕슐에셧다
> 兒禧야盞가득부어라盟誓ㅣ푸리ᄒ리라.(協律大成 여창 184)

는 '數大葉'에서 누락한 것으로 되었으나 남창에는 '삭대엽'이란 곡목이 없어 우조 삭대엽인지 계면조 삭대엽인지가 분명하지 않다. 이 작품이 수록된 가집으로는 이보다 이전의 가집으로 여겨지는 『槿花樂府』가 있다.

> 술먹지마쟈ᄒ고큰盟誓ᄒ엿더니
> 盞잡고구버보니선우음졀노나닌
> 아히야盞ᄀ득부어라盟誓푸리ᄒ오리라.(槿花樂府 212)

와 같이 약간의 차이가 나지만 이것을 가져다 수록한 것 같지는 않다. 이 작품이 수록된 곳은 본 가집과 『화원악보』인 것으로 미루어 『화원악보』가 본 가집을 참고하였을 가능성이 크다.

> 靑山自臥松아네어이누엇는다
> 風霜을못이긔여섂리졋져누엇노라
> 가다가良工을만나거든날엣더라닐너라.(協律大成 여창 185)

는 『靑邱永言』 계면조 중거의 마지막에 수록한 것으로 원류계 가집에서는 『靑邱永言』에만 수록되어 이것을 대본으로 삼았을 확률이 높다고 하겠다.

　『협률대성』은 시조 작품 다음에 가사 8편을 수록하고 끝에 '歌終奏臺'(女唱)라 하여

> 이리ᄒ여도太平聖代겨리ᄒ여도聖代로다
> 堯之日月이요舜之乾坤이로다
> 우리도太平聖代니놀고놀녀ᄒ노라.(協律大成 여창 186)

를 수록하고 있다. 이는 『歌詞集』에도 '歌畢奏臺'라 하여 수록했고, 『海東樂章』에도 '闋終唱臺'라 하여 수록하고 있다. 이는 오늘날 '太平歌'라고 하여 여창에서 마무리하는 노래로 부르는 것이다. 이것은 『靑邱永言』이나 『靑丘樂章』에도 없다. 『협률대성』 남창 부분에 누락한 것을 추록하고 계속하여 가사를 8편이나 수록하고서 나중에 이것을 수록한 것은 아마도 이 가집을 전사할 즈음에 새로 생겨난 곡목이기에 가져다 추록한 것이 아닌가 한다.

　『협률대성』 여창에는 중복해서 수록한 작품이 1수 있다.

스랑이긔엇덧터냐둥그더냐모나더냐
길더냐더르더냐밤쓰남아지일너라
굿흐여긴쥴은모로되싯간듸를모를너라.(協律大成 여창 159, 180)

위 작품은 수록되어 있는 곡목이 계락과 편삭대엽으로 되어 있어 곡목이 다르기 때문에 중복하여 수록했다고 할 수도 있으나, 이 작품을 중복하여 수록하고 있는 가집이 『靑邱永言』이나 『靑丘樂章』인 것으로 미루어 단순한 실수는 아닌 것 같다.

가집을 새로 만들다 보면 자연 수록 작품의 증감이 있게 마련이다. 『여창가요록』과 비교해보면 5수를 누락시키고 5수를 추가시켰다. 누락시킨 것 가운데 『女唱歌謠錄』에만 수록되어 있는 "무릉원일편홍이……"와 "왕상의니어낙고……", "남산에봉이울고……", "셔산에일모흐니……"와 박효관의 작품인

님그린상스몽이실솔의너시되여
츄야장깁흔밤에님에방에드럿다가
날잇고깁히든잠을씨와볼가흐노라.(女唱歌謠錄 122)

이다. 박효관과 『협률대성』이 아무런 관련이 없음을 말해주는 것이라 하겠다. 새로 추가된 5수는 앞에서 말한 태평가 외에

녜라이러흐면이얼골을기렷시랴
愁心이실이되야구뷔구뷔밋쳐잇셔
아무리푸르려흐여도싯간데를몰닌라.(協律大成 여창 107)

一生에얄뮈울쓴거뮈外에쏘잇는가
제비알푸러닉여망녕그물믜자두고
곳보고춤츄는나뷔를다잡우려흐느니.(協律大成 여창 117)

의 2수는 여창에만 수록되어 있다. 그 외에 "玉欄에곳이퓌니……"와 "이몸이싀여져서……"는 남녀창에 동시에 수록되어 있다. 박효관의 작품은

꿈에왔던님이씌여보니간듸업닉
耽耽이괴던스랑날브리고어듸간고
꿈속이虛事ㅣ라만졍ㅈㆍ로나뵈계ㅎ여라.(協律大成 여창 35)

의 1수가 작자의 기명 없이 수록되어 있다. 이는 남창 부분에도 수록되었는데 작가를 박경화(朴景華)라 하여 본명이 아닌 자로 표기하고 있다. 안민영의 작품은 3수 수록되어 있으나 모두 작자가 무기명으로 되어 있다.

3)『靑丘樂章』

『청구악장』은 다른 가집과는 달라 남창 부분에서 '二後庭花'는 "今失其調可惜"이라 하여 그 곡조가 없어진 것이 애석(哀惜)하다고 하여 다른 가집과의 차별을 나타냈는데, 여창 부분에서도 곡목의 명칭을 우조 이삭대엽을 우조 장삭대엽(長數大葉), 우조 두거(頭擧)를 단삭대엽(短數大葉)이라 했고, 계면조 이삭대엽(二數大葉)을 계면조 삭대엽이라고 하였다.

178수를 수록하고 있는 『청구악장』은 『靑邱永言』에 수록되어 있는 것 가운데 7수를 누락시키고, 다른 가집에는 수록되어 있으나 『靑邱永言』에는 빠진 "華山道師袖中寶로……"를 추가했다. 『협률대성』이나 『靑邱永言』처럼 "스랑이긔엇더터냐……"를 중복하여 수록했고, 이제까지 작자를 밝히지 않았으나 『청구악장』에서는 선별적이나마 작자를 밝힌 것이 다른 가집과 구별된다.

새롭게 수록된 작품은 마지막에 수록한

初生달뉘버혀져그며보름달뉘그려둥그러는요
닉믈흘너마르지안코연긔나며스라지니
셰샹에 영허소쟝느는몰나.(靑丘樂章 여창 178)

는 지은이를 "東山李先生牛峰人"이라 하였으나, 종장 말구(末句)가 생
략된 것으로 미루어 이는 시조창 대본에서 전사한 것으로 생각되면
본 가집과는 관련이 없는 것으로 후인이 추가했을 가능성이 크다고
하겠다.

　박효관과 안민영의 작품의 수록을 보면 박효관의 작품을 수록된
것은 "쑴에왓던님이……"의 1首이며, 안민영의 작품은 "놉푸락나즈락
흐며……"와 "늙으니져늙으니……"의 2首이다.

4) 『歌詞集』

　국악원본으로 알려진 이 가집은 원류계 가집에 대해 연구한 심재완
이나 김근수가 원본으로 추정한 가집이다. 더구나 권미(卷尾)에 박효
관의 발문으로 여겨지는 글이 수록되어 이를 근거로 『歌曲源流』가 박
효관과 안민영이 편찬한 가집으로 인정되는 계기가 된 가집이다.

　191수가 수록되어 가장 많이 수록된 『海東樂章』과 이보다 1수 많
이 수록된 『靑邱永言』과 같이 비교적 많은 작품을 수록하고 있다.
『협률대성』이나 『靑邱永言』, 『靑丘樂章』에서처럼 "스랑이긔엇더터
냐……"를 중복하여 수록하지 않은 대신에

石坡에 又石ᄒ니 萬年壽를期約거다
花如解笑還多事요石不能言最可人을

至今에 以石爲號ᄒᆞ고못ᄂᆞ즐여ᄒᆞ노라.(歌詞集 여창 52, 190)

는 중복하여 수록했다. 곡목이 비록 계면조 두거와 편삭대엽으로 되어 있으나 편자나 전사자의 실수가 아닌가 한다.

食不甘寢不安ᄒᆞ니 이어인모진病고
相思一念에님글이는탓시로다
뎌님아 널로든病이니네곳칠ㄱ가ᄒᆞ노라.(歌詞集 여창 53)

는 가람본 『靑丘詠言』이나 육당본 『靑丘永言』에는 수록되어 있으나 원류계 가집에서는 처음으로 수록한 것으로 이들 가집을 참고했을 것으로 짐작된다. 또 『靑邱永言』에 수록된 것을 4수를 수록한 것으로 미루어 앞선 가집들에서 이를 대본으로 삼았다고 하겠다.

작품을 수록하고 작자를 밝히지 않은 것은 『여창가요록』과 『靑邱永言』인데 여기서는 장진주의 작자를 정철로 밝힌 것과 "梨花雨훗날 닐제……"의 '扶安名妓桂娘'과 "寒松亭달밝은밤에……"의 江陵妓가 있고, 翼宗의 "고흘샤月下步에……"와 "碧桃花를손에들고……"에 각각 "翼宗大王在東宮時 上純元王后進饌 春鶯舞詞 嬋娟月下步 羅衫舞風輕 婉轉花前態 君王任多情", "翼宗大王在東宮代理時 上純元王后進饌宴 歷製今雖不俗唱錄於編次 使後人知翼宗之孝奉己丑宴"라고 하여 시조를 짓게 된 동기를 밝히고 있다.

박효관의 작품으로는 "꿈에왓던님이……" 1수가 무기명으로 수록되어 있고, 안민영의 작품은 새로 4수 수록했다. 새로 수록한 것은 전부 대원군과 관련이 있는 작품이며, 중복된 것을 포함하여 모두 13수가 수록되어 있다. 안민영의 작품은 대부분 각 곡목의 끝에 수록되어 있어 기왕의 가집에 삽입하는 형식을 취했음을 쉽게 알 수 있다. 다음의 작품은 『花源樂譜』에만 석파(石坡)라 기명된 것이다.

> 露花風葉香氣ㄷ속에 棘艾는어이석위인고
> 웃고對答ᄒ되君不見香莖臭葉이俱長大ᄒ다
> 닉짐즛 석거그려셔以明君子小人ᄒ노라.(歌詞集 여창 156)

5) 『海東樂章』

『해동악장』은 원류계 가집 가운데 수록 작품 수가 남창 부분과 여창 부분 모두 가장 많다. 수록 작품 수가 많다고 해서 반드시 늦게 만들어진 것이라고 단정하기는 어렵지만 이 가집은 수록된 작품으로 보아 다른 가집에 비해 나중에 만들어진 것으로 여겨진다. 『청구악장』에 수록되어 있는

> 上元于甲子之春에우리聖主卽位신져
> 堯舜을法바드사光被四表ᄒ오시니
> 物物이春風和氣를씌여同樂太平ᄒ더라.(靑丘樂章 21)

이 『해동악장』에서는 종장이 안민영의 개인 가집인 『금옥총부』와 약간의 차이가 있지만 "美哉라億萬年東方氣數ㅣ일노붓터비로삿다"로 바뀐 것은 이 가집이 나중에 이루어졌다는 것을 말해주는 것이라 하겠다. 다음의 작품도 크게 차이가 나는 것은 아니지만 육당본 『청구영언』과 『해동악장』에 각각 다르게 수록된 예이다.

> 世上에藥도만코드는칼이잇다ᄒ되
> 情버힐칼이업고님이즐藥이업네
> 두어라잇고버히기는後天에가ᄒ리라.(六靑 949)

世上의藥도만코드는칼도만컨마는
情버힐칼이업고님니즐약이업닉
두어라님버히기는後天의나홀는지(海東樂章 여창 105)

이렇게 바뀐 것은 누군가에 의해 추고(推敲)가 이루어진 것이 아닌가 한다. 본 가집에서는 새로 21수를 수록했다.

麒麟은들의놀고 鳳凰은山의운다
聖人御極ᄒ샤雨露룰고로시니
우리는 堯天舜日인제擊壤歌로즑이리라.(海東樂章 여창 65)

외에는 모두 안민영의 작품으로 이 가운데 3수는 작자가 누락되었다. 또 이 가집은 다른 가집과 비교해보면 수록 작품을 곡목 끝에 수록한 것도 있지만 중간에 수록한 것이 많다. 작가를 기명한 경우는 대부분 안민영이지만 신흠(申欽)과 계랑(桂娘), 김문근(金汶根), 익종(翼宗)이 있다.

박효관의 작품은 『가사집』과 같은 작품 1수가 수록되었으나, 작자가 누락되었다. 안민영의 작품은 중복을 포함하여 36수가 수록되었으나 기명된 것은 25수이다.

6) 기타

여기서도 앞에서 언급한 이본 이외의 것을 이렇게 부르고자 한다.

① 불란서본

이 가집 여창 부분에 수록된 작품은 170수로 그 순서가 『청구악장』의 여창 부분과 같다. 다만 『청구악장』에 수록된 정철의

中書堂白玉盃를 十年만에곳쳐보니
맑고흰빗츤예로온듯ᄒ다마는
엇지타 ᄉ람의마음은朝夕變改를 ᄒ는고(靑丘樂章 여창 22)

대신에 다른 작품을 수록했는데 확인이 불가능하다.『청구악장』을 충
실하게 전사하다가 후반에 와서 7수를 누락하였는데 누락한 것은 다
음과 같다.

> 143. "君不見黃河之水……"
> 144. "압논에오려를뷔여……"
> 147. "사랑을찬찬얽동혀……"
> 157. "淸明時節雨紛紛ᄒ니……"
> 162. "南山松柏鬱鬱蒼蒼……"
> 168. "文讀春秋左氏傳ᄒ고……"
> 171. "酒色을삼가ᄒ라난말이……"

원류계 가집 가운데『靑邱永言』을 비롯해『협률대성』과『청구악
장』에만 중복하여 수록한

> ᄉ랑이긔엇덧터냐둥구더냐모나더냐
> 기더냐저르더냐밟고남아자힐너냐
> 굿ᄒ여긴쥴은모르되긋간디를몰니라.(불란서본 여창 152, 169)

은『청구악장』을 따라한 것 같다.
  박효관의 작품은 "ᄭ옴에왓던님이……" 1수가 수록되어 있고, 안민영
의 작품은 3수가수록되어 있다. "놉푸락나즈락……"과 "늙은이늙은
이……"는 안민영의 작품으로 기명되었으나 "華山道師袖中寶……"는
작자가 누락되었다.

② 박씨본

본 가집에 수록된 여창 부분은 188수다. 전사하는 과정에서 크게
실수한 것이 있으니 장진주 대인

空山落木雨蕭蕭ᄒ니相國風流此寂寥ㅣ라
슬푸다흔즌술을다시勸키어려워라
어즈버昔年歌曲이卽今朝ᄂ가ᄒ노라.(朴氏本 여창 8)

를 누락시켰다가 보충한 것이다. 특히 안민영의 작품을 새로 보충하
여 수록한 작품이 4수 있다.

麒麟은들의놀고鳳凰은山의운다
聖人御極ᄒᄉ雨露을고로시니
우리는堯舜天日인졔擊壤歌로즑기리라.(朴氏本 여창 55)

口圍東人빗ᄂ신셰알이젹어病되더니
似韻似閑兼得味요如詩如酒又知音을
石坡公知己筆端이시니感激無限ᄒ여라.(朴氏本 여창 67)

第二太陽舘에봄바람이어리엿다
欄杆앏헤웃는곳과슈풀아리우는싀라
잇다감纖歌細樂은鶴의츔을이르헛다.(朴氏本 여창 91)

洛陽城西三溪洞天에水澄淸而山秀麗ᄒ듸
翼然佳亭의伊誰在矣오國太公之偃仰이시라
비난이南極老人北斗星으로享國長久ᄒ오쇼셔.(朴氏本 여창 140)

이 가운데 "洛陽城西……"는 가집에 따라 박효관의 작품으로 되어

있으나, 안민영의 개인 가집인 『금옥총부』에 수록되어 있는 것으로 미루어 가집의 기록이 잘못된 것이라 하겠다.

　박효관의 작품은 "洛城西北三溪洞天에……"와 "꿈에왓던님이……"의 2수가 수록되어 있으나 모두 무기명으로 되어 있다. 안민영의 작품은 9수가 수록되어 있다.

③ 구황실본

　본 가집에 수록되어 있는 작품 수는 191수다. 작품 수록 순서가 박씨본과 같으나 수록 작품이 3수가 더 많다. 이 가운데

> 이리ᄒᆞ여날속이고겨리ᄒᆞ여날속엿다
> 원슈이임을니졈즉도ᄒᆞ다마는
> 前前에언약이즁ᄒᆞ미못니즐가ᄒᆞ노라.(舊皇室本 여창 35)

는 박씨본에 누락되었고,

> 去年에붉든곳츨今年에다시보니
> 반갑다花香이여너도쏘ᄒᆞ반기느냐
> 그곳치무어ᄒᆞ니그을답답ᄒᆞ여라.(舊皇室本 여창 164)

는 본 가집에만 수록되어 있는 작품이고, 1수는 "空山木落雨蕭蕭ᄒᆞ니……"로 박씨본에서 착각으로 누락시켰다가 보충한 것을 이번에는 구황실본에서 누락된 것인 줄 착각하고 중복하여 수록하였다.

　박효관의 작품은 박씨본과 같은 작품 2수가 수록되었으나 무기명으로 되어 있다. 안민영의 작품은 박씨본과 같은 작품들이 수록되어 있다.

④ 가람본

본 가집에 수록된 작품은 131수이지만 12수는 남창 부분의 6수와 마찬가지로 누군가에 의해 추록된 것으로 본 가집과는 관련이 없는 듯하다. 심재완의 논문 "歌曲源流系 歌集研究"에 보면 가람본 여창 부분의 歌曲源流系 女唱排列一覽에 보면 장진주의 수록 순서가 133 번으로 되어 있어 119번의 "이리ᄒ여도……" 다음에 추록된 12수와 다른 1수 다음에 장진주(將進酒)가 되는 셈이다. 다른 1수는 권주가로 권주가는 가집에 수록된 것이 본 가집과 『대동풍아』뿐인데 가집에 수록되기는 본 가집이 처음이다.

『가사집』에 수록된 작품 191수 가운데 119수만 수록하고 있는데 비교해보면 각 곡목의 첫 번째 작품은 꼭 수록하고 있으며, 중간중간 에 몇 수씩을 수록하고 있다.

박효관의 작품은 원류계 가집에 따라서는 박효관의 작품으로 되어 있으나 안민영의 개인 가집인 『금옥총부』에 수록되어 있는 "洛城西 北三溪洞天에……" 1수가 박씨본이나 구황실본과 같이 무기명으로 수록되어 있다. 안민영의 작품은 수록되지 않았다.

제5장
結論

『가곡원류』란 가집은 존재하지도 않으며 박효관과 안민영이 고종 13년에 편찬한 것이 아니라는 전제하에 이 가집에 대한 문제점으로 서명과 편찬자에 대한 문제점을 고찰하고 내 나름대로의 주장을 정리하면 다음과 같다.

1. 『歌曲源流』란 서명을 가진 가집은 처음부터 없었다.

2. 박효관이 안민영과 상의하여 가집을 편찬했다고 했으나, 안민영의 글에서는 그런 사실을 발견할 수 없다.

3. 박효관이나 안민영이 가집을 편찬한 것이 사실이라 해도 이런 계통의 가집은 이미 그들이 가집을 편찬하기 이전부터 있었다.

4. 『가곡원류』계 가집은 이보다 먼저 이루어진 가집으로 진본 『靑丘永言』과 가람본 『靑丘詠言』, 육당본 『靑丘永言』의 영향을 받았다.

5. 진본 『청구영언』에서는 직접적인 영향을 받은 것이 적다고 하겠지만 가집을 곡조별로 엮은 것, 가창과 거리가 있는 이황이나 정철의 작품을 다량으로 수록한 것은 이 가집의 영향을 받았다고 하겠다.

6. 가람본 『靑丘詠言』에 수록된 작품을 『靑邱永言』에서는 그대로

다량으로 수록하였거나 잘못된 것을 그대로 따랐음을 볼 수 있다.

7. 육당본 『靑丘永言』의 가집 체계를 『가곡원류』계 가집들은 그대로 따랐다.

8. 『가곡원류』계 가집은 이본들이 많으나 이 가운데 『靑邱永言』을 비롯하여 『協律大成』, 『靑丘樂章』, 『歌詞集』과 『海東樂章』을 제외한 것은 대부분 이들 가집을 전사(轉寫)하거나 중도에 그친 것, 또는 초록한 것이다.

9. 『靑邱永言』은 가람본 『靑丘詠言』의 영향을 그대로 받은 것으로 가창(歌唱)과는 거리가 있는 작품을 다량으로 수록하고 있으나 이어 나온 『협률대성』에서 이들 대부분을 누락시켰다.

10. 『협률대성』은 『靑邱永言』보다 늦게 이루어진 것으로 『靑邱永言』에 수록된 작품들 가운데 가창과 거리가 있는 작품들을 누락시켜 지금 우리가 볼 수 있는 모양의 『가곡원류』계 가집의 모습으로 만들었다.

11. 『청구악장』은 『靑邱永言』이나 『협률대성』에 수록되어 있는 작품들의 순서를 의도적(?)으로 뒤섞고 새롭게 작품을 발굴하기도 했지만 많은 작품을 누락시켰다.

12. 『가사집』은 윤선도의 작품 1수를 새로 수록하기도 했지만 안민영의 작품과 안민영보다 후배로 여겨지는 김학연과 호석균의 작품을 새로 수록하였다.

13. 『해동악장』은 안민영의 작품을 다량으로 수록하였고, 친구인 김윤석(金允錫)의 작품 1수를 수록했다. 그러나 이름이 김윤석이 아닌 김태석(金兌錫)으로 잘못되었다.

14. 동양문고본과 불란서본은 『靑丘樂章』을 대본으로 삼았고, 일석본과 가람본은 『歌詞集』을 대본으로 삼은 듯하고 구황실본은 박씨본을 대본으로 삼았다.

여창 부분은 남창 부분과 별개의 것으로 남창 부분을 편찬한 사람이 여창 부분을 같이 만든 것이 아니라 여창 부분만 따로 만든 가집인 『여창가요록』을 가져다 合本한 것으로

1. 『여창가요록』은 육당본 『靑丘永言』에 수록되어 있는 여창 부분을 母胎로 하여 만든 가집으로 『가곡원류』계 가집의 여창보다 앞선다.
2. 『靑邱永言』에 수록된 여창 부분은 남창 부분보다 어느 정도 늦게 이루어진 것이다.
3. 『협률대성』의 여창 부분에는 남창 부분에서 누락된 것이 수록되어 있고, 가사가 수록된 다음에 '歌終奏臺'라 하여 '太平歌' 1수가 추록되어 있다. 이는 『여창가요록』이나 『靑邱永言』에 없는 것으로 미루어 나중에 생긴 곡목을 추가한 것으로 여겨진다.
4. 『청구악장』에 수록된 마지막 작품은 종장의 말구(末句)가 생략된 것으로 미루어 본 가집과는 관계없이 누군가에 의해 추가된 것이다.
5. 『해동악장』은 여창 부분에 가장 많은 215수가 수록되어 있으나 이는 안민영의 작품을 새로 수록한 것이다.

참고문헌

구자균, 「近代的文人 張混에 대하여」, 『文理論集』 제7집, 고려대학교, 1963.

김근수, 「歌曲源流考」, 『論文集』 제1집, 명지대학교, 1968.

김신중, 『역주 금옥총부(주옹만영)』, 박이정, 2003. 6.

심재완, 「歌曲源流系 歌集 研究」 『論文集』 제10집, 청구대학교, 1967.

_____, 『時調의 文獻的 研究』, 世宗文化社, 1972.

조윤제, 「歌曲源流 解題」, 『조선어문학회보』 제5호, 1932.

최남선, 「『歌曲源流』小敍」, 1929.

황충기, 『歌曲源流에 관한 研究』, 국학자료원, 1997.

_____, 『靑邱永言』, 푸른사상사, 2006.

_____, 『靑丘樂章』, 푸른사상사, 2006.

_____, 『歌詞集』, 푸른사상사, 2007.

_____, 『海東樂章』, 푸른사상사, 2009.

_____, 『協律大成』, 푸른사상사, 2013.

_____, 「『女唱歌謠錄』의 傳承過程 考察」, 『시조학논총』 제37집, 2012.

附錄

『歌曲源流』小敘

時調文籍의 現存이 十指를 屈하기에 足호대 대개 撰者의 原本일 듯한 一本이 僅傳하는 양하고 一書로 流布의 廣하기는 오즉 「歌曲源流」란 것을 볼 쑨이니 余의 眼에 過한 것만도 오히려 四五本을 算하는도다.

大抵 時調의 形式的 成立은 高麗에 入한 後의 事일지나 일변 漢文學의 勢力이 이미 暴君과 가튼데 일변 表音術의 不備가 國語를 曲寫하기 어려운 等으로하야 新羅鄉歌의 「三代目」가튼 撰述이 드듸여 出現하지 아니하얏슨 듯ᄒ며 李朝에 이르러 作家와 作品이 아울러 多를 加하고 일변 深妙한 國字의 制作이 잇섯스되 國風의 文獻的 作成은 樂學軌範 國朝詞章 等 宮述廟廷의 歌頌 以外에 버서나지 못하얏슴은 진실로 遺憾이로다.

다만 朝에 樂院의 設이 잇서 鄕唐雅俗을 아울러 收蓄하고 野에 同好의 傳承이 잇서 斷章逸篇이 시러금 이 사이은 이 殘餘餘瀝을 힘닙은 것이라 그러나 事ㅣ 私秘間浸에 屬함으로 그쌔그쌔의 幸傳隨聞을 記存함에 止하고 널리 積極的 採訪의 擧를 보지 못하며 甚한즉 書를 만들되 定名을 붓칠 必要조차 생기지 아니한 듯 하도다.

이 「歌曲源流」로 말하야도 본대로 書名의 定한 것도 잇지 아니하고 卷首에 다른 參考文字와 한 가지 宋 吳曾의 能改齋漫錄 二條를 引用한 中 初一條에 '歌曲源流'라 題한 것이 우연히 開卷 第一에 當하매 이것을 書名으로 錯認하야 이제 破하기 어렵기에 이른 것이며 本文으로 말하면 아므 標題를 設하지 아니하고 바로 羽調 云云의 曲目 等으로써 거긔 當한 歌詞를 序次하얏슬 싸름이니 이는 一書로 未成品인 까닭이지마는 쏘한 그 書로서의 重視되지 못한 것을 表함이라 할지니라.

이러케 書名조차 부치지 아니한 분수로는 平調 羽調 界面調 等 三大統과 大葉 搔聳 樂 弄 編 等 十五細目으로써 ――의 歌詞를 ――의 曲調에 配當하얏스되 그것이 本質로서 誘導된 오랜 傳統에 의한 듯하야 저 '二後庭花'와 가름은 거기에 繫할 歌詞가 업스되 "今失其調可惜"이라 하야 오히려 그 空目을 擧하기를 이저버리지 아니하얏스니 이러케 古來의 成典을 把指하기에 謹嚴을 極하고 古曲의 全視野를 周密히 管領하려한 것은 반드시 깁흔 因緣의 잇는 일이오 결코 尋常한 俗間好尙者의 余事에 期待될 것 아님을 想見케 함이 잇도다.

이제 現存한 여러 時調文獻에 就하야 考驗하건대 그 材料가 대개 共通되는 中에도 採輯의 基調에 석기 어려운 二潮流가 잇서 一은 士紳의 作品을 本位로 하야 曲調의 展開로써 秩然히 排次한 者요 一은 閭閻의 作家를 兼收하야 흔히 人物別로써 輯錄한 者가 그것인되 形式으로 整然한 前者는 아마도 古의 典樂署ㅣ 慣習都鑑 以來의 傳統과 밋 그 見識을 承受한 者로 볼 것이오 後者는 필시 好尙을 主로 하는 民間 '歌客'이란 이 사이의 箕裘에 屬할 것임을 우리는 想定코저 하노니 이르는바 士紳本位的 時調蒐蒐集의 代表書요 아마 이 種類의 母本도 될 듯한 이 「歌曲源流」는 대개 敎坊 自來의 隨得隨錄하든 者로 그 俗樂의 考閱에 備하얏든 것일가 하노라.

歌曲源流는 撰者와 撰成年代가 아울러 撰輯緣起까지를 傳하지 아니하며 前에 말한 것처럼 그 流布本이 만키도 하고 諸本의 詳略의 差도 잇스니 이는 그 書ㅣ 본대 公書의 謄錄으로 加除의 變通이 自由러워오고 일변 斯道中心機關의 備本으로 傳寫流通의 便이 自其하얏슴에 말미암음일 것인 이들은 그 書名의 定함이 업슴과 한가지로 「歌曲源流」의 本地를 삷히는 上의 有力한 暗示가 될 것이니라.

「歌曲源流」의 臺本은 무론 時調의 最高 傳承에까지 遡及하려니와 일변 最後의 收採는 哲宗代의 金汶根ㅣ 高宗初까지 걸치는 安玟英 等에 及하야 대강 上下 一千年의 時調 全野를 收括하니 이 首尾具足한 內容은 一切 時調書 本幹正統 乃至 典範이라 해야 可한 그 本質과 아울러서 廣傳이 「靑丘永言」에 遜하고 正確이 「海東歌謠」에 讓하는 채로 此書의 卓遵獨特한 地位를 永遠히 斯界에 保障할 것이며 쏘 그 偶然한 假冒인 「歌曲源流」의 名에 과히 辜戾(고려)되지 아니함을 본다 할지니라.

「歌曲源流」의 內容解說 乃至 本文批評 그 時調學上 價值 比較 書誌上 地位 等의 詳細는 이제 暇及치 못하며 다만 우리의 一覽閣 藏本은 本衣의 面에는 '靑丘樂章'으로 題籤되고 그 上의 '카버'에 '歌曲源流'의 名이 씌여 잇스며 쏘 卷後에 '女唱類聚'의 附錄과 밋 本文의 字하고 異筆되는 數種의 追記가 잇슴을 注意해 두노라.

己巳中伏前二日　　崔南善

歌曲源流

本書는 李朝 末期의 歌客 朴孝寬, 安玟英의 編纂本이다. 朝鮮의 詩

歌集에 「靑丘永言」이 있고, 「海東歌謠」가 있어 有名하나, 以上 兩本
은 英祖 時代의 歌集編纂期에 나와 李朝 時調 文學의 中間 報告書라
한다면 本書는 李朝 末年에 나와 李朝의 時調 文學을 總決算한 報告
書라고도 이를만큼 되어, 前記 兩書와 아울러 可謂 朝鮮의 三大 歌集
이라 할 수 있다. 따라서 이 三歌集 所載의 時調를 한데 合한다면 朝
鮮의 時調는 거의 모이리라고도 할 수 있다.

編者 朴孝寬은 字는 景華, 號는 雲崖라 하니 大院君의 賜號라 한다.
大院君에게는 特別한 愛護를 받아 그 門下에 往來하였으며 平生에
노래를 좋아하여 風流 才子며 冶遊 士女가 推重하지 않는 이가 없고,
다들 이름과 字를 부르지 아니하고 朴先生이라 부르니 豪華 富貴한
이와 遺逸 風騷之客이 그를 中心하여 「昇平稧」를 모아 一世의 盛事
를 이루었다 한다. 安玟英은 그의 高弟로 字는 聖武라 하고 號는 周
翁이라 하였는데, 亦是 大院君 門下에 놀았다. 英祖朝 以來 衰退 不振
하였던 時調界가 이 두 歌客에 이르러 다시 復興한 感이 있었으나 朴
孝寬의 작품은 13首, 安玟英의 작품은 26首가 各各 「歌曲源流」에 收
載되어 있다.

本所 編纂에 關하여 奎章閣 本 本書 跋文에 依하면

　　余每見歌譜則 無時俗詠歌之第次名目 使覽者未能詳知 故與門生安玟
　　英相議 略聚各譜分其羽界名目第次 抄爲新譜 云云

이라 하여 普通 歌譜에 時俗 詠歌의 第次 名目이 없음을 딱하게 생각
하여 門生 安玟英과 相議하여 여러 歌譜를 모아 本書를 編纂하였다
한다. 그런데 이 跋文에서는 作者의 署名이 없어 누가 安玟英과 더불
어 尙議하고 編纂하였는지는 알 수 없지마는 本書 所錄 安玟英 시조
에

空山 風雪夜에 도라오는 저사람아
柴門에개소래를 듯느냐 못듯느냐
石逕에 눈이덥혔으니 나귀革을 노으라.

라 한 것이 있는데 崔南善氏 本에는 이에 註하여 「風雪夜 訪雲坮草堂
先生倚門而言」이라 하여 있고, 또

桃花는 흔날니고 綠陰은 퍼져온다
꾀꼬리새소래는 烟雨에 구을거라
마초아 盞들어勸할제 淡粧佳人 오도다.

라 하는 時調에는 奎章閣 本엔 註하여 「雲崖山房細雨中 與老先生對
酌 鶯兒送歌 淡粧佳人 適來獻爵 故因作此歌」라 하였으며, 또 다음 時
調 卽

늙은이 저늙으니 林泉에숨은 저늙은이
詩酒歌琴與棋로 늙어오는 저늙은이
平生에 不求聞達하고 절로늙는 저늙은이.

에는 奎章閣 本에 註하여 「爲雲崖先生作」이라 하였으니, 安玟英이 尊
敬하고 師事한 先生은 아마도 雲崖 朴孝寬일 듯하니, 朴孝寬이 곧 安
玟英과 相議하여 編纂하였음을 알 수 있다. 그리고 李王家 圖書館 本
의 序文에 依하면 「丙子榴夏節周翁安玟英字聖武序」라 하였으니, 本書
는 高宗 13年에 編纂하였음을 알 수 있다.

本書 編纂 體裁 及 內容은 卷頭에 能改齋漫錄에서 「歌曲源流」와
「論曲之音」을 引用하고, 다음에 平·羽·界面調의 說明, 歌之風度形
容十五條를 붙이고, 다시 梅花點長短을 標錄하였으며, 이 밖에 李王

家 圖書館 本에는 朴孝寬의 論詠歌之源과 安玟英의 序文이 있다. 그리고 卷末에는 奎章閣 本에는 編者의 跋文이 붙어 있는데, 이것은 朴孝寬의 著作인 것 같다. 收錄 歌數는 異本에 따라 多少 다르나 大約 八百數十首를 曲調에 依하여 分流 編纂하였고, 다시 後部에 「女唱類聚」(雅樂部本엔 女唱秩)라 하여 百七十餘首를 附錄하여 있다. 이것은 말하자면 全篇을 男唱部와 女唱部의 둘에 나눈 셈인데, 時調 作品 그 自體에 무슨 男娼 女唱이 있을 理가 없겠지마는 다만 便宜上 그렇게 나눈데 지나지 못할 것이다. 그리고 每首는 大槪 五章으로 分節되었으며, 규장각본과 雅樂部本에는 간혹 창조(唱調)의 부호를 달았다. 다른 이본(異本)에는 이 부호가 없는 것도 있으나 편자의 발문에 「標其句節高低長短點數」라 바루 일렀으니까 그 원본에는 모조리 창조의 부호가 있었을 것은 의심할 수 없다. 그리고 또 지명 작가의 작품에는 반드시 작가의 성명을 기입하였을 뿐 아니라 그 약력을 쓰고 혹은 그 작품에 대한 설명을 주기한 것도 있다.

그런데 본서는 최근세 본이어서 그런지는 몰라도 가장 널리 유포되어 있다. 현재 내가 알고 있는 이본(異本)만 하더라도 규장각본, 李王家 도서관본, 同 아악부본, 최남선씨본, 일본 동양문고본, 불란서 파리 동양어학교본 등이 있다. 그러나 이들 이본은 서로 대조하여 보면 別로 꼭 같은 책이 없다. 첫째 序跋文이 있는 것도 있고 없는 것도 있으며, 또 歌數에 있어서는 相當한 出入이 있고, 있는 것도 그 順序가 반드시 同一하지 않다. 이런 點은 或은 本書가 널리 流布되어 몇 번이라도 傳寫하는 동안에 自然 그렇게 되었는지도 모르고, 또 後人이 任意로 增損하였을지도 모를 일이다.

끝으로 本書의 書名에 對하여는 多少 疑訝스러운 點이 있다는 것을 말해보고자 하는데, 李王家 雅樂部 本에 依하면 表衣에 「歌詞集」이라 하였고, 崔南善氏 本에는 本衣의 面에 「靑丘樂章」이라 題簽되어

있다. 그러면 이들과 「歌曲源流」란 書名과는 무슨 關係가 있는가. 書
名이 「歌曲源流」라 하였다면 「歌詞集」이니 「靑丘樂章」이니 하는 말
이 없었을 것인데 이것은 어째서 생긴 題號인가. 表衣의 題簽이 剝落
되니까 後人이 任意로 붙인 것이 「歌詞集」이고 「靑丘樂章」이었던가.
或 은 崔南善氏가 이미 指摘한 바와 같이 「歌曲源流」란 것은 本來의
書名이 아니고 卷頭의 引用 題가 「歌曲源流」이니까 後人이 그것이
開卷에 있는 탓으로 그를 곧 書名으로 錯認하여 「歌曲源流」라 불르
게 되고 其實 本名은 「靑丘樂章」或은 「歌詞集」이었던가. 알 수 없는
일이다. 그러나 何如ㅎ든 이제 와서는 비록 錯認으로 불렀다 할찌라
도 「歌曲源流」란 書名은 變할 수 없게 되고 말았다.

(1933. 「朝鮮語文學會報」第五號 訂正) 『韓國詩歌의 硏究』轉載

歌曲源流

詩三百五篇商周之歌詞也其言之乎禮儀聖人刪取以爲經周衰鄭衛
之音作詩之聲律廢矣漢興制氏猶傳其鏗鏘至元成間倡樂大盛貴戚王
侯定陵富平外戚之家淫侈過度至與人主爭女樂而制氏所傳遂泯絕無
聞焉文選所載樂府詩晉志所載碣石等篇古樂府所載其名三百秦漢以
下之歌辭也其源出於鄭衛盖一時文人有所感發隨世俗容態而有作也
更五湖之亂北方分裂元魏高齊宇文氏之周咸以戎狄强種雄據中夏故
其謾謠雜操華夷焦殺急促鄙俚俗下無復節奏而古樂府之聲律不傳周
武帝時龜玆琵琶工蘇婆者始言七均牛洪鄭譯因而演之八十四調始見
萌芽唐張文叔祖孝孫討論郊廟之樂其後於是乎大備迄于開元天寶間
君臣相與爲淫樂而明皇尤溺於夷音天下薰然成俗於時才士始依樂工
拍担之聲被之辭歌之長短各隨曲度而愈失古之聲依永之理也溫李之
徒率然抒一時情致流爲淫艷猥褻不可聞之語我宋之興宗工鉅儒文力
妙天下者猶祖其遺風蕩而不知其所止四方傳唱敏若風雨焉<能改齋漫
錄> 靑 丘 歌(一部만) 海 朴

論曲之音

善歌者當使聲中無字字中有聲凡曲止是一聲淸濁高下如縈縷耳字有喉脣齒牙舌不同當使字字舉木皆輕圓悉融入聲中令轉換處無磊隗此謂聲中無字禮曰夫歌者上如抗下如墜止如槀木倨中矩句中鈎累累如貫珠今謂之善過度如宮聲字而曲含商聲則能轉宮爲商歌之此字中有聲也善歌者爲內裏聲不善歌者聲無揚謂之念曲聲無含韞謂之叫曲 <能改齋漫錄> 靑 丘 歌(一部만) 海 朴

聲彙曰平聲哀而安去聲勵而舉上聲淸而遠入聲直而促

平 調 雄深和平 黃鐘一動 萬物皆春 洛陽三月 邵子乘車 百花叢裏 按轡徐徐 舜御南薰殿上以五絃之琴彈解民慍之曲聲律正大和平

羽 調 淸壯激勵 玉斗撞破 碎屑鏘鳴 項王躍馬 雄劒腰鳴 大江以西攻無堅城 項王躍馬鐵鞭橫光喑啞叱咤萬夫魂飛而聲律淸澈壯勵

界面調 哀怨悽悵 忠魂沈江 餘恨滿楚 令威去國 千載始歸 壘壘塚前物是人非 王昭君辭漢往胡時白雪紛紛馬上彈琵琶聲律嗚咽悽悵 靑 丘 歌 海

海東歌謠錄

文章詩律刊行于世傳之永久歷千載而猶有所未泯者至若歌謠則如花草榮華之飄風鳥獸好音之過耳也一時諷詠於口而紫煙沈晦未免泯沒于後豈不惜哉自麗季至國朝以來 列聖御製王孫巨卿名公碩士歌者漁者閭井名妓無名之作及自製長短歌百餘章一一蒐輯正訛善寫一卷曰海東歌謠錄使凡

當世之好事者口誦心惟手披自覽以圖廣傳焉 我東所作歌曲專用方言間襍
文字率以諺書傳于世善方言之用在其國俗不得不然也其歌曲雖不得與中
國樂譜並比而亦有可觀可聽者中國之所謂歌卽古樂府暨新聲被之管絃者
俱是也我東則發之潘音恊以文語此雖與中國異而若其情境或宮商諧和使
人詠歎歌法手舞足蹈則其歸一也 洪于海序　　靑

歌之風度形容十五條目

初中大葉	南薰五絃	行雲流水	
二中大葉	海濶孤帆	平川挾灘	
三中大葉	項王躍馬	高山放石	
後庭花	雁叫霜天	草裏驚蛇	
二後庭花	空閨怨婦	寂寞悽悵	
初數大葉	長袖善舞	綠楊春風	協 丘-楊→柳
二數大葉	杏壇說法	雨順風調	
三數大葉	轅門出將	舞刀提賊	丘-舞刀提賊→舞力刀戟
搔聳	暴風驟雨	飛燕橫行	
編搔聳	兩將交戰	用戟如神	
蔓横	舌戰群儒	變態風雲	協-俗稱於弄반지기
弄歌	浣沙清川	逐浪飜覆	協 丘-沙→紗
樂時調	飛鳳朝陽	花爛春城	協 丘-飛鳳朝陽→堯風湯日
編樂時調	春秋風雨	楚漢乾坤	
編數大葉	大軍驅來	鼓角齊鳴	靑 協 丘 歌 海 朴

長鼓長短　　　靑 協 丘 歌 海

梅花點長短　　　青 協 丘 歌 海 朴

(各歌體容不同之格)

海外絶域山川別異色白臘梅泳輪皓光潔如明鏡星河澄敎鐵馬長驅層氷
踏破轅門高開長揖天子邊日色芒羌笛吉悲碧海長天萬里飛楫隨堤春暮楊
花如雪綠水芙蓉天然空篩太宇明光照耀柳塘黃石六韜臥龍八陣飄風捉影
遁甲藏身依此以唱豈不快哉　　　青

五音論

五音統論曰宮土其氣黃其色聲如和而平　商金其氣素其色聲轉以淸　羽
水其氣黑其色聲嚶嚶然頻細太史公禮樂序曰聞宮音使人溫舒而廣大聞商
音使人方正而好義聞羽音使人整齊而好禮邵于天地之生起于中位乎宮屬
土位中象君律應林鐘卦合艮坤故平沈厚有雄洪之味　易曰戰兢說兌商屬金
位西象臣律應夷則卦合乾兌故鏗鏘淸亮有肅煞之氣　又曰勞于坎也羽屬水
居北象諸物律應黃鐘且合坎卦故嚶嚶透徹有高細之氣

平調　雄深和平　黃鐘一動萬物皆春

羽調　淸壯疎暢　玉斗撞破碎屑鏦鳴

界面調　哀怨激烈　忠魂沈江餘恨滿楚

宮聲 和平 雨餘風送晚烟輕朱戶簾前調乳鶯綠楊院裏囀雛鶯

羽聲 壯　轟雷掣電吼狂風撻破玉盤飛彩鳳震開金鎖走蛟龍

上聲 哀　江邊灑淚泣湘妃殿後昭君辭漢主帳中項羽別虞姬

平調 和　洛陽三月 邵子乘車 百花叢裏 按轡徐徐

羽調 壯　項羽躍馬 雄劍腰鳴 大江以西 攻無堅城

界面調　烈　令威去國　千載始歸　壘壘塚前　物是人非

中大葉　　徘徊　有一唱三歎之味

後庭花　　低仰　回互有變風之態

數大葉　　宛轉　流鶯有軒擧之風　　靑

昔陰康氏之時民有重腿之疾效學歌舞而行之歌舞之興自此始焉

古之秦靑韓娥善歌者秦靑聲振柳枝響遏行雲韓娥餘音綠楊三日不絶魯
人虞興善雅歌聲發振動樑上塵鮑照聞而有詩曰萬曲不關心一曲動情多欲
知情厚薄更聽歌聲過衛人王豹處於淇而河西善謳齊人綿駒處於高唐而齊
右善歌

詩大序嗟嘆之不足故永歌之永歌之不足不知手之舞之足之蹈之也又曰
聲發語文聲成於文爲之音盖聲發而符諸音卽歌也噫故之歌異於今之歌用
之庶人家齊而夫婦和樂用之邦國國治而天下平今之歌只用爲賓筵宴娛可
歎可惜依其言詠而歌　又曰歌永言語短聲遲　　靑

調格

平調(卽上聲　屬宮)　雄深和平聲律正大黃鐘一聲萬物皆春洛陽三月邵子
乘車百花叢裏按轡徐徐舜御南薰殿上彈五絃之琴歌南風之詩以和天下月
到天心處風來水面時一般淸意味料得少人知

羽調(卽羽聲　屬水)　　淸壯激勵聲律疎暢玉斗撞破碎屑鏦鳴項羽躍馬雄
劍腰鳴大江以西攻無堅城秦皇呑二周席捲天下御阿房宮朝六國諸侯雪淨
胡天牧馬還月明羌笛戍樓間借問梅花何處落風吹一夜滿關山

界面調(卽上聲　屬金)　　哀怨激烈聲律悽悵忠魂沈江餘恨滿楚令威去國
千載始歸壘壘衆塚物是任非王昭君辭漢赴胡白雪紛紛手弄琵琶聲甚鳴咽
婕妤長信空階生苔玉輦不到黃昏花落拱頫脉脉洞庭西望楚江分水盡南天

不見雲日落長沙秋色遠不知何處弔湘君

初中大葉	行雲流水格	白雲行遏	逐水聲絕
二中大葉	水流高低格	王孫臺卽	舞洛陽市
三中大葉	高山放石格	銀瓶撞破	鐵騎突出

　　　　　右徘徊一唱之味

後庭花	灘流滔滔格	睡罷紗窓	打起鶯兒
二後庭花	雁叫霜天格	空閨怨婦	對花怊悵

　　　　　右低仰回互有變風之態

初數大葉	黃風樂格	宛轉流鶯	軒仰風度
二數大葉		杏壇說法	雨順風調
三數大葉		原文樊將	舞刀提賊
蔓橫 以上格全		舌戰郡儒	飛鶯橫行

　　　　　右有自得圓雅之意

蔓數大葉	橫柳帶長風	煙鎖艷枝	時拂苔磯

　　　　　右老龍爭珠之象　　　靑

（音符）

論詠歌之源

　五音之用 有候脣齒牙舌之別 宮屬土而主喉 商屬金而主齒 羽屬水而
主脣 角屬木而主牙 徵屬火而主舌 此皆用聲所出之大槩也 我東用樂 凡
有平羽商三調 而平調屬土 其聲雄深和平 羽調屬水 其聲淸壯疎暢 商調
屬金 其聲哀怨悽悵 此亦擧其大槩也 平調土 音而出自喉 有土厚處安
之象 商調金 聲而出自齒 有從革爾亮之象 羽調水 音而出自脣 有潤下
柔順之象 用聲之深淺雖異 抑揚變化 各隨其字音語響 五音縈累 相生然

後 律協而成調也 不可以膠柱而鼓瑟者也 亦不可以形 而言之執泥相詰
者也 書曰轉換處無磊隗 又曰累累如貫珠 又曰善歌者 謂之內裏聲 不善
歌者 聲無抑揚 謂之念曲 聲無含韞 謂之叫曲 歌之爲歌 推此可究也 且
曰歌也者 以聲響相傳者 非執物相授者也 毋論羽界面調 詠歌者 推究得
妙 不必以言語外究者也 或有問論者故 縶陳愚魯之義答之

　　雲崖朴先生 平生善歌 每於水流花開之夜 月郎風淸之辰 拱金案檀板
喉轉聲發 瀏亮淸越 不覺飛樑塵遏流雲 雖古之龜年善才 無以加焉 以故
敎坊句欄風流才子遊冶士女 莫不推重之 不名與字 而稱朴先生 時則有
豪華富貴給遺逸風騷之人 設稧曰昇平稧 惟歡娛謙樂是事 而先生實主盟
焉 余亦酷好是道 窃慕先生之風 虛心相隨四十年于慈矣噫 吾儕生逢盛
時 共躋壽域 而上有國太公石坡老爺 宮攝呂調以正之 鍊以精之 使後來
之人 皎然無疑 是豈非千載一時也歟 余不禁作興之思 不避猥越 乃與碧
江金允錫君仲相確 而作新飜數関 詠歌聖德 以寓慕天繪日之誠 然才疎
識蔑 語多俚陋 謹以就質于先生 潤色之存削之 然後成完璧 於是 名姬
賢伶 被之管絃 競唱迭奏 亦一代盛事也 爰錄于曲調之末 使後來同志之
人 咸知吾儕之生斯也 有斯樂也 先生名孝寬字景華 雲崖國太公賜之號
也 丙子榴夏節 周翁安玟英字聖武序 海

花源樂譜序

　　歌者柯也 歌之於言 猶木之有柯枝也 詩本出於情性 而咏歎於口 而爲
歌 則歌本逌詩成聲 而有詩則不可無歌 有歌則不可無詩 故詩言志歌永
言 此虞帝所以名蘷也 是以古之君子戲人 先以音樂諷詩 使人吟咏之 以
感其心志嗟嘆之 以養其性情 抑揚反復興起 其好善創惡之心 而不能自
己蕩滌 其邪穢之裏 成就於正大之域 則古人重歌曲之義 如彼其至矣 而
不可一日無者也 噫 周衰鄭衛之蛙音日熾 雅頌之正聲漸泯曁乎 秦漢之

際雅曲掃地　王風委草浸浸乎　如夢之世　而風雅之古調愈古　桑濮之新譜益新　遂令歌詠者　目之呂亂養望之輩　歸之以解頤無賴之類　可勝惜哉　可乎可乎　此豈歌之自罪也　迫人之不好雅　而好淫也　故古之斅人之道　遂廢而古之成材也易　今之成材也難　良識此也

　　然　歌本出於心性　而有樂而歌　憂而歌者　有歌其苦歌其感者　則歌雖有古今之別　而其懲創之端亶其全矣　歌之終佛紀泯滅　如木之不可無柯枝也明矣　　亦足以感發人心　而盡興俚蛙之音　一套歸之哉　余有志於斯久矣而膠於澆俗未遂雅　今始搜我東今古之関分類蒐輯　刪厥宜刪者　斥其太淫者　抄膽成卷　余亦憂愁多感之人　聊爲遣悶解顏之資　而目或有補於養性之道云爾　　歲旃蒙作噩四之月旣生魄後五丁酉　　龜隱手記于桃源僑居焉花

歌曲源流

永言全部－協

羽調初中大葉　　南薰五絃　　行雲流水
(協－羽調初中大葉→羽調初中化大葉　丘－羽調中大葉)

1. 靑 協 丘 歌 海－1
黃河水맑다터니聖人이나시도다草野羣賢이다니러나단말가어즈버江
山風月을눌을쥬고이거니.
　靑 丘 歌－鄭忠臣 字可行錦南君 協 海－鄭忠信 字可行錦南君

2. 靑 協 丘 歌－2 協－3
空山이寂寞흔듸슯히우는져杜鵑아蜀國興亡이어졔오늘아니여든至今
히피나게우러셔남의이를긋ㄴ니.
　靑 丘 歌 海－仝人 協－鄭忠信

3. 靑-3, 59 丘-3, 62 歌-2, 62 海-3 協-2,57

仁心은터히되고孝悌忠信기둥이되여禮義廉耻로가즉이네엿시니千萬
年風雨를만난들기울쥴이이시랴.

59-(靑-朱義植 號南谷肅宗朝漆原縣監善歌 協-朱義植 見上 丘-
朱義植 字號南谷肅廟朝官漆原善歌 歌-字號南谷肅宗朝漆原縣監善歌)

長大葉

(丘→長大葉(便是二中大葉)

4. 靑 協 丘 歌 海-4

松林에눈이오니柯枝마다곳이로다한柯枝것거니여님계신듸드리과져
져님계셔보오신後에녹아진들엇더리.

三中大葉

(協 歌 海-項羽躍馬 高山放石 丘-項王躍馬 高山放石)

5. 靑 協 丘 歌 海-5

三冬에뵈옷닙고巖穴에눈비마쟈구름씬볏뉘도쬔젹이업건마는西山에
히지다ᄒ니눈물계워ᄒ노라.

靑-曹植 字達仲號南溟昌寧人中宗朝隱居求志高仕拜官不就宣祖朝贈
領議政諡文貞公 協-曹南溟名植字達仲文貞公 丘-曹植 字達仲號南溟
中宗隱居宣廟贈領相諡文貞 歌 海-字達仲~拜官 不就宣祖朝贈領相諡
文貞公

6. 靑 協 丘 歌 海-6

浮虛코셥져올쏜아마도西楚覇王긔哭天下야엇으나못엇오나千里馬絶

代佳人을눌을쥬고어거니.

界面調 初中大葉

(丘-見羽調坪)

7. 靑-7, 201 協-7, 204 丘-7, 201 歌-7, 215 海-7, 208
잘식는라들고식달이돗아온다외나무다리로홀로가는져禪師야네졀이
언마ㄱ나호관딕遠鐘聲이들니ㄴ니.

二中大葉　　海濶孤帆　平川挾灘

(協 丘 海-風度形容 없음 歌-海濶孤帆 平灘挾川)

8. 靑 協 丘 歌 海-8
碧海ㄱ竭流後에모릭뫼혀섬이되여無情芳草는히마다푸르로되엇더타
우리의王孫은歸不歸를호ㄴ니
　靑 丘 歌-具容 字大叟號竹窓綾州人宣祖朝登第官至縣監 協-具容
字大叟號竹窓 丘 海-宣祖朝→宣廟

三中大葉

(丘-見羽調坪)

9. 靑 協 丘 歌 海-9
淸凉山六六峯을아ㄴ니나와白鷗白鷗야헌ㅅ호랴못밋을쏜桃花ㅣ로다
桃花야써디지마라漁子ㄱ알ㄱ가호노라
　靑-李滉 退溪先生 協-李滉號退溪 丘-× 歌-李滉 字景浩號退溪

海－李滉 字景浩號退溪眞寶人登第湖堂文衡官至贊成居陶山精舍諡文純配享宣廟又拜文廟

後庭花　　雁叫霜天　　草裏驚蛇

10. 靑 協 丘 歌 海－10

누운들줌이오며기다린들님이오랴이제누엇신들어늬줌이하마오리촐하리안즌곳의셔긴밤이나시오즈.

臺

11. 靑 協 丘 歌 海－11

秦淮에빈를믜고酒家를차져가니隔江商女는亡國恨을모로고셔煙籠樹月籠沙헐졔後庭花만부르더라.

靑－鄭逑 號寒江宣祖朝壬辰亂時除通川郡守封物繕於嘉山郡此時上御嘉山郡時 協－鄭逑號寒岡 丘－江→岡 繕→膳 郡時→郡之時 歌－郡時→郡之時 海－鄭逑 號寒江宣祖朝壬辰亂通川封物膳於嘉山上御此邑之時

二後庭花
(丘－今失其調可惜)

羽調初數大葉　　長袖善舞 綠柳春風　　　九首

12. 靑 協 丘 歌 海－12

天皇氏지으신집을堯舜에와灑掃ㅣ러니漢唐宋風雨에기우런지오릭거다우리도聖主뫼옵고重修ᄒ려ᄒ노라.

13. 靑 協 丘 歌 海-13

南薰殿달밝은밤에八元八凱다리시고五絃琴一聲에解吾民之慍兮ㅣ로
다우리도聖主뫼옵고同樂太平ᄒ리라.

14. 靑 協 歌 海-14 丘-17

南八아男兒ㅣ死已연정不可以不義屈矣여다웃고對答ᄒ되公이遺言敢
不死아千古에눈물둔英雄이멋멋줄을지은고

靑-金尙憲 號淸陰安東人官至領相 協-金淸陰 丘-金尙憲號淸領相
歌-字號淸陰安東人官至領相 海-金尙憲 號淸陰領相

15. 靑 協 歌 海-15 丘-14

東窓이밝앗ᄂ냐노고질이우지진다소티는兒禧놈은상긔아니니럿ᄂ냐
지너어ᄉ릭긴밧츨언졔갈녀ᄒᄂ니.

靑-南九萬 字雲路號藥泉宜寧人孝宗朝文科甲子拜領相孝朝賀諡文忠
公智后 協-南九萬號藥泉 丘-字雲洛號藥泉宜寧人孝宗朝丙申文科甲
子拜領相智后 文科→丙申文科 甲子拜領相孝朝賀諡文忠公智后→甲子
拜領智后 歌-字雲路號藥泉宜寧人 丙申文科甲子年領智后賀諡文忠公
海-字雲路號藥泉宜寧人孝宗朝丙申文科甲子拜領

16. 靑 協 歌 歌-16 丘-19

東君이도라오니萬物이皆自樂을草木昆虫들은히히마다回生커늘ᄉ람
은어인緣故로歸不歸를ᄒ는고

靑 丘 歌 海-朴孝寬 字景華號雲崖 協-朴孝寬字景華東國名歌

17. 靑 協 歌 海-17 丘-20

周雖舊邦이나其命維新이라受天之詔命ㅎ샤布德宣化ㅎ오시니다시금
我東方生靈이熙皡世을보리로다.

靑 協 丘 歌 海-仝人

18. 靑 協 歌-18 丘-15 海-19

冬至ㄷ달기나긴밤을한허리를들허닉여春風니불아뤼셔리셔리너헛다
가어룬님오신날日밤이여드란구뷔구뷔펴리라.

靑-眞伊 松都名妓 協-眞伊 松京名妓 丘-名妓眞伊 歌-字明月松
都名妓 海-眞伊

19. 靑 協 歌-19 丘-16 海-18

어뎌닉일이여글일쥴을모로던가이시라ㅎ드면ㄱ랴마는졔굿ㅎ야보닉
고글이는情은나도몰나ㅎ노라.

靑 協 歌-仝人 丘-同人 海-眞伊 松都故名妓

20. 靑 協 歌 海-20 丘-18

金烏와玉兎들아뉘라너를쫏닐관딕九萬里長空을허위허위단니난니이
後란十里에한번식쉬엄쉬엄단녀라.

21. 協 歌 海-21 丘-22

梅影이부드친窓에玉人金釵비겻슨져二三白髮翁은거문고와노뤼로다
이윽고 盞즙아勸헐젹에달이쏘흔오르더라.

協-安玟英 丘-× 歌-安玟英 字荊寶號翁 海-安玟英 字荊寶號翁
順興人

22. 丘 - 21 海 - 24

上元于甲子之春에우리聖主卽位신져堯舜을法바드사光被四表ᄒ오시니物物이春風和氣를씌여同樂太平ᄒ더라.

海(上元甲子之春의우리聖上卽位신져堯舜을법바드샤光被四表ᄒ오시니美哉라億萬年東方氣數ㅣ일노붓허비로삿다.)

丘 海 - 安玟英 字荊寶

23. 歌 海 - 22

玉露에졋즌곳과淸風에나는닙흘老石의造化筆로깁밧탕에옴겨신져異哉라寫蘭이豈有香가마는暗然襲人ᄒ돗다.

歌 海 - 仝人 大院位在直谷蘭草讚

24. 歌 海 - 23

石坡에又石ᄒ니萬年壽를期約거다花如解笑還多事오石不能言最可人을至今에以石爲號ᄒ고못ᄂᆡ즑여ᄒ노라.

歌 - 仝人 海 - ×

25. 歌 24

堯田을갈던ᄉᆞ람水慮를못ᄂᆡ엿고湯田을갈던ᄉᆞ람旱憂를어이흔고아마도無憂無慮헐쓴心田인가ᄒ노라. 金學淵 字

二數大葉　杏壇說法　雨順風調　三十八首

26. 靑 - 21 協 - 22 丘 - 23 歌 - 25 海 - 26

治天下五十年에不知왜라天下事를億兆蒼生이戴己를願ᄒᄂᆞ니康衢의聞童謠ᄒ니太平인가ᄒ노라.

靑 協 丘 歌 海－成守琛 字仲玉號聽松

27. 靑－22 協 丘－24 歌－26 海－27
言忠信行篤敬ᄒᆞ고酒色을숨가ᄒᆞ면졔몸에病이업고남아니우이려니行
ᄒᆞ고餘力이잇거든學文좃ᄎᆞᄒᆞ리라.
　靑　歌－成石璘　字自修號獨谷昌寧人恭愍王時登第入我朝官至領相勳
功昌寧府院君諡文景公　協－成石璘　號獨谷　丘－昌寧人× 官至→官　勳
功→勳　海－成石璘　字自修～官領相勳昌寧府院君諡文景公

28. 靑－23 協－23 丘－25 歌－27 海－28
江湖에期約을두고十年을奔走ᄒᆞ니그모른白鷗는더듸온다ᄒᆞ건마는聖
恩이至重ᄒᆞ시민갑고가려ᄒᆞ노라.
　丘－鄭逑 見上

29. 靑－24 協－25 丘－26 歌－28 海－29
늙거다물너가쟈ᄆᆞ음과議論ᄒᆞ니이님바리고어드러로가쟈ᄒᆞ리ᄆᆞ음아
너란잇거라몸이몬져가리라.

30. 靑－25 協－26 丘－27 歌－29 海－30
周公도聖人이샷다世上사ᄅᆞᆷ드러스라文王의아들이요武王의이이로되
平生에一毫驕氣를ᄂᆡ여본일업세라.

31. 靑－26 協－27 丘－28 歌－30 海－31
ᄆᆞ음이어린後ㅣ니ᄒᆞ는일이다어리다萬重雲山에어늬님오리만는지는
닙부는바ᄅᆞᆷ에힝혀권가ᄒᆞ노라.
　靑　歌－徐敬德　字可久號花潭唐城人中宗朝居松京隱而不仕硏窮義理

宣祖朝贈左相諡文康公 協－徐敬德 號花潭 丘－隱而不仕→隱居而不仕
窮→宮 諡文康公→諡文康 海－字可久號花潭唐城人中宗朝居松京隱居
而不仕研窮義理宣祖贈左相諡文康公

32. 靑－27 協－28 丘－29 歌－31 海－32
무음아너는어이每樣에졈엇ㄴ니닉늙을졔면녠들아니늙을쇼냐아마도
너죳녀단니다가남우일ㄱ가ᄒ노라.

33. 靑－28 協－29 丘－30 歌－32 海－33
靑藜杖흐더지며石逕으로도라드니兩三仙庄이구름속에줌계셰라오늘
은塵緣을다썰치고赤松子를죳츠리라.

34. 靑－29 協－30 丘－31 歌－33 海－34
梧桐에雨滴ᄒ니舜琴을이의는듯竹葉에風動ᄒ니楚漢이섯두는듯金樽
에月光明ᄒ니李白본듯ᄒ여라.

35. 靑－30 協－31 丘－32 歌－34 海－35
天地로帳幕숨고日月로燈燭숨아北海水휘여다가酒樽에딕여두고南極
에老人星對ᄒ야함쎄늙자ᄒ노라.
　靑 海－李安訥 宣廟朝判書 協－李安訥 丘－李安訥 宣廟判書 歌－
李安訥 字號宣廟朝判書

36. 靑－31 協－32 丘－33 歌－35 海－36
唐虞도됴커니와夏商周ㄱ더욱됴타이졔을혜아리니어늬젹만흔겨인고
堯天에舜日이밝앗시니아무졔쥴몰닉라.
　靑 歌 海－朱義植 協－朱義植 肅宗時人縣監 丘－朱義植 見上

37. 靑-32 協-34 丘-35 歌-37 海-38

가마귀빗호는골에白鷺야 ㄱ지마라셩닌가마귀흰빗츨싀올셰라淸江에
조히씨슨몸을더러일가ㅎ노라.

靑-或以鄭圃隱母爲圃隱赴太宗宴時作云云 協-鄭圃隱母親爲圃隱赴
太宗宴時作 丘-或云圃隱母氏作 歌-或曰鄭夢周母親爲圃隱赴太宗宴
時作 海-鄭夢周母親爲圃隱赴太宗宴時作

38. 靑 協-33 丘-34 歌-36 海-37

가마귀검다ㅎ고白鷺야웃지마라것치검운들속좃ᄎ검을쇼야것희고속
검운즘싱은네야긘가ㅎ노라.

靑-李稷 字吳廷號亭齋太宗朝相 協-李稷 丘-李稷 字虞廷號亭齋
太宗朝相 歌 海-李稷字虞庭號亭齋太宗朝相

39. 靑-34 協 丘-36 歌-39 海-40

감장싀덕다ㅎ고大鵬아웃지마라九萬里長空에너도날고겨도난다두어
라一般飛鳥ㅣ니네오졔오다르랴.

靑 海-李澤 字善鳴全義人中宗朝文科勸芭從論貪元衡罪辛未拜領相
諡貞肅公 協-李澤 丘-李澤 字善鳴中宗朝文科 歌-李澤 字善鳴全義
人中宗朝文科勸苞縱論貪元衡罪辛未拜領相諡貞肅公

40. 靑-35 協-37 丘-39 歌-40 海-41

간밤에부든ᄇ 룸江湖에도부돗던지滿江船子들은어이구러지닉던고山
林에드런지오리니消息몰나ㅎ노라.

41. 靑-36 協-38 丘-40 歌-41 海-42

간밤에우든여흘슯히우러지닉여다이졔야싱각ㅎ니님이우러보닉도다

뎌물이거스리흐르과져나도우러보뇌리라.

協-元昊 號觀瀾 丘-元 號觀瀾 歌-元觀瀾 端宗朝忠臣 海-元 號
觀瀾端宗朝忠臣

42. 靑-37 協-39 丘-38 歌-42 海-43
柴桑里五柳村에陶處士의몸이되야줄업슨거문고를소릭업시집헛시니
白鶴이知音ᄒᆞ는지우즑우즑ᄒᆞ더라.

43. 靑-38 協-40 丘-41 歌-43 海-44
瀟湘江긴딕뷔혀하늘밋게뷔를믜여蔽日浮雲을다쓰러ᄇ리과져時節이
하殊常ᄒᆞ니뜰숑말숑ᄒᆞ여라.

靑 海-金瑬 字冠玉號北渚仁祖朝領相 歌-字冠玉號北渚仁祖朝相
協-金北渚 名瑬 丘-金瑬 字冠玉號北渚仁祖朝領相順天人

44. 靑-39, 193 協-41,196 丘-53, 231 歌-44, 207 海-45, 200
瀟湘江긴딕뷔혀낙시믜여두러메고不求功名ᄒᆞ고碧波로나려가니아마
도事無閑身은나쑌인가ᄒᆞ노라.
(靑 歌 海--作 白鷗야날본체마라세상알가ᄒᆞ노라)

45. 靑-40 協 丘-42 歌-45 海-46
長生術거즛말이不死藥을긔뉘본고秦皇塚漢武陵도暮烟秋草쑌이로다
人生이一場春夢이니아니놀고어이ᄒᆞ리.

46. 靑-41, 244 協 丘-43 歌-46 海-47
春風이건듯부러積雪을다녹이니四面靑山이녯얼굴나노미라귀밋헤히
묵은서리야녹을줄이이시랴.

244(春風이ー東風이) 244(靑ー仝人)

47. 靑ー42 協 丘ー44 歌ー47 海ー48
겨울날다ᄉ흔볏츨님의등에쪼이과져봄미나라슬진맛슬님의손디드리
리과져님ㄱ계야무어시업스리요마는닉못니져ᄒ노라.

48. 靑ー43, 239 協 丘ー45 歌ー48 海ー49
王祥의鯉魚줍고孟宗의竹筍껏거감던마리희도록老萊子의옷슬닙어平
生에養志誠孝를曾子가치ᄒ리라.
　靑ー朴仁老　肅宗時萬戶　協ー朴仁老　肅宗時人　丘　海ー肅廟時萬戶
歌ー字號肅廟時萬戶　239(靑ー李德馨　字明甫號漢陰宣廟朝登第湖堂文
衡官至領相有勳功濟世智略)

49. 靑ー44 協 丘ー46 歌ー49 海ー50
仁風이부는날에鳳凰이來儀로다滿城桃李는디ᄂ니곳치로다山林에굽
져온솔 이야곳이잇ᄉ져보랴.

50. 靑ー45, 246 協 丘ー47 歌ー50 海ー51
天心에돗은달과水面에부는ᄇ롬上下聲色이이中에달녓ᄂ니ᄉ람이中
을타낫스니어진길언흔가지라. 246(달녓ᄂ니ー갈녓ᄂ니)
　靑ー朴誾　號挹淸軒成宗朝湖堂至燕山甲子避禍遁　協　丘　歌　海× 246
(靑ー朴誾)

51. 靑ー46 協ー48 丘ー52 歌ー51 海ー52
靑牛를빗기타고綠水를흘니건너天台山깁푼골에不老草를키라가니萬
壑에白雲이ᄌ쟈스니갈길몰나ᄒ노라.

宋挺 號竹窓中宗朝登第官至南平縣監善畵竹 協-安挺 號竹窓官縣監
丘-安挺 字挺然號竹窓中宗朝登第官南平善竹 歌-安挺 이하 丘와 같
음 善竹→善畵竹 海-安挺 字挺然號竹槍中宗朝登第官南平縣監善畵竹

52. 靑-47 協-49 丘-48 歌-52 海-54
雷霆이破山ᄒ여도聾者는못듯ᄂ니白日이到天ᄒ여도瞽者는못보ᄂ니
우리는耳目聰明男子] 로되聾瞽가치ᄒ리라.

靑-退溪 善知音律 協-李退溪 見上 丘-李滉 字景洛號退溪眞寶人
中宗朝登第湖堂文衡官贊成諡文純善知音律陪享宣廟又陪文廟 歌-字景
浩號退溪眞寶人肅宗朝登第湖堂官至贊成常居陶山精舍諡文純公配享宣
廟又拜文廟善知音律 海-字景洛號退溪

53. 靑-48 協-50 丘-49 歌-53 歌-55
淳風이죽다ᄒ니眞實로거줏말이人性이어지다ᄒ니眞實로올흔말이天
下에許多英才를소여말슴ᄒ리요

協 丘-仝人 海-李滉 字景浩號退溪

54. 靑-49 協 丘-51 歌-54 海-56
珠簾을半만것고淸江을굽어보니十里波光이共長天一色이로다믈우희
兩兩白鷗는오락가락ᄒ더라.

靑-洪春卿 號石壁南陽人中宗朝登科至領相 協-洪春卿 號石壁中
宗文科監司 丘-洪春卿 字仁仲號石壁南陽人中宗朝官至嶺伯 歌-字仁
仲號石壁南陽人中宗朝登第官至慶尙監司 海-洪春卿 字仁仲號石壁南
陽人中宗朝登第文壯湖堂文衡官至領相諡文懿公

55. 靑−50 協−52 丘−50 歌−55 海−57

明明德실은수레어드메나ᄀ더이고物格峙넘어드러知止고기지ᄂ더라
가미야ᄀ더라마는誠意舘을못갈네라.

　靑−盧守愼　號蘇齋光州人中宗朝文壯湖堂文衡官至領相諡文愍公　協
−盧守愼　號蘇齋中宗朝文領相文懿公　丘−盧守愼　字寡悔號蘇齋光州人
中宗朝文壯湖堂文衡官領相諡文懿　歌−字寡悔號蘇齋光州人中宗朝文壯
湖堂文衡官至領相諡文懿公　海−字寡悔～文衡官領諡文愍

56. 靑−51 協−53 丘−56 歌−56 海−58

豪華코富貴키야信陵君만헐ᄶ마는百年이못ᄒ여셔무덤우희풀이낫네
허물며날갓튼壯夫야닐러무슴ᄒ리요.

　靑　歌　海−奇大升　字明彦號高峰幸州人明宗戊午文科諡文憲公　協−
奇大升　號高峯明宗朝文科文憲公　丘−奇大升　字明彦號高峰幸州人明宗
朝文科諡文憲

57. 靑−52 協−54 丘−57 歌−57 海−59

靑春에곱던樣子님으로야다늙도다이제님이보면날인줄아으실ᄀ가眞
實로알기곳아오시면곳이쥭다셜우랴.

　丘−姜百年　字叔久號雪峰肅廟判府事

58. 靑−53 協−72(羽中擧) 丘−74(羽中擧) 歌−77(羽中擧) 海−75

烟霞로집을삼고風月로벗을ᄉ마太平聖代에病업시늙어가ᄂ이中에ᄇ
라는일은허물이나업과져.

　靑−李滉　字景浩號退溪眞寶人肅宗朝登第湖堂文衡官至贊成常居陶山
精舍諡文純公配享宣廟又配文廟善知音律東國聖　協−李退溪　見上　丘−
李滉　見上

59. 靑-57 協-56 丘 歌-61 海-60

堯舜것튼님군을뫼와聖代를곳쳐보니太古乾坤에日月이光華ㅣ로다우
리도壽域春臺에同樂太平ᄒ리라.

60. 靑-54

幽蘭이在谷ᄒ니自然이듯기됴희白雲이在山ᄒ니自然이보기됴화이中
에彼美一人을더욱닛지못ᄒ여라.　仝

61. 靑-55

當時에녜던길를멋히를바려두고어듸가단니다가이졔야도라온고이졔
야도라왓거니녯썬마음마로리라.

62. 靑-56

愚夫도알냐커니긔아니쉬온것가聖人도못ᄒ다ᄒ시니이아니어려온가
쉽거니어렵거니니中에늙는쥴을몰닉라.

63. 靑-58

흐린물엿다ᄒ고남의몬져듯지말며지는히놉다ᄒ고潘外옛길녜지마쇼
어즈버날다짐말고녜나操心ᄒ여라.

　鄭希良 字淳夫號虛庵海州人成宗朝湖堂官至燕山甲子避禍遁

(가마귀너를보니……) 協-35 丘-37 歌-38 海-39 靑-273과
유사

64. 協-55 丘 歌-58 海-53

어리고셩권柯枝너를밋지아녓더니눈期約能히직혀두세송이퓌엿고나

燭잡고갓가이스랑헐졔暗香좃츠浮動터라. 海(梅花詞)

協 歌 海-安玟英 丘-安玟英 見上 咏梅

65. 丘-54

欄干에지혀안져玉笛을빗기부니五月江城에흣듯는梅花ㅣ로다한曲調
舜琴에섯거百工相和ㅎ라.

66. 丘-55

生前에富貴커는一杯酒만흔 니업고死後風流는陌上花샏이로다무삼일
이조흔聖世에아니醉코어이리.

67. 丘-59

文王子武王弟로富貴雙全허신周公握髮吐哺ㅎᄉ愛下敬勤ㅎ샷거든어
디ᄐ後世不肖는驕奢自尊ㅎ는고.

朴孝寬 見上

68. 丘-60

南極壽星도다잇고勸酒歌로祝手ㅣ로다오늘날老人들은서로노ᄌ勸ㅎ
는고나 이後란花朝月夕에每樣놀녀ㅎ노라.

永恩府院君 大監 號四敎齋

69. 歌-59

바회는危殆타마는꼿얼골이天然ㅎ고골은그윽ㅎ다마는싀소릭도석글
ㅎ다飛瀑은急흔形勢비러濕我衣를ㅎ더라.

仝人

70. 歌-60

靑山에녯길추자白雲深處드러가니鶴淚聲니는곳에竹戶荊扉두세집을
내쏘한 山林에깃드려셔져와갓차ᄒ리라.

仝人

71. 海-25

西舶의煙塵으론天下를어두이되東方의日月이란萬年이나붉으리라萬
一의國太公아니시면뉘라능히발긔리오.

安玟英 國太公詩 西舶煙塵天下晦 東方日月萬年明

中擧　　十六首

(恊-羽中擧)

(仁心은터희되고)……靑-59 恊-57 丘 歌-62 3과 중복

72. 靑-60 恊-58 丘 歌-63 海-61

니고진더늙으니짐버셔날을쥬오우리는졈엇거니돌인들무거으랴늙기
도셜웨라커늘짐을좃츠지실ᄀ가.

73. 靑-61 恊-59 丘 歌-64 海-62

梧桐에月上ᄒ고楊柳에風來ᄒ제水面天心에邵堯夫를마죠본듯이中에
一般淸意味를알니젹어ᄒ노라.

74. 靑-62 恊-60 丘 歌-65 海-63

滄浪에낙시넉코釣臺에안졋시니落照淸江에비비쇼릭더욱됴타柳枝에
玉鱗을쎄여들고杏花村에가리라.

靑 海-宋麟壽 字眉叟號圭庵懷德人中宗朝登第湖堂官至大司成丁未
冤死贈吏判或趙憲作 協-宋麟壽 號圭庵中宗朝文湖堂大司憲丁未冤死
丘-字眉叟號圭庵懷德人中宗朝登第湖堂丁未冤死 0或曰趙憲 歌-字眉
叟號圭菴懷德人中宗朝登第湖堂官至大司憲丁未冤死贈行吏判或曰趙憲
海-字眉叟號圭庵懷德人中宗朝登第湖堂官至大司憲丁未冤死 0或曰趙
憲

75. 靑-63 協-61 丘 歌-66 海-64

天地大日月明ᄒᆞ신우리의堯舜聖主普土生靈을壽域에거ᄂᆞ리셔雨露에
需然鴻恩이及禽獸를ᄒᆞ얏다.

靑-成守琛 協-成聽松 見上 丘-成守琛 見上 歌 海-字仲玉號
聽松

76. 靑-64 協-62 丘 歌-67 海-65

淸江에비듯는쇼릐긔무어시우읍관딕滿山紅綠이휘드르며웃는고야두
어라春風이몃날이리우를딕로우어라.

靑 協 丘 歌 海-孝宗大王 御製

77. 靑-65 協-63 丘 歌-68 海-66

山頭에달쩌오고溪邊에게나린다漁網에슐ᄅ瓶걸고柴門을나셔가니히
잇셔몬져간兒禧들은더듸온다ᄒᆞ더라.

78. 靑-66 協-64 丘 歌-69 海-67

늬집이길최냥ᄒᆞ야杜鵑이낫졔운다萬壑千峰에외ᄉ립닷앗는듸기곳ᄎ
즛즐일업셔곳지는데조오더라.

79. 靑-67 協-65 丘 歌-70 海-68

가마귀柴ᄒ여검우며히오리늙어회냐天生黑白이녜붓터잇건마는엇지
타날보신님은검다싀다ᄒ는고.

80. 靑-68 協-66 丘 歌-71 海-69

君山을削平턴들洞庭湖ㅣ널을낫다桂樹를버히던들달이더욱밝을거슬
쯧두고일우지못ᄒ니그를슬허ᄒ노라.

　靑-李浣 字淸之慶州人孝宗朝武科官至右相 協-李浣 孝宗朝武左相
丘-李浣 字淸之肅廟武相 歌 海-字淸之號慶州人孝宗朝武科官至右相

81. 靑-69 協-67 丘 歌-72 海-70

時節이太平토다이몸이閑暇커니竹林深處에午鷄聲아니러들깁히든一
場華壻夢을어늬벗이ᄭ오리.

　靑-成渾 字浩源號牛溪文廟配享 協-成渾 號牛溪 丘-× 歌-成渾
字源號牛溪

82. 靑-70 協-68 丘 歌-73 海-71

兒孫야쇼먹여늬여라北郭에ᄉ술먹쟈大醉ᄒ열울에달쯰여도라오니어
스버義皇上人을밋쳐본가ᄒ노라.

　靑-趙存性 協-趙存性 號龍湖知敦寧 丘-× 歌 海-字號龍湖知敦
寧

83. 靑-71 協-69 丘-77 歌-74 海-72

金波에빈를타고淸風으로멍에ᄒ여中流에쯰워두고笙歌를알월젹에醉
ᄒ고月下에졋시니시름업서ᄒ노라.

　協-任義直 善琴 丘-任義眞 字伯亨善琴名於世 歌-任義直 字伯亨

善歌名於世　海－任義直　字伯亨善琴於鳴世

84. 靑－72 協－70 丘－× 歌－75 海－×
江湖에봄이드니이몸이일이하다나는그믈깁고兒孫는밧츨가니뒤ᄃ뫼
헤엄긴藥草을언제키랴ᄒᆞᄂᆞ니.

靑－黃熹　字懼夫號厖村長水人恭愍王時登科入我朝官至領相年至致仕
奉朝賀謚翼成公配享　歌－字懼夫～配享→配享世宗　協－黃喜　號厖村
麗科我朝領相翼成公

85. 靑－73 協－71 丘－75 歌－76 海－74
幽僻을ᄎᆞ져가니구름속에집이로다山菜에맛드리니世味를니즐노다이
몸이江山風月과함ᄭᅴ늙쟈ᄒᆞ노라.

靑　丘　歌　海－趙昱　字景陽號龍門平壤人中宗朝以學逸拜宗簿注簿　協
－趙昱　號龍門中宗時官主簿

86. 靑－74 協－73 丘－76 歌－78 海－76
드른말卽時닛고본일도못본드시ᄂᆞ니人事이러ᄒᆞ니남의是非모를노다다
만지손의성ᄒᆞ니盞줍기만ᄒᆞ노라.

靑　丘　海－宋寅　字明仲號頤菴礪山人中宗朝駙馬礪城尉謚文端公治禮
樂善文　丘－公→×,樂→學　歌－頤菴→順菴　協－宋寅　號頤庵中宗駙馬

87. 歌－79
늙으니져늙으니林泉에숨운져늙으니詩酒歌琴與碁로늙어오는져늙으
니平生에不求聞達ᄒᆞ고졀로늙는져늙으니.

安玟英　字荊寶爲雲崖先生作

88. 海-78

山行六七里ᄒ니一溪二溪三溪流라有亭翼然ᄒ니洽似當年醉翁亭을夕
陽의笙歌鼓瑟은昇平曲을알외더라.(三溪洞)

安玟英

89. 海-79

雲下太乙亭에詠樂池말갓거다朝日의花紋繡요春風의鳥管絃을慶松은
울ㅣ蕃衍ᄒ야億萬年을긔약더라.

安玟英

90. 海-80

大道ㅣ直如髮ᄒ니雲車를모라갈졔花灼灼柳絲ㅣ요風習習雲悠悠ㅣ라
綺羅裙썩우거를ᆲ히細樂이러라. (三溪洞)

安玟英

平擧　　十八首

91. 靑-75 協-74 丘-78 歌 海-81

夏禹氏濟河헐졔負舟ᄒ던져黃龍아滄海를어듸두고半壁에와걸녓ᄂ냐
志槩야쟉ᄒ라마ᄂ蜻蜓보듯ᄒ도다.

靑-英宗大王 協-英宗大王 御題 丘-英宗大王 御製 歌 海-英宗
大王 潛邸時作或曰景宗大王

92. 靑-76 協-75 丘-79 歌 海-82

富春山嚴子陵이諫議大夫마다ᄒ고小艇에낙듸싯고七里灘도라드니아
마도物外閑客은인쓴인가ᄒ노라.

93. 靑－77 協－76 丘－80 歌 海－83

景星出慶雲興ᄒ니日月이光華ㅣ로다三王禮樂이요五帝의文物이라四海로太平酒빗져니여萬姓同醉ᄒ리라.

94. 靑－78 協－77 丘－81 歌 海－84

눈마자휘여진딕를뉘라셔굽다턴고굽을節이면눈속에푸를쇼냐아마도歲寒高節은너섄인가ᄒ노라.

靑－元天錫 號耘谷麗朝人入我朝隱居雉岳山太宗親迎不出 協－元天錫 號芸谷麗朝人入我朝隱居雉岳山太宗親迎不出 丘 歌－字子正 이하 靑과 같음 海－×

95. 靑－79 協－78 丘－82 歌 海－85

武王이伐紂여시늘伯夷叔齊諫ᄒ오되以臣伐君이不可ㅣ라ᄒ돗던지太公이扶以去之ᄒ니餓死首陽ᄒ니라.

96. 靑－80 協－79 丘－83 歌 海－86

먼딋긔ᄌ로즈져멋스람을디니연고오지못헐셰면오만말이나말를거시오마코아니오는일은닉니몰나ᄒ노라.

97. 靑－81 協－80 丘－84 歌 海－87

善으로敗ᄒ일보며惡으로일운일본다이두즈음에取捨ㅣ아니明白ᄒᄒᄂ가平生의惡된일아니ᄒ면自然爲善ᄒ리라.

靑 歌－嚴昕 字啓昭號十省堂寧越人中宗朝登科官至典籍 協－嚴昕 號十省堂中宗科典籍 丘－字啓昭號十省常寧越人中宗朝登第官典籍 海－嚴 字啓昭 號十省常寧越人中宗朝登第官典籍

98. 靑－82 協－81 됴－83 歌 海－88

大海에 觀魚躍이요 長空에 任鳥飛라 丈夫ㅣ 되야나셔 志業를 못일우고허 물며 博施濟衆이야 病되옴이이시랴.

99. 靑－83 協－82 됴－86 歌 海－89

헌삿갓츠른되롱삷딥고호믜메고논쑥에물보리라밧기음이엇더ᄒᆞ니아 마도박장긔보리술이틈업슨가ᄒᆞ노라.

靑－趙顯明 字時晦號歸鹿軒英宗朝相 協－趙顯命 號歸鹿軒英宗朝相 臣豊原府院君 됴－字時晦號歸鹿軒英廟朝相豊院府院君 歌－靑에 豊原 府院君 海－號歸鹿軒豊原府院君

100. 靑－84 協－83 됴－87 歌 海－90

식별디쟈죵다리쎳다호믜메고ㅅ립나니긴숩풀챤이슬에뵈잠방이다젓 는다兒禧아時節이도흘쓴옷시젓다關係ᄒᆞ랴.

靑－李在 英宗朝庶尹 協－李在 英宗時庶尹 됴－英廟朝庶尹 歌－字 號英宗朝庶尹 海－英祖朝庶尹

101. 靑－85 協－84 됴－88 歌 海－91

늬본시남만못ᄒᆞ여히욘일이바희업늬활쏘아헌일업고글닐너인일업다 출하로江山에물너와셔밧갈이나ᄒᆞ리라.

102. 靑－86 協－85 됴－89 歌 海－92

말ᄒᆞ면雜類라ᄒᆞ고말아니면어리다늬貧寒을남이웃고富貴를싀오ᄂᆞ니 아마도이하늘아릭셔살올일이어려웨라.

協－金尙容 號仙源仁祖朝右相丁丑殉節江都 됴 歌 海－金尙容

103. 靑-87 協-86 丘-90 歌 海-93

大棗볼붉은골에밤은어이듯드르며벼뷘그루희게는죠츤나리는고야술
닉쟈체쟝ᄉ도라가니아니먹고어이ᄒ리.

　靑-黃熹 字懼夫入我朝居龍村長水人官至領相諡翼成公　協-黃喜 見
上　丘-黃喜 字懼夫號厖村長水人恭愍王時登第入我朝官領相年至致仕
諡翼成配世宗　歌-黃熹 字懼夫~致仕 奉朝賀諡翼成公配享世宗　海-
黃喜

104. 靑-88 協-87 丘-91 歌 海-94

닉히됴타ᄒ고남슬흔일ᄒ지말며남이ᄒ다ᄒ고義아녀든좃지마소우리
는天性을직희여슴긴듸로ᄒ리라.

　靑-卞季良 字巨卿辛禑王文衡官至崇政年七十登第入我朝太宗朝重試
典贊成諡文肅公文衡始出　協-卞季良　號春亭年麗朝十七科入我朝文衡
丘-卞季良 字巨卿辛禑王時年十七登第入我朝太宗重試典文衡崇政贊成
諡文靑文衡始出　歌-字巨卿辛禑王時年十七登第入我朝太宗朝典文衡官
至崇政贊成諡文肅公文衡始出　海-字巨卿辛禑王諡登第入我朝重試崇政
文衡贊成　諡文肅

105. 靑-89 協-88 丘-92 歌 海-95

世事는琴三尺이요生涯는酒一盃라西亭江上月이두렷이밝앗는듸東閣
의雪中梅다리고玩月長醉ᄒ리라.

106. 靑-90 協-89 丘-93 歌 海-96

古人도날못보고나도古人못뵈오니古人을못뵈외도네던길앎허잇고네
던길앎히잇거니아니녜고어이ᄒ리.

　靑-退溪 協-李退溪 見上 丘-李滉 見上 歌 海-李滉

107. 靑-91 協-94 丘-× 歌-102 海-×

座上에客常滿이요樽中에酒不空은北海風流를닉남업시헐쭌ᄒ되아마도草堂大夢은못밋즐ㄱ가ᄒ노라.

靑-金敏淳 翼宗朝代理時砥平縣監 協-金敏淳 歌-金敏淳 字號安東人

108. 靑-92 協-95 丘-× 歌-103 海-×

世上에마음이업셔北窓下에누엇시니功名이可笑ㅣ로다至樂이여긔여니이윽고有意ᄒ明月은날을좃ᄎ오나다.

靑 歌-仝人

109. 協-90 丘-95 歌 海-97

歲月이流水ㅣ로다더늬덧셰쪼봄일식舊圃에新菜나고古木에名花ㅣ로다兒戲야시슐만이두어스라시봄노리ᄒ리라.

協-朴孝寬 見上 丘-仝人 咏新春 歌-朴孝寬 字景華號雲崖常居仁旺山弻雲坮 海-朴孝寬 字景華號雲崖忠州人

110. 協-91 丘-94 歌 海-98

蔽日雲쓰르치고熙皥世를보렷더니닷는 말셔서늙고드는칼보뮈쎳다가지록白髮이지촉ᄒ니不勝慷慨ᄒ여라.

協 歌-仝人 丘-朴孝寬 見上 海-×

111. 協-92 丘-96 歌-99 海-×

氷姿玉質이여눈속의네로고나가만이香氣노아黃昏月을期約ᄒ니아마도雅致高節은너쑨인가ᄒ노라.

協-安玫英 丘-安玫英 咏梅 見上 歌-安玫英 字荊寶詠梅

112. 協-93 丘-97 歌-100 海-×

눈으로期約터니네果然쮜엿고나黃昏에달이오니그림ᄌ도셩긔거다淸
香이盞에쩌잇스니醉코놀녀ᄒ노라.

　協 歌-仝人 丘-仝人 咏梅對酌

113. 歌-101

萬戶에드리운버들쇠쏘리世界여늘淸江에서권비는히오라비平生이라
우리도聖恩갑푼後에져와갓치놀니라.

　仝人

114. 海-99

젼나귀혁을치니돌길에날늬거다兒孫야치치디말고슐병부듸죠심ᄒ라
夕陽이山頭에거니ᄂ듸鶴의소리들니더라.

頭擧　죤쟈즌한닙　十七首
(協-죤ᄌ진ᄒ닙 丘 歌-× 海-擧頭)

115. 靑-93 協-96 丘-98 歌-104 海-100

구름이無心탄말이아마도虛浪ᄒ다中天에쩌이셔任意로단니면셔굿ᄒ
여光明ᄒ날빗츨덥허무솜ᄒ리요.

　靑 丘 歌 李存吾 字順卿號孤山高麗時正言 協-李存吾 高麗注書 海
-高麗時-高麗

116. 靑-94 協-97 丘-99 歌-105 海-101

一生에恨ᄒ기를義皇ᄀ졔못난쥴이草木(衣)를무릅고木實을먹을만졍
人心이淳厚ᄒ던쥴을못늬불허ᄒ노라.

靑 協-崔冲 高麗時四朝出將入相 丘 歌-崔冲 字浩然高麗時四祖出將入相 歌 海-祖→朝

117. 靑-95 協-98 丘-100 歌-106 海-102
太白이仙興을계워采石江에달꼿츠드니이졔니르기를술의탓시라ᄒ건마는屈原이自投汨羅헐졔무ᄉ술을먹은고

118. 靑-96 協-99 丘-101 歌-107 海-103
拔山力蓋世氣는楚覇王의버거이오秋霜節烈日忠은伍子胥의우희로다千古에凜凜丈夫는壽亭侯ᄅ가ᄒ노라.
　靑-林慶業 字英伯仁祖朝兵使三國名將 協-任慶業 仁祖朝兵使 丘-林慶業 字英伯仁祖朝兵使 歌-字英伯仁祖朝兵使 東國名將入援大國有勳 海-林慶業

119. 靑-97 協-100 丘-102 歌-108 海-104
泰山에올나안져大海를굽어보니天地四方이헌츨도ᄒ져이고丈夫의浩然之氣를오늘이샤알괘라.
　靑 歌-金裕器 字大哉肅宗朝散人善歌 協-金裕器 肅宗朝散人善歌 丘-金裕器 字大哉肅宗朝散人名歌 海-金裕器 字大哉肅宗朝散人

120. 靑-98 協-101 丘-116 歌-109 海-105
泰山이놉다ᄒ되하늘아릭뫼히로다오르고쏘오르면못오르理업건마는ᄉ람이졔아니오르고뫼흘놉다ᄒ놋다.
　靑-楊士彦 字應聘號蓬萊中華人明宗朝登第官至府使骨不格筆法奇古有神方 協-楊士彦 本中國人明宗朝府使 丘-字應聘號蓬萊中華人明宗朝登第官府使骨不格筆法奇古　歌-字應聘~官至府使骨不格筆法古奇

海-字應聘號蓬萊中華明宗朝登第官府使骨不格筆法奇古

121. 靑-99 協-102 丘-103 歌-110 海-106
딕막디너를보니有信코반가왜라나니兒孀ㄹ제너를타고단니더니이後
란窓頭에셔잇다가날뒤셰고단녀라.
　靑　協-金光煜　丘　歌　海-金光煜　字時而號竹所

122. 靑-100 協-103 丘-104 歌-111 海-107
白鷗야부럽고나네야무음일잇시리江湖에션단니니어듸어듸景둇터니
날다려仔細히닐너든너와함씌놀니라.

123. 靑-101 協-104 丘-105 歌-112 海-109
白鷗야놀나지마라너잡을니아니라聖上이보리시니갈듸업셔예왓노라
이졔란功名을下直ᄒ고너를좃녀놀니라.

124. 靑-102 協-105 丘-111 歌-113 海-108
白髮이功名이런들ᄉ람마다다톨디니날것튼愚拙은바라도못ᄒ려니世
上에至極公道는白髮인가ᄒ노라.

125. 靑-103, 372 協-106, 364 丘-117, 367 歌-114, 379 海-110,
369
白雪이쟈즛진골에구름이머흐레라반가운梅花는어느곳에퓌엿는고夕
陽에호올로셔이셔갈ㄱ곳몰닉ᄒ노라.
(372-종장-夕陽에호올션客이갈곳몰나ᄒ노라)
　靑-李穡　號牧隱麗朝人入我朝初　協-李穡　號牧隱麗朝侍中　丘　歌
海-字穎叔號牧隱麗朝人入我朝　372(靑-李穡　牧隱　協-李穡　號牧隱

丘-李穡 見上 歌 海-李穡 字穎叔號牧隱)

126. 靑-104 協-107 丘-106 歌-115 海-111
씌업슨손이오나늘갓버슨主人이맛쟈여나무景子아릐博將棋버려녹코
兒禧야덜관슐걸으고외쏜按酒노아라.

127. 靑-105 協-108 丘-107 歌-116 海-112
쓴나물데친거시고기도곤맛시잇세草屋좁운쥴이긔더욱닉分이라다만
지身安心淸ㅎ니그를됴하ㅎ노라.
　靑　歌-鄭澈　字季涵號松江延日人明宗朝壯元湖堂文衡官至左相勳功
寅城府院君諡文淸公　歌-壯元→文壯元　協-鄭澈　號松江明宗朝文壯左
相文淸公　丘-鄭澈字季涵號松江延日人明宗朝文壯湖堂文衡右相勳寅城
府院君諡文淸　海-鄭澈　字季涵號松江延日人明宗朝文左相勳功寅城府
院君諡文淸公

128. 靑-106 協-109 丘-108 歌-117 海 -×
綠水靑山깁푼골에靑藜緩步드러가니千峰에白雲이요萬壑에烟霧ㅣ로
다이곳이景槩됴ㅎ니예와놀녀ㅎ노라.

129. 靑-107 協-110 丘-119 歌-× 海-113
綠水靑山깁푼골에츳쟈오리뉘잇시리花逕도쓸니읍고柴扉를닷앗는듸
仙犮이雲外吠ㅎ니俗客올ㄱ가ㅎ노라.

130. 靑-108 協-111 丘-109 歌-118 海-114
碧梧桐심운쯧즌鳳凰을보렷터니늬심운탓신지기다려도아니오고밤中
만一片明月만빈柯枝에걸녀세라.

131. 靑－109 協 丘－112 歌－119 海－115

菊花야너는어니三月東風다지니고落木寒天에네홀로픠엿는다아마도
傲霜高節은너뿐인가ᄒ노라.

靑 協－李鼎輔 丘 歌 海－李鼎輔 字士受

132. 靑110 協－113 丘－113 歌－120 海－116

일심어ᄂ즛픠니君子의德이로다風霜에아니지니烈士의烈이로다至今
에陶淵明업시니알니뎍어ᄒ노라.

靑－成汝完 號怡軒昌寧府院君 協－太祖朝昌寧府院君 丘 歌 海－號
怡軒太祖朝昌寧府院君

133. 靑－111 協 丘－114 歌－121 海－117

壁上에돗은柯枝孤竹君의二子ㅣ로다首陽山어듸두고半壁에와걸넛ᄂ
냐至今에周武王업스니하마남즉ᄒ여라.

靑－李華鎭 號默齋肅廟朝監司 協－肅宗時監司 丘 海－號默齋肅宗
朝監司 歌－字號默齋肅廟朝監司

134. 靑－112 協－115 丘－115 歌－122 海－118

截頂에오르다ᄒ고나즌데를웃지마쇼雷霆된바롬에失足기怪異ᄒ랴우
리는平地에안젓스니두릴거시업셰라.

135. 靑－113 協－116, 393 丘－118, 392 歌－123, 408 海－119, 398

이몸이죽고죽어一百番곳쳐죽어白骨이塵土ㄱ되여넉시야잇고업고님
向ᄒ一片丹心이야ᄀ싈쥴이이시랴.

靑－鄭夢周 號圃隱萬古忠臣 協－鄭圃隱 見上 太祖晬宴日作 丘 歌
－鄭夢周 字達可號圃隱 見上(392) 海－鄭夢周

136. 協−117 丘−120 歌−124 海−120

히지고돗는달이너와期約두엇던가閤裡에ᄌ든곳이香氣노아맛는고야
닉엇지 梅月이벗되는쥴몰낫던고ᄒ노라.(海−詠梅)

丘−安玟英 咏梅 見上 海−安玟英 歌−安玟英 字荊寶

137. 海−121

白岳山下의녯ᄌ리에鳳闕을營如ᄒ사經之營之ᄒ오시니庶民子來로다
아모리勿極ᄒ라ᄉ되不日成之ᄒ더라. 安玟英

三數大葉　　轅門出將　　舞刀提賊　　二十一首

(丘 海−羽調 三數大葉)

138. 靑−114 協−118 丘−121 歌−125 海−122

秋江에月白거늘一葉舟를흘니져어낙듸를썰텨드니쟈든白鷗ㅣ다놀나
난다며희도ᄉ람의興을아라오락가락ᄒ더라.

靑 協 歌 海−金光煜 丘−金光煜 見上

139. 靑−115 協−119 244 丘−138 236 歌−126 255 海−123 246

秋江에밤이드니믈ㄱ결이챠노믹라낙시드리오니고기아니무노믹라無
心흔달ㅂ빗만시ㅅ고뷘빈겨어도라오노라.

靑 歌 海−月山大君 名婷字子美號風月亭德宗之子成宗之子諡文孝公
海−셩종之子→成宗之兄 協−月山大君 號風月亭 丘−名婷字子美號風
月亭德宗之子成宗之兄諡文孝 歌−月山大君(255)

140. 靑−116, 168 協−120 丘−139 歌−127 海−124

이졔야ᄉ람되야웬몸에깃시돗쳐九萬里長天에숰우룩솟ᄉ올나님계신

九重宮闕에굽어뵐ㄱ가ᄒ노라.

協 丘 歌-孝宗大王 海-孝宗大王 御製 (青-上同)

141. 靑-117, 219 協-121 225 丘-137 223 歌-128 236 海-125 227

가마귀눈비맛ᄌ희는듯검노미라夜光明月이밤인들어두오랴님向흔一
片丹心이야變헐쥴이이시랴.

靑 歌-朴彭年 字仁叟號醉琴順天人世宗朝登第湖堂官至刑曹判書世
祖朝謀復魯山事覺被誅後追封六臣配享端宗廟 歌 海-判書→參判, 謀
→謀復,字仁叟號醉琴軒端宗朝參判六臣(236) 協-朴彭年 號醉琴端宗六
臣 丘-字仁叟號醉琴順天人世宗朝登第湖堂官形參端宗六臣 (歌-朴彭
年 字仁叟號醉琴軒端宗朝參判六臣(236) 海-朴彭年(227))

142. 靑-118, 446 協-122, 436 丘-135, 431 歌-129, 453 海-126,
441

朔風은나무긋헤불고明月은눈속에챤듸一長劒싼여들고戍樓에놉히안
져긴ᄑ롬큰한쇼릭에것칠거시업세라.

(446-중장 萬里邊城에一長劒 집고서서)

靑 歌-金宗瑞 字國卿號節齋太宗朝拜領相 協-金宗瑞 號節齋端宗
領相 丘-金宗瑞 字國卿號節齋太宗朝相 歌-字國卿號節齋太宗朝相
海-金宗瑞 字國卿號節齋太宗朝相 446 靑-金宗瑞號節齋

143. 靑-119 協-123 丘-122 歌-130 海-127

桃花李花杏花芳艸들아一年春色을恨치마라너희는그린ᄒ여도與天地
無窮이로다우리는百歲섇이믹그를슬허ᄒ노라.

144. 靑-120 協-124 丘-123 歌-131 海-128

屈原忠魂빅헤너흔고기采石江에긴고릭되여李謫仙등에언고하늘우희

올낫시니이졔는싀로난고기니낙가닌들엇더리.

145. 靑-121 協-125 됴-124 歌-132 海-129
어듸자고여긔를온다平壤자고여긔왓닉臨津大同江을뉘뉘빅로건너왓
고船價는만터라마는女妓빅타고건너왓닉.

146. 靑-122 協-126 됴-125 歌-133 海-130
어우하날속여고나秋月春風이날속야다節節도라오민有信히녁엿더니
白髮을날다마치고少年좃녀이거고나.

147. 靑-123 協-127 됴-126 歌-134 海-131
楚山秦山多白雲ᄒ니白雲處處長隨君을長隨君君入楚山裏ᄒ다雲亦隨
君渡湘水 ᅵ로다湘水上女蘿衣白雲堪臥君早歸를ᄒ여라.
歌-李白詞

148. 靑-124 協-128 됴-129 歌-135 海-132
若不坐禪消妄念이듸直須浸醉放狂歌 ᅵ라不然이면秋月春風夜에爭奈
尋思往事何오每日에芳樽을對ᄒ여觴詠消遣ᄒ리라.

149. 靑-125 協-129 됴-127 歌-136 海-133
바름부러쓰러진남기비오다고싹시나며님글여든病이藥먹다하릴쇼냐
져님아닐로든病이니네곳칠ᄀ가ᄒ노라.

150. 靑-126 協-130 됴-128 歌-137 海-134
ᄇ룸부러쓰러진뫼보며눈비맛쟈셕은돌본다눈情에거룬님이슬커늘어
듸본다돌셕고뫼쓸닌後야離別인줄알니라.

151. 靑－127 協－132 乢－130 歌－140 海－135
閣氏네츗오신칼이一尺劒가二尺劒가龍泉劒太阿劒에匕首短劒아니여
든丈夫의九曲肝腸을슈흘슈흘긋ᄂᆞ니.

152. 靑－128 協－133 乢－131 歌－141 海－136
玉것튼漢宮女도胡地에塵土ㄱ되고解語花楊貴妃도驛路에뭇첫ᄂᆞ니閣
氏네一時花容을앗겨무슴ᄒᆞ리요.

153 靑－129 協－134 乢－132 歌－142 海－137
엇그제님離別ᄒᆞ고碧紗窓에다혓시니黃昏에지는꼿과綠柳에걸닌달이
아무리無心히보아도不勝悲感ᄒᆞ여라.

154. 靑－130 協－135 乢－133 歌－143 海－×
赤兎馬슬지게먹여豆滿江에싯겨셰고龍天劒드는칼을선뜻쎄쳐두러메
고丈夫의立身揚名을試驗헐ㄱ가ᄒᆞ노라.
靑 歌－南怡 協－×

155. 靑－131 協－136 乢－134 歌－144 海－138
가로지나세지낫中에쥭은後면뉘아던가쥭은무덤우희밧츨갈지논을풀
씨酒不到劉伶墳上土ㅣ니아니먹고어이리.

156. 靑－132 協－137 乢－136 歌－145 海－139
이러나뎌러ᄒᆞ나이草屋便코됴타淸風은오락가락明月은들낙나락이즁
에病업슨이몸이자락씨락ᄒᆞ리라.

157. 靑－133 協－138 乢－140 歌－146 海－140
늬ᄀᆞ슴쓸어만져보쇼슬흔뎜이바히업늬춥던아니ᄒᆞ되自然이그러ᄒᆞ예

져님아닐노든病이니네곳칠ㄱ가ᄒ노라.

158. 靑-134 歌-139

븟긋히져즌먹을더져보니花葉이로다莖垂露而將低ᄒ고香從風而襲人
이라이무슴造化를부럿관딕投筆成眞ᄒ인고(暗香浮動ᄒ는고)

159. 協-131 丘-141 歌-138

바름이눈을모라山窓을부듯치니찬氣運식여들어즙든梅花를침노혼다
아모리얼우려ᄒ인들봄쯧이야아슬소냐.

協-安玟英 丘-安玟英 見上 歌-安玟英

搔聳伊   十首

(協 丘-搔聳 暴風驟雨 飛燕橫行 歌-搔聳伊 暴風驟雨 燕飛橫行 海
-搔聳)

160. 靑-135 協-139 丘-142 歌-147 海-141

어졔ㄷ밤도혼쟈곱송그려싀오즘쟈고지난밤도혼져곱송그려싀오즘쟛
늬언인놈의八字ㄱ가晝夜長常에곱송그려셔싀오즘만직노오오우오오우
우우오오오늘은글이던님만나발을펴ㅂ리고친친휘감아쟐가ᄒ노라.

161. 靑-136 協-140 丘-143 歌-148 海-142

어흠아긔뉘오신고건넌佛堂에動鈴즁이외리니홀居士의홀노쟈시는房
안에무싀것ᄒ라와계오신고오오우오오우우우오오홀居士님의노감탁이
버셔거는말것더늬곳쌀버셔걸너왓슴늬.

162. 靑-137 協-141 丘-144 歌-149 海-143

아마도太平헐쓴우리君親이時節이여聖主有德ᄒᄉ國有風雲慶이요雙

親이有福ᄒᆞᆫ人家無桂玉愁ㅣ라아아아아아아아아하아아億兆蒼生들이年豊에興을계워白酒黃鷄로熙皡同樂ᄒᆞ더라.

163. 靑-138 協-142 丘-145 歌-150 海-144

大棗볼붉은柯枝에후루혀홀터ᄯᆞ담고올밤닉어벙그러진柯枝를휘두드려발나쥬어담고오오上同벗모하草堂으로드러가니술이樽에豊充淸이세라.

164. 靑-139 協-144 丘-147 歌-152 海-146

닉쇠시랑을닐허바린지가오늘좃ᄎ찬三年이의러니轉展듯혜聞傳言ᄒᆞ니閣氏에房안에셔잇드라ᄒᆞ데어어어이이이히이이柯枝란다몰쏙뮈텨쁠다라도ᄌᆞ루드릴구몽이ᄂᆞ남기쇼.

165. 靑140 協-145 丘-148 歌-153 海-147

뎌건너검어무투룸ᄒᆞᆫ바회釘썩려씌두드려늬여털돗치고쏠을박아셔흥셩드뭇것게밍글녀라감은암쇼오오上同두엇다가님離別ᄒᆞ고가오실졔것구루틔여보늬리라.

166. 靑-141 協-146 丘-149 歌-157 海-148

閣氏네되오려논이물도만코걸다ᄒᆞᆫ데倂作을쥬려ᄒᆞ거든撚匠됴흔날을쥬소오오上同眞實로쥬기곳쥬량이면ᄀᆞ레들고삐지여붊가ᄒᆞ노라.

167. 靑-142 協-147 丘-150 歌-158 海-149

玉에는틔나잇지말곳ᄒᆞ면다書房인가늬안뒤혀남못뵈고이런답답ᄒᆞᆫ일이쏘어듸잇ᄂᆞ아아上同열놈이百말을헐지헐디라도님이斟酌ᄒᆞ시쇼.

168. 靑-143 協-148 丘-151 歌-159 海-150

이몸이싀여져셔三水甲山제비나되여님의집窓밧쳐음츈혀굿붓터집을
즈루죵죵다라지여두고오오上同밤口中만졔집으로드는체ᄒ고님의품에
들니라.

169. 靑-144 協-149 丘-152 歌-160 海-151

고스리닷丹세醬직어먹고물업슨岡上에올나나아무리목말나물다구ᄒ
들어늬歡陽의쏠년이날물짜라쥬리이이上同밤口中만閣氏네품에들면冷
水ㅣ景이업세라.

170. 協-143 丘-146 歌-151 海-145

불아니썰지라도졀노닉는솟과여무쥭아니먹여도크고슬져한것는말과
딜삼잘ᄒ는女妓妾과슐십는酒煎子와胖部도낫는감운암소오오上同平生
에이다섯가지두량이면부러울거시업세라.

171. 協-150 丘-153 歌-154 海-152

뎌건너羅浮山눈속에검어웃쑥울퉁불퉁匪隊등걸아네무숨심으로柯枝
돗쳐곳죷츳져리뛰엇는다口號上소아무리셕은비牛만남앗슬만졍봄쓰즐
어이ᄒ리요.
　協-安玟英 字荊寶 丘-安玟英 見上 歌-安玟英梅花詞 海-安玟英

172. 歌-155 海-153

洛城西北三溪洞天에水澄淸而山秀麗ᄒ듸翼然佳亭에伊誰在矣오國太
公之偃仰이시라中念上同 비ᄂ니南極老人北斗星君으로享壽萬年ᄒ오쇼
셔
　歌-朴孝寬

173. 歌-156

露花風葉香氣ㄷ속에棘艾는어이석위원고웃고對答ᄒ되君不見莖臭葉
이俱長大ᄒ다中念上同닉짐즛석거그려셔以明君子小人ᄒ노라.

栗糖數大葉　舌戰群儒　變態風雲(純羽調則爲弄歌之)　首

(協　歌-或稱半旕數大葉　純羽調則爲羽弄歌之　丘-或稱生數大葉純
羽　調則以羽弄歌之　海-半旕數大葉)

174. 靑-145 協-151 丘 海-154 歌-161

이럿튼뎌럿튼말이오로다두리슝슝벗거나ᄉ거나깁푼盞에ᄀ득부어平
生에但願長醉코不願醒을ᄒ리라.

175. 靑-146 協-152 丘 海-155 歌-162

三月三日李白桃九月九日黃菊丹楓靑帘에술이닉고洞庭에秋月인제白
玉盃竹葉酒ᄀ지고玩月長醉ᄒ리라.

176. 靑-147 協-153 丘 海-156 歌-163

이슝져슝다지닉고흐롱ᄒ롱인일업다功名도어근버근世事ㅣ라도싱슝
샹슝每日에흔盞두盞ᄒ며그렁져렁ᄒ리라.

177. 靑-148 協-154 丘 海-157 歌-164

흐리ᄂ맑으나나中에이濁酒됴코딕테메운딜瓶들이더보기됴희어룬ᄌ
박국이를界쓰렝둥당지둥씌워두고兒孺야져리沈菜ㅣㄹ만졍업다말고닉
여라.

協-蔡裕後 號湖州仁祖朝判書 海-蔡裕後 字伯昌號湖洲仁祖朝判書

178. 協−155 丘−158 歌−165 海−158

東閣에숨은꽃치躑躅(철듁)인가杜鵑花ㄴ가乾坤이눈이여늘제엇지감
히뛰리알괘라白雪陽春이梅花밧게뉘잇시리.

協 歌−安玟英 丘−安玟英 見上

179. 海−159

三月花柳孔德星오九月楓菊三溪洞을我笑堂봄바람과米月舫가을달을
어즈버六花粉粉時의賣酒詠梅ㅎ시러라. 安玟英

界面調 初數大葉　　　三首

(海−界初數大葉)

180 靑−149 協−156 丘−159 歌−166 海−160

압못세든고기들아뉘라셔너를모라다가녁커늘든다北海淸沼를어듸두
고이못셰와든다들고도못나는情은녜오늬오다르랴.

181. 靑−150 協−157 丘−160 歌−167 海−161

靑石嶺지나거ㄴ草河衢ㅣ어드메오胡風도챠도찰샤구즌비는무음일고
뉘라셔늬行色을그려늬여님게신듸드리리.

靑−孝宗大王　丙子胡亂淸兵臨江都執之以去中途戀之不能忘作此歌以
上漏落此歌故言之 協−孝宗大王 被執往瀋陽途中作以上落漏此歌 丘 歌
−丙子胡亂淸兵陷江都執之以去中途戀而不能忘作此歌 歌−而→之 海−
孝宗大王 丙子胡亂淸兵陷欠之而去中途戀戀不能忘故作此上落漏故言之

182. 靑−151 協−158 丘−61 歌−168 海−162

窓밧게菊花를심어菊花밋헤술을빗져두니술니자菊花퓌쟈벗님오쟈달

이돗다온다兒禧야거문고늬여라벗님對接ᄒ리라.

183. 됴-162
놉프락나즈락ᄒ며멀기와갓갑기와모지락둥그락ᄒ며길기와져르기와
平生을이리ᄒ엿시니무삼근심잇시리.

安玟英 贊其師而作 見上

184. 歌-169 海-163
牛山에지는히를齊景公이우럿더니三溪洞가을달을國太公이늣기샷다
아마도古今英傑의慷慨心懷는한가진가ᄒ노라.

海-安玟英

二數大葉　　九十八首
(海-界 二數大葉)

185. 靑-152 協-159 됴-163 歌-170 海-164
春風에花滿山이요秋夜에月滿臺라四時佳興이ᄉ룸과한가지로다ᄒ물
며魚躍鳶飛雲映天光이야어늬긋이이시리.

靑-退溪 協-李退溪 丘-李滉 見上 海-李滉 歌-李滉 字景浩號
退溪眞寶人中宗朝登第湖堂文衡官至贊成山居陶山丁巳贈文純公配享宣
廟又配文廟善知音律

186. 靑-153 協-160 됴-164 歌-171 海-165
靑山은엇졔ᄒ여萬古에푸르르며流水는엇졔ᄒ여晝夜에긋지아닛는고
우리도긋디지마라萬古常靑ᄒ라.

靑 歌-仝人 丘-上仝 海-李滉

187. 靑－156 協－161 丘－165 歌－172 海－166
華山에春日暖이요綠柳에鸎亂啼라多情好音을못녀드러호는ᄎ에夕陽
에繫柳靑驄이欲去長嘶호더라.

188. 靑－157 協－162 丘－166 歌－173 海－167
山上에밧ᄀᆞ는百姓아네身勢閑暇호다鑿飮耕食이帝力인쥴모로더냐호
물며肉食者도모로거든무슴호리요

189. 靑－158 協－163 丘－171 歌－174 海－168
山村에눈이오니돌ㄱ길이뭇쳐셰라柴扉를여지마라날츠즈리뉘이시리
밤ㅁ中만一片明月이긔벗인가호노라.
  靑 歌－申欽 字敬叔號象村平山人宣祖朝登科典文衡官至領相諡文貞公
歌－科→第 協－申欽 號象村領相文貞公 丘－申欽 字叔景號象村平山人
宣廟朝登第典文衡官領相諡文貞公 海－申欽 宣廟朝登第官至領相

190. 靑－159 協－164 丘－209 歌－175 海－169
山外에有山호니넘도록山이로다路中에多路호니녤스록길히로다山不
盡路無窮호니님ᄀᆞ는데몰녀라.

191. 靑－160 協－165 丘－208 歌－176 海－170
山밋헤스자호니杜鵑이도붓그럽다ᄂᆡ집을굽어보며숏젹다호는고야져
시야世事間보다간그도큰가호노라.

192. 靑－161 協－166 丘－167 歌－177 海－171
風波에놀난沙工빅ᄑᆞ라말을스니九折羊腸이물도곤어려웨라이後란빅
도말도말고밧갈이나호리라.

靑　丘　海－張晩 字好古號洛西玉城府院君　協－張晩 玉山府院君號洛西

193. 靑－162 協－167 丘－168 歌－178 海－172

네집이어드메오이뫼넘어긴江우희竹林푸르르고외ㅅ립닷앗는듸그압헤白鷗ㅣ써잇시니게가무러보시쇼

194. 靑－163 協－168 丘－169 歌－179 海－173

梧桐에듯는비ㄷ발無心히듯건마는닉시름ᄒ니닙닙히愁聲이로다이後야닙넙운나무를심울쥴이이시랴.

協－金尙容 見上 丘 歌 海－字景澤號仙源仁祖朝相 歌－景澤→景擇

195. 靑－154 協－169 丘－170 歌－180 海－174

琵琶를두러메고玉欄杆에디혓시니東風細雨에듯드ᄂ니桃花ㅣ로다春鳥도送春을슬혀百般啼를ᄒ더라.

196. 靑－165 協－170 丘－172 歌－181 海－175

술먹지마자터니술이라셔졔쏜른다먹는닉外ㄹ지쏜르는술이外ㄹ지盞잡고달더려뭇너니뉘야外ㄹ고ᄒ노라.

197. 靑－166 協－171 丘－173 歌－182 海－176

松壇에선줌씌여醉眼을드려보니夕陽浦口에나드너니白鷗로다아마도이江山님ᄌ는나쑌인가ᄒ노라.

靑　歌－金昌瀗　號三淵安東人　或曰金三賢肅宗大王朝折衝朱義植婿 歌－或曰→或云　肅宗大王朝→肅宗朝 協－金昌翕　號三淵 丘－金昌翕 字號三淵安東人或云金三賢　海－金昌瀗　號三淵或金三賢所作肅宗朝折

衝朱義植壻

198. 靑−167 協−224 丘−222 歌−235 海−226
朝天路보닉단말가玉河館이어듸메오大明崇禎이어드러로간거인고三
百年事大誠信을못닉슬허ᄒ노라.
　靑−孝宗大王 御製 協 丘−上仝 歌−上同 海−孝宗大王

（이졔야ᄉ람되야…… 靑−168, 116과 중복）

199. 靑−169 協−223 丘−221 歌−234 海−225
長風이건듯부러浮雲을헷쳐닉니華表千里에달ㅂ빗치어졔론듯못노라
丁令威어듸ᄀ니녜야알ㄱ가ᄒ노라.
　協 丘 歌 海−孝宗大王

200. 靑−170 協−172 丘−174 歌−183 海−177
秋水는天一色이요龍舸는泛中流ㅣ라簫鼓一聲에解萬古之愁兮로다우
리도萬民다리고同樂太平ᄒ리라.
　協 丘 海−肅宗大王 歌−肅宗大王 御製

201. 靑−171 協−173 丘−175 歌−184 海−178
秋山이夕陽을씌고江心에줌겻신졔一竿竹두러메고小艇에안졋시니天
公이閑暇히녁이샤달을좃츠보닉시다.
　靑−柳自新 文化人宣祖朝登第光海王妃也 協−柳自新 丘−宣祖朝登
第官京兆尹光海王妃父也 歌−柳自新 字號文化人宣祖朝登第 光海王犯
也 海−柳自新 字號文化人宣祖朝登第光海王好父也

202. 靑-172 協-174 丘-176 歌-185 海-179

秋月이滿庭흔듸슮히우는뎌기럭아霜風이日高흔듸도라갈쥴모르고져
밤ロ中만中天에셔잇셔줌듯날을쇠오느냐.

靑 丘 歌 海-宋宗元 字君星 協-宋宗元

203. 靑-173, 498 協-175, 485 丘-177, 478 歌-186, 502 海-180,
491

柴扉에기즛거늘님오시느반겻더니님은아니오고닙디는소릭로다뎌기
아秋風落葉을즈져날놀닐쥴이시랴.

(498 중, 종장-님은아니오고一陣金風에닙써러지는쇼릭로다뎌기야
秋風落葉聲헛도이즛져날놀닐쥴이시랴)

海-金光煜 字時而號竹所

204. 靑-174 協-176 丘-181 歌-187 海-184

張翰이江東去헐졔셔맛즘秋風이라白日져문듸限업슨滄波ㅣ로다어듸
셔외로온기럭이는함끽녜쟈ᄒ노라.

靑 歌-金光煜 字時而號竹所 協-金光煜 號竹所 丘-金光煜 見上
海-金光煜

205. 靑-175 協-177 丘-178 歌-188 海-181

南山의鳳이울고北岳에麒麟이논다堯天舜日이我東方에밝아셰라우리
도聖主뫼옵고同樂昇平ᄒ리라.

206. 靑-176 協-178 丘-224 歌-189 海-182

南陽에躬耕흠은伊尹의經綸이요三顧草廬흠은太公의王佐才라三代後
正大人物은武侯ㅣ런가ᄒ노라.

靑 丘 歌 海-郭興 高麗睿宗朝棄官隱者號金門羽客 協-高×

207. 靑-177 協-179 丘-179 歌-190 海-183
梨花雨홋날닐제울며줍고離別ᄒ님秋風落葉에뎌도뎌도날을싱각는가
千里에외로온쑴만오락가락ᄒ괘라.
　靑 歌 海-桂娘 扶安名妓能詩出梅窓集與劉村隱希慶故人村隱還京後
頓無音信作此歌而守節 歌-能詩→詩, 頓→頃, 音信→音律 協-扶安名
妓能詩出梅窓集與劉村隱希慶故人劉還京無音信作此而守節　丘-桂娘
扶安妓能詩出梅窓集與柳村隱希慶故人

208. 靑-178 協 丘-180 歌-191 海-185
丹楓은半만붉고시ᄂ는맑앗는듸여흘에그믈티고바희우희누엇시니아
마도事無閑身은나쑨인가ᄒ노라.

209. 靑-179 協-181 丘-182 歌-192 海-186
窓밧게童子와셔오늘이시히라커늘東窓을열고보니네돗든히돗아온다
두어라萬古한히니後天에와닐너라.

210. 靑-180 協-182 丘-183 歌-193 海-187
前村鷄鳴滑ᄒ니봄ㅁ消息이갓기왜라南窓日暖ᄒ니閤裏梅푸르럿다兒
禧야盞ᄀ득부어라春興계워ᄒ노라.

211. 靑-181 協-184 丘-185 歌-195 海-189
곳지자쇽납나니綠陰이다퍼졋다솔ㄱ柯枝것거니여柳絮를쓰릇치고醉
ᄒ야계우든줌을喚友鶯이씨와라.

212. 靑-182 協-185 됴-186 歌-196 海-190
田園에남운興을젼나귀에모도싯고溪山닉은길로興티며도라와셔兒孫
아琴書를다스려라남운흥를보닉리라.

靑 歌-河緯地 字天章號臥隱堂端宗朝六臣官至參判 歌-六臣 추가
協-河緯地 號臥隱堂端宗六臣 海-河緯地 字天章號臥隱堂端宗朝參判
六臣

213. 靑-183 協-186 됴-187 歌-197 海-191
滕王閣놉푼집이녯ㅅ람의노던데라物換星移ㅎ여멋三秋ㄱ지닉엿노至
今에檻外長江空自流를ㅎ도다.

214. 靑-184 協-187 됴-188 歌-198 海-192
靑山아말무러보쟈古今古今를네알니라萬古英雄이멋멋치지나더니이
後에뭇너니잇거든날도함쯰닐러라.

靑-金尙玉 官至兵使 協-金尙玉 兵使 됴-兵使正廟朝人 歌 海-
金尙玉 字號官至兵使

215. 靑-185 協-188 됴-193 歌-199 海-193
靑春은언제가고白髮은언제온고오고가는길을아돗던들막는거슬알고
도모막는길히니그를슬허ㅎ노라.

216. 靑-186 協-189 됴-225 歌-200 海-194
靑蛇劒두러메고白鹿을지쥴타고扶桑디는히에洞天으로도라드니仙宮
에鐘磬맑은소리구름밧계들니더라.

217. 靑-187 協-190 됴-229 歌-201 海-195
靑蒻笠숙여쓰고綠蓑衣님의챠고細雨江口로낙딕메고나려가니어듸셔

一聲漁篴은밋친興을돕ᄂ니.

218. 靑-188 協-192 丘-189 歌-203 海-196
臨高臺臨高臺ᄒ여長安을굽어보니雲裏帝城은雙鳳闕이요雨中春樹萬
人家ㅣ로다아마도繁華勝地는예쌛인가ᄒ노라.
　海-禹倬 高麗祭酒通性理學

219. 靑-189 協-191 丘-190 歌-204 海-Ⅹ
春山에눈녹인바람건듯불고간듸업늬져근덧비러다가ᄲ리과져ᄆ리우
희귀밋테히묵은셔리를불녀볼가ᄒ노라.
　靑 協 丘 歌-禹倬 高麗祭酒通性理之學

220. 靑-190 協-193 丘-192 歌-205 海-197
空山에우는뎝쭁너는어니우지는다너도날과갓치우음離別ᄒ엿ᄂ냐아
무리피ᄂ게운들對答이나ᄒ더라.
　靑 歌-朴孝寬 字景華號雲崖 協-朴孝寬 號雲崖 丘-朴孝寬 見上
海-朴孝寬 字景華號雲崖常居弼雲洞

221. 靑-191 協-194 丘-199 歌-202 海-198
靑山에눈이오니峯마다玉이로다져山푹르기는봄ㅂ비에잇거니와엇디
ᄐ우리의白髮은검어볼ㄹ쥴이랴.

222. 靑-192 協-195 丘-191 歌-206 海-199
瀟湘江細雨中에簑笠쓴뎌老翁아뷘빅를흘니져어어드러로向ᄒᄂ야太
白이騎鯨飛上天ᄒ니風月실너가노라.

(湘湘斑竹길게뷔여……) 靑－193 協－196 丘－231 歌－207 海－200,
39와 중복

223. 靑－194 協－197 丘－194 歌－208 海－201
거문고줄골나녹코忽然이줌을드니柴扉에기즛즈며반가운손오노미라
兒禧아點心도ᄒ려이와濁酒몬져걸너라.

224. 靑－195 協－198 丘－195 歌－209 海－202
오거다도라간봄을다시보니반갑도다無情ᄒ歲月은白髮만보늬는고나
엇다타나의少年은가고아니오느니.

225. 靑－196 協－199 丘－215 歌－210 海－203
金風이부는밤에나무닙다지거다寒天明月夜기러이우러빌제千里에집
쎠난客이야잠못일워ᄒ노라.
　靑 歌 海－宋宗元 字君星 協－宋宗元 丘－宋宗元 見上

226. 靑－197 協－200 丘－216 歌－211 海－204
人生이긔언마오白駒之過隙이라어려셔헴못ᄂ고헴이나쟈다늙거다어
즈버中間光景이쎡업슨가ᄒ노라.
　靑 協 丘 歌－全人 海－宋宗元

227. 靑－198 協－201 丘－196 歌－212 海－205
興亡이有數ᄒ니滿月臺도秋艸ㅣ로다五百年王業이牧笛에붓첫시니夕
陽에지나는客이눈물계워ᄒ노라.
　靑 歌－元天錫 字子正號耘谷麗朝人入我朝隱居雉岳山太宗親迎不出
仕 歌 海－仕× 協 丘－元天錫 見上

228. 青-199 協-202 丘-197 歌-213 海-206

歸去來歸去來ᄒᆞ되말ᄲᅮᆫ이요기리업ᄂᆡ田園將蕪ᄒᆞ니아니가고어이ᄒᆞ리
草堂에淸風明月은나며들며기다린다.

青 歌 海-李賢輔 字棐仲號聾巖永川人燕山時登第官至崇政判中樞年
至致仕奉朝賀諡孝節公 海-諡→贈諡 協-李賢輔 號聾岩孝節公 丘-
李賢輔 字棐仲號聾巖永川人燕山時登第官崇政判中樞致仕奉朝賀諡孝節

229. 青-200 協-203 丘-× 歌-214 海-207

서리치고별성권제울며ᄀᆞ는져기럭아녜길이긔언마ᄀᆞ나밧바밤ㅁ길촛
ᄎᆞ녜는것가江南에期約을두엇시미늣져갈ᄀᆞ가져레라.

協 歌 海-朴孝寬

(잘ᄉᆞᆨ는나라들고……) 青-201 協-204 歌-215 海-208, 7과 중복

230. 青-202 協-205 丘-200 歌-216 海-209

시름을줍아ᄂᆡ여얽ᄆᆡ야붓동혀셔碧波江流에돌안고아너헛시니兒禧야
盞ᄀᆞ득부어라終日醉를ᄒᆞ리라.

231. 青-203 協-206 丘-201 歌-217 海-210

仙人橋나린물이紫霞洞흐르르니半千年王業이물ᄅ쇼릐ᄲᅮᆫ이로다兒禧
야古國興亡을무러무엇ᄒᆞ리요

青 丘 歌-鄭道傳 字宗之號三峰太祖朝相 協-鄭道傳 號三峯太祖朝
相臣 海-鄭道傳 字宗之號三峰

232. 青-204, 227 協-207, 233 丘-202 歌-218, 244 海-212, 235

간밤에부든ᄇᆞ롬에눈서리티단말가落落長松이다기우러ᄀᆞ노믜라ᄒᆞᆯ물

며못다퓐곳이야닐너무슴ᄒ리요.

(227 초장 간밤에－엇그제)

靑－兪應孚　號端宗朝六臣忠節昭著　恊－兪應孚　摠管端宗六臣　丘－
端宗朝武摠管六臣此人篇慨然歎世被禍於世祖朝　歌　海－字號端宗朝摠
管六臣　227(靑－兪應孚　此全篇慨然歎世端宗朝摠管被禍於世祖後封六
臣配享端宗　恊－兪應孚　歌－字號端宗侍從被禍於世祖後封六臣配享　海
－此全篇慨烈歎世)

233. 靑－205, 232 恊－208 丘－207 歌－219 海－211

ᄂᆡ마음버혀ᄂᆡ여더달을ᄆᆡ들과져九萬里長天에번듯시걸녀이셔고온님
계신곳에가빗최여나보리라.

靑－鄭澈　字季涵善作歌　恊－鄭澈　字季涵號松江文淸公善作歌　丘－
鄭澈　見上　歌－字季涵號松江延日人明宗朝文壯元湖堂文衡官至左相勳
功寅城府院君諡文淸善作歌　歌－字季涵~諡文淸公善作歌　海－鄭澈

234. 靑－206 恊－209 丘－203 歌－220 海－213

烏騅馬우는곳에七尺長劒빗겻는ᄃᆡ百二函關이뉘쏜히되단말가鴻門宴
三擧不應을못ᄂᆡ슬허ᄒ노라.

丘－南怡

235. 靑－207 恊－210 丘－204 歌－221 海－214

長沙王賈太傅야눈물도열일시고漢文帝昇平時에痛哭은무슴일고우리
도그런쏜만낫시니어니울ㄱ고ᄒ노라.

靑　歌－李恒福　字子常號白沙慶州人宣祖朝登第湖堂文衡官至領相勳
功鰲城府院君諡文壯公　歌－當世才能이 더 잇음　恊－李恒福　號白沙鰲
城府院君諡文壯公　丘－官領相勳鰲城府院君諡文忠　當世才能　海－字常

春號白沙慶州人宣祖朝登第湖堂文衡勳功鰲城府院君謚文壯公當世才能

236. 靑-208 協-216 丘-213 歌-227 海-220
千里에그리는임을꿈쏙이나보랴ᄒᆞ고紗窓을倚支ᄒᆞ야午夢을니루더니
어듸셔無心ᄒᆞᆫ黃鶯兒는나의꿈을쎄오ᄂᆞ니.
靑-朴英秀 字士俊號杏泉資憲善歌知音律 協 歌-仝人 丘-仝 海-
朴英秀

237. 靑-209 協-211 丘-205 歌-222 海-215
千萬里머나먼길에고은님여희옵고ᄂᆡ모음둘듸엄셔닛ᄭᅵ에안갓시니며
물도ᄂᆡ안과갓틔여우러녤만ᄒᆞ더라.
靑 歌-王邦衍 字號開城人魯山時以蔭官金吾郎 歌-蔭→蔭官 協-
王邦衍 開城人魯山時蔭金吾郎 丘-魯山時以蔭官金吾郎 海-王邦衍
字號開城人以蔭金吾郎

238. 靑-210 協-215 丘-212 歌-226 海-219
西廂에期約ᄒᆞᆫ님이달돗도록아니온다지게ㅅ門半만열고밤드도록기다
리니月移코花影이動ᄒᆞ니님이오나녁엿노라.
靑-仝人 協-朴英秀 丘 歌 海-朴英秀 字士俊

239. 靑-211 協-212 丘-206 歌-223 海-216
頭流山兩端水를녜듯고이제보니桃花쯧맑은물에山影죳ᄎ줌겨셰라兒
嘻아武陵이어드메오나는옛가ᄒᆞ노라.
靑 歌-曹植 字達仲號南溟昌寧人中宗祖隱居求志高仕拜官不就宣祖
朝贈領相謚文靖公 歌 -拜官→拜官不就 協-曹植 號南溟文靖公 丘-
曹植 見上 海-曹植

240. 靑－212 協－213 丘－210 歌－224 海－217

미암이밉다울고쓰르람이쓰다우니山菜를밉다는가薄酒를쓰다는가우
리는草野에뭇쳣시니밉고쓴줄몰닉라.

靑－李廷藎 號悔翁 協－李廷藎 號百悔翁 丘－字集仲號悔翁 歌 海
－字集仲號百悔翁

241. 靑－213 協－214 丘－211 歌－225 海－218

벼슬을져마다ᄒ면農夫되리뉘이시며醫員이病곳치면北邙山이져러ᄒ
며우리는天性을직희여닉쏫듸로ᄒ리라.

歌－金

242. 靑 丘－214 協－217 歌－228 海－221

主人이술부으니客으란노릭ᄒ쇼한盞술한曲調ㄷ식식도록즑이다가시
거든식슐식노릭로닉어놀녀ᄒ노라.

靑－李象斗 蔭官至牧使 協－蔭尙州牧使 丘－字號官牧使 歌－字號
蔭官至尙州牧使 海－字號蔭牧使

243. 靑－215 協－218 丘－217 歌－229 海－222

燈盞ㄷ불그무러갈제窓젼집고드는님과五更鐘나리들제다시안고눕는
님을아모리白骨이塵土ㅣ된들니즐쥴이이시랴.

244. 靑－216 協－219 丘－× 歌－230 海－223

空手去空手來ᄒ니世上事ㅣ如浮雲을成墳人盡歸면山寂寂이요月黃昏
이로다뎌마다뎌러헐人싱이니안니놀고어이리.

245. 靑－217 協－235 丘－× 歌－246 海－237

龍곳치한것는말게자남운믹를밧고夕陽山路로긔부르며도라오니아마

도丈夫의노리는이쑨인가ᄒᆞ노라.

246. 靑-218 協-183 丘-184 歌-194 海-188
빗즌술다먹으니먼듸셔손이왓다슐딥은제연마는헌옷세언민나치리兒
殤야셕이지말고셔쥬는듸로밧아라.

(가마귀눈비마ᄌ……) 靑-219 協-225 海-227, 117과 중복

247. 靑-220 協-226 丘-226 歌-237 海-228
功名도富貴도말고이몸이閑暇ᄒᆞ야萬水千山에슬커시노니다가말업슨
物外乾坤과함ᄭᅴ늙자ᄒᆞ노라.

248. 靑-221 協-227 丘-228 歌-238 海-229
唐虞는언제時節孔孟은뉘시런고淳風禮樂이戰國이되얏시니이몸이셕
은션비로되擊節悲歌ᄒᆞ노라.

249. 靑-222 協-228 丘-230 歌-239 海-230
孔夫子大聖人으로陳蔡에辱을보고蘇季子口辯으로남의손의죽엇ᄂᆞ니
출하로是非를모로고닉뜻듸로ᄒᆞ리라.

250. 靑-223 協-229 丘-253(中擧) 歌-240 海-231
天地도唐虞ㄷ덕天地日月도唐虞ㄷ덕日月天地日月은古今에唐虞로되
엇지튼世上人事는나날달니ᄀᆞᄂᆞ니.
　　靑-李濟臣 大司憲善筆法 協-李濟臣 號淸江 丘-字應慶號淸江全
義人善筆法明宗朝登第官至大司憲 歌 海-字夢應號淸江全義人明宗朝
登第官至大司憲善筆法

251. 靑－224 協－230 丘－254(中擧) 歌－241 海－232

나혼쟈올늘이여즑어온쟈今日이야즑어온오늘이幸兮나져물세라每日
에온늘것트면무合시름이시리.

靑 歌 海－金玄成 字餘慶號南窓順天人明宗朝登第官至同敦寧能善筆
法 丘 －金玄成 字餘慶號南窓順天人能善筆法明宗朝登第官同敦寧 海
－官至→官, 能善→善 協－金玄成 號南窓

252. 靑－225 協－231 丘－255(中擧) 歌－242 海－233

놉푸나놉푼남게날勸ᄒ여올녀두고이보오벗님네야흔드지나말넘우나
느려저죽기는셔러지아니ᄒ되님못불가ᄒ노라.

靑 歌－李陽元 字春伯號鷺渚完山人明宗朝登第湖堂文衡官至領相勳
功完平府院君有濟世志略 歌－有濟世志略→有志略 協－李陽元 號鷺渚
完平府院君 丘 海－字伯春號鷺渚完山人明宗朝登第湖堂文衡官領相勳
完平府院君有志略 海－勳×

253. 靑－226 協－232 丘－258(中擧) 歌－243 海－234

술먹고노는일은나도외ᄂ닌쥴알건마는信陵君무던우희밧가는쥴못보신
가百年亦草草ᄒ니아니닉놀고어이ᄒ리.

丘－申欽

(엇그제부던ᄇ롬…… 兪應孚 此全篇慨然歎世)端宗朝侍從被禍靑於世
祖後封六臣配享端宗) 靑－227 協－233 歌－244 海－235, 204와 중복

254. 靑－228 協－236 丘－× 歌－247 海－238

어제도爛醉ᄒ고오늘도술이로다그제는엇더턴지굿그제는닉몰닉라來
日은江湖에벗뫼이니씔쏭말쏭ᄒ여라.

255 靑-229 協-237 丘-227 歌-248 海-240

雲淡風輕近午天에小車에술을싯고訪花隨柳ᄒ여前川을지나가니어듸
셔모로는벗님네는學少年을ᄒ다닉(一作　모르는분네는少年을學ᄒ다ᄒ
더라)

256. 靑-230 協-238 丘-352 歌-249 海-239

霜楓이섯거친날에갓퓌온黃菊花를金盆에ᄀ득담아玉堂에보닉오니桃
李야곳인체마라님의뜻을알니라.

協-宋純　號止齋靖肅公　丘 歌 海-宋純 字守初號止齋永平人中宗朝
登第湖堂判中樞奉朝賀諡靖肅藏書萬卷詩文俱奇

257. 靑-231 協-239 丘-346 歌-250 海-241

心如長江流水淸이요身似浮雲無非라이몸이閑暇ᄒ니ᄯ로나니白鷗ㅣ
로다어즈버世上名利說이귀예올ㅣ가ᄒ노라.

靑 歌 海-申光漢 字漢之號止齋高靈人中宗朝登第湖堂文衡官至左贊
成經筵諡文簡公 海-諡→贈諡 歌-諡文簡公→贈諡文肅公 協-申光漢
號止齋文簡公 丘-字漢之~左贊成 領經筵諡文簡

258. 靑-154

山前에有臺ᄒ고臺下에有水ㅣ로다세만흔갈먹이는오며가며ᄒ엿는듸
엇디튁皎皎白駒는멀니ᄆ음ᄒ는고 仝人

259. 靑-155

天雲臺도라드러玩樂齋瀟灑ᄒ듸萬卷生涯로樂事無窮ᄒ엿거니이中에
往來風流을닐너무슴ᄒ리요 仝人

(너ᄆᆞ음버혀ᄂᆡ여……鄭澈) 靑-232, 205와 중복

260. 靑-233

蓬萊山님계신듸五更티는나무ᄃ쇼릐城넘어구름지나客牕에들니는다
江南에ᄂᆞ려곳가면글입거든어이리. 仝人

261. 靑-234

劉伶은언제ᄃᄉᆞ롬啓ᄃ덕에高士ㅣ로다季涵은긔뉘런고當代에狂生이
라두어라高士狂生을무러뮤ᄉᆞᆷᄒᆞ리오. 仝人

262. 靑-235

長깃시나지거나날ㄱᆡ를곳쳐드러靑天구름속에쇼쇼써올나안져싀훤코
훤츨ᄒᆞᆫ世界를다시볼ㄱ가ᄒᆞ노라. 仝人

263. 靑-236

長沙王賈太傅야혜건듸우읍고야남듸도큰한숨을제혼쟈맛다이셔긴한
슴눈물도과커든외외헐쥴엇디요. 仝人

264. 靑-237

風波에일니던빅어드러로가단말고구름이비흘거든처음에날쥴엇지허
술흔빅가진분네모다操心ᄒᆞ시쇼. 仝人

265. 靑-238

나무도病이드니亭子ㅣ라도쉬리업다豪華히셔실제는오리가리다쉬더
니닙디고柯枝져즌後니ᄉᆡ도아니안더라. 仝人

(王祥의 鯉魚즙고……李德馨　字明甫號漢陰宣廟朝登第湖堂文衡官至
領相有勳功濟世智略) 靑-239, 43과 중복

266. 靑-240

群鳳이모든고에ᄀ마귀나라드니白玉ᄲᅥ힌듸돌하나갓다마는두어라一
般飛鳥ㅣ니섯겨논들엇더ᄒ리.　仝人

267. 靑-241

貧賤을팔냐ᄒ고富貴門에드러가니짐업슨흥졍을뉘몬져ᄒ쟈ᄒ리江山
과風月을달나ᄒ니그는그리못ᄒ리라.　柳自新 宣祖朝判尹

268. 靑-242

功名도니졋노라富貴도니졋노라世上煩憂ᄒ일오로다니졋노라늬몸을
늬마쟈니졋거니남이아니니즐쇼냐.　金光煜 光海判書

269. 靑-243

술씌여니러안져거문고를戲弄ᄒ니窓밧게섯는鶴이우즑우즑ᄒ는고야
兒禧야남운슐부어라興이다시오노민라. 仝人

(東風이건듯부러……仝人) 靑-41과 중복

270. 靑-245 丘-355

長白山에旗를곳고豆滿江에말을씨셔석은뎌션빅야우리아니ᄉ나희냐
엇지튼麟閣畵像을누구몬져ᄒ리요.
　金宗瑞　號節齋順天人體倭多智世宗朝盡復北疆設六鎭文宗朝拜相　丘
－字國卿號節齋太宗朝領相爲國忠心

(天心에돗은달과……) 靑－246, 45와 중복

271. 靑－247

功名이긔무엇고헌신짝버슴것다田園에도라오니麋鹿이닉벗일다百年
을이리지닙도亦君恩이인가ᄒ노라.

272. 靑－248

어제ᄃ밤눈온後에달이좃ᄎ빗최엿다눈온後달ㅂ빗치야맑기도긋이업
다엇디ᄐ天末浮雲은오락가락ᄒ는고. 申欽

273. 靑－249

석가레기ᄂ저르나기동이기우나트나數間茅屋이작은쥴웃지마라어즈
버滿山蘿月이다닉벗인가ᄒ노라. 仝人

274. 協－220 丘－218 歌－231

쇠쇼리고은노ᄅ|나뷔춤을猜忌마라나뷔춤아니런들鸚歌너쏜이여니와
네것헤多情타니를거슨蝶舞론가ᄒ노라.
　協 歌－安玟英 丘－安玟英 見上

275. 協－221 丘－219 歌－232

桃花ᄂ훗날니고綠陰은퍼저온다쇠쇼리식노ᄅ|ᄂ烟雨에구을거다마초
아盞드러勸ᄒ랼제淡粧佳人오도다.
　協－仝人 丘－仝人 草堂細雨中兩人大作時聞鶯歌庭樹妓山紅以澹粧
適來仍作此歌 歌－安玟英 雲崖山房細雨中與老先生對酌鶯兒送歌淡粧
佳人適來獻酌的故因作此歌

276. 協-222 丘-220 歌-233

龍樓에 우는 북은 太簇律을 應 여엿고 萬戶에 밝힌불은 上元月을 맛 는고야
俄已요 百尺虹橋上에 萬人同樂 더라.

協-仝人 上元踏橋聽鐘作 丘-仝人 上元夜聽鐘踏橋而作 歌-仝人
上元日聽鐘踏橋作此歌

277. 協-234 丘-259 歌-245 海-236

房안에 혓 는 燭불 눌과 離別 여엿관티 것츠로눈물디고속탄쥴모로 는고뎌
燭불날과갓트여속타 는쥴모르도다.

丘-李塏 字淸輔韓山人此一句專出於謀復一念與日竝行者也六臣配享

278. 海-224

슈심계운님의얼골뉘라젼만못 다든고헷터진운환이며화긔거든살빗
치야 듯기며실갓치 는 눈물 숨히 짓 는 듯 여라.

中擧 즁허리드는쟈 즌 한닙   五十四首
(協-中擧 즁허리드 는 즈즌 한 님 丘-中擧 附平頭 歌-中擧 海-즁허
리드 는 쟈 즌 한님)

279. 靑-250 協-240 丘-232 歌-251 海-242

池塘에 비뿌리고 楊柳에 너 끼 인 제 沙工은 어듸가고 뷘빈만 민엿 는 고 夕陽
에짝일흔 갈먹이 는 오락가락 더라.

靑-趙憲 重峰宣廟朝人 協-趙憲 號重峯 丘 歌-字號重峰宣祖朝人
祖→廟 海-趙憲 號雲峰宣廟朝人

280. 靑－251 協－241 됴－233 歌－252 海－243

이시렴부듸갈다아니가던못헐쇼냐無端이슬터냐남의毁言을드럿ᄂᆞ냐
녀님아하이닭고야가는뜻즐닐러라.

靑－成宗大王 御製 協 됴 歌 海－成宗大王

281. 靑－252 協－242 됴－234 歌－253 海－244

山村에밤이드니먼뒷기즈져온다柴扉를열고보니하늘이챠고달이로다
뎌기야空山줌든달을즈져무슴ᄒᆞ리요

282. 靑－253 協－243 됴－235 歌－254 海－245

東窓이旣明커늘님을늬여보늬오니非東方則明이라月出之光이로다脫
鴛衾退鴛枕ᄒᆞ고轉展反側ᄒᆞ소라.

283. 靑－254 協－245 됴－237 歌－256 海－247

南樓에북이울고銀漢이三更인제白馬金鞍에少年心도하다마는紗窓에
기다길님업스니그를슬허ᄒᆞ노라.

284. 靑－255 協－246 됴－238 歌－257 海－248

西山에日暮ᄒᆞ니天地에가히업다梨花에月白ᄒᆞ니님싱각이시로이라杜
鵑아너는눌을글여밤시도록우ᄂᆞ니.

285. 靑－256 協－247 됴－239 歌－258 海－249

靑春에보던거울白髮에곳쳐보니靑春은간듸업고白髮만뵈는고나白髮
아靑春이제갓스랴네쏫츤가ᄒᆞ노라.

靑－李廷藎 號百悔翁仁川人 協－李廷藎 號百悔翁 됴－李廷藎 見上
歌－字集仲號百悔翁 海－李廷藎

286. 靑－257 協－248 丘－243 歌－260 海－250
靑山이寂寥ᄒᆫ듸麋鹿이벗이로다藥草에맛드리니世味를니즐노다夕陽
에낙디를메고나니漁興게워ᄒᆞ노라.

287. 靑－258 協－249 丘－241 歌－261 海－252
靑山이不老ᄒᆞ니麋鹿이長生ᄒᆞ고江漢이無窮ᄒᆞ니白鷗의富貴로다우리
는이江山風景에分別업시늙으리라.
　靑－任義直 字伯亨善琴 協－任義直 一國善琴 丘 海－字伯亨一國善
琴 歌－字伯亨一國名琴

288. 靑－259 協－251 丘－242 歌－262 海－253
江村에日暮ᄒᆞ니곳곳이漁火로다滿江船子들은북치며告祀ᄒᆞ다밤ロ中
만欸乃一聲에山更幽를ᄒᆞ더라.
　協 海－任義直 丘 歌－仝人

289. 靑－260 協－250 丘－250 歌－259 海－251
靑天에ᄯᅥᆺ는ᄆᆡ가우리님의ᄆᆡ도것다단장고셋짓체방울쇼릭더욱것다우
리님酒色에줌겨셔ᄆᆡᄆᆡᄯᅥᆺ는쥴모로도다.

290. 靑－261 協－252 丘－× 歌－263 海－254
ᄆᆞᆫ닷고글닐넌지멷歲月이되엿관듸庭畔에심운솔이老龍鱗을일우어다
名園에ᄲᅴ여진桃李야멷번인쥴알이요
　靑 協 海－李廷藎 歌－李廷藎 字集仲號百悔翁

291. 靑－262 協－253 丘－244 歌－264 海－255
淸江에낙시넉코扁舟에실넛시니남이니르기를고기낙다ᄒᆞ노미라두어

라取適非取魚를졔뉘라셔알니요

靑 歌-宋宗元 字君星 協 海-宋宗元 丘-宋宗元 見上

292. 靑-263 協-254 丘-245 歌-265 海-256

人生이쑴인쥴을뎌마다아노라닉아노라ᄒᆞ오시나아ᄂᆞ니를못볼너고우
리는眞實로아오믹醉코놀녀ᄒᆞ노라.

靑 協 丘 歌-仝人

293. 靑-264 協-255 丘-247 歌-266 海-257

金樽에ᄀᆞ득흔술을슬ᄏᆞ쟝거우르고醉흔後긴노릭예즑어옴이시로이라
兒孺야夕陽이盡타마라달이좃ᄎ오노믹라.

294. 靑-265 協-256 丘-246 歌-267 海-258

金樽에酒滴聲과玉女의解裙聲을兩聲之中에어늬쇼릭뎌됴흔고아마도
月沈三更에解裙聲인가ᄒᆞ노라.

丘-(好酒酒人酒滴聲好色色人解裙聲各其彼性意)

295. 靑-266 協-257 丘-248 歌-268 海-259

睢陽城月暈中에누구누구男子ㅣ런고秋霜은萬春이요熱日은濟雲이라
아무나英雄을뭇거든두ᄉ롬을니르리라.

296. 靑-267 協-258 丘-249 歌-269 海-260

기럭이외기럭이洞庭瀟湘어듸두고半夜殘燈에줌든날을ᄭᆡ오ᄂᆞ냐이後
란碧波寒月인제影徘徊만ᄒᆞ여라.

297. 靑-268 協-259 丘-251 歌-270 海-261

梨花에月白ᄒ고銀漢이三更인제一枝春心을子規야알냐만는多情도病
이냥ᄒ야줌못드러ᄒ노라.

靑 歌-李兆年 高麗文學或云尹淮字淸卿坡平人太宗朝文壯元典文衡
官至兵曹判書諡文度公 歌-官至→× 協-李兆年 文度公 丘-高麗文學
官 或云尹淮字淸卿坡平人太宗朝文壯典文衡官兵判諡文度 海-李兆年
高麗文學或云尹淮字淸卿茂松人太宗朝文壯元文衡官兵曹判書諡文慶公

298. 靑-269 協-260 丘-252 歌-271 海-262

平沙에落雁ᄒ고荒村에日暮ㅣ로다漁船도도라들고白鷗ㅣ다줌든젹에
뷘빈에달실어가지고江亭으로오더라.

靑-趙憲 號重峰 協-趙重峯 丘-趙憲 見上 歌-字號重峰宣祖朝
人 歌-祖→廟 海-趙憲

299. 靑-270 協-261 丘-256 歌-272 海-263

閑山셤달밝은밤에戌樓에혼쟈안져큰칼녑헤ᄎ고깁푼시름ᄒᄂ次에어
듸셔一聲胡笳는斷我腸을ᄒᄂ니.

靑 丘 歌-李舜臣 字汝諧德水人明宗朝登武科官至資憲統制使贈左相
諡忠武公倭亂節死建大捷碑 歌 海-左相→右相 協-李舜臣 忠武公 丘
-左→右, 公→×

300. 靑-271 協-262 丘-257 歌-273 海-264

時節도뎌러ᄒ니人事도이러ᄒ다이러ᄒ거니어이져러아니헐쇼냐이런
쟈뎌런쟈ᄒ니한숨계워ᄒ노라.

靑-李恒福 鰲城府院君 協 丘-李恒福 見上 歌-字子常號白沙慶
州人宣祖朝登第選湖堂文衡官至領相勳功鰲城府院君諡文忠公當世才能

301. 青－272 協－263 丘－260 歌－274 海－265

君平이旣棄世ᄒ니世亦棄君平을醉狂은上之上이요詩思更之更이라다
만지淸風明月이닉벗인가ᄒ노라.

　　青 協－鄭斗卿 丘－鄭斗卿 字號東溟仁祖朝參判 歌 海－鄭斗卿 字號

302. 青－273 協－35, 264 丘－37, 269 歌－38, 275 海－39, 266

가마귀더가마귀너를보니이닭고야너무슴藥을먹고ᄆ리좃츠검엇는야
우리ᄂ白髮검길藥을못어들ᄀ가ᄒ노라.(協－35종장　우리ᄂ白髮검길약
을못도둘가ᄒ노라)

303. 青－274 協－265 丘－339 歌－276 海－267

간밤에쑴도됴코시벽가티일우더니반가운ᄌ네를보려ᄒ고그럿턴지여
님이왓는곳이니자고간들엇더리.

304. 青－275 協－266 丘－272 歌－277 海－268

烏江에月黑ᄒ고騅馬도아니간다虞兮虞兮여닉너를어이ᄒ리平生에萬
人敵(비)와닉여이리될쥴어이알니.

305. 青－276 協－267 丘－× 歌－278 海－269

뎌건너一片石이姜太公의釣臺로다文王은어듸가고뷘臺만남앗는고(協
－一作 뷘ᄆ만믹엿ᄂ고)夕陽에물츠는제야만오락가락ᄒ더라.

306. 青－277 協－268 丘－261 歌－279 海－270

峨嵋山月半輪秋와赤壁江山無限景을李謫仙蘇子瞻이놀고남남겨두온

쓰즌後世에英雄豪傑로니어놀게홈이라.

307. 靑－278 協－269 丘－262 歌－280 海－271
遠上寒山石逕斜ㅎ니白雲深處有人家ㅣ라停車坐愛楓林晚ㅎ니霜葉이
紅於二月花ㅣ로다아마도無限淸景은이뿐인가ㅎ노라.

308. 靑－279 協－270 丘－263 歌－281 海－272
우는거시벅국신가푸른거슨버들숩가漁村두세집이暮煙의줌계세라夕
陽에짝일흔갈막이는오락ㅎ더라.

309. 靑－280 協－271 丘－264 歌－282 海－273
萬頃蒼波欲暮天에穿魚換酒柳橋邊을客來問我興亡事여늘笑指蘆花月
一船이로다술醉코江湖에져이시니節가는줄몰닌라.

310. 靑－281 協－272 丘－265 歌－283 海－274
故人無復洛城東이요今人還待落花風을年年歲歲花相似여늘歲歲年年
人不同이로다花相似人不同ㅎ니그를슬허ㅎ노라.
靑－兪尙智 昌原人太宗朝文科判書文章理學者纂麗史

311. 靑－282 協－273 丘－353 歌－284 海－275
田園에봄이오니이몸이일이하다곳남근뉘옴기며藥밧츤뉘갈쇼냐兒禧
야대뷔여오너라삿갓몬져겨르리라.
靑 丘 歌 海－成運 字廷叔號大谷昌寧人中宗朝以隱逸官至宗簿終不
就仕年至八十卒 歌－終× 丘 海－終→正 協－成運 號大谷

312. 靑－283 協－274 丘－271 歌－285 海－276
老人이쥬령을집고玉欄杆에디허서셔白雲을ᄀ룻치며故鄕이제연마는

언제나乘彼白雲ᄒ고至于帝鄉ᄒ리요.

313. 靑-284 協-275 됴-274 歌-286 海-277
細버들가지것거낙근고기쎄여들고술딥을ᄎ즈려ᄒ고斷橋로건너가니
그곳에杏花 ㅣ 져날니니아무덴쥴몰니라.
됴-金光煜

314. 靑-285 協-276 됴-278 歌-287 海-278
곳이진다ᄒ고시들아슬허마라ㅂ 름에훗날리니곳의탓아니로다가노라
희닷는봄을시와무슴ᄒ리요

315. 靑-286 協-277 됴-279 歌-288 海-279
곳즌밤비예픠고빗즌술다닉것다거문고가진벗이달함ᄭᅴ오마더니兒孼
야茅簷에달올낫다벗오시ᄂ보아라.

316. 靑-287 協-278 됴-280 歌-289 海-280
곳아色을밋고오는나뷔禁치마라春光이덧업슨쥴녠들안니劃酌ᄒ라綠
葉이成陰子滿枝면어늬나뷔오리요

317. 靑-288 協-279 됴-281 歌-290 海-281
小園百花叢에나니는나뷔들아香닉를됴히넉여柯枝마다안디마라夕陽
에숨ᄯᅮ든거뮈그믈걸고엿는다.

318. 靑-289 協-280 됴-282 歌-291 海-282
三萬六千日을每樣만녁이지마쇼夢裡靑春이어슨듯지나ᄂ니이됴흔太
平烟月인제아니놀고어니리.

319. 靑 – 290 協 – 281 丘 – 283 歌 – 292 海 – 283

於臥보앗졔고글이던님을보안졔고七年之旱에열구름에비비발본듯이
後에쏘다시만나면九年之水에볏뉘본듯ᄒ여라.

320. 靑 – 291 協 – 284 丘 – 286 歌 – 296 海 – 286

울며줍운ᄉ미셜치고가지마쇼超遠長堤에히다져무럿ᄂᆡ客窓에殘燈도
도고시와보면알니라.

　　靑　歌－金明漢　字天章號白洲仁祖朝臣爲南朝守節宣川府使之人情訴
本國陰事淸執明漢囚瀋陽經年乃釋官至文衡　歌－之人情→亡入淸　協－
李明漢　號白洲　丘－字天章號白洲仁祖朝臣爲南朝守節宣川府使亡入淸
朝本國陰事淸執明漢瀋獄經年乃釋官文衡　海－字天章號白洲延安人

321. 靑 – 292 協 – 285 丘 – 287 歌 – 297 海 – 287

天下匕首劒을한듸모하뷔를ᄆᆡ여南蠻北狄을다쓰러ᄇ린後에그쇠로호
뷔를밍그러江上田을ᄆᆡ리라.

322. 靑 – 293 協 – 286 丘 – 288 歌 – 298 海 – 288

前山昨夜雨에봄ㅁ빗치싀로ᅵ라豆花田관솔ㅂ불에밤호뮈ᄃ빗치로다
兒禧야뒷닛桶바리에고기건져오너라.

323. 靑 – 294 協 – 287 丘 – 290 歌 – 299 海 – 289

天地몃번ᄌᆡ며英雄은누구누구萬古興亡이垂胡子의꿈이여늘어듸셔妄
伶엣것들은노지말나ᄒ노니.　歌－(古有垂胡子夢經許多歲月憂樂覺則乃
暫時間也言人生世間譬夢裏景光也)

　　丘－趙纘韓　字善述號玄洲

324. 靑-295 協-288 丘-301 歌-300 海-290

淸風北窓下에葛巾을기울쓰고義皇벼기우희일업시누엇시니夕陽에短
髮樵童이弄篴還을ᄒ더라.

325. 靑-296 協-289 丘-332 歌-301 海-291

明燭達夜ᄒ니千秋에高節이요獨行千里ᄒ니萬古에大義로다世上에節
義兼全은漢壽亭侯신가ᄒ노라.

326. 靑-298 協-291 丘-344 歌-303 海-292

술이멋가지오濁酒와淸酒ㅣ로다머고醉헐션졍淸濁이關係ᄒ야月明코
風淸흔밤이연니아니씬들엇디리.

　靑 協-申欽 見上 丘 海-申欽 歌-申欽 字敬叔號象村平山人

327. 靑-298 協-292 丘-× 歌-304 海-293

東嶺에달오르니柴扉에기즛는다僻巷窮村에뉘날을츳쟈오리兒禧야柴
扉를기우려너나둘이이시리라.

328. 靑-299 協-× 丘-× 歌-80 海-77

豪放헐쁜녀늙으니술아니면노릐로다端雅象中文士貌요古奇畵裏老仙
形을뭇ᄂ니雲臺에숨언지멋멋히나되ᄂ고.

　靑-李輔國 號又石 歌-李 字號又石哲宗朝登第檢校待敎至爲雲翁作
　海-李載晃 號又石

329. 靑-300

淸溪上草堂外에봄은어이느졋는고梨花白雪香에柳色黃金嫩이로다萬
壑雲蜀魄聲中에春思茫然ᄒ여라. 黃熹 見上

330. 靑 - 301

江湖에봄이드니밋친興이절로난다濁醪溪邊에錦鱗魚按酒ㅣ로다이몸이
閑暇ᄒ옴도君恩인가ᄒ노라. 孟思誠 字誠之新昌人前朝文科世宗朝拜相

331. 靑 - 302

胸中에불이ᄂ니五臟이다타온다神農氏ᄭᅮᆷ에뵈와불ᄭᅳᆯ藥을무러보니忠
節과慷慨로난불이니ᄭᅳᆯ藥업다ᄒ더라. 朴泰輔 見上

332. 靑 - 303 協 - 여창 추가 185

靑山自死松아네어이누엇는다狂風을못니긔여쑤리져저누엇노라가다
가良工만나거든날옛ᄃ라닐러라.

333. 協 - 282 丘 - 284 歌 - 293 海 - 284

於臥닉일이여나도닉일을모롤노라우리님가오실제가지못ᄒ게못헐년
가보닉고길고긴歲月에쓸쓴싱각어이료.

　協 海 - 朴孝寬 丘 - 朴孝寬 見上 歌 - 朴孝寬 字景華號雲崖

334. 協 - 283 丘 - 285 歌 - 294 海 - 285

님이가오실젹에날은어이두고간고陽緣이有數ᄒ여두고갈法은ᄒ거니
와玉皇게所志原情ᄒ여다시오게ᄒ시소.

　協 丘 歌 - 仝人 海 - ×

335. 協 - 290 丘 - 337 海 - 294 歌 - 302

長空九萬里에구름을쓰러열고두려시굴녀올나中央에밝앗시니알괘라
聖世上元은이밤인가ᄒ노라.

　丘 - 仝人 海 歌 - 安玟英

336. 丘-240

뭇노라져禪師야關東風景이엇더트니明沙十里에海棠花ㅣ붉어닛고遠
浦에兩兩白鷗는飛疏雨를ᄒᆞ더라.

　成忠　百濟人

337. 丘-268

世事를뉘아던가ᄀᆞ리라渭水濱에世上은날를씐들山水돗ᄎᆞᆺ날를씌랴江
湖에一竿漁夫ㅣ되야잇셔待天時만ᄒᆞ리라.

338. 丘-270

뭇노라汨羅水야屈原이어이죽다트니讒訴에더러인몸죽어뭇칠싸히업
셔滄波에骨肉을씨셔魚腹裡에葬ᄒᆞ니라.

339. 丘-273

다만한間草堂에箭筒걸고冊床놋코나안고님안즈니거문고란어듸둘고
두어라江山風月이니한듸둔들엇더리.

340. 歌-295

雲臺上鶴髮老仙風流宗師그뷜너나琴一張歌一曲에永樂千年ᄒᆞ단말가
謝安의携妓東山이야닐너무슴ᄒᆞ리요

　扈錫均　字號

平擧　막드는ᄌᆞ즌한닙　五十九首

(協-平擧 막닉는자즌ᄒᆞ닙　丘-平擧가 빠졌음　歌-막드는쟈즌한닙
歌-막닉는ᄌᆞ는ᄒᆞ입)

341. 靑-304 協-295 丘-275 歌-307 海-297

전나귀모노라니西山에日暮ㅣ로다山路ㅣ險ᄒ거든澗水ㅣ나潺潺커나
風便에聞犬吠ᄒ니다왓는가ᄒ노라.

　　丘-安挺　見上

342. 靑-305 協-296 丘-276 歌-310 海-298

五百年都邑地를匹馬로도라드니山川은依舊커늘人傑은어듸간고어즈
버太平烟月이쑴이런가ᄒ노라.

　　靑-吉再　字雨父號冶隱高麗朝注書　協-吉再　號冶隱高麗注書　丘-
吉再　字再父高麗注書號冶隱　歌-吉再　字再父號冶隱高麗主簿

343. 靑-306 協-297 丘-277 歌-309 海-299

五丈原秋夜月에어엿쌜손諸葛武侯竭忠報國다가將星이써러지니至今
에兩表忠言을못뇌슬허ᄒ노라.

　　靑 歌-郭興　高麗睿宗朝棄官隱者號金門羽客　協 丘-見上 海-郭興

344. 靑-307 協-298 丘-289 歌-311 海-300

洞庭湖밝은달이楚懷王의녁시되여七百里平湖에두렷이빗쵠뜻즌屈르
三閭魚腹忠魂을못뇌밝혀홈이라.　兪澲　昌原人進士端宗朝並被遞六臣禍

345. 靑-308 協-299 丘-291 歌-312 海-301

半남아늙엇시니다시뎜든못ᄒ여도이後ㅣ나늙지맑고每樣에이만ᄒ엿
과져白髮이네斟酒ᄒ여더듸늙게ᄒ여라.　靑-(興致)

346. 靑-309 協-300 丘-292 歌-313 海-302

아쟈늬少年이여어드러로간거이고酒色에즐겨신져白髮과밧괴도다이

後야아무만ㅊ즌들다시보가쉬오라.

347. 靑−310 協−301 丘−293 歌−314 海−303
春風桃李花들아고은樣子ㅈ랑마라蒼松綠竹을歲寒에보렴우나貞貞코
落落ᄒ節을곳칠쥴이이시랴.
　靑　丘　歌−金裕器　字大哉肅宗朝散人名歌　協−金裕器　名歌　海−金
裕器

348. 靑−311 協−302 丘−294 歌−315 海−304
죽기셜웨란들늙기도곤더셜우랴무거온팔춤이요슙절은노릐노릐로다
갓득에酒色지못ᄒ니그를슬허ᄒ노라.
　靑　丘−李廷藎　見上　協　海−李廷藎　歌−李廷藎　字集仲號百悔翁

349. 靑−312 協−303 丘−295 歌−316 海−305
늙어됴흔일이百에셔한일도업늬쏘던활못쏘고먹던술도못먹괘라閣氏
네有味ᄒ것도쓴쓴외보듯ᄒ괘라.
　靑　協　丘　歌−仝人　海−李廷藎

350. 靑−313 協−304 丘−316 歌−317 海−306
人間五福中에一曰壽도됴커니와ᄒ물며富貴ᄒ고康寧좃ᄎᄒ오시니그
남아攸好德考終命이야닐러무슴ᄒ리요.
　靑　協　歌−仝人　丘−李廷藎　見上　海−李廷藎

351. 靑−314 協−305 丘−323 歌−318 海−307
남이害헐디라도나는아니결을거시참우면德이요결우면것트려니굽움
이제게잇거니결을쥴이이시랴

靑 協 歌-仝人 丘-李廷藎 見上 海-李廷藎

352. 靑-315 協-306 丘-296 歌-319 海-308
꿈에項羽를만나勝敗를議論ᄒ니重瞳에눈물지고큰칼쎼여니른말이至
今에不渡烏江을못닉슬허ᄒ노라.

353. 靑-316 協-307 丘-297 歌-320 海-309
꿈아어린꿈아왔는님도뵐것가왔는님보닉ᄂ니좀든날을씌오렴운이
後란임이오셔드란좀고날을씌와라.

354. 靑-317 協-308 丘-299 歌-321 海-310
꿈이날爲ᄒ야먼뒷님다려와늘耽耽이반기녁여줌을씌여니러보니그님
이성닉여간지긔도망도업더라.

355. 靑-318 協-309 丘-300 歌-322 海-311
꿈에단니는길이ᄌ최곳나량이면님의집窓밧기石路라도달으런마는꿈
ㅁ길이ᄌ최업스니그를슬허ᄒ노라.

356. 靑-319 協-312 丘-302 歌-324 海-313
太平天地間에簞瓢를두러메고두ᄉ민느릇치고우즑우즑ᄒ는쯧즌人世
에걸닌것업스니그를즑여ᄒ노라.
靑-梁應鼎 字公燮濟州人宣祖朝文衡拜相號松川 協 丘-金應鼎 歌
-金應鼎 字號

357. 靑-320 協-311 丘-303 407 歌-325 海-314
달이두렷ᄒ여碧空에걸녀세라萬古風霜에써러점즉ᄒ다마는至今에醉

客을爲ᄒ여長照金樽ᄒ도다.

靑 協-李德馨 號漢陰 丘-仝人(407) 歌-李德馨 字明甫號漢陰 海-李德馨 字明南號漢陰

358. 靑-321 協-313 丘-304 歌-326 海-315
芳艸욱어진골에시니ᄂ우러넨다歌臺舞殿이어듸어듸어듸메오夕陽에물ᄎᄂ제비야네다알ㄱ가ᄒ노라. 靑-(興致)

359. 靑-322 協-314 丘-305 歌-327 海-316
靑艸욱어진골에쟈ᄂ가누엇ᄂ가紅顔은어듸가고白骨만뭇쳐ᄂ고盞줍아勸헐듸업스니그를슬허ᄒ노라.

靑-林悌 號白湖善知音 協 丘 海-林悌 號白湖 歌-林悌 字號白湖

360. 靑-323 協-315 丘-306 歌-328 海-317
어제닷토더니오늘은賀禮ᄒ다喜懼ᄂ白髮이요愛慶은黃口ㅣ로다날ᄃ려華封三祝을ᄉ람마다닐컷더라.

靑-任義直 東國善琴 協-任義直 善琴 丘 海-任義直 歌-任義直 字伯亨東國善琴

361. 靑-324 協-316 丘-307 歌-329 海-318
속뷔인고양남게석은쥐ᄎ찬쇼록이야가막갓티ᄂ씰시가올커니와雲間에놉히쁜鳳이야눈흙의ᄅ쥴이시랴.

362. 靑-325 協-317 丘-308 歌-330 海-319
쥐ᄎ찬쇼록이들아비부뤠라즈랑마라淸江여윈鶴이듀린들불을쇼야一身이閑暇헐쎈졍슬져무슴ᄒ리요

靑-具志禎 肅宗朝牧使 協-具志禎 丘 歌-具志禎 字 肅宗朝牧使

363. 靑-326 協-318 丘-309 歌-331 海-320
히다져문날에즈져괴는즘싯들아됴고마흔몸이半柯枝도足ᄒ거든굿ᄒ
여크나흔덤불을싀와무슴ᄒ리요

364. 靑-327 協-320 丘-311 歌-333 海-322
술을大醉ᄒ고오다가空山에지니뉘날을싀오리天地卽衾枕이로다東風
이細雨를모라다가줌든날을싀오도다.
　靑　歌　海-趙浚　字明仲號松堂太祖朝相　協-趙浚　號松堂太祖朝相
丘-字明中號松堂太祖朝相

365. 靑-328 協-319 丘-310 歌-332 海-321
히져黃昏이되면뉘못가도제오더니제몸에病이든지뉘손딘줍히엿는지
落月이西樓에ᄂᆞ릴제면이굿는듯ᄒ여라.

366. 靑-329 協-322 丘-313 歌-335 海-324
술을뉘즘이더냐狂藥인줄알건마는一寸肝腸에萬端愁실어두고眞實로
술곳아니면시름풀것업세라.

367. 靑-330 協-321 丘-312 歌-334 海-323
술을醉케먹고두렷이안젓시니億萬시름이가노라下直ᄒ다兒孺야盞가
득부어라시름餞送ᄒ리라.
　靑　歌-鄭太和　字囿春號陽坡仁祖朝領相諡翼憲公東萊人　歌　海-東
萊人×　丘-字春號陽坡仁祖朝領相諡翼憲　協-鄭太和　號陽坡仁祖朝相
臣諡翼公　丘-東萊人×

368. 靑－331 協－323 됴－314 歌－336 海－325
쥭어니져야ᄒ랴슬아셔글여야ᄒ랴쥭어닛기도어렵고슬아글이기도어
려워라져남아한말슴만ᄒ소라보쟈死生決斷ᄒ리라.

369. 靑－332 協－324 됴－315 歌－308 海－326
山은녯山이로되물은녯물아니로다晝夜에흘너가니녯물이잇실쇼냐人
傑도물과갓틔여가고아니오더라.
　靑－眞伊 協 歌 海－眞伊 字明月松都名妓 됴－名妓眞伊見上

370. 靑－333 協－325 됴－318 歌－337 海－327
희여검울지라도희는덧시셜우려든희여못검는쥴긔아니셜을쇼냐희여
셔못검을人生이아니놀고어이리.

371. 靑－334 協－326 됴－319 歌－338 海－328
님이오마터니달이지고시별쓴다쇽이는제그르냐기다리는늬그르냐이
後야아무리오모ᄒ들밋을쥴이이시랴.

372. 靑－335 協－327 됴－320 歌－339 海－329
綠楊芳艸岸에쇠등에兒穡로다비마즌行客이뭇ᄂ니슐파는듸져건너杏
花ㅣ뎌날니니게가무러보시쇼.

373. 靑－336 協－328 됴－321 歌－340 海－330
霜天明月夜에우러녜는뎌기럭아北地로向南ᄒ졔漢陽을지나마는엇더
타故鄕消息을傳치안코녜ᄂ니
　靑 協 海－宋宗元 됴－宋宗元 見上 歌－宋宗元 字君星

374. 青-337 協-329 丘-322 歌-341 海-331

九月九日望鄉臺를ᄒ여보니엇더턴고他席에送客盃를닉라오늘ᄒ거고나鴻雁아南中苦슬타마는너는어니오ᄂ니.

協 丘 歌-仝人 海-宋宗元

375. 青-338 協-330 丘-325 歌-342 海-332

花落春光盡이요樽空ᄒ니客不來라鬢髮이희엿시니佳人도畵餠如ㅣ로다少壯에隨意歡樂이엇그젠듯ᄒ여라.

青 歌 海-朴英秀 字士俊 協-朴英秀 丘-朴英秀 見上

376. 青-339 協-331 丘-361 歌-343 海-333

우러셔나는눈물우ᄒ로솟지말고九回肝腸에속으로흘너드러님글여다타는肝腸을눅여볼ㄱ가ᄒ노라.

青 協 歌-仝人 丘-朴英秀 見上 海-朴英秀

377. 青-340 協-332 丘-326 歌-344 海-334

渭城아츰비에柳色이싀로이라그듸를勸ᄒᄂ니一盃酒나으시쇼西흐로陽關을나가면故人읍서ᄒ노라.

378. 青-341 協-333 丘-324 歌-345 海-335

洛陽三月時에곳곳이花柳ㅣ로다滿城繁華는太平을그렷는듸어즈버義皇世界를다시본듯ᄒ여라.

379. 青-342 協-334 丘-327 歌-346 海-336

닭아우지마라일우노라쟈랑마라半夜秦關에孟嘗君이아니로오늘은님오신날이니아니운들엇더리.

380. 靑－343 協－335 丘－328 歌－347 海－337

닭아우지마라우버셔中錢듀료날아시지마라닭의숟되비럿노라無心흔
東녁다히는漸漸밝아오더라.

381. 靑－344 協－336 丘－329 歌－348 海－338

말업슨靑山이요態업슨流水 ㅣ 로다갑업슨淸風이요임ㅈ업슨明月이라
이中에病업슨이몸이分別업시늙으리라.

協－成渾 見上 丘－成渾 字洪源號牛溪 歌 海－成渾 字浩源號牛溪

382. 靑－345 協－337 丘－331 歌－349 海－339

舜이南巡狩ㅎ샤蒼梧野에崩ㅎ시니五絃琴南風詩를뉘게傳코崩ㅎ신고
至今에鼎湖龍飛를못뇌슬허ㅎ노라.

383. 靑－346 協－338 丘－333 歌－350 海－340

才秀名成ㅎ니達人의快事 ㅣ 여늘晝耕夜讀ㅎ니隱者의志趣로다이밧게
詩酒風流는逸民인가ㅎ노라.

384. 靑－347 協－× 丘－334 歌－351 海－341

宦海에놀란물ㄱ결林泉에밋츨쇼냐갑업슨江山에일업시누엇시니白鷗
도뇌쯧즐아던지오락가락ㅎ더라.

385. 靑－348 協－341 丘－338 歌－354 海－345

萬頃滄波水로도다못쓰슬千古愁를一壺酒가지고오늘이야씻거고나太
白이이러흠으로長醉不醒ㅎ닷다.

386. 靑－349 協－342 丘－330 歌－355 海－346

늙어말년이고다시졈어보럿터니靑春이날속이고白髮이거의로다잇다

감읏밧츨지날제면罪지은듯ᄒ여라.

387. 靑－350 協－344 됴－350 歌－357 海－348
남은다쟈는밤에닉어이홀로싞야玉帳깁푼곳에쟈는님싱각는고千里에
외로온숨만오락가락ᄒ노라.

388. 靑－351 協－345 됴－349 歌－358 海－349
ᄉ룸이죽어갈제갑슬쥬고ᄉ량이면顔淵이早死헐졔孔子ㅣ아니ᄉ계시
랴갑두고못슬人生이아니놀고어이리.

389. 靑－352 協－346 됴－341 歌－359 海－350
시닉흐르는물에바회ᄱ텨草堂짓고달아릭밧츨갈고구름쇽에누엇시니
乾坤이날불너니르기를함씌늙쟈ᄒ더라.

390. 靑－353 協－347 됴－× 歌－360 海－351
말이놀나거늘革줍고굽어보니錦繡江山이물ㄱ쇽에즘겨세라뎌말아놀
나지마라이를보려ᄒ노라.

391. 靑354 協－348 됴－343 歌－361 海－353
梅花녯등걸에봄ㅁ節이도라오니녯퓌던柯枝에퓌염즉도ᄒ다마는春雪
이亂紛紛ᄒ니퓔똥말똥ᄒ여라.
　靑－平壤妓 梅花 協 歌 海－平壤妓梅花春雪亦妓 됴－名妓梅花

392. 靑－355 協－349 됴－110 歌－362 海－354
洛陽얏튼물에蓮키는兒磒덜아쟌蓮키다ᄀ굵은蓮닙닷칠세라蓮닙희깃
드린鴛鴦이선줌씌와놀나리라.

青 歌－成世昌 字藩仲號遯齋昌寧人中宗朝登第湖堂文衡至右相諡文忠公 歌 海－至→官至 協－成世昌 號遯齋文忠公 丘－成世昌 字藩仲號遯齋昌寧人中宗朝登第湖堂文衡右相諡文藏

393. 靑－356 協－350 丘－342 歌－363 海－355

오려고기숙고년무우슬젓는듸낙시에고기물고게는쫓ᄎᆞ나리는고야아마도農家興味는이ᄲᅮᆫ인가ᄒᆞ노라.

394. 靑－357 協－351 丘－345 歌－364 海－356

丈夫ㅣ되야나셔立身揚名못헐진듸출하로다바리고酒色으로늙으리라이밧게碌碌ᄒᆞᆫ營爲야걸닐쥴이이시랴.

青 協 歌 海－金裕器 丘－金裕器 字大哉

395. 靑－358 協－352 丘－354 歌－365 海－357

蘆花깁픈골에落霞을빗기ᄯᅴ고三三五五히섯거나는더白鷗야우리도江湖舊盟을ᄎᆞ쟈보라ᄒᆞ노라.

青 丘 歌－金麟厚 字厚之號河西蔚州人中宗朝登第官至校理求外玉果縣監乙巳後終不仕贈行吏曹判書諡文靖公 丘－吏曹判書諡文靖公→吏判諡文靖 歌－贈 이하→仁吏判 協－金麟後 號河西中宗朝人諡文靖公 海－金麟厚 字厚之號河西蔚州人中宗朝官校理求外玉果乙巳後終不仕贈吏判文靖公

396. 靑－359 協－353 丘－× 歌－367 海－358

靑春少年들아白髮老人웃지마라公번된하늘아릐넨들언마졈엇시리우리도少年行樂이어제론듯ᄒᆞ여라.

397. 靑－360 協－354 丘－× 歌－368 海－359

世上ㅣ스름들이닙들만셩ᄒ여셔제허물젼혀닛고남의凶만보는고나남
의凶보거라말고제허물을곳치고쟈.

398. 靑－361

이바楚ㄷ스룸들아네님군어듸ᄀ니陸里靑山이뉘쏜히되단말고우리도
武關닷은後ㅣ니消息몰나ᄒ노라.

吉冶隱　見上

399. 靑－362

너도兄弟로고우리도兄弟로다兄友弟恭은불을거시업거이와너희는與
天地無窮이라그를부워ᄒ노라.

孝宗大王

400. 靑－363

이셩져셩ᄒ니일운일무스일고흐롱하롱ᄒ니歲月이거의로다두어라已
矣已矣여니아니놀고어니ᄒ리.

宋寅　見上

401. 協－293 丘－266 歌－305 海－295

春風和煦好時節에범나뷔몸이되여百花叢裡에香氣젓저노닐거니世上
에이러흔豪興을그무허로比헐소냐.

協－朴孝寬　字景華　歌－朴孝寬　字景華號雲崖　丘－朴孝寬　見上　歌
－朴孝寬　字景華號雲崖　海－朴孝寬

402. 協－294 丘－267 歌－306 海－296

님그린相思夢이蟋蟀의넉시되여秋夜長깁푼밤에님의房에드럿다가날

닛고깁히든줌을끽와볼까ᄒ노라.

　協　丘　歌－仝人　海－朴孝寬

403. 協－310　丘－298　歌－323　海－312

쑴에왓던님이씌여보니간듸업늬耽耽이괴던ᄉ랑날바리고어듸간고쑴
口속에虛事ㅣ라만졍즌로뵈게ᄒ여라.

　協－朴景華　丘－朴孝寬　見上　歌－朴孝寬　字景華號雲崖　海－朴孝寬

404. 協－339　丘－335　歌－352

空山風雨夜에도라오는져ᄉ람아柴門에기소리를듯너냐못듯너냐石逕
에눈이덥혓시나나귀革을노으라.

　協－安玟英　丘－安玟英　風雪夜訪雲臺草堂先生倚門而言　歌－安玟英
字荊寶風雪夜訪雲坮草堂先生開門出迎

405. 協－340　丘－336　歌－353

지는히오늘쌈에져들을보앗더니이히오늘밤도그들빗치쏘밝앗다이제
야歲換月長在를아랏슨져ᄒ노라.

　協　丘－仝人　歌－仝人　上元夜玩月而作

406. 協－343　丘－340　歌－356　海－347

恨唱ᄒ니歌聲咽이요愁翻ᄒ니舞袖遲라歌聲咽舞袖遲는님글이는탓시
로다西陵에日欲暮ᄒ니이긋는듯ᄒ여라.

407. 丘－317

南極老人星이四敎齋에드리오셔우리님壽富貴를康寧으로도으셔든우
리도德蔭을무르와太平燕樂ᄒ노라.

朴孝寬 見上

408. 丘-347
靑天구름밧게놉하쓴鶴이러니人間이됴토터야무삼으로나려온다長짓
치다쩌러지도옥노라갈쥴모르는다.
鄭澈 見上

409. 丘-348
져긔셧는저소나무길가셜쥴어이져근듯으리혀져길ㄱ에셧고라쟈삿씌
고도치멘분네는다씩으려ᄒᆞ닷다.
仝人

410. 丘-351
져견너一片石이嚴子陵에釣臺로다蒼苔빗긴가에흰두點이무슴것고至
今에先生遺跡이白鷗한雙써잇도다.
趙光祖 字孝直號靜庵漢陽人中宗朝登第湖堂官至大司憲諡文正公配享
文廟

411. 歌-366 海-352
細柳淸風비긴後에우지마라더ᄆᆡ암아쭘에나님을보려계유든줌을씌오
노냐쭘씌야겻혜업스면病되실ㄱ가우노라.

412. 歌-369 543
紅白花ᄌᆞ쟈진곳에才子佳人뫼혀셰라有情ᄒᆞᆫ春風에썻혀간다淸歌聲을
아마도月出於東嶺토록놀고갈ㄱ가ᄒᆞ노라.
扈錫均 字壽竹齋三月時來遊雲翁道庄製

413. 海 - 342

靑春豪華日에離別곳아니런들어닉덧닉머리의셔리를뉘라치리이後란
秉燭夜遊ᄒ여남은히를보닉리라.

414. 海 - 343　朴 - 342　皇 - 335

희기눈갓ᄒ니西施의後身인가곱기곳가트니太眞의넉시런가至今의雪
膚花容은너를본가ᄒ노라.

415. 海 - 344

님離別ᄒ올젹의져ᄂ나귀恨치마소가노라돌쳐셜졔거름안이런들곳아
리눈물젹신얼골을유지仔細보리오

頭擧　죤쟈즌한닙　七十首

(協 - 頭擧 죤쟈즌ᄒ닙　歌 - 죤쟈즌한닙× 海 - 頭擧 죤ᄌᆞ즌ᄒ닙)

416. 靑 - 364　協 - 355　丘 - 356　歌 - 370　海 - 360

客散門扃ᄒ고風微코月落헐졔酒甕을다시열고詩ᄃ句ㅣ를훗부르니아
마도山人得意ᄂ이샨인가ᄒ노라.
　靑 - 河緯地　端宗朝六忠臣　協 - 斷種六臣　丘 歌 海 - 字天章號臥隱堂
端宗朝參判六臣　歌 - 宗→廟

417. 靑 - 365　協 - 357　丘 - 358　歌 - 372　海 - 362

綠楊이千萬絲닌들가ᄂ春風민여두며耽花蜂蝶인들디ᄂ곳즐어니ᄒ리
아무리根源이重ᄒ덜가ᄂ님을어이리.
　靑 - 李元翼　字公礪號梧里全州人宣廟朝勳功當光海廢母之論元翼進疏
言甚不宜光海大怒定配洪州仁祖元年丁巳入爲領相諡文忠公壽八十　協 -

李元翼　號梧里諡文忠公　丘一字~言甚　宣光海怒配洪州仁祖元年入相
歌一字公蠣號梧里全義人宣廟朝當光海廢母之論元翼進疏言甚光海大怒
配洪州仁祖元年丁巳入相諡文忠公　海一字公礪號梧里全義人宣祖朝進疏
言甚光海大怒配鴻州仁祖元年相諡文忠公

418. 靑－366　協－358　丘－359　歌－373　海－363
綠楊春三月을줍아미여두량이면센마리쏩아니여찬찬동혀두런마는히
마다미던못ᄒ고늙기셜워ᄒ노라.
　協－金三賢　丘　歌一字肅宗朝折衝朱義植壻　海一金昌翕　字肅宗朝折
衝朱義植壻

419. 靑－367　協－359　丘－360　歌－374　海－364
우리둘이後生ᄒ여네나되고니너되여니너글여굿든이를너도날글여굿
쳐보렴平生에니셜워ᄒ던쥴을돌녀보면알ᄃ니라

420. 靑－358　協－360　丘－362　歌－375　海－366
白日은西山에지고黃河는東海로든다古來英雄은北邙으로드단말가두
어라物有盛衰니恨헐쥴이이시랴.
　靑－崔冲　或曰權踶字仲汝安東人號正齋世宗朝文衡贊成撰龍飛御天歌
協－崔冲　高麗人　丘－崔冲見上　歌－崔冲　高麗時四朝出將入相　海－崔
冲　字浩然高麗時四朝出將入相

421. 靑－369　協－361　丘－363　歌－376　海－365
白雲깁푼골에綠水靑山둘너는듸神龜로卜築ᄒ니松竹間집이로다每日
에靈筠을맛드리며鶴鹿함씌놀니라.

422. 靑-370 協-362 丘-366 歌-377 海-367

白雲이니러나니나무긋치움죽인다밀물에東湖가고혈물에란西湖가쟈
兒禧야년그물것어셔리담아닷글들고돗쓸놉히달아라.

423. 靑-371 協-363 丘-364 歌-378 海-368

白雪이만乾坤ᄒ니千山이玉이로다梅花는半開ᄒ고竹葉이푸르럿다兒
禧야盞ᄀ득부어라興을계워ᄒ노라.

(白雪이자쟈진골에……) 靑-372 協-364 丘-367 歌-379 海-369
103과 중복

424. 靑-373 協-365 丘-365 歌-380 海-370

白雪이紛紛ᄒ날에天地가다희거다羽衣를썰처닙고小堂에올나가니어
즈버天上白玉京을밋쳐본가ᄒ노라.
　　靑-任義直 協 海-× 丘-任義直 見上 歌-任義直 字伯亨

425. 靑-374 協-366 丘-368 歌-381 海-371

白髮을홋날니고靑藜杖닛글면셔滿面紅潮로綠陰間에누엇더니偶然이
黑䩞鄕丹夢을黃鳥聲에씨거다.
　　靑 協-金敏淳 號梅翁 丘-金敏淳 字號梅翁 歌-金敏淳 字號梅翁
縣監 海-金敏淳 字號梅翁安東人萬蔭縣監

426. 靑-375 協-367 丘-375 歌-382 海-372

落葉聲찬ᄇ룸에기럭이슯히울고夕陽江頭에고은님보니올제釋迦와老
聃이當ᄒ들아니울쓸이시랴.

427. 靑-376 協-368 丘-370 歌-383 海-373

楚覇王의壯훈 뜻도죽기도곤離別셜워玉帳悲歌에눈물은지엿시나히진
후烏江風浪에우단말이업세라.

428. 靑-377 協-369 丘-373 歌-384 海-374

楚襄王은무含일로人間樂事다바리고巫山十二峰에雲雨夢만싱각는고
두어라神女의生涯는이샌인가흐노라.

429. 靑-378 協-370 丘-371 歌-385 海-375

楚山에우는범과沛澤에줌긴龍이吐雲生風흐여氣勢도壯훌시고秦나라
외로은스슴이갈ㄱ곳몰나흐도다.

靑-李芝蘭 字式馨淸海伯 協-李芝蘭 靑海伯 丘-李志蘭 字式馨爵
淸海伯 歌-李芝蘭 字式馨太祖朝開國功臣賜姓李氏封淸海伯本姓卵道
蘭 海-李芝蘭

430. 靑-379 協-372 丘-374 歌-387 海-377

首陽山나린물이夷齊의怨淚되야晝夜不息흐고여흘여흘우는뜻즌至今
에爲國忠誠을못니슬허흐노라.

靑-洪翼漢 南陽人丙子胡亂入瀋陽死三學士 協 海-洪翼漢 三學士
丘-洪翼漢 字號 三學士 歌-洪翼漢 字 三學士

431. 靑-380 協-371 丘-372 歌-386 海-376

首陽山바라보며夷齊을恨흐노라듀려죽을씬들採薇줓츠흐올것가아무
리푸식엣것신들긔뉘쓰희난것고

靑-成三問 梅竹堂端宗六忠臣 協-成三問 號梅竹堂端宗六臣 丘 歌
海-字謹甫號梅竹堂端宗朝承旨六臣

432. 靑－381 協－373 丘－376 歌－388 海－378

북쇼릭들니는졀이머다흔들언마말니靑山之上이요白雲之下연마는그곳에白雲이즈옥ㅎ니아무덴쥴몰닉라. 靑－(半興致)

433. 靑－382 協－374 丘－377 歌－389 海－379

岳陽樓에올나안져洞庭湖七百里를둘너보니落霞與孤鶩齊飛요秋水共長天一色이로다어즈버滿江秋興이數聲漁笛쑨이로다.

434. 靑－383 協－375 丘－378 歌－390 海－380

夕鳥는나라들고暮烟은니러난다東嶺에달이올나襟懷에빗쵀도다兒曹야瓦樽에술걸너라彈琴ㅎ고놀니라.

靑 海－宋宗元 協－× 丘－宋宗元 見上 歌－宋宗元 字君星

435. 靑－384 協－376 丘－379 歌－391 海－381

太公의고기낙던낙듸긴쥴믹여압닉헤나려銀鱗玉尺을버들움에쎄여들고오니杏花村酒家에모든벗님네는더듸온다ㅎ더라.

靑 歌－朴後雄 字君弼肅宗朝同知東國名歌搔聳出於此人 歌 海－東國→朝鮮, 搔聳→界搔聳伊 協－朴後雄 肅宗時名歌搔聳出於此人 丘－朴後雄 字君弼名歌搔聳出於此肅宗朝同知

436. 靑－385 協－377 丘－380 歌－392 海－382

자다가씌여보니이어인쇼릭런고入我床下蟋蟀인가秋思도超超ㅎ다童子도對答지아니코고기슉여조으더라.

靑－李廷薰 此四時歌中秋題 協－此× 丘－李廷薰 見上 海－李廷薰 歌－李廷薰 字集仲號百悔翁

437. 靑-386 協-378 丘-381 歌-393 海-383

자다가씨여보니님의게셔片紙왓뉘百番남이펴보고ㄱ슴우희언젓더니
구타여무겁든아니ㅎ되ㄱ슴답답ㅎ여라.

438. 靑-387 協-379 丘-382 歌-394 海-384

草堂에깁히든줌을식쇼릭에놀ㄴ씨니梅花雨긴柯枝에夕陽이거의로다
兒禧야낙딕뉘여라고기줍이늣젓다.

439. 靑-388 協-380 丘-400 歌-395 海-385

草堂에일이업셔거문고를베고누어太平聖代를쑴에나보렷터니門前에
數聲漁笛이줌든날을씨와라.

　　靑-柳誠源 端宗朝司藝六臣字太初 協-柳誠源 端宗六臣 丘 歌 海
－柳誠源 字太初端宗朝司藝六臣 歌－字太初→字太和

440. 靑-389 協-381 丘-383 歌-396 海-386

雪月이滿窓ㅎ듸ᄇᄅ름아부지마라曳履聲아닌쥴은判然이아라마는글입
고아쉬온ᄆᆞ음에힝혀건가ㅎ노라.

441. 靑-390 協-382 丘-412 歌-397 海-387

雪月은前朝色이요暮鐘은古國聲을南樓에홀로서셔녯님군싱각헐제殘
郭에暮烟生ㅎ니不勝悲感ㅎ여라.

442. 靑-391 協-383 丘-393 歌-398 海-388

雪岳山가는길에開骨山즁을만나즁다려뭇른말이楓葉이엇더터니이ᄉ
이連ㅎ여서리티니썩마즌가ㅎ노라.

　　靑-趙明履 英宗朝判書 協-趙明履 英祖時人 丘-趙明履 字英廟朝

判書 歌−趙明履 字英宗朝判書 海−趙明履 英廟朝判書

443. 靑−392 協−384 丘−388 歌−399 海−389
積雪이다녹도록봄消息을모로너니歸鴻은得意天空濶이요臥柳生心水
動搖ㅣ로다兒禧야시술걸너라시봄맛이흐리라.

444. 靑−393 協−385 丘−384 歌−400 海−390
ᄀ더니니즌양ᄒ여쏨에도아니뵈닉닉아니져를니졋거든젠들현마니즐
쇼냐언마나단쟝헐님이완듸슬쯴이를긋는고.

445. 靑−394 協−386 丘−385 歌−401 海−391
北斗星도라지고달은밋쳐아니졋다네는비언마ㄱ나오냐밤이임의집헛
도다風便에數聲砧들리니다왓는가ᄒ노라.
海−李廷蓋

446. 靑−395 協−387 丘−410 歌−402 海−392
北天이맑다커늘雨裝업시길을나니山에는눈이오고들에는챤비로다오
늘은챤비마쟛시니어러쟐ㄱ가ᄒ노라.
靑 歌 海−林悌 字子順號白湖錦城人宣廟朝登第官至禮曹正郎詩文琴
歌俱奇常以豪士見名妓寒雨作此歌與同寢 歌 海−寢→枕 協−林悌 見
名妓寒雨作此歌與同枕 丘−林悌 見上

447. 靑−396 協−388 丘−386 歌−403 海−393
벼뷔여쇠게싯고고기건져兒禧쥬며이쇼네모라다가술을몬져걸너스라
우리는아직醉흔김에興致다가ᄀ리라.

448. 靑-397 協-389 丘-387 歌-404 海-394

易水寒波져문날에荊卿의擧動보쇼一劒行裝이긔아니齟齬ᄒᆞᆫ가至今에
未講劒術을못닉슬허ᄒᆞ노라.

449. 靑-398 協-390 丘-389 歌-405 海-395

冊덥고窓을여니江湖에빗쪄잇다往來白鷗는무음뜻먹엇는고앗구쪄功
名을下直ᄒᆞ고너를좃ᄎᆞ놀리라.

靑 歌-鄭蘊 字輝遠號桐溪光海時弼善丙子胡亂隨駕入南漢及和親旣
成刺刀幾死乃曰吾不死於南漢何面目對妻子入山作此歌云 丘-鄭蘊 字
輝遠號桐溪光海時弼善丙子胡亂隨駕入南漢及和議旣成刺刀死 海-和議
旣成刺刀幾死, 云× 協-鄭蘊 號桐溪 丘-字~成刺刀幾死

450. 靑-399 協-391 丘-390 歌-406 海-396

보거든슬뮈거나못보거든닛치거나제나지말거나닉져를모로거나출하
로닉몬져쥭여서제글이게ᄒᆞ리라.

451. 靑-400 協-394 丘-394 歌-409 海-399

篆入소릐반기듯고竹窓을밧비어니細雨長堤에쇠등에兒禧로다兒禧야
江湖에봄이드냐낙딕推尋ᄒᆞ리라.

452. 靑-401 協-395 丘-395 歌-410 海-400

越相國范小伯이名遂功成못ᄒᆞ前에五湖烟月이도혼쥴알년만ᄂᆞᆫ西施를
싯노라ᄒᆞ여늦져도라오도다.

靑-乙巴素 高麗隱士 故國川王時相國西鴨綠江左勿村人 協-乙巴素
高句麗故國川王時相 丘-高麗隱士故國川王時相國西鴨綠谷左勿村人
歌 海- 江→谷

453. 靑－402 協－399 丘－399 歌－414 海－404

울밋헤휘여진菊花黃金色을펼치온듯山넘어돗는달은詩興을모라돗아
온다兒禧야盞가득부어라醉코놀녀ᄒ노라.

454. 靑－403 協－400 丘－401 歌－415 海－405

자네집의술닉커든부듸날을부르시쇼草堂의곳이퓌여드란나도ᄌ네를
請히옴시百年젓시름업슬괴를議論쾌져ᄒ노라.

靑 歌－金堉 字號潛谷孝宗朝領相 協 海－字× 丘－金堉 字號潛谷孝
廟朝領相

455. 靑－404 協－401 丘－402 歌－416 海－406

子規야우지마라네우러도쇽졀읍다울거든네나우지늘은어이울니는다
아마도네쇼릭드를제면ᄀ슴앏하ᄒ노라.

靑 丘 歌 海－李㴾 字號小岳樓肅宗朝縣監　協－號小岳樓肅宗時人

456. 靑－405 協－392 丘－391 歌－407 海－397

이몸이쥭어가셔무어시될고ᄒ니蓬萊山第一峰에落落長松되야이셔白
雪이滿乾坤헐졔獨也靑靑ᄒ리라.

靑 丘－成三問 見上 歌－成三問 字謹甫號梅竹堂昌寧人世宗朝登第
湖堂重試官至右承旨世宗朝謀復魯山事覺被誅後追封六臣配享端廟 海－
成三問

457. 靑－406, 556 協－402, 542 丘－403, 585 歌－417, 562 海－
407

뉘라셔날늙다턴고늙으니도이러ᄒ가꼿보면반갑고盞줍우면우움난다
귀밋헤횟날니는白髮이야닌들어이ᄒ리요

靑 協 海-李仲集 丘 歌-李仲集 字號 556(靑-×)

458. 靑-407 協-403 丘-404 歌-418 海-408
활지여팔에걸고칼갈아녑혜츠고鐵甕城邊에筒箇베고누엇시니보안다
보쾌라ㅅ쇼릭에좀못드러ᄒ노라.
靑 協 歌 海-林晉 丘-林晉 字號

459. 靑-408 協-404 丘-405 歌-419 海-409
鐵嶺놉픈고ᄀ.쟈고넘는뎌구름아孤臣怨淚를비솜아씌여다가님계신九
重宮闕에쑤려즁이엇더리.
靑 協 丘-李恒福 見上 海-見上× 歌-李恒福 字子常號白沙慶州
人宣祖朝登第湖堂文衡官至領相勳功鰲城府院君謚文忠公當世才能 歌-
宣祖朝→宣宗朝

460. 靑-409 協-405 丘-413 歌-420 海-410
騎司馬呂馬童아項籍인쥴모르더냐八年干戈에날對敵ᄒ니뉘잇더냐오
늘날이리되기는하늘인가ᄒ노라.

461. 靑-410 協-406 丘-411 歌-421 海-411
솔이라솔이라ᄒ.니무슴솔만녁이는고千仞絶壁에落落長松녜ᄀ.로다길
아릭樵童의졈낫시야걸어볼쓸이시랴.
靑 協 歌 海-松伊 古之名妓 丘-名妓松伊

462. 靑-411 協-407 丘-414 歌-422 海-412
집方席닉지마라落葉에랏다못안즈랴솔불혀지마라어제진달이돗아온
다兒禧야山菜와濁醪ㄹ만졍업다말고닉여라.

242 『歌曲源流』에 대한 管見

463. 靑-412 協-408 丘-× 歌-423 海-413

딕심어울을슴고솔각고아景子ㅣ로다白雲덥힌곳에날잇는쥴제뉘알니
庭畔에鶴徘徊ᄒ니긔벗인가ᄒ노라.

464. 靑-413 協-409 丘-415 歌-424 海-421

日暮蒼山遠ᄒ니날져무러못오는가天寒白屋貧ᄒ니하늘이챠못오는가
柴門에聞犬吠ᄒ니風雪夜歸人인가ᄒ노라.

465. 靑-414 協-410 丘-416 歌-425 海-414

蜀에셔우는시는漢나라흘글여울고봄비에웃는곳츤時節만난타시로다
月下에외로운離別은이쌴인가ᄒ노라.

466. 靑-415 協-411 丘-406 歌-426 海-415

큰盞에가득부어醉토록먹으면서萬古英雄을손곱아혜여보니아마도劉
伶李白이닉벗인가ᄒ노라.

靑-李漢陰 見上 協 海-李德馨 丘-李德馨 字明甫號漢陰廣州人宣
祖朝登第湖堂文衡官至領相謚文翼 歌-李德馨 字漢陰

467. 靑-416 協-412 丘-408 歌-427 海-416

玉을돌이라ᄒ니그려도이닭고아博物君子는아는法잇건마는알고도모
로는체ᄒ니그를슬허ᄒ노라.

靑 海-洪暹 字退之號忍齋南陽人中宗朝登第湖堂文衡官至領相謚忠
憲公詩文俱奇 海-登第→科, 官至→至, 忠憲公→景憲公 協-洪暹 中
宗朝領相景憲公 丘-謚景憲詩文俱奇 歌-字退之~詩文俱奇 忠憲公→
景憲公

468. 靑 - 417 協 - 413 丘 - × 歌 - 428 海 - 417

玉欄에곳이뮈니十年이어늬덧고中夜悲歌에눌물계워안쟈이셔슬쓰리
설운마음은나혼ᄌᆞᆫ가ᄒ노라.

靑 歌 - 曹漢英 號晦谷官至參判 協 - 曹漢英 海 - 曹漢英 號晦谷官參
判

469. 靑 - 418 協 - 414 丘 - × 歌 - 429 海 - 418

玉으로白馬를삭여洞庭湖에흘니식겨超遠長堤에바느러믜얏다가그말
이풀쓰더먹거든님과離別ᄒ리라.

470. 靑 - 419 協 - 415 丘 - 409 歌 - 430 海 - 419

이뫼흘허러늬여뎌바다몌오면은蓬萊山고온님을거러가도보련마는이
몸이精衛鳥갓트여바쟌일만ᄒ노라.

靑 - 徐益 宣祖登第通政義尹 協 - 徐益 號萬竹軒宣祖朝人 丘 歌 - 徐
益 字君受號萬竹軒扶餘人宣祖登第官通政義州府尹 海 - 徐益

471. 靑 - 420 協 - 416 丘 - 417 歌 - 431 海 - 420

綠柳間黃鸎兒들아나의쑴을쎄오지말아아오라ᄒ遼西ㄷ길을쑴아니면
못ᄀ려니兒禧야줌든덧스란부듸打起ᄒ여라.

靑 協 - 朴英秀 歌 海 - 朴英秀 字士俊

472. 靑 - 421 協 - 417 丘 - × 歌 - 432 海 - 422

樂遊原빗긴날에昭陵을바라보니白雲깁푼곳에金粟堆보기섧다어느졔
이몸이도라가셔다시뫼셔보리요

靑 協 歌 海 - 曹漢英

473. 靑－422 協－418 됴－× 歌－433 海－423

쟈남은보라미를엇그제갓손쎄여쎅짓체방울달아夕陽에밧고나니丈夫
의平生得意는이샌인가ᄒᆞ노라.

靑 協 海－金昌業 號老稼齋 歌－金昌業 字號老稼齋

474. 靑－423 協－419 됴－× 歌－434 海－424

구름아너는어이히ᄃ빗츨감쵸는다油然作雲ᄒᆞ면大旱에됴커니와北風
이스라져불제면볏뉘몰나ᄒᆞ노라.

475. 靑－424 協－420 됴－× 歌－435 海－425

鶴타고笛부는童子야너다려무러보쟈瑤池宴座客이누구누구와잇더야
뉘뒤의南極仙翁오시니거긔무러보시쇼.

476. 靑－425 協－421 됴－× 歌－436 海－426

日中三足烏야가지말고뉘말드러너희는反哺烏라烏中之曾參이로다北
堂에鶴髮雙親을더듸늙게ᄒᆞ여라.

靑－許珽 號松湖官至承旨古之善雜歌曲猶傳於今 協 歌－許珽 字號
松湖古之善歌曲調猶存於今 海－許珽 字號松湖官承旨古之善歌

477. 靑－426

이몸을헐어뉘여닛물에쎅오고져이물이우러녜여漢江여흘되다ᄒᆞ면그
제야님글인뉘病이歇헐法도잇나니.

鄭澈

478. 靑－427

뉘樣子남만못ᄒᆞ줄나도暫間알거마는臙脂ㅂ려잇고粉쎅도아니미뉘이

러코괴실ㄱ가쯧즌全혀아니먹노라.

仝人

479. 靑-428

落花는쯧이이셔流水를ᄯ루거늘無情ᄒ녀流水는落花를보닉거다落花
야닉언제너홀로보닉더냐나도함끠흐르노라.

金學淵

480. 靑-429

鴨綠江히진後에어엿분우리님군燕雲萬里를어듸라고가시는고春來에
草綠ᄒ거든卽時도라오쇼셔

張維 號谿谷仁祖朝文衡拜相

481. 靑-430

夕陽高麗國에닷는말을멈쳣시니슮푸다五百年이물ㄹ쇼릭가운더라늬
엇지술을씌고셔야滿月臺를지나리오

安玟英

482. 靑-431

十年을가은칼이匣裏에우노믹라關山을ᄇ라보며씩씩로만져보니丈夫
의爲國丹衷을어늬씩에드리울ㄱ고.

李忠武公 舜臣

483. 協-356 丘-357 歌-371 海-361

뉘라셔가마귀를검고凶타ᄒ돗던고反哺報恩이긔아니아름다온가소롬
이저식만못홈을슬허ᄒ노라.

協-朴景華 丘-朴孝寬 見上 歌-朴孝寬 字景華號雲崖 海-朴孝寬

484. 協-396 丘-396 歌-411 海-401
菊花야너는어이三月春風슬여ㅎ다셩긘울찬빗뒤에츨ㅎ리얼지연졍반
다시羣花로더부러한봄말녀ㅎ노라.
　協 海-安玟英 丘-安玟英 先生高致雅韻正與東籬菊一般 歌-安玟
英 字荊寶號周翁贊其師雅韻高致與東籬菊一般趣味云而作此歌

485. 協-397 丘-397 歌-412
담안에솟치여늘못가에버들이라쇠소리노릐ㅎ고나뷔는춤이로다至今
에花紅柳綠鶯歌蝶舞ㅎ니醉코놀녀ㅎ노라.
　協 丘 歌-仝人

486. 協-398 丘 398 歌-413
담안에셧는솣츤버들솃츨싀워마라버들곳아니런들花紅너쑨이여니와
네것히多情타니를거슨柳綠인가ㅎ노라.
　協 丘 歌-仝人

487. 丘-369
北窓凉風下에훨쎡벗고누엇시니紅塵에念絶ㅎ고一卷茶經쑨이로다아
마도義皇上人은나쑨인가ㅎ노라.

488. 歌-437 海-427
비오는날에들에가랴簑笠걸고쇼먹여라마히每樣이랴裝技撚匠을듯스
려라쉬다가기는날보아셔긴밧갈녀ㅎ노라.

489. 海-402

落花芳草路의깁치마를쓸엇시니風前의니는곳치玉類의부듸친다앗갑
다쓸어올지연졍볿든마라ᄒ노라. 安玟英

490. 海-403

出自東門ᄒ니綠楊이千萬絲ㅣ라絲絲結心曲은쐬고리말속이라닛다감
벅국시슬푼소릭의이긋ᄂ듯ᄒ여라.

三數大葉   轅門出將   舞刀提賊   二十五首
(歌-界面三數大葉)

491. 靑-432 協-422 됴-418 歌-438 海-428

夕陽에醉興을계워나귀등에실녓시니十里溪山이夢裏에지나거다어듸
셔數聲漁篴이즘든날을ᄭᅵ오거다.

492. 靑-433 協-423 됴-419 歌-439 海-429

뎌盞에부은술이골핫시니劉伶이와마시도다두럿던달이여죠러졋시니
李白이와마시도다남운술남운달ᄀ지고玩月長醉ᄒ리라.

493. 靑-434 協-424 됴-420 歌-440 海-430

이러니뎌러니ᄒ고世俗奇別傳치마쇼남의是非는나의알ㅂ빅아니로다
瓦樽에술이넉엇시면긔됴흔가ᄒ노라.

494. 靑-435 協-425 됴-421 歌-441 海-431

이러니뎌러니말고술만먹고노시그려먹다가醉ᄒ거든먹음운치줌들니
라醉ᄒ여줌든덧이나시름닛쟈ᄒ노라.

495. 靑－436 協－426 丘－422 歌－442 海－432

이러니뎌러니ᄒ고날ᄃ려란雜말마쇼닉當付님의盟誓ㅣ오로다虛事ㅣ
로다情밧게못일울盟誓ㅣ야ᄒ여무슴ᄒ리요

496. 靑－437 協－427 丘－423 歌－443 海－433

이런들엇더ᄒ며뎌러ᄒ들엇더ᄒ리萬壽山드렁츩이얽어지다긔엇더ᄒ
리우리도이것치얽어져셔百年신지누리과져.

　靑－太祖大王 仕高麗時飮與鄭夢周合意成功作此歌以見其所向夢周對
以一片丹心之曲和之不應太祖大王使趙英奎逐殺之善竹橋上云興致 協－
太宗大王 丘－任高麗時飮與鄭夢周合意成功作此韻 歌－太宗大王 仕高
麗時欲與鄭夢周合意成功邀宴於善竹橋作此歌以見其所向矣夢周對以一
片丹心之歌應之太宗使曺英奎逐殺夢周 海－太宗大王 仕高麗時欲夢周
合意成功作此歌以見所向夢周以一片丹心歌和之不應太宗使調英圭殺夢
周而及擧事

497. 靑－438 協－428 丘－425 歌－445 海－╳

엇그졔쥬빗즌술이닉어ᄂ냐셜엇ᄂ냐압닉에후린고기굽ᄂ냐膾티ᄂ냐
쇽고앗ᄂ냐兒禧아어셔츌여닉여라벗님對接ᄒ리라.

498. 靑－439 協－429 丘－424 歌－444 海－434

엇그졔쥬빗즌술을酒桶잇지두러메고나니집안兒禧들은허허텨웃는고
나江湖에봄간다ᄒ니餞送ᄒ려ᄒ노라.

499. 靑－440 協－430 丘－426 歌－446 海－435

藥山東臺여즈러진바회틈에倭鐵躅것튼져닉님이닉눈에덜뮙거든남이
들지나ㅣ보랴싀만코쥬쇠인東山에오됴간듯ᄒ여라.

500. 靑－441 協－431 丘－427 歌－447 海－43

落葉이말발에치이니닙닙히秋聲이로다風伯이뷔되여다쓰러바리도다
두어라기歧嶇山路를덥허둔들엇더리.

501. 靑－442 協－432 丘－428 歌－448 海－436

落葉에두字만젹어西北風에놉히씌여月明長安에님계신듸보늬고져眞
實로보오신後면님도슬허ᄒ리라.

502. 靑－443 協－433 丘－429 歌－449 海－438

우레것치쇼늬난님을번기것치번덕만나비것치오락가락구름것치헤여
지니胸中에브름것튼한숨이나셔안기뛰듯ᄒ여라.

503. 靑－444 協－434 丘－430 歌－451 海－439

綠耳霜蹄는櫪上에셔늙고龍泉雪鍔은匣裏운다大丈夫되야나셔志業를
못일우고귀밋히白髮이훗날리니그를슬허ᄒ노라.

504. 靑－445 協－435 丘－436 歌－452 海－440

綠耳霜蹄슬지게먹여시늬ㅅ물에싯겨타고龍泉雪鍔을들게갈아두레메
고丈夫의爲國忠節을세워볼ㄱ가ᄒ노라.

(朔風은나무긋히불고……金宗瑞號節齋) 靑－446 協－436 丘－431
歌－453 海－441, 118과 중복

505. 靑－447 協－437 丘－435 歌－454 海－442

曹仁의八門金鎖陣을穎川徐庶ㅣ아돗썬지百萬陣中에헵쓰느나子龍이
로다一身都是膽이니제뉘라셔對敵ᄒ리. 靑－(興致)

506. 靑－448 協－438 丘－437 歌－455 海－443

博浪沙中쓰고남운鐵椎를天下壯士項羽쥬어힘셩지두러메여씌치리라
離別두字그졔아情든님다리고百年同住ᄒ리라.靑－(半興致)

507. 靑－440 協－439 丘－433 歌－456 海－445

기럭이衡陽川(或云 夕陽天)에나지말고네나릐를날빌녀든心速(或云
送)未歸處에暫間단녀도라오마가다ᄀ故人相逢ᄒ여드란卽還來를ᄒ리라.

508. 靑－450 協－440 丘－432 歌－457 海－444

酒客이淸濁을갈희랴다나쓰나막우걸너줍거니勸ᄒ거니量듸로먹은後
에大醉코草堂밝은달에누엇신들엇더리.

509. 靑－451 協－441 丘－434 歌－458 海－446

百年을可使人人壽ㅣ라도憂樂이中分未百年을況是百年을難可必이니
不如長醉百年前이로다두어라百年前셩지란醉코놀녀ᄒ노라.

510. 靑－452 協－442 丘－438 歌－459 海－447

洛東江上에仙舟泛ᄒ니吹笛歌聲이落遠風이로다客子ㅣ停驂聞不樂은
蒼梧山色이暮雲中이로다至今에鼎湖龍飛를못뇌슬허ᄒ노라.靑－(半興
致)

511. 靑－453 協－443 丘－× 歌－460 海－448

簫聲咽秦娥夢斷秦樓月秦樓月年年柳色覇陵傷別樂遊原上淸秋節咸陽
故都音塵絶이로다音塵絶西風殘照漢家陵闕이로다.

512. 靑－454 協－444 丘－× 歌－461 海－449

轅門樊將이氣雄豪ᄒ니七尺長身에佩寶刀ㅣ라大獵山陰三丈雪ᄒ고帳

中에歸飮碧葡萄ㅣ로다大醉코南蠻을헤아리니草芥런듯ㅎ여라. 青-(興致)

513. 青-455 協-× 丘-× 歌-450 海-450

擊鼉鼓吹龍笛ㅎ니晧齒歌細腰舞ㅣ라즐겁다모다酩酊醉ㅎ쟈酒不到劉
伶墳上土ㅣ니兒禧야換美酒ㅎ여라與君同醉ㅎ리라.

514. 青-456

長劍을쎄혀들고白頭山에올나보니大明天地에腥塵이줌겨세라언제나
南北風塵을헤쳐봄가ㅎ노라.

南怡 世宗朝兵判驍勇武夫睿宗朝柳子光誣論謀叛殺之

蔓橫　舌戰群儒　變態風雲　俗稱旕弄與三數大葉同頭而 爲弄也 二十六首

(協 歌-俗稱旕弄者 이하같음 丘-蔓橫 一曰弄 一曰半只其)

515. 青-457 協-445 丘-439 歌-462 海-451

青的了(치마)한歡陽의쌀넌紫的粧옷슬뮈텨ㅂ릴녀아엇그제날속이고
쏘눌을마ᄌ속이려ᄒ고夕陽에가느단허리를한들한들ᄒᄂ니.

516. 青-458 協-446 丘-440 歌-463 海-452

기력이풀풀다나라드니消息인들뉘傳ㅎ리愁心은疊疊혼듸줌이와야ᄉ
숨인들아니수랴츨하로더달이되야셔빗최여냐볼가ㅎ노라.

517. 青-459 協-447 丘-441 歌-464 海-453

青天구름밧게놉히썻는白松鶻이四方天地를咫尺만녁이는듸엇지타ᄉ
궁치뒤져엇먹는오리는제집문디방넘나들기를百千里만치녁이는고

518. 靑−460 協−448 丘−442 歌−465 海−454

二十四橋月明ᄒ되佳郎은月正上元이라億兆는攔街歡同ᄒ고貴類도携筇步蹀이로다四時에觀燈賞花歲時伏臘도트러萬姓同樂ᄒᆷ이오늘인가ᄒ노라.

519. 靑−461 協−449 丘−443 歌−466 海−455

揚淸歌發晧齒ᄒ니北方佳人東隣才로다且吟白苧停綠水요長袖로拂面爲君起라寒雲은夜捲桑海空이요胡風이吹天飄寒鴻이로다玉顔滿堂樂未終ᄒ여館娃에日落歌吹濛을ᄒ여라.

520. 靑−462 協−450 丘−444 歌−467 海−456

漢武帝의北拆西擊諸葛武侯七縱七擒晋나라謝都督의八公山威嚴으로百萬强胡를다쓰러ᄇ린後에漠南에王庭을업시ᄒ고凱歌歸來ᄒ야告厥成功ᄒ더라.

521. 靑−463 協−451 丘−445 歌−468 海−457

漁村에落照ᄒ고水天이하빗친제小艇에그믈싯고十里沙汀나려가니滿江蘆荻에霞鶩은셧거날고桃花流水에鱖魚는슬졋는되柳橋邊에비를미고고기쥬고술을ᄉ셔酩酊케醉ᄒ後에欸乃聲부르며달을씌여도라오니아마도江湖至樂은이쑌인가ᄒ노라.

522. 靑−464 協−452 丘−446 歌−469 海−458

두고가는의안과보닉고잇는이와두고가는이는雪擁藍關에馬不前쑌이연이와보닉고잇는의안은芳草年年에恨不窮을ᄒ여라.

523. 青－465 協－453 丘－447 歌－470 海－459

靑天에써셔울고가는외기럭이나지말고너말고너말드러漢陽城內에暫間들너부듸너말닛디말고웨웨텨불너니르기를月黃昏계위갈제寂寞空閨에더진듯홀로안져님글여춤아못슬네라ᄒ고부듸흔말을傳ᄒ여쥬렴우리도님보라밧비가옵는길히오미傳헐똥말똥ᄒ여라.

524. 靑－466 協－454 丘－448 歌－471 海－460

白馬는欲去長嘶ᄒ고靑娥는惜別牽衣로다夕陽已傾西嶺이요去路는長程短程이로다아마도셜운離別은百年三萬六千日에오늘인가ᄒ노라.

525. 靑－467 協－455 丘－449 歌－472 海－461

李太白의酒量은긔엇더ᄒ야一日須傾三百盃ᄒ고杜牧之風采는긔엇더ᄒ야醉過楊州橋滿車ㅣ런고아마도이둘의風度는못밋츨가ᄒ노라.

526. 靑－468 協－456 丘－450 歌－473 海－462

泰山이不讓土壤故로大ᄒ고河海不擇細流故로深ᄒᄂ니萬古天下英雄豪傑建安八子와竹林七賢蘇東坡李謫仙것튼詩酒風流와絶代豪士를어듸가이로다亽필숀고燕雀도鴻鵠의무리라旅遊狂客이洛陽才子모도신곳이末地에參預ᄒ야놀고갈ㅣ가ᄒ노라.

527. 靑－469 協－457 丘－451 歌－474 海－463

十載를經營屋數椽ᄒ니錦江之上이요月峯前이로다桃花浥露紅浮水요柳絮瓢風白滿船을石逕歸僧은山影外여늘烟沙眠鷺雨聲邊이로다若令摩詰로遊於此ㅣ런들不必當年에畵輞川을헐낫다.

528. 靑－470 協－458 丘－452 歌－475 海－464

八萬大藏佛體님게비너이다나와님을다시보게ᄒ요쇼셔如來菩薩地藏

菩薩文殊菩薩普賢菩薩五百羅漢八萬伽倆淨土極樂世界觀世音菩薩南無阿彌陀佛後世에還土相逢ㅎ야芳緣을닛게ㅎ면菩薩님恩惠를捨身報施ㅎ오리다.

529. 靑-472 協-459 丘-453 歌-476 海-465

귓도리뎌귓도리어엿부다뎌귓도리어인귓도리지는달식는밤에긴쇼리져른쇼리節節이슬흔쇼리제홈자우러네여紗窓여윈좀을슬쓰리도씌오는제고두어라제비록微物이나無人洞房에닉뜻알니는뎌쑨인가ㅎ노라.

530. 靑-473 協-460 丘-454 歌-477 海-466

지우희웃쑥셧는나무ㅂ람불졔마다흔들흔들기울예셧는버들은무음일좃ㅊ셔흔들흔들흔들흔들님글여우는눈물은올커니와닙ㅎ고코는어니무음일좃ㅊ셔후루룩빗쑥이는고

531. 靑-474 協-461 丘-455 歌-478 海-467

압논의오려를뷔혀百花酒를빗져두고뒷東山松枝에箭筒우희활지여걸고흣더진바둑쓰룻치고숀조구글무지낙가움버들에쎄여돌지줄너물에치와두고兒禧야날볼숀오셔드란긴여흘로슬와라.

532. 靑-475 協-462 丘-456 歌-479 海-468

赤壁水火死地를僅免흔曹孟德이華容道를當ㅎ야壽亭侯를만나鳳睁龍劍으로秋霜것튼號令에草露奸雄이어이臥席終身을ㅂ라리요마는關公은千古에義將이라녜일을싱각ㅎ스노하닉시다.

533. 靑-476 協-463 丘-457 歌-480 海-469

七年之旱과九年之水에도人心이淳厚터니時和年豊ㅎ고國泰民泰ㅎ되

人情은 險渉千層浪이요 世事는 危登百尺竿이로다 古今에 人心이 不同흠을 못닉슬허흐노라.

534. 靑-477 協-464 丘-458 歌-481 海-470

極目天涯에 恨孤雁之失侶흐고 回眸樑上에 羨雙燕之同巢ㅣ로다 遠山은 無情흐야 能遮千里之望眼이요 明月은 有意흐야 相照兩鄕之思心이로다 花不待二三之月에 預發於衾中흐고 月不當三五之夜에 圓明於枕上이로다.

535. 靑-478 協-465 丘-459 歌-482 海-471

昭烈之大度喜怒를 不形於色과 諸葛武侯王佐大才 三代上人物 五虎大將들의 雄豪之勇畧으로 攻城掠地흐야 忘身之高節과 愛君之忠義는 古今에 짝업시되 蒼天이 不助順흐샤 中懷를 못일우고 英雄의 恨을 깃쳐 曠百代之傷感이로다.

536. 靑-479 協-466 丘-460 歌-483 海-472

閣氏네늬妾이되옵거나늬 閣氏네後ㄷ男便이되옵거니 곳본나뷔요 물본 기럭이줄에 좃츤거뮈요 고기본가마오 지茄子에 졋이요 水박에 쪽술이로다 閣氏네흐나 水鐵匠의 쌀년이요 져흐나 딤匠이라 좃디고 남은쇠로 츤츤가마 나딜ㄱ가흐노라.

537. 靑-480 協-467 丘-461 歌-484 海-473

陽德孟山鐵山嘉山나린물은 浮碧樓로감도라들고 莫喜樂里空遺愁斗尾月溪로나린물은 濟川亭으로감돌아들고 님글여우는눈물은 벼기쇼흐로흐르도다.

538. 靑-481 協-468 丘-462 歌-485 海-474

즁놈은僧년의머리랄숀에츤츤휘감아쥐고僧년은즁놈의상토풀쳐잡고

이외고뎌외다작쟈공이텻는듸못쇼경놈들은굿보는고야그것틔귀먹은벙
어리는외다울타ᄒᆞ더라.

539. 靑－482 協－469 丘－463 歌－486 海－475

鶡鵬은雙雙綠潭中이요晧月은團團映窓櫳이로다凄凉ᄒᆞᆫ羅帷안에蟋蟀
은슬히울고人寂夜深ᄒᆞᆫ듸玉漏는潺潺金爐에香爐參橫月落토록有美故人
은뉘게즙혀못오던고님이야날싱각ᄒᆞ랴마는나는님쏀이미九回肝腸을寸
寸이슬우다가슬아져쥭을만졍못니즐ㅣ가ᄒᆞ노라.

540. 靑－471

놉플샤昊天이며둣터울사坤元이라昊天과坤元인들 慈恩에셰더ᄒᆞ시며
놉고놉푼華崇과河海라ᄒᆞᆫ들 慈恩과갓틀숀가아홉다우리　太母聖恩은혜
아리기어려웨라.

東朝丁丑七十進饌時御製

弄歌　浣紗淸川　逐浪飜覆　　五十九首

(協 丘 歌－沙→紗 丘－ 弄 平出 浣紗淸川 逐浪飜覆)

541. 靑－483 協－470 丘－464 歌－487 海－476

물우흿沙工과물아릿沙工놈들아三四月田稅大同실녀갈졔一千石싯는
大中船을자귀듸여쏨여닐졔三色實果와머리가진것갓쵸아필이巫鼓를둥
둥치며五江城隍祇神과南海龍王之神쎄숀곳쵸아告祀ᄒᆞᆯ졔全羅道ㅣ라慶
尙道ㅣ라蔚山바다羅州ㅣ바다柴山바다휘도라安興목이라孫돌목江華ㅣ
목감도라들졔平盤에물담드시萬里滄波에가는덧도라오게고스레고스레
所望일게ᄒᆞ요쇼셔어어라더어라비쎠여라至菊叢南無阿彌陀佛

542. 靑-484 協-471 丘-465 歌-488 海-477

山靜ㅎ니似太古요日長ㅎ니如少年이라蒼鮮은盈階ㅎ고落花ㅣ滿庭ㅎ
듸午睡ㅣ初足커늘讀周易國風左口氏傳離騷太史公書及陶杜詩와韓蘇文
數篇ㅎ고興到則出步溪邊ㅎ야邂逅園翁溪友ㅎ야問桑麻說秔稻相與劇談
半晌타가歸而倚杖柴門下ㅎ니이윽고夕陽이在山ㅎ고紫綠萬狀ㅎ야變幻
傾刻에悅加人目이라牛背笛聲이兩兩歸來헐제月印前溪矣러라.

543. 靑-485 協-472 丘-466 歌-489 海-478

功名을헤아리니榮辱이半이로다東門에掛冠ㅎ고田廬에도라와셔聖經
賢傳헷쳐녹코넑기를罷흔後에압늬에슬진고기도낙고뒷뫼헤엄긴藥도키
다가登高遠望ㅎ야任意逍遙헐제淸風은時至ㅎ고明月이自來ㅎ니아지못
게라天地之間에이것치즐거오믈무엇스로對헐쇼냐平生을이렁셩즁이구
가乘化歸盡흠이긔願인가ㅎ노라.

544. 靑-486 協-473 丘-467 歌-490 海-479

山不在高ㅣ라有仙則名ㅎ고水不在深이라有龍則靈ㅎ너니斯是陋室이
니惟吾德馨이라苔痕은上階綠이요草色은入簾靑이라談笑有鴻儒요往來
無白丁을可以調素琴閱金經ㅎ니無絲竹之亂耳ㅎ고無案牘之勞形이로다
南陽諸葛廬와西蜀子雲亭을公子云何陋之有오.

545. 靑-487 協-474 丘-468 歌-491 海-480

色것치됴코됴흔거슬제뉘라셔말니돗던고穆王은天子로되瑤臺에宴樂
ㅎ고項羽는天下壯士ㅣ로되滿營秋月에悲歌慷慨ㅎ고明皇은英主ㅣ로되
解語花離別헐제馬嵬坡下에우럿느니至今에餘남운少丈夫야몃百年슬니
라히올일아니ㅎ고속졀업시늙으리요

546. 靑－488 協－475 됴－469 歌－492 海－481

믹男眞廣州ᄯ리비장ᄉ疎對男眞그노ㅁ朔寧닛뷔장ᄉ눈情에거룬님은
쑥쌀쑤드려방마치장ᄉ퇴딕글마라홍도셕장ᄉ벙벙도는믈네장ᄉ우물ᄃ
던에티다라간딩간딩ᄒ다ᄀ셔월형퉁창풍덩ᄱᄭ지와믈담복쩌늬는드레쏙
지장ᄉ어듸가이얼울취여들고ᄶᄒ죠리박장ᄉ못어드리.

547. 靑－489 協－476 됴－470 歌－493 海－482

묵은히보늬올제시름한듸餞送ᄒ식횐곤무콩인졀미ᄌ치술국按酒에庚
申을시오날제이윽고粢米僧도라가니시히런가ᄒ노라.

　靑 丘－李廷藎 見上 協 海－李廷藎 歌－李廷藎　字集仲號百悔翁

548. 靑－490 協－477 됴－471 歌－494 海－483

南山누에머리긋히밤ㅁ中만치凶이우는뎌부헝이長安百萬家戶에뉘집
을向ᄒ야부헝부헝우노前前에얄뮙고잣뮈운남을다잡아가려ᄒ노라.

549. 靑－491 協－478 됴－472 歌－495 海－484

玉鬢紅顔第一色아너는눌을보아이고明月黃昏風流郎아나는너를아랏
노라梁臺雲雨會ᄒ니路柳墻花를뎍셔나볼ㅣ가ᄒ노라.

550. 靑－492 協－479 됴－473 歌－496 海－485

님다리고山에가도못슬거시蜀魄聲에이긋는듯물ᄀ가에가도못슬거시
믈우횟沙工과믈아릿沙工이밤ㅁ中만빅쎠날졔至菊叢於而臥而於닷치는
쇼리에한숨지고도라눕늬이後란山도믈도말고들에나가슬녀ᄒ노라.

551. 靑－493 協－480 됴－474 歌－497 海－486

ᄉ랑ᄉ랑고고이믹친ᄉ랑왼바다흘두루덥는그믈것치믹친ᄉ랑往十里

라踏十里라춤외넛츌水박넛츌얽어지고트러져셔골골이벗어가는수랑아마도이님의수랑은곳간데를몰닉라.

552. 靑-494 協-481 됴-475 歌-498 海-487
남이라님을아니두랴豪蕩도긋이업다霽月光風져문날에牧丹黃菊이다盡토록우리의故人은白馬金鞍으로어듸를단니다가笑入胡姬酒肆中인고兒禧아秋風落葉掩重門에기다린들엇더리(或云 기다린들무엇ᄒ리)

553. 靑-495 協-482 됴-480 歌-499 海-488
自古男兒의豪心樂事를歷歷히혜셔ᄒ니漢代金張甲第車馬와晉室王謝風流文物白香山의八節吟詠과郭汾陽花園行樂을다듯타니르런이와아마도春風十二窩에小車를닛쓸고太和湯五六罇에擊壤歌부르면서任意去來ᄒ야老死太平이累업ᄂ가ᄒ노라.

554. 靑-496 協-483 됴-476 歌-500 海-489
窓밧게긔뉘오신고小僧이올쇼이다어젯계녁에老偲보라왓든즁이외러니閣氏네자는房簇道里버서거는말겻히이닉松絡을걸고가자왓닉덩즁아걸기는걸고갈지라도後ㄷ말업시ᄒ시쇼.

555. 靑-497 協-484 됴-477 歌-501 海-490
窓밧기어룬어룬커늘님만넉여펼셕쒸여쑥나셔보니님은아니오고우수룸달ㅂ빗체열구름이날속여고ᄂ맛쵸아밤일쎄만졍힝혀낫이런들남우일번ᄒ여라.

(柴扉에긔즛거늘님오시나반겻더니님은아니오고一陣金風에닙써러지는쇼리로다뎌긔아秋風落葉聲헛도이즛져날놀닐쥴이시랴……) 靑-498

協-485　丘-476　歌-502　海-491, 173과 유사

556.　靑-499　協-486　丘-479　歌-503　海-492
月一片燈三更인제나간님을허어ᄒ니靑樓酒肆에ᄉ님을거러두고不勝
蕩情ᄒ야花間陌上春將晚ᄒ니走馬鬪鷄猶未還이로다三時出望無消息ᄒ
니盡日欄頭에空斷腸을ᄒ쇼라.

557.　靑-500　協-487　丘-481　歌-504　海-493
洛陽三月時에宮柳는黃金枝로다春服旣成커늘小車에술을싯고桃花園
차자드러東風으로洒掃ᄒ고芳艸로자리ᄉ마ᄒ아鸚鶯酌鸚鵡盃로一盃一盃醉
케먹고吹笙鼓簧ᄒ여詠歌舞蹈헐제日已西ᄒ고月復東이로다兒禧야春風
이몃날이리林間에宿不歸를ᄒ리라.
　靑　協　歌-任義直　丘-任義直　見上

558.　靑-501　協-488　丘-482　歌-505　海-494
谷口呀우는쇼리에낫줌씌여니러보니덕은아들글니르고며늘아기뵈ᄶ
는듸어린孫子는곳노리ᄒ다맛쵸아지어미술거르며맛보라ᄒ더라.
　靑　丘　歌　海-吳景化　字子亨東國名歌　協-吳景化　名歌

559.　靑-502　協-489　丘-483　歌-506　海-495
이시름뎌시름여러가지ᄃ시름防牌鳶에細書成文ᄒ온後에春正月上元
日에西風이고이불제올白絲한어레를곳가지푸러씌울젹에마즈막餞送ᄒ
쟈둥게둥게놉히ᄰ여셔白龍의구뷔것치굼틀굼틀뒤트러져구름ᄆ속에들거
고나東海바다건너가셔외로니션남게걸니엿다가風蕭蕭雨落落헐제自然
消滅ᄒ여라.

560. 靑-503 協-490 丘-484 歌-507 海-496

얼굴곱고뜻아라운넌아行實좃ᄎ不淨ᄒ넌아날으란쇽이고何物輕薄子
를日黃昏而爲期ᄒ고거즛脉바다자고가란말이닙으로춤아도아나ᄂ냐두
어라娼條冶葉이本無定主ᄒ고蕩子之耽春好花情이彼我에一般이라허물
헐쏠이이시랴.

561. 靑-504 協-491 丘-485 歌-508 海-497

졈엇과져졈엇과져열다셧만ᄒ엿과져어엿분골이닛ᄀ에션는垂楊버
드나무광딍등걸이다된져이고우리도少年쩍ᄆ음이어제런듯ᄒ여라.

562. 靑-505 協-492 丘-486 歌-509 海-498

압ᄂ나뒤ᄃ닉나中에쇼먹이는兒瓃놈들아압닉엣고기와뒷닉엣고기를
다믈쏙줍아늬다락씨에너허쥬어드란네쉬등에걸쳐다가쥬렴우리도西疇
에일히만하쇼먹여밧비모라가는길히오믜傳헐쏭말쏭ᄒ여라.

563. 靑-506 協-493 丘-487 歌-510 海-499

春風杖策上蠶頭ᄒ여洛陽城池를둘너보니仁旺三角은虎踞龍蟠勢로北
極을괴야잇고漢水終南은天府金湯이라享國長久ᄒ니萬千歲之無疆이로
다君修德臣修政ᄒ사禮義東方이堯之日月이요舜之乾坤인가ᄒ노라.

564. 靑-507 協-494 丘-488 歌-511 海-×

萬里長城엔담안에阿房宮을눕히지고沃野千里고릭논에數千宮女압헤
두고金鼓를울니면셔玉璽를드더질제劉亭長項都尉층이우러러나보앗시
랴아마도耳目之所好와心志之所樂은이쑌인가ᄒ노라.

565. 靑-508 協-496 丘-499 歌-513 海-501

萬古歷代人臣之中에明哲保身누구누구范蠡의五湖舟와張良의謝病僻

穀疏廣의散千金과季鷹의秋風江東去陶處士의歸去來辭ㅣ라이밧게碌碌
혼貪官汚吏之輩야닐러무슴ᄒ리요

566. 靑-509 協-495 丘-496 歌-512 海-500
萬古離別ᄒ던中에누구누구더셜운고項羽의虞美人은劒光에香魂이나
라나고漢公主王昭君은胡地에遠(一作　兔字)嫁ᄒ야琵琶絃黃鵠歌에遺恨
이綿綿ᄒ고石崇은金谷繁華로도綠珠를못진엿ᄂ니우리는連理枝並蔕花
를님과나와것거줘고鴛鴦枕翡翠衾에百年同樂ᄒ리라.

567. 靑-510 協-497 丘-489 歌-514 海-502
白雲은千里萬里明月은前溪後溪罷釣歸來헐제낙신고기쎄여들고斷橋
를건너杏花村酒家로興치며가는져늙으니뭇노라네興味긔언마오금못칠
ㅣ가ᄒ노라.

568. 靑-511 協-498 丘-490 歌-515 海-503
大丈夫ㅣ되야나셔孔孟顔曾못ᄒ량이면츨하로다셜치고太公兵法외와
닉여말만혼大將印을허리아릭빗기차고金壇에놉히안ᄌ萬馬千兵을指揮
間에너허두고坐作進退홈이긔아니快헐쇼냐아마도尋章摘句ᄒ는석는션
븨는아니ᄒ리라.

569. 靑-512 協-499 丘-491 歌-516 海-504
大丈夫ㅣ功成身退ᄒ야林泉에집을딋고萬卷書를빳아두고동ᄒ여바갈
니고보라미길쓰리고千金駿馬압헤두고絶代佳人겻헤두고碧梧桐거문고
에南風詩노릭ᄒ며太平烟月에醉ᄒ여누엇시니아마도太平ᄒ온일온이쑨
인가ᄒ노라.

570. 靑－513 協－500 丘－492 歌－517 海－505

大丈夫ㅣ天地間에나셔히욜일이젼혀업다글을ㅎ쟈ㅎ니人間識字憂患
是요劒術ㅎ즈ㅎ니乃知兵者는是凶器로다츌하로靑樓酒肆로오며가며늙
으리라.

571. 靑－514 協－501 丘－493 歌－518 海－506

梨花에露濕도록뉘게잡히여못오던가옷즈락뷔혀줍고가지마쇼ㅎ는듸
無端이썰치고오자홈도어렵더라더님아혜여보쇼라네오졔오다르랴.

572. 靑－515 協－502 丘－494 歌－519 海－507

平生에景慕헐쓰白香山의四美風流老境生計移搬헐제身兼妻子都三口
요鶴與琴書로共一船ㅎ니긔더욱節槩廉退唐ㅣ時에三代作文章이李杜와
幷家ㅎ야百代芳名이셕을쥴이이시랴.

573. 靑－516 協－503 丘－495 歌－520 海－508

즁과僧이萬疊山中에만나어드러로가오어드러로오시넌이山됴코물됴
흔듸곳싈씨름ㅎ여보세두곳싈이한듸다ㅎ넙플넙플넘노는양은白牧丹두
퍼귀가春風에興을계워흔들흔들휘드러져넘노는듯아마도山中씨름은이
쑨인가ㅎ노라.

574. 靑－517 協－504 丘－497 歌－521 海－509

千古羲皇之天과一寸無懷之地에名區勝地를갈희고갈희여數間茅屋을
지어닉니雲山烟樹松風蘿月野獸山禽이결로닉器物이다된져이고兒孫야
山翁의이富貴를남두려힝혀니를셰라.

575. 靑－518 協－505 丘－498 歌－522 海－511

南薰殿舜帝琴을夏殷周에傳ㅎ오ㅅ晉漢唐自覇干戈와宋齊梁風雨乾坤

에王風이委地ᄒ야正聲이긋쳐젓더니東方에聖人이나오셔彈五絃歌南風
을니어본가ᄒ노라.

576. 靑－519 協－506 丘－501 歌－523 海－510
漢ㄷ高祖의文武之功을이제와셔議論컨듸蕭何의不絶糧道와張良의運
籌帷幄과韓信의戰必勝을三傑이라ᄒ려이와陳平의六出奇計아니런들白
登에에운거슬뉘라셔푸러닉며項羽의范亞夫를긔뉘라셔離間ᄒ리아마도
金都創業은四傑인가ᄒ노라.

577. 靑－520 協－507 丘－502 歌－24 海－512
司馬遷의鳴萬古文章王逸少의掃千人筆法劉伶의嗜酒와杜牧之好色은
百年從事ᄒ야一身兼備ᄒ려이와아마도雙全키어려울쓴大舜曾子孝와龍
逢比干忠인가ᄒ노라.

578. 靑－521 協－508 丘－503 歌－525 海－513
月黃昏계월갈제定處업시나간님이白馬金鞭으로어듸를다니다가酒色에
줌겨이셔도라올쥴니젓는고獨宿空房ᄒ야長相思그리워轉展不寐ᄒ노라.

579. 靑－522 協－509 丘－504 歌－526 海－514
어룬ᄌ넛츌이여에어룬쟈박넛츌이여어인넛츌이담을넘어손쥐는고야
어룬님이리로셔져리로갈제손을쥐려ᄒ노라.

580. 靑－523 協－510 丘－505 歌－527 海－515
完山裏도라드러萬景臺올ᄂ보니三韓古都에一春光景이라錦袍羅裙과
酒肴爛漫ᄒ듸白雲歌ᄒ曲調을管絃에섯거브니丈夫의逆旅豪遊에名區壯
觀이쳐음인가ᄒ노라.

581. 靑-524 協-511 丘-506 歌-528 海-516

寒碧堂蕭洒흔景을비긴後에올나보니百尺元龍과一川花月이라佳人은
滿座흐고衆樂이喧空흔듸豪湯흔風烟이요狼藉흔盃盤이로다兒禧야盞ᄀ
득부어라遠客愁懷를씨셔볼ㄱ가흐노라.

582. 靑-525 協-512 丘-507 歌-529 海-517

窓밧게ᄀ마솟막히란장스離別나는구멍도막히옵는가장스對答흐는말
이秦始皇漢武帝는令行天下흐되威嚴으로못막앗고諸葛武侯經天緯地之
才로되막단말을못드럿고西楚覇王힘으로도能히못막앗느니이구렁막히
란말이아마하우수왜라眞實로쟝스의말과갓틀딘듸長離別인가흐노라.

583. 靑-526 協-513 丘-508 歌-530 海-518

즁놈이져문ᄉ당을엇어媤父母의孝道를무엇스로흐여갈ㅣ고松起쩍콩
佐飯뫼호로티ᄃ라심검쵸습쥬고스리며들밧트로나리다리곰달늬물쏙게
우목솟다지쟌다귀고들쌕이키야바랑궁게너허가싀上佐야암쇠등에언티
노아싀삿갓모시長衫곳갈에念珠밧쳐어울트고가리라.

584. 靑-527 協-514 丘-509 歌-531 海-519

아마도豪放헐쏜靑蓮居士李謫仙인가(或云   이로다)玉皇香案ㄷ前에黃
庭經一字誤讀흔罪로謫下人間흐야藏名酒肆흐고釆石에弄月흐다가긴고
릭타고飛上天흐니至今에江南風月이閑多年인가흐노라.

585. 靑-528 協-515 丘-510 歌-532 海-520

니르랴보쟈니르랴보쟈니아니니르랴네書房더려거즛거스로물깃는체
흐고桶으란나리와우물ㄷ쎤에녹코쏘아리버셔桶쪼지에걸고건넌집덕은
金書房을눈금적불너늬여두손목마죠덤쎡줘고수군수군말흐다가슴밧트

로드러가셔무음일ᄒᆞ는지잔삼은쓰러지고굵은삼씩삿만남아우즑우즑ᄒᆞ드라ᄒᆞ고닉아니니르라네書房더러더兒孫님이보드라와것즛말마라스라우리도마을지어민詮次로실슴키라갓더니라.

586. 靑-529 協-516 丘-511 歌-533 海-521

님글여깁히든病을무음藥으로곳쳐닉리太上老君招魂丹과西王母의千年蟠桃洛伽山觀世音甘露水와眞元子의人蔘果와三山十洲不死藥을아무만먹은들할일쇼냐아마도글이던님을만나량이면긔良藥인가ᄒᆞ노라.

587. 靑-530 協-517 丘-512 歌-534 海-522

술먹어病업쓸藥과色ᄒᆞ여도長生헐術을갑쥬고ᄉᆞ량이면츔盟誓ㅣᄒᆞ지아무만인들석일쇼냐갑듀고못슬藥이니쇼로쇼로ᄒᆞ여百年ᄭᆞ지ᄒᆞ리라.

588. 靑-531 協-518 丘-514 歌-535 海-523

술이라ᄒᆞ는거시어니슴긴거시완듸一盃一盃復一盃ᄒᆞ면恨者ㅣ雪憂者ㅣ樂에扼腕者ㅣ蹈舞ᄒᆞ고呻吟者ㅣ謳歌ᄒᆞ며伯倫은頌德ᄒᆞ고嗣宗은澆胸ᄒᆞ며淵明은葛巾素琴으로沔庭柯而怡顔ᄒᆞ고太白은接䍦錦袍로飛羽觴而醉月ᄒᆞ니아마도시름풀기는술만ᄒᆞᆫ거시업세라.

589. 靑-532 協-519 丘-513 歌-536 海-524

간밤에大醉ᄒᆞ고北平樓에올나큰ᄭᅮᆷ을ᄭᅮ니七尺劒千里馬로遼海를건너가셔天橋를降伏밧고北闕에도드러告闕成功ᄒᆞ여뵌다男兒의慷慨ᄒᆞᆫᄆᆞ음이胸中에鬱鬱ᄒᆞ여ᄭᅮᆷ에試驗ᄒᆞ도다.

590. 靑-533 協-520 丘-515 歌-537 海-525

高大廣室나는마이錦衣玉食더욱미미銀金寶貨奴婢田宅蜜花珠겻칼紫的

香織赤古里쏜머리石雄黃오로다쑴ㅈ리로다平生에나의願ᄒ기는말쥴ᄒ고
글쥴ᄒ고人物기쟈ᄒ고품ㅈ리ᄀ쟝알쓰리잘ᄒ는졈운書房인가ᄒ노라.

591. 靑−534 協−521 丘−516 歌−538 海−526
　於于兒벗님네야님의집의勝戰ᄒ라가시前營將後營將軍務衛千摠朱羅
喇叭太平簫錚북을難于難투둥탱탱티며님의집으로勝戰ᄒ라가셰그겻히
楚覇王ㅣ잇신들두릴쥴이이시랴.

592. 靑−535 協−522 丘−× 歌−539 海−527
　於于兒우은지고우은일도보안제고쇼경이붓슬들고그리ᄂ니細山水ㅣ
로다그리고못보는情은네오닉으다르랴.

593. 靑−536 協−523 丘−517 歌−540 海−528
　琵琶야너는어이간곳마다앙조아리는샹금ᄒ목을에후루여진득안고엄
파것튼숀으로비를줍아뜻거든아니앙죠아리랴잇다감大珠小珠落玉盤헐
제면셔날뉘를모로노라.

594. 靑−537 協−524 丘−518 歌−541 海−529
　三春色자랑마소花殘ᄒ면蝶不來라昭君玉骨도胡城土ㅣ되고貴妃華容
은驛路塵을蒼松綠竹은千古節이요碧桃紅杏은一年春이로다閣氏네一時
花容을앗겨무슴ᄒ리요

595. 靑−538 協−525 丘−× 歌−542 海−530
　春意는透酥胸이요春色은橫眉黛라賤却那人間玉帛이요杏臉桃腮乘月
色ᄒ니嬌滴滴越顯紅白이로다下香階步蒼苔ᄒ니非關弓鞋鳳頭窄이라鰍
生不才로多嬌錯愛를感歎ᄒ노라.

596. 靑-539 協-526, 565 丘 525 歌-544, 585 海-531, 570

누구셔大醉흔後면시름을닛는다던고望美人今天一方헐제몃百盞을먹어도寸功이전혀업뇌眞實로白髮倚門望은더욱닛지못ᄒ여.

597. 靑-540

近庭軒花柳依然ᄒ니日午當天塔影圓을봄빗츤눈앏히연만는玉人은어이머럿는고至今에花相似人不同을못뇌슬허ᄒ노라.

598. 丘-500

古今人物혜아리니明哲保身누구누구張良은謝病辟穀ᄒ여赤松子를싸라놀고范蠡는五湖烟月에吳王의亡國讐를扁舟에싯고도라오니아마도彼此高下를나는몰ᄂᄒ노라.

599. 歌-545

智謀는漢相諸葛武侯요膽略은吳侯孫伯符ㅣ라舊邦維新은周文王之功業이요斥邪衛正은孟夫子之聖學이로다아마도五百年幹氣英傑은國太公이신가ᄒ노라. 安玟英

600. 歌-546

뇌집은桃花源裏여늘즈네몸은杏樹壇邊이라鱖魚ㅣ술졋거니그물으란즈네밋뇌兒孺야덜괴인薄薄酒ᄅ만졍瓶을치와너으라.

소人

界樂　　　三十一首

丘-곡목이 누락되고 羽樂과 바뀌었음

601. 靑-541 協-527 丘-570 歌-547 海-532

淸明時節雨紛紛ᄒ니路上行人이欲斷魂이로다뭇노라牧童아술파는집
이어드메ᄂᆞᄒ뇨녀건녀靑帘酒旗風이니게가셔무러보시쇼.

602. 靑-542 協-528 丘-571 歌-548 海-533

솔아린牧童더러무르니니르기를先生이藥을키라갓너이다ᄃ만이山中
잇건마는구름이깁허간곳즐아지못게라童子야네先生오셔드란날왓드라
술와라.

603. 靑-543 協-529 丘-572 歌-549 海-534

兒禧는藥을키라가고竹亭은횡덩그러뷔엿는듸훗더진ᄇ독을뉘라셔쓰
러담을쇼냐술醉코松下에누엇시니節ᄆᆞ는줄몰닌라.

604. 靑-544 協-530 丘-573 歌-550 海-535

蜀道之難이難於上靑天이로되집고긔면넘우런이와어렵고어려울쓴이
님의離別이더어려웨라아마도이님의離別은難於蜀道難인가ᄒ노라.

605. 靑-545 協-531 丘-574 歌-551 海-536

蜀魄啼山月低ᄒ니相思苦倚樓頭ㅣ라爾啼苦我心愁ᄒ니無爾聲이면我
無愁ㅣ낫다寄語人間離別客ᄒᄂ니愼莫登三月子規啼明月樓를ᄒ여라.
協-端宗大王 出滯於寧越時登梅竹樓聞杜鵑啼感淚作此歌 丘-端宗
大王 寧越配所聞杜鵑聲含淚一作此歌 歌-上後爲懸板奉於樓作宽 海-
端宗大王

606. 靑-546 協-532 丘-575 歌-552 海-537

遠別離古有皇英之二女ᄒ니乃在洞庭之南瀟湘之浦ㅣ라海水ㅣ直下萬

里深호니誰人爲不免此離苦오日慘慘兮雲溟溟호니腥腥이啼咽兮여鬼嘯雨를호여라.

607. 靑-547 協-533 丘-576 歌-553 海-538

鐵驄馬타고甫羅믠밧고白羽長箭千觔角弓허리예씌고山넘어구름지나쐥산영호는져閑暇혼스룸우리도聖恩갑푼後에너를좃녀놀니라.

608. 靑-548 協-534 丘-577 歌-554 海-539

한히도열두달이요閏朔들면열석달이한히로다한달도설흔날이요그달덕은면스무아흐레그무ㄴ니밤다셧낫일곱써에날볼할니업스랴.

609. 靑-549 協-535 丘-578 歌-555 海-540

南山에눈날니는양은白松鶻이당도는듯漢江에빗쁜양은江城두름이고기를물고넘노는듯우리도남의님거러두고넘노라볼ㄱ가호노라.

610. 靑-550 協-536 丘-579 歌-556 海-541

쇼경이밍관이를두룻쳐업고굽써러진편격지민발에신고외나무셕은다리로막듸업시앙감쟝감건너ㄱ니그아리돌붓쳬셔잇다가仰天大笑호더라.

611. 靑-551 協-537 丘-580 歌-557 海-542

開城府ㄷ장ㅅ北京갈제걸고간銅爐口ㅈ리올제보니盟誓치痛憤이로반가왜라뎌銅爐口ㄷㅈ리뎌리반갑갑거든乭釗엄의말이야일너무슴호리드러가乭싀엄이보옵거든銅爐口ㄷㅈ리보고반기운말슴호리라.

612. 靑-552 協-538, 561 丘-536, 581 歌-558, 581 海-543, 566

가을ㅂ비긔쫑언마나오리雨裝으란너지마라十里ㄷ길긔쫑언마니가리

등닷코빗알코다리져는나귀를캉캉텨셔하다모지마라가다マ酒肆에들녀면갈쏭말쏭ᄒ여라.

613. 靑 - 553 協 - 539 丘 - 582 歌 - 559 海 - 544

金約正ᄌ네는點心을ᄎ르고盧風憲으란酒肴만이쟝만ᄒ쇼秳琴琵琶笛필이長鼓란禹堂掌이다려오쇼글짓고노릭부르기女妓和間으란닉아못죠로나擔當ᄒ옴시.

614. 靑 - 554 協 - 540 丘 - 583 歌 - 560 海 - 545

이몸이쥭거드란뭇지말고즙풀의여메여다가酒泉웅덩이에풍덩드룻쳐(或云 풍동룻쳐둥둥)씩워두면平生에즑이던술을長醉不醒ᄒ리라.

615. 靑 - 555 協 - 541 丘 - 584 歌 - 561 海 - 546

還子도타와잇고小川魚도건져왓닉비즌술식로닉고뫼혜달이돗아온다兒嬉야거문고닉여라벗請ᄒ여놀이라.

(뉘라셔날을늙다턴고……) 靑 - 556 協 - 542 丘 - 585 歌 - 562, 406과 중복

616. 靑 - 557 協 - 543 丘 - 586 歌 - 563 海 - 547

長衫ᄯᅳ어티마젹샴짓고念珠글너당나귀밀치ᄒ식釋王世界極樂世界觀世音菩薩南無阿彌佗佛十年흔工夫도너갈제로이게밤ロ中만암커ᄉ의품에들면念佛ㅣ景이업세라.

617. 靑 - 558 協 - 544 丘 - 587 歌 - 564 海 - 548

江原道開骨山감도라드러楡岾ロ덜뒤혜옷쑥셧는젼나무굿히숭숭그려

안즌白松鶻이를아무려나줍아길ㄹ드려豆麻(두메)쎵산영보늬는듸우리
도남의님거러두고길ㄹ쓰려볼ㅣ가ㅎ노라.

618. 靑 – 559 協 – 545 丘 – 588 歌 – 565 海 – 549
有馬有金兼有酒헐제素非親戚이强爲親터니一朝馬死黃金盡ㅎ니親戚
도還爲路上人이로다世上에人事ㅣ이러ㅎ니그를슬허ㅎ노라.

619. 靑 – 560 協 – 546 丘 – 589 歌 – 566 海 – 550
기름에지진쑬藥果도아니먹는날을冷水에슐문돌饅頭를먹으라지근平
壤女妓년들도아니ㅎ는날을閣氏님이ㅎ라고지근지근아무리지근지근ㅎ
들품어잘쥴이시랴.

620. 靑 – 561 協 – 547 丘 – 590 歌 – 567 海 – 551
그듸故鄕으로붓터오니故鄕일은응당알니로다오던날綺窓앏혜寒梅퓌
엿더냐아니퓌엿더냐퓌기는퓌엿드라마는님즈를글여ㅎ더라.

621. 靑 – 562 協 – 548 丘 – 591 歌 – 568 海 – 552
것거진활부러진槍쎠인銅爐口메고怨ㅎ느니黃帝軒轅氏를相奪也아닌
제도萬八千歲를누럿거든엇디튼習用干戈ㅎ야後生을困케ㅎ신고

622. 靑 – 563 協 – 549 丘 – 594 歌 – 569 海 – 553
壽夭長短뉘아던가죽은後면거줏거시天皇氏一萬八千歲라도죽어진後
면거줏거시世上에이러헐人生이아니놀고어이리.

623. 靑 – 564 協 – 550 丘 – × 歌 – 570 海 – 554
老人이섭풀지고怨ㅎ느니燧人氏를食木實ㅎ올제도萬八千歲를ㅎ엿느

니엇디투敎人火食ᄒ야後生을困케ᄒ시뇨

624. 靑-565 協-551 丘-592 歌-571 海-555
兒孫야말鞍裝ᄒ여라타구川獵가쟈술瓶걸제힝혜盞니즐셰라白鬚를횻
날니며여흘여흘건너가니니뒤에쓴쇼탄벗님네는함ᄭᅴ나가옴셰ᄒ더라.

625. 靑-566 協-552 丘-593 歌-572 海-556
노ᄉᆡ노ᄉᆡ每樣長息노ᄉᆡ밤도놀고낫도노ᄉᆡ壁上에그린黃鷄슈닭이홰홰
텨우도록노ᄉᆡ人生이아츰이슬이니아니놀고어이리.

626. 靑-567 協-553 丘-595 歌-573 海-557
巖畔雪中孤竹반갑기도반가왜라뭇노라孤竹君의네엇더ᄒ던인가首陽
山萬古淸風에夷齊본듯ᄒ여라.
　　靑 海-徐甄 號市隱高麗掌令 協-高麗人 徐甄

627. 靑-568 協-554 丘-× 歌-574 海-558
藍色도아니옵고草綠色도아니온니요唐多紅眞粉紅에軟半물도아니온
니의閣氏네物色을보오니나는眞藍인가ᄒ노라.

628. 靑-569 協-555 丘-× 歌-575 海-559
닷는말도誤往ᄒ면셔고셧는쇼도이라打ᄒ면가고深疑山모진범도經說
곳ᄒ면도셔건든閣氏네뉘엄의쓸년이완디經說를不聽ᄒ는고.

629. 靑-570 協-556 丘-× 歌-576 海-560
즌서리술이되아滿山을勸ᄒ니먹어붉은빗치碧溪에즘겨셰라우리도醉
토로먹은後에붉어붉ᄀ가ᄒ노라.

630. 靑－571 協－557 丘－× 歌－577 海－561

봄이ᄀ려ᄒ니니라혼ᄌ말닌손가다못퓐桃李花를엇지ᄒ고ᄀ렷는다兒
禧야덜괸술걸너라가는봄餞送ᄒ리라.

631. 海－562

四月綠陰鶯世界ᄂ又石公의風流節를石想樓놉혼곳의琴韻영농ᄒ졔玉
階의蘭花低ᄒ고鳳鳴梧桐ᄒ더라.

安玟英　玉娘蘭珠鳳心

羽樂　堯風湯日　花爛春城　十七首

(丘－곡목 표시가 빠졌고 순서도 바뀌었음.)

632. 靑－572 協－558 丘－519 歌－578 海－563

琉璃鐘琥珀濃이요小槽酒滴眞珠紅이로다烹龍炰鳳玉脂泣이요羅幃繡
幕圍香風을吹龍笛擊鼉鼓皓齒歌細腰舞ㅣ라況是靑春日將暮ᄒ니桃花ㅣ
亂落如紅雨ㅣ로다五花馬千金裘로呼兒將出換美酒를ᄒ여라.

633. 靑－573 協－559 丘－520 歌－579 海－564

正二三月은杜莘杏桃李花됴코四五六月은綠陰芳草가더욱됴희七八九
月은黃菊丹楓놀기됴희十一二月은閤裏春光이雪中梅ㄴ가ᄒ노라.

634. 靑－574 協－560 丘－521 歌－580 海－565

가을히횟듯언마니ᄀ리나귀등에鞍裝으란츨으지마라雪山은검어어득
沈沈石逕은崎嶇澿澿ᄒ듸더뫼흘넘어닉어이가리草堂에갑업슨明月과함
쎄놀녀ᄒ노라.

635. 靑-575 協-562 丘-522 歌-582 海-567

길우회두돌붓쳐벗고굼고마죠서셔ㅂ름비눈서리를맛고록맛즐만졍平
生에離別數] 업스니그를불워ㅎ노라.

636. 靑-576 協-563 丘-523 歌-583 海-568

부리쑤리麥根麥根梧桐열미桐實桐實묵슨풀나무쓰든숫셤이요덕은大
棗졈은老松이라九月山中春艸綠이요五更樓下에夕陽紅인가ㅎ노라.

637. 靑-577 協-564 丘-524 歌-584 海-569

琵琶琴瑟은八大王이요魍魅魍魎은四小鬼로다東方朔西門豹南宮适北
宮黝는東西南北스룸이요魏無忌長孫無忌는古無忌요今無忌며司馬相如
蘭相如는姓不相如名相如] 로다그나마黃絹幼婦外孫虀韮는絶妙好辭ㄴ
가ㅎ노라.

638. 靑-578 協-566 丘-526 歌-586 海-571

님으란淮陽金城오리남기되고나는三四月츔넛츌이되여그남게감기되
이리로챤챤져리로츤츤외오풀쳐올히감겨밋붓허솟가지챤챤구븨나게휘
휘감겨晝夜長常예뒤트러져감겨얽혓과져冬셧달ㅂ름비눈서리를아무만
맛즌들풀닐쥴이이시랴.

639. 靑-579 協568 丘-528 歌-588 海-574

물아리그림ㅈ지니다리우의즁이간다져즁아거긔셔거라너어듸가노말
무러보쟈숀으로白雲을ㄱ릇치며말아니코가더라.

640. 靑-580 協-569 丘-537 歌-589 海-573

물아리細가락모릭아무만밟다바ㅈ최나며님이날을아무만괴언들닉아

던가님의情을狂風에디붓친沙工것치깁픠를몰노ᄒ노라.

641. 靑－581 協－570 丘－530 歌－590 海－575

李禪이집을叛ᄒ야나귀등에金돈을걸고天台山層巖絶壁을넘어방울식
삿기티고鸞鳳孔雀이넘노는골에樵父를만나麻姑할뮈집이어드메노ᄒ뇨
뎌건너綵雲어린곳에數間茅屋듸ㅅ립밧게靑솝슬이더려무르시쇼.

642. 靑－582 協－571 丘－531 歌－591 海－576

李座首는감운암쇼를타고金約正은딜長鼓를두루혀메고孫勸農趙堂掌
은醉ᄒ야뷔거로며長鼓던더럭巫鼓둥둥티는듸츔츄눈고아峽裏예愚氓의
質朴天眞太古淳風은이쑌인가ᄒ노라.

643. 靑－583 協－572 丘－532 歌－592 海－577

우슬부슬雨滿空이요욹읏붉읏楓葉紅이로다드리것은簑(ㅅ립)笠翁이
긴호뮈두러메고紅蓼花白蘋洲際에與白鷗로鞠躬鞠躬夕陽中騎牛笛童이
頌農功을ᄒ더라.

644. 靑－584 協－573 丘－533 歌－593 海－578

君不見黃河之水ㅣ天上來ᄒ다奔流到海不復回라又不見高堂明鏡悲白
髮ᄒ다朝如靑絲暮成雪이로다人生得意盡歡ᄒ니莫使金樽으로空待月을
ᄒ쇼라.

645. 靑－585 協－574 丘－534 歌－594 海－579

조오다가낙시ᄃ듸를닐코츔츄다가되롱이를닐희늙은의妄伶으란白鷗
야웃지마라十里에桃花ㅣ發ᄒ니春興을계워ᄒ노라.

646. 靑-586 協-575 丘-535 歌-595 海-580

뎐업슨두리닷錚盤에물뭇은筍을ㄱ득이담아니고黃鶴樓姑蘇臺와岳陽
樓滕王閣으로발벗고상금오르기는나남즉남되도그는아못조로나ᄒ려니
와할니나님외오슬나ᄒ면그는그리못ᄒ리라.

647. 靑-587 協-576 丘-× 歌-596 海-581

況是靑春日將暮ᄒ니桃花ㅣ亂落如紅雨ㅣ로다勸君終日酩酊醉ᄒ자酒
不到劉伶墳上土ㅣ니라兒禧야換美酒ᄒ여라與君同醉ᄒ리라.

648. 協-567 丘-527 歌-587 海-572

諸葛亮은七縱七擒ᄒ고張翼德은義釋嚴顔ᄒ엿ᄂ니셩껍다華容道좁운
길노曹孟德이슬아가단말가千古에凜凜흔大丈夫는漢壽亭侯신가ᄒ노라.

旕樂　지르는낙　二十九首

(協-지르는낙　歌-지르는낙시됴　海-旕樂 드르는낙)

649. 靑-588 協-577 丘-538 歌-597 海-582

白髮漁樵江渚上에慣看秋月春風이로다一壺濁酒로喜相逢ᄒ야古今
多少事都付笑談中이로다山空夜靜ᄒ듸잇다감蜀魄이울제면不勝慷慨
ᄒ여라.

650. 靑-589 協-578 丘-539 歌-598 海-583

白花山上上峰에落落長松휘여진柯枝우희부헝이放氣쒼殊常ᄒ웅도라
지넙쑥길쑥어를머를뮈뭉슈러ᄒ거라말고이닉님의撚匠이그러고라지고
眞實로그러곳ᄒ면벗고굴문들셩가실쥴이시라.

651. 靑-590 協-579 丘-540 歌-599 海-584

白鷗는翩翩大同江上飛요長松은落落淸流壁上翠라大野東頭點點山에
夕陽은빗겻는듸長城一面溶溶水에一葉漁艇을흘니져어大醉코載妓隨波
ᄒ야綾羅島白雲灘으로任去來ᄒ리라.

652. 靑-591 協-580 丘-541 歌-600 海-585

白鷗야풀풀나지마라나는아니줍우리라聖上이바리시니갈듸업셔예왓
노라名區勝地을어듸어듸보앗ᄂ냐날ᄃ려仔細히닐너든너와함쯰놀니라.
(重出)

653. 靑-592 協-581 丘-542 歌-601 海-×

項羽ㅣ작흔天下壯士ㅣ라마는虞姬離別에한숨셧거눈물지고唐明皇이
작흔濟世英主ㅣ라마는楊貴妃離別에우럿ᄂ니허물며여남운小丈夫야닐
너무숨ᄒ리요.

654. 靑-593 協-582 丘-543 歌-602 海-586

碧紗窓이어룬어룬커늘님만넉여펄쩍쮜여쑥나셔보니님은아니오고明
月이滿庭ᄒ듸碧梧桐졋즌닙혜鳳凰이와깃다듬는그림ᄌㅣ로다(와字下에
긴목을휘여다가)맛쵸아밤일쎗만졍힝혀낫이런들남우일번ᄒ여라.

655. 靑-594 協-583 丘-544 歌-603 海-587

목붉은山生雉와홰에안즌白松鶻이집압논魚슬미에고기엿는白鷺들아
眞實로너희곳아니면節가는쥴모를노라.

656. 靑-595 協-584 丘-529(羽樂) 歌-604 海-588

푸른山中白髮翁이고요獨坐向南峰을ㅂ름부러松生琴이요안기것어壑

成虹을쥭억啼禽은千古恨인듸덕다鼎鳥는一年豊이로다누구셔山을寂寞
다턴고나는樂無窮인가ᄒᆞ노라.

657. 靑－596 協－585 됴－545 歌－605 海－589
　나는님혜기를嚴冬雪寒에孟嘗君의狐白裘밋듯님은날넉이기를三角山
重興寺에니ᄲᅵᆫ진늙은즁놈의슬정권어레빗시로다明天이이뜻즐아오쟈돌
녀ᄉᆞ랑ᄒᆞ게ᄒᆞ쇼셔.

658. 靑－597 協－586 됴－546 歌－606 海－590
　ᄀᆞ슴에굼글에둥실ᄒᆞ게뚤고왼삿기를느슬느슬뷔여ᄂᆡ여두놈이마죠셔
셔흘근흘근홀나드린졔면나남즉남듸도그는아못죠로나견듸려이와할니
나님쎠나슬나ᄒᆞ면그는못견될ᄀᆞ가ᄒᆞ노라.

659. 靑－598 協－587 됴－547 歌－607 海－591
　눈ᄃᆞ섭은수나뷔안즌듯니ᄃᆞ바듸는박씨신셰운듯ᄒᆞ다날보고당싯웃는
양은三色桃花未開封이하룻밤비ᄃᆞ氣運에半만졀로퓐形像이로다春風에
蝴蝶에되야셔간곳마다좃니리라.

660. 靑－599 協－588 됴－561 歌－608 海－592
　웃는양은니ᄃᆞ바듸도됴코할긔는양은눈ᄃᆞ듸곱곱다안쩌라건녀라닷거
라어허늬ᄉᆞ랑슴고라지고녜父母ㅣ너슴겨늬오실졔날만괴라늬시도다.

661. 靑－600 協－589 됴－548 歌－609 海－593
　뎌건너色옷닙운ᄉᆞ룸얄뮙고도쟛뮈웨라쟉은돌ᄀᆞ다리넘어큰돌ᄀᆞ다리
건너ᄀᆞ로쒸여온다밥쒸여온다어허어허늬ᄉᆞ랑슴고라지고眞實로늬ᄉᆞ랑
이못될시면벗의ᄉᆞ랑인가ᄒᆞ노라.

662. 靑−601 協−590 丘−549 歌−610 海−594

콩밧테들어콩닙쓰더먹는감운암쇼를아무만꽃츤들그콩닙브리고겨어
듸가며니불아릭쟈는님을발로툭츠셔미젹미젹ᄒ며어셔나가쇼흔들이안
인밤의날브리고졔어듸로가리아마도뿌호고못마를쑌님이신가ᄒ노라.

663. 靑−602 協−591 丘−550 歌−611 海−595

飛禽走獸슴긴然後에닭과기는씌두드려업실거시粉碧紗窓깁푼밤에품
에드러쟈는님을홰홰텨우러니러나게ᄒ고寂寂重門왓는님을무르락나으
락캉캉즛져도로가게ᄒ니門밧게닭기쟝ᄉ외지거든챤챤동혀쥬리라.

664. 靑−603 協−592 丘−551 歌−612 海−596

살쓴怨讐이離別두字어이ᄒ면永永아죠업시일ㄱ고ᄆ슴에무원불니러
나량이면얽동혀더져슬암즉도ᄒ고눈으로솟ᄂ물바다히되면풍덩드릇쳐
씍우련마는아무리슬오고씍운들한숨을어이ᄒ리요

665. 靑−604 協−593 丘−552 歌−613 海−597

ᄇ롬은地動티듯불고굿즌비는븟드시온다눈情에거룬님을오늘ᄇ밤서
로만나쟈ᄒ고판쳑텨셔(一作 꿰툭쳐)盟誓밧아써니이風雨中에(一作 이
러흔風雨)졔어이오리眞實로오기곳오량이면緣分인가ᄒ노라.

666. 靑−605 協−594 丘−553 歌−614 海−598

東山昨日雨에老謝와바둑두고草堂今夜月에謫仙을만나酒一斗ᄒ고詩
百篇이로다來日은陌上春風에邯鄲娼杜陵豪로큰못거지ᄒ리라.

667. 靑−606 協−595 丘−554 歌−615 海−599

擊汰驪湖山四低ᄒ니黃鸝遠勢草萋萋ㅣ로다婆娑城影은淸樓北이요神

勒鐘聲은白塔西ㅣ라積石에波浸神馬跡이요二陵에春入子規啼로다翠翁
牧老는空文藻ㅣ로다如此風光에不共携를ᄒ도다.

668. 靑-607 協-596 丘-555 歌-616 海-600
아흔아홉곱먹은老丈이濁酒를걸너가득담북醉긔먹고납쑥도라흔길로
이리로빗쑥져리로빗쏭빗쏭빗쳑뷔거러갈졔웃디마라ᄒ며靑春少年兒禧놈
들아우리도少年쩍ᄆ음이어졔론듯ᄒ여라.

669. 靑-608 協-597 丘-556 歌-617 海-601
ᄇ독ᄇ독뒤얽어진놈아졔발비쟈네게닛ᄀ에란서지마라눈큰쥰티허리
긴갈티츤츤감을티두룻쳐메욱이넙쩍흔가ᄌ미등곱운싀오겨레만흔곤쟝
이네얼굴보고셔그물만녁여풀풀쒹여다ᄃ라나는듸열업시슘긴烏賊魚둥
기는고야眞實로너곳와셔잇시면고기못줍아大事ㅣ로다.

670. 靑-609 協-598 丘-557 歌-618 海-602
生믜것튼져閣氏남의肝腸그만근쇼몃가지나ᄒ여나쥬료緋緞裝옷大緞
티마구름갓튼北道다릐玉빈여竹節빈여銀粧刀江南셔나온珊瑚ㅣ柯枝子
介天桃金가락지石雄黃眞珠唐只繡艸鞋를ᄒ여나듀료뎌閣氏一萬兩이쑴
ᄌ리라곳것치웃는드시千金싼言約을暫間許諾ᄒ시쇼.

671. 靑-610 協-599 丘-558 歌-619 海-603
고릐물혀쳐민바다宋太祖의金陵티라도ᄅ들졔曹彬의드는칼로무지게
휘운드시에후루여다리노ㄱ코그넘어님이이왓다ᄒ면나는발벗고상금거
러ᄀ리라.

672. 靑-611 協-600 丘-559 歌-620 海-604

日月星辰도天皇氏ㄷ덕日月星辰山河土地도地皇氏ㄷ덕山河土地日月
星辰山河土地다天皇氏와地皇氏ㄷ덕과한가지로되ᄉ룸은어인연고로人
皇氏ㄷ덕ᄉ룸이아닌고

673. 靑-612 協-601 丘-560 歌-621 海-605

拔雲甲이라하늘노날며透地쥐라쏘흘ㅍ고들야金동달이鐵網에걸녀풀
썩풀썩푸드덕인들날싸길싸제어디로갈다오늘은늬숀듸줍혓시니풀썩여
볼ㄱ가ᄒ노라.

674. 靑-613 協-602 丘-562 歌-622 海-606

一壺酒로送君蓬萊山ᄒ니蓬萊仙子ㅣ笑相迎을笑相迎彈琴歌一曲ᄒ니
萬二千峰이玉層層이로다아마도關東風景은이쌘인가ᄒ노라.

675. 靑-614 協-603 丘-× 歌-623 海-607

드립써ㅂ드덕안흐니細허리가ᄌ륵ᄌ륵紅裳을거두치니雪膚之豊肥ᄒ
고擧脚蹲坐ᄒ니半開흔紅牧丹이發郁於春風이로다進進코又退退ᄒ니茂
林山中에水春聲인가ᄒ노라. 靑-(淫聲也當於此爲戒哉)

676. 靑-615 歌-624

揮毫紙面何時禿고磨墨硏田畢竟無ㅣ라문노라뎌ᄉ룸아이글쏫들能히
알ㄹ다其人이宛爾而笑ᄒ고唯唯而退ᄒ더라.

靑-大院君 歌-大

677. 海-608

百花芳草봄ㅂ룸을사ᄉ룸마다즑여흘졔登東皐而敍嘯ᄒ고臨淸流而賦

詩로다우리도綺羅裙거ᄂ리고踏靑登高ᄒ리라.

安玟英

678. 海-609

긔고리려긔고리得得事躍ᄒᄂ겻히히오리려히오리垂垂不飛ᄒᄂ고야
秋風의히오리펼쩍나니긔고리간곳엽셔ᄒ도다

安玟英

編樂　春秋風雨　楚漢乾坤　　七首

679. 靑-616　協-604　丘-563　歌-625　海-610

나무도바히돌도업슨뫼헤민게휘좃친가톨의안과大川바다한가운듸一
千石실은빈혜櫓도닐코닷도근코龍楤도것고鷲도쌘지고ᄇ룸부러물ᄀ결
티고안기뒤섯겨ᄌᄌ진날에갈ᄀ길은千里萬里남고四面이검어어득져뭇
天地寂寞ᄀ치놀셧는듸水賊만나沙工의안과엇그제님여흰나의안니샤엇
다가ᄀ흘ᄒ리요

680. 靑-617　協-605　丘-564　歌-626　海-611

솔아릐게굽운길로셋ᄀ는데민말짓즁아人間離別獨宿空房슴기신佛體
ㅣ어늬졀法堂卓子우희坎中連ᄒ고안젓더냐문노라민末짓즁아小僧은모
롭쑵거니와上座老偲아너이다.

681. 靑-618　協-606　丘-565　歌-627　海-612

鳳凰臺上鳳凰遊ㅣ러니鳳去臺空江自流ㅣ로다吳宮花草埋幽逕이요晉
代衣冠成古邱ㅣ라三山은半落靑天外여늘二水中分白鷺洲ㅣ로다總爲浮
雲能蔽日ᄒ니長安을不見使人愁를ᄒ여라.

682. 靑－619 協－607 丘－566 歌－628 海－613

昔人이乘白雲去ㅎ니此地空餘黃鶴樓ㅣ로다黃鶴이一去不復返ㅎ니白雲
千載空悠悠ㅣ라晴川은歷歷漢陽樹ㅣ여늘芳草萋萋鸚鵡洲日暮鄕關何處
是런고烟波江上에使人愁를ㅎ여라.

683. 靑－620 協－608 丘－567 歌－629 海－614

늬얼굴검고얽기本是아니얽고검의江南國大宛國으로열두바다건너오
신쟉은숀님큰손님에紅疫쓰리쪼약이後더침에自然이검고얽의그러나閣
氏네房구셕에怪石숨아두시쇼.

684. 靑－621 協－609 丘－568 歌－630 海－615

한숨아細한숨아네어늬틈으로쟐드러온다곰오障子細슬障子들ㄹ障子
열ㄹ障子에排木걸싀거럿는듸屛風이라덜썩접고簇子ㅣ라딗딕글만다네
어늬틈으로쟐드러온다아마도너온날밤이면은줌못일워ㅎ노라.

685. 靑－622 協－610 丘－569 歌－631 海－616

靑울티六날메토리신고휘딕長衫을두룻쳐메고瀟湘斑竹열두마듸를쌜
횟직쎠여집고靑山石逕에굽운늙은솔아릭로누운획신획신누운획신동넘
어가올졔면보신가긔우리男便즁禪師ㅣ요러니남이셔즁이라헐지라도玉
것튼가슴우희水박것튼듸구리를둥굴썰둥굴썰둥굴둥굴둥굴둥굴궁구러
긔여올나올졔면은늬스됴하즁書房이.

編數大葉　大軍驅來　皷角齊鳴　　二十二首

海－皷角齊鳴→皷角齊名

686. 靑－623 協－611 丘－596 歌－632 海－617

洛陽城裏芳春華時節에草木羣生이皆有以自樂이라冠者五六童子六七

거느리고 文殊重興으로 白雲峰登臨ᄒᆞ니 天門이 咫尺이라 拱北三角은 鎭國
無疆이요 丈夫의 胸襟에 雲夢을 合ᄒᆞ엿ᄂᆞᆫ듯 九天銀瀑에 塵纓을 씨ᄉᆞᆫ後에 杏花
芳草 夕陽路로 踏歌行休ᄒᆞ며 太學으로 도라드니 沂水에 曾點의 詠而歸를 밋
쳐본가ᄒᆞ노라.

687. 靑－624 協－612 丘－597 歌－633 海－618

長安大道 三月春風 九陌樓臺 百花芳草 酒伴詩豪 五陵遊俠 桃李笄綺羅裙
을다모하거ᄂᆞ려 細樂를 前導ᄒᆞ고 歌舞行休ᄒᆞ야 大東乾坤風月江山 沙門法
界幽僻雲林을 遍踏ᄒᆞ야 도라드러 聖代에 朝野ㅣ同樂ᄒᆞ야 太平和色이 依依
然 三五王風인가ᄒᆞ노라.

688. 靑－625 協－613 丘－598 歌－634 海－619

鎭國名山萬丈峰 靑天削出金芙蓉이라 巨壁은 屹立ᄒᆞ여 北主三角이요 奇
巖은 陡起ᄒᆞ여 南案蠶頭ㅣ로다 左龍駱山 右虎仁旺 瑞色은 蟠空凝象闕이요
淑氣ᄂᆞᆫ 鐘英出人傑ᄒᆞ니 美哉라 我東山河之固여 聖代衣冠 太平文物이 萬萬
歲之金湯이로다 年豊코 國泰民安ᄒᆞ며 麟游而鳳舞커늘 九秋黃菊丹楓節에
緬嶽登臨ᄒᆞ야 醉飽盤桓ᄒᆞ오면셔 感激君恩이샷다.

689. 靑－626 協－614 丘－599 歌－635 海－620

南山松栢鬱鬱蒼蒼 漢江流水浩浩洋 主上殿下ᄂᆞᆫ 此山水갓치 山崩水渴土
록 聖壽ㅣ 无疆ᄒᆞ샤 千千萬萬歲를 太平으로 누리셔든 우리ᄂᆞᆫ 逸民이되야 康
衢烟月에 擊壤歌를 부르리라.

690. 靑－627 協－615 丘－600 歌－636 海－621

功名과 富貴르란 世上ㄱᄉᆞ름 다맛지고 가다 ᄀᆞ아모데나 依山帶河處에 明
堂을 엇어셔 五間八作으로 黃鶴樓맛치 집을짓고 벗님네 ᄃᆞ리고 晝夜로노니

다가압늬에물지거든白酒黃鷄로닛노리ᄃ단니다가너나희八十이넘거든乘
彼白雲ᄒ고玉京에올나가셔帝傍投壺多玉女를닉혼쟈벗이되여늙을뉘를
모로리라.

691. 靑-628 協-616 丘-601 歌-637 海-622
薄薄酒도勝茶湯이요粗粗布도勝無裳이라醜妻惡妾이勝空房이요五更
待漏靴滿霜이不如三伏日高睡足北牕凉이요珠襦玉匣萬人이祖送歸北邙
이不如懸鶉百結獨坐負朝陽을生前富貴와死後文章이百年이瞬息이요萬
世忙이로다夷齊盜跖이俱亡羊이니不如眼前一醉코是非憂樂을都兩忘이
가ᄒ노라.

692. 靑-629 協-617 丘-602 歌-638 海-623
大川바다흔가운듸中針細針풍덩싼져여라沙工놈이길넘은槎訝ᄃ듸로
귀여늬단말이잇셔이다님아님아열놈이百말을헐지라도斟酌ᄒᄒ여드르시
쇼.

693. 靑-630 協-618 丘-603 歌-639 海-624
기를열아문길으되요기것치양뮈우랴뮈운님오량이면소리를회회치며
반기워늬닷고고온님올작시면무으락나으락캉캉즈져도로ᄀ게ᄒ니요죄
오리암키門밧게기장스외지거든챤챤동혀쥬리라.

694. 靑-631 協-619 丘-604 歌-640 海-625
酒色을숨가ᄒ란말이녯ᄉ름의警誡로되踏靑登高節에벗님닉늬다리고
詩句ㅣ를을풀젹에滿樽香醪를아니醉키어리오며旅館에殘燈을對ᄒ여獨
不眠헐졔絶代佳人만나이셔아니쟈고어이리.

695. 靑－632 協－620 丘－605 歌－641 海－626

文讀春秋左ㄷ氏傳ㅎ고武使靑龍偃月刀ㅣ라獨行千里ㅎ야五關을디나
실졔쓰루는져將帥아固城ㅣ북쇼릭를드럿ㄴ냐못드럿ㄴ냐千古에關公을
未信者는翼德인가ㅎ노라.

696. 靑－633 協－621 丘－606 歌－642 海－627

於于兒벗님네야錦衣玉食을자랑마쇼죽어棺에들졔錦衣를닙우런니子
孫에祭밧을졔玉食을먹으려니죽은後못헐일은粉壁紗窓月ㄹ三更에고은
님다리고同處歡樂ㅎ이로고나죽은後헐일이여니슬아아니ㅎ고쇽졀업시
늙으리요

697. 靑－634 協－622 丘－607 歌－643 海－628

夏四月첫여들엣날에觀燈ㅎ려臨高臺ㅎ니遠近高低에夕陽은빗겻는듸
魚龍燈鳳鶴燈과두룸이남셩이며蓮꼿속에仙童이요鸞鳳우희天女ㅣ로다
鐘磬燈션燈북燈이며水박燈마늘燈과비燈집燈山臺燈과影燈알燈瓶燈壁
橵燈欄杆燈과獅子탄체괄이며虎狼이탄오랑키며발로툭챠구울燈에七星
燈버러잇고日月燈밝앗는듸東嶺에月上ㅎ고곳곳이불을혀니於焉忽焉間
에燦爛도흔져이고이윽고月明燈明天地明ㅎ니大明본듯ㅎ여라.

698. 靑－635 協－623 丘－608 歌－644 海－629

粉壁紗窓月三更에傾國色에佳人을만나翡翠衾나쇼덥고鴛鴦枕도도베
고이것시셔로즑이는양은一雙鴛鴦이綠水에노니는듯어즈버楚襄王巫山
神女會를불을쥴이이시랴.

699. 靑－636 協－624 丘－610 歌－645 海－630

花果山水簾洞中에十年묵은진납이나셔神通이거록ㅎ야龍宮에出入

다가神眞鐵엇은後에大鬧天宮ᄒ고玉帝ㄱ게得罪ᄒ야五行山에지줄녓
다가佛體님警誡로發願濟衆ᄒ는金仙子의弟子되여八戒沙僧거느리고
西域에드러갈세萬水千山이十萬八千里라妖孼을掃淸ᄒ고大雷音寺드
러가셔八萬大藏經을다늬여오단말가아마도非人非鬼亦非仙은孫吳公
인가ᄒ노라.

700. 靑-637 協-625 丘-611 歌-646 海-631
天下名山五嶽之中에衡山이ᄀ장됴텃지六觀大師의說法濟衆헐졔上佐
中靈通者로龍宮에奉命헐졔石橋上에八仙女만나戱弄흔罪로幻生人間ᄒ
야龍門에놉히올나出將入相타가太史堂도라드러蘭陽公主李簫和英陽公
主鄭瓊貝며賈春雲陳彩鳳과桂蟾月翟驚鴻沈嫋烟白凌波로슬ᄀ장노니다
가山鐘一聲에잠자던꿈을다씌여고나世上富貴功名이이러흔가ᄒ노라.

701. 靑-638 協-626 丘-609 歌-647 海-632
져건너明堂을엇어明堂안에집을짓고밧갈고논닝그러五穀을갓쵸심운
後에묏밋헤우물파고집웅우희박올니고醬ㅣ독에더덕넉코九月秋收다ᄒ
後에술빗고썩밍그러우리숑치줍고압늬에물지거든南隣北村다請ᄒ야熙
皥同樂ᄒ오리라眞實로이리곳지늬오면불을거시이시랴.

702. 靑-639 協-627 丘-612 歌-648 海-633
世上衣服手品制度針線高下하도ᄒ다凉縷緋두올쓰기上針ᄒ기싹금질
과시발슷침감침질과半唐針大올쓰기다둇타니르련이와우리의고은님一
等才操사ᄃ쓰고박음질이긔第一인가ᄒ노라.

703. 靑-640 協-628 丘-613 歌-649 海-634
淸風明月智山仁水鶴髮烏巾大賢君子莘野叟琅琊翁이大東에다시나셔

松桂幽棲로紫芝를노리ᄒ니志趣도놉푸실샤비ᄂ니經綸大志로聖主를도
ᄋ샤治國安民ᄒ오쇼셔. 639와 붙여 적었음

704. 靑－641 協－629 丘－614 歌－650 海－635

男兒의少年身勢ᄒ욜일이ᄒ도ᄒ다글닑기劍術ᄒ기활쏘기말달니기벼
슬ᄒ기벗ᄉ괴기술먹고妾ᄒ기와對月看花歌舞ᄒ기오로다豪氣로다늙기
야江山에믈너와셔밧갈기논미기고기낙기나무뷔기거문고트기ᄇ독두기
智水仁山遨遊ᄒ기百年安樂ᄒ야四時風景이어늬굿이이시리.

705. 靑－642 協－630 丘－615 歌－651 海－644

記前朝舊事ᄒ니曾此地에會神仙이라向月池雲階ᄒ니重携翠袖ᄒ고來
拾花鈿이라繁華는總隨流水ᄒ니歎一場春夢杳難圓을廢港芙渠滴露ᄒ고
短堤楊柳裊烟이로다兩峰南北이只依然ᄒ되輦路에草芊芊恨別館離宮에
烟鎖鳳盖요波沒龍舡이라平生銀屛金屋이러니對柴燈無焰夜如年을洛日
牛羊隴上이요西風鸎雀林邊이라.

706. 靑－643 協－631 丘－616 歌－652 海－645

제얼굴제보아도더럽고도슬뮈웨라검버섯구름낀듯코츔은장마진듯이
前에업든쌔시바회엉덩이울근불근우리도少年行樂이어제런듯ᄒ여라.

707. 靑－644 協－632 丘－× 歌－653 海－646

ᄯ어든에첫계집을만나어릿두릿우벅듀벅쥭을번슬번타가와당탕드러
다라이리져리ᄒ니老道令의마ᄋ이흥글항글일쯕이이런맛아랏던들길쩍
붓터헐낫다.

708. 海－636

國太公之萬古英傑을이제뫼와論議컨딘精神은秋水여늘氣象은山岳이

라萬機를躬攝ᄒ니四方의風動이라禮樂法度와衣冠文物이며園囿宮室과
府庫倉廩이며旌旄節旗와劍戟刀槍을粲然更張ᄒ시단믈가그버거金石鼎
彝와書畵音律의란엇디그리뷹그신고.

709. 海-637

닉일즉文武公을어더文武公을뵈온後의前身이항혀吉人이런가心獨自
喜自負ㅣ러니果然的我笑堂上上봄바룸의當世英傑을뵈와거다.

710. 海-638

人旺山下弸雲臺ᄂᆫ雲崖先生隱居地라先生이平生의豪放自逸ᄒ여不拘
小節ᄒ고嗜酒善歌ᄒ니酒量은太白이요歌聲은龜年이라山水갓치높흔일
홈當世의들레이니風流才子와冶遊士女들이구룸갓치뫼야들어날마더風
樂이요쌔마다술이로다先生의넓은酒量斗酒룰能飮커늘엇디틋첫잔붓터
ᄉ양ᄒ미眞情인듯春風花柳好時節의가즌기악안치고셔羽界面을불을젹
의半空의쩟ᄂᆫ소ᄅᆡ嘹亮淸越ᄒ여들보튄글나라나고나ᄂᆫ구룸멈츄우니이
아니거룩ᄒ냐노리룰맛치거든洗盞更酌흔然後의帶月同歸을쩐마ᄂᆫ編불
너맛친後의뭇지안코니러나셔걸인큰옷벗겨들고쭉긴듯시다라나니이어
인뜻이런고이쎡의太陽館又石公의歌音의皎如ᄒ여遊逸風騷人과名姬賢
伶을다모하거ᄂᆞ리고늘마다즐기실제先生은愛敬ᄒ샤못믯출듯ᄒ오녀聖
代의豪華樂事이밧게ᄯᅩ어딕이실소냐.

711. 海-639

雲車룰머무르고芳草岸의긔여올나긴ᄑ룸흔마ᄃᆡ로胸海룰넓인後의다
시금淸流邊의詩룰읇고盞날닐졔불근꼿푸른닙흔山形을그림ᄒ고우ᄂᆞ식
닷ᄂᆞᆫ麋鹿春興을ᄌᆞ랑흔다嘹喨흔가ᄂᆞ소ᄅᆡ香風의무더날고狼藉흔風樂소
ᄅᆡ行雲의섯겨간다俄已오石逕隱隱죠분길노緇衣白秋이ᄎ례로늘어오며

合掌拜禮ᄒᆞ더라.

712. 海−640

采於山ᄒᆞ니 薇可茹오 釣於水ᄒᆞ니 鮮可食을 坐水邊林下ᄒᆞ니 塵世를 可忘
이오 步芳遲閑庭ᄒᆞ니 情懷自逸이라 아마도 悅樂心志ᄂᆞᆫ 나ᄲᅮᆫ인가ᄒᆞ노라.

713. 海−641

오날밤 風雨를 그丁寧 아랏든들 듸스립죽을 곡거러단단히믜얏슬거슬 비
바람의 블니어왜각지걱ᄒᆞᄂᆞᆫ소ᄅᆡ힝혀나오ᄂᆞᆫ양ᄒᆞ여 ᄎᆞᆼ열고나셔보니 月沈
沈雨絲絲ᄒᆞ듸 風習習習人寂寂ᄒᆞ더라.

714. 海−642

石坡公의 造化蘭과 秋史筆紫霞詩ᄂᆞᆫ 詩書畵三絶이요 蘇山竹石蓮梅ᄂᆞᆫ 梅
與竹兩絶이라 그中의본밧기어려을 石坡蘭인ᄀᆞᄒᆞ노라.

715. 海−643

玉樓紗窓花柳中의 白馬金鞭少年들아 긴노ᄅᆡ七絃琴과 笛피리 長鼓嵇琴
알고져리즑기나냐 모르고즑기나냐 調音體法을 날다려뭇게되면 玄妙ᄒᆞᆫ문
리를낫낫치니르리라 우리ᄂᆞᆫ 百年三萬六千日의이갓치밤낫즑기리라.   金
兌錫

搖編 지르는 편   十二首
(協−지르ᄂᆞᆫ편 歌−지르는편ᄌᆞᆫ즌한닙 海−디르ᄂᆞᆫ편)

716. 靑−645 協−633 丘−617 歌−654 海−647

天寒코雪深ᄒᆞᆫ 날에 님을ᄯᅡ라泰山으로넘어갈제 갓버셔등에지고보션버

셔품에품고신으란버셔손에들고天方地方地方天方한번도쉬지말고허위허위쓰라올라マ니보션버슨발은아니슬이되여러번염원マ슴이산득산득ᄒ더라.

717. 靑－646 協－634 됴－618 歌－655 海－648

寒松亭쟈긴솔베여죠고만치빗무어타고술이라按酒건문고伽倻ㅣ고嵇琴琵琶笛필이長鼓巫鼓工人과安岩山챠돌日本本부쇠老狗山垂露취며螺鈿뒤櫃指三伊江陵女妓三陟酒湯년다모하싯고달밝은밤에鏡浦臺로가셔大醉코叭枻乘流ᄒ야叢石亭金蘭窟과永郞湖仙遊潭으로任去來ᄒ리라.

718. 靑－647 協－635 됴－619 歌－656 海－649

뎌건너님이오마커늘졔녁밥을일ᄒ여먹고中門지나大門나셔開門밧늬다라地防우희티ᄃ라서셔以手로加額ᄒ고오는가マᄂᆞ가건넌山바라보니검어횟득셔잇거늘於臥님이로다ᄌᆞ버셔등에지고본션버셔품에품고신으란버셔손에들고즌듸마른듸갈희지말고월헝틍창건너가셔情엣말ᄒ랴ᄒ고겻눈으로얼포보니님은아니오고上年七月열스흘날갈가벗겨셩이말늬운휘츄리습丹判然이날속여고나맛쵸아밤일셋만졍힝혀낫이런들남우일번ᄒ여라.

719. 靑－648 協－636 됴－623 歌－657 海－650

뎌건너月廊바회우희밤ㅁ中만치부헝이울면녯스름니른말이妖怪롭고邪奇로와百萬嬌態ᄒ는졉운妾년이듁는다ᄒ듸妾이對答ᄒ되妾은듯ᄌᆞ오니家翁을薄待ᄒ고妾싀암甚이ᄒ는늙은안히님이몬져죽는다ᄒ듸.

720. 靑－649 協－637 됴－624 歌－658 海－651

뎌건너太白山下에녜못보던菜麻田이둇타녀리녀리넛츌이며둥굴둥실

水박이며茄子외단춤외열녀셰라뎌여름다닉거드란우리님쎄드리리라.

721. 靑-650 協-638 丘-620 歌-659 海-652

白髮에歡陽노는년이졈운書房을맛쵸아두고셴마리에먹틸ᄒ고泰山峻
嶺으로허위허위넘어ᄀ다가卦그른疎落이에흰東丁검어지고감든ᄆ리다
희여고나그를샤늙온이의所望이라일낙빅락ᄒ더라.

722. 靑-651 協-639 丘-621 歌-660 海-653

이졔ᄉ못보게ᄒ예못볼시도的實도ᄒ다萬里가는길에海枯絶息ᄒ고銀
河水건너쮜여北海ᄀ로진듸磨尼山갈가마귀太白山기슭으로골각골각우
지지면셔챠돌도바히못엇어먹고듀려듁는ᄯ헤내어듸ᄀ님ᄎ쟈보리兒禧
야님이오셔드란듀려죽단말生心도말고쑬쑬이글이다가骨髓에病이드러
갓과쎠만남아달把子밋흐로아쟝밧싹건니다가氣運이斯盡ᄒ야쟉은쇼마
보온後에한다리취여들고되耳掩버셔더진드시벌쩍나쟛바져長歎一聲에
奄然命盡ᄒ야죽어간魂的呼되여님의몸에챤챤감겨슬ᄏ쟝알이다가終에
부듸줍아가럇노라ᄒ드라ᄒ고닐너라.

723. 靑-652 協-640 丘-622 歌-661 海-654

엇지ᄒ여못오던가무음일로아니오더냐너오는길에弱水三千里와萬里
長城둘넛는듸鸞叢及魚鼇에蜀道之難이갈이엿더냐이그리아니오너냐長
相似淚如雨터니오늘이샤보쾌라.

724. 靑-653 協-641 丘-625 歌-662 海-655

閣氏네하어슨체마쇼고인로라ᄌ랑마쇼ᄌ네집뒤ᄃ東山에山菊花를못
보신가九十月된서리맛ᄌ면검듀남기되옵ᄂ니.

725. 靑-654 協-642 丘-626 歌-663 海-656

얽고검고키큰구레나룻난놈제것좃ᄎ길고녑의접지아닌놈이밤마다긔
여올나뎍은굼게큰撚匠너허흘근흘근홀나드릴제면愛情은커니와泰山으
로덥누르느듯잔放氣슷ᄉ니며졋먹든힘이다쓰이거다아무나이몸다려다
가百年을同住헐지라도싀암헐이쏠이시랴.

726. 靑-655 協-女唱 182(旕編) 丘-X 歌-665 海-657

지넘어싀앗슬두고손쎅티며이쎠넘어ᄀ니말만ᄒ草屋에헌德席나쇼쌀
고년놈이마죠누어얽어지고트러졋닉이졔샤어림쟝이反路ㅣ軍에들거고
나두어라모밀썩에두長鼓를싀와무슴ᄒ리요.

727. 靑-656 協-女唱 183(旕編) 丘-X 歌-664 海-658

一身이ᄉᄌᄒ엿더니물ㄱ것계워못슬니로다琵琶것튼蟪대삭기使令것
튼등에어이갈싯귀슘외약이셴박퀴누룬박퀴픳겨것튼가락니며보리알것
튼수퉁니며쥬린니갓싼니잔벼룩倭벼룩쒸는놈긔는놈에다리기다ᄒ모긔
부리쑈쥭흔모긔슬진모긔여윈모긔그리마쑈록이甚흔唐ㄱ비루에다어려
웨라그中에춤아못견딜쏘五六月伏다림에쉬프린가ᄒ노라. 虫변에 玭

728. 靑-657

草堂秋夜月에蟋蟀聲도못禁커던무슴홀리라夜半의鴻雁聲고千里에님
이別ᄒ고줌못일워ᄒ노라.

729. 協-女唱 184(數大葉) 花-378

술먹지마자ᄒ고중흔盟誓ㅣᄒ엿더니盞줍고굽어보니盟誓ㅣ둥둥술에
썻다兒禧야盞가득부어라盟誓ㅣ푸리ᄒ리라.

다른 異本에 있는 것

730. 東-62(羽調 二數大葉)

굽어ᄂᆞᆫ千尋綠水요도라보니萬疊靑山十丈紅塵을언마ㅣ나가렷ᄂᆞᆫ고江
湖에月風淸ᄒᆞ니더욱無心ᄒᆞ여라.

金宗直 字號佔畢齋善山人學行文章爲世所推世祖朝登第就仕及成宗朝
推至刑判謝病歸故鄕作此歌而消憂至燕山以弔義帝文剖棺斬屍

731. 東-241(界面調 二數大葉)

靑山아웃디마라白雲이譏弄마라白髮紅塵에늬됴하다니더냐聖恩이至
重ᄒᆞ시니갑고가려ᄒᆞ노라.

732. 皇-263(界面調 中擧)

간밤에꿈도좃코雛馬도안이간다虞兮虞兮여늬너를어이허리平生에萬
人敵ᄇᆡ와늬여이리될쥴어이알니.

733. 花-618(弄樂)

碧雲天黃花地에西風緊北雁飛라하룻밤찬싀벽에뉘라셔霜林을醉ᄒᆞ인
고아마도離恨別淚로물드린ᄀᆞᄒᆞ노라.

金學淵 字嬋敎

734. 佛-629(弄編)

一匹靑로楊花江頭도라드니岸柳依依烟波淡淡天一色ᄒᆞᆫ빗치라童子야
知曲叢ᄇᆡ져어라太行에多白雲을.

典洞

735. 佛－630(瓶編)

屛風에그린瑤草四時長春이라그아릭一雙彩鳳丹山秋月어딕두고不飛
不啄됴우는고아마도飛必千仞ᄒ고飢不啄粟은너쑨인가.

典洞

736. 佛－631(瓶編)

春夏秋冬地水堂은碧桃花紫蕚花요君子蓮大夫松을至今에南漢風流ᄂ
金相國閔相國이라흘낫다.

不知何許人

女－녀창가요록 協－女唱秩 只傳羽調中大葉 界面調二中大葉 界面
調後庭花 將進酒 故今姑上冊後 亦不知存亡 丘－女唱類聚 歌－女唱
女唱只傳羽調中大葉界面二中大葉後庭花將進酒故今姑上冊後亦存亡 海
－女唱秩只傳羽調中大葉界面調二中大葉界面調後庭花將進酒姑今上冊
然後亦不知存亡

우됴즁한입

(靑 協 歌－羽調中大葉 丘－羽調 즁한닙 海－羽調 中大葉)

1. 女 靑 丘 協 歌 海－1

공산이젹막ᄒ듸슓히우ᄂ져두견아촉국흥망이어제오늘아니여든지금
에피나게우러남의이룰슷ᄂ니. 靑－重出 協－鄭忠信

계면즁한입

(靑－界面中大葉 協－界面二中大葉 丘－界面調 中大葉 歌－界面調

二中大葉 海-界面 中大葉)

2. 女 靑 丘 協 歌 海-2
벽희갈뉴후에모릭모혀섬이되여무졍방초는해마다프르로되엇덧타우
리왕손은귀불귀ᄒ느니. 靑-重出

후졍화

(靑 丘 協 歌 海-後庭花)

3. 女 靑 丘 協 歌 海-3
누은들잠이오며기다린들님이오랴이제누어신들어닉잠이하마오리츨
하로안즌곳에셔긴밤이나시오쟈.

디

(靑 海-臺 디밧침 丘 協 歌-臺)

4. 女 靑 丘 協 歌 海-4
진회에빅를믹고듀가를차져가니격강상녀는망국한을모로고셔연롱슈
월롱ᄉ홀졔후졍화만부르더라.

쟝진듀

(靑 丘 協 海-將進酒 歌-將進酒 鄭澈字號松江)

5. 女 靑 丘 協 歌 海-5
한잔먹ᄉ이다쏘한잔먹ᄉ이다ᄭᅩᆺ걱어쥬을노코무진무진먹ᄉ이다이몸
죽은후에졔게우희거젹덥허쥼풀어여메여가나유소보쟝에빅부싀마우러

예나어욱시더욱시덕기나무쎄앙숩헤가기곳가량이면누른히횐달과굵은눈가는비쇠소리ㅂ람불제뉘한잔먹즈ᄒ리허물며반각무덥우희잔납이파람ᄒᆞᆯ제뉘웃춘들밋즈랴(海-將進酒)

　丘-鄭澈號松江

듸

(靑 海-臺 듸밧침 丘 協-臺 歌-臺 權韠詩號石洲石洲過鄭相國墓下此時後因爲將進酒臺)

6. 女 靑 丘 協 歌 海-6

공산낙목우소소ᄒ니상국풍뉴차젹로라슯흐다ᄒ흔잔술을다시권기어려웨라어즈버셕년가곡이즉금됴ᄂᆞᆯ가ᄒ노라.

　丘-權石洲

우됴누ᄅᆞᆫ자진한입

靑-羽調二數大葉 協-羽調 二數大葉 女唱無初數大葉三數大葉旕弄旕樂編樂旕編 丘-羽調長數大葉 歌-羽調二數大葉 女唱無初數大葉旕弄旕樂編樂旕編搔聳伊 海-羽調二數大葉 女唱無初數大葉旕樂編樂旕編也

7. 女 靑 丘 協 歌 海-7

인싱이둘가셋가이몸이네다셧가비러온인싱이씀엣몸가지고셔평싱에살롤일만허고언졔놀녀ᄒᆞᄂ니.

8. 女 靑 丘 協 歌 海-8

간밤에부든바롬에만뎡도화다지거다ㅇ희ᄂᆞᆫ뷔를들고쓸우려허ᄂᆞᆫ고나

낙화ㄴ들곳이아니랴쓸어무슴ᄒ리오.

9. 女 靑 協－9 丘－14 歌 海－9
간밤에우든여흘슯히우러지ᄂ엿다이졔야싱각ᄒᄂ님이우러보ᄂ도다
져물이거스리흐르과져나도우러보ᄂ리라.
　歌 海－元觀瀾 端宗朝忠臣

10. 女 靑 協－10 丘－9 歌 海－10
버들은실이되고꾀꼬리는북이되여구십삼츈에짯ᄂᄂ니나의시름누구
셔록음방쵸를승화시라ᄒ던고

11. 女 靑 協－11 丘－10 歌 海－11
동짓달기나긴밤을한허리를둘헤ᄂ여츈풍니불아레셔리셔리너헛다가
어룬님오신날밤이여든구뷔구뷔펴리라.
　丘－名妓眞仁

12. 女 靑 協－12 丘－11 歌 海－12
나무도병이드니졍ᄌ라도쉬리업ᄂ호화히셧실졔는오리가리다쉬더니
입지고가지져져즈니ᄉ도아니오더라.
　丘－鄭澈 見上

13. 女 靑 協－13 丘－12 歌 海－13
창오산셩데혼이구름좃츠쇼상에나려야반레흘너드러쥭간우되온쯧즌
이비에쳔년누흔을못ᄂ씨셔험이라.
　丘－李後白字季號靑蓮

14. 女 靑 協 －14 丘－13 歌 海－14

　동창에돗앗든달이셔창으로도지도록오실임못올쩐졍잠은어이가져간
고잠줏ᄎ가져간님을싱각무슴ᄒ리요.

15. 女 靑 協 －15 丘－15 歌 海－15

　거울에빗췬얼골닉보기에꼿것거든허물며단장ᄒ고님에얇헤뷜젹이랴
이단장님을못뵈니그를슬허ᄒ노라.

16. 女 靑 協 丘 海－16 歌－17

　닉청츈누를쥬고뉘빅발을가져온고오고가는길을어돗던들막을거슬알
고도못막는길히니그를슬하ᄒ노라.

17. 女 靑 協 丘－17 歌－16 海－×

　청츈에곱던양ᄌ님을오야자늙도다이졔님이보면날인쥴아오실ㄱ가진
실로알기곳아오시면곳딕죽다관계ᄒ라.

　丘－姜百年見上

18. 女 靑 協 丘 歌－18 海－17

　닉언데신이업셔님을언졔속여관딕월침슴경에온뜻이젼혀업닉(歌－一
作올뜻이젼혀)츄풍에지는입쇼릭야닌들어이ᄒ리요(歌－或曰　지는닙소
릭에倖兮긘가ᄒ노라　其義亦未詳)

　丘－眞伊

19. 女 靑 協 丘 歌－19 海－18

　놉흐락나즈락ᄒ며멀기와갓갑기와모지락둥구락ᄒ며길기와져르기와
평싱에이러ᄒ엿스니무슴근심잇시리.

丘－安玟英

20. 女－20

왕샹의니어나고밍죵에듁슈것거걈은머리희도록로릭즈에옷슬입고평
싱에양지셩효를즁즈갓치ᄒ리라.

21. 靑－20 海－19

어리고셩긘柯枝너를밋지아녓더니눈ᄃ期約能히직혀두세송이퓌엿고
나燭즙고갓ᄀ이ᄉ랑헐졔暗香浮動ᄒ더라.

海－安玟英

22. 歌－20 海－20 海－64(界面二數大葉)

祥雲이어린곳에老安堂이壯麗ᄒ고和風이니는곳에太乙亭이縹緲ᄒ다
두어라 祥雲和風이萬年長住ᄒ오셔셔.

23. 海－21

龍樓의祥雲이오鳳闕의瑞靄로다甲戌二月初八日의우리世子誕降ᄒ사
億萬年 東方氣數를바드이어계신져.

安玟英

24. 海－22

지어能히못할닐은仁與德두글字ㅣ라喜怒을不形ᄒ니忍容이自然이라
至今의諄諄然君子風을又石公뵈앗노라.

우됴즁허리드는쟈즌한입

(靑－中擧 즁허리드는즈즌한닙 協－中擧 즁허리드는쟈즌한닙 丘－

中擧 歌−中擧 즁허리드는자즌한닙 海−中擧)

25. 女 靑−21 協 丘 −20 歌−21 海−23
청조야오도고야반갑다님에쇼식약슈삼쳔리를네어이건너온다우리님
만단정회를네다닑가ᄒ노라.

26. 女 靑−22 協 丘−21 歌−22 海−24
청계상쵸당외에봄은어이느져난고리화빅셜향에류싴황금눈이로다만
학운쵹빅셩즁에츈사망연ᄒ여라.
丘−黃熹見上

27. 女 靑−23 協 丘−22 歌−23 海−25
즁셔당빅옥비를십년만의곳쳐보니맑고흰빗츤네로온듯ᄒ다마ᄂ 세상
에인사ㅣ변ᄒ니그롤슬허ᄒ노라. (靑− 엇디ᅞ世上人心은朝夕變을ᄒ는
고)
丘−鄭澈見上

28. 女 靑−24 協 丘−23 歌−24 海−26
ᄉ랑모혀불이되여ᄀ슴에뮈여나고간장셕어물리되여두눈으로숏ᄉ난
다일신예슈회상림ᄒ니슬죵말죵ᄒ여라.

29. 女 靑−25 協 丘−24 歌−25 海−27
창힐이작ᄌ헐졔츠싱원슈리별두ᄌ진시황분셔시에어늬틈에들엇다가
지금에ᄌ인간ᄒ여남에익를긋ᄂ니.

30. 女 靑－26 協 丘－25 歌－26 海－28

간밤에비오더니셕류쏫치다퓌거다부용당반에슈뎡렴거러두고눌향헌깁흔시름을푸러볼가ᄒᆞ노라.

31. 女 靑－27 協 丘－26 歌－27 海－29

은병에찬물ᄯᅥ라옥협을다슬이고금로의향을퓌며암축ᄒᆞ여비ᄂᆞᆫ말을아무나젼허리잇ᄡᅵ면님도슬허ᄒᆞ리라.

丘－李廷藎見上

32. 女 靑－28 協 丘－27 歌－28 海－30

홍누반록류간에다정헐손져ᄭᅬ고리빅뎐호음으로나에ᄉᆞᆷ을놀나니쳔리에글이는님을보고지고젼허렴운.

丘－仝人

33. 女 靑－29 協 丘－28 歌－29 海－31

늙으니져늙으니림쳔에숩은져늙으니시쥬가금여긔로늙어오ᄂᆞᆫ져늙으니평ᄉᆡ에불구문달ᄒᆞ고절노늙ᄂᆞᆫ져늙으니.

丘－安玟英見上 海－安玟英

34. 女－30 靑－31 協 丘－29 歌－31 海－33

눈마쟈휘여진ᄃᆡ롤뉘라셔굽다턴고굽을절이면눈속에푸를소냐아마도셰한고절은너ᄲᅮᆫ인가ᄒᆞ노라.

35. 靑 歌－30 海－32

豪放헐쓴뎌늙은이술아니면노ᄅᆡ로다端雅象中文士貌요古奇畵裏老仙形을뭇ᄂᆞ니雲臺에숨언지면면희나되인고.

우됴막드는쟈즌한입

(靑−平擧 막드는쟈즌한닙 協−平擧 막드는즈즌한닙 丘−平擧 歌
−平擧 막드는쟈즌한닙 海−平擧)

36. 女−31 靑−32 協 丘−30 歌−32 海−34
일쇼빅미싱이퇴진의려질이라명화도이럼으로만리힝쵹ᄒ여ᄂ니지금
에마외방혼을못ᄂ슬허ᄒ노라.

37. 女−32 靑−33 協 丘−31 歌−33 海−35
이몸싀여져서접쭁싀닉시되여리화퓐가지속입헤씌엿다가밤즁만슬아
져우러셔님의귀의들니리라.

38. 女−33 靑−34 協 丘−32 歌−34 海−36
일졍빅년을산들빅년이긔언마오딜병우환더니남ᄂ날이아죠덕다두어
라비빅셰인싱이안이놀고어이리.

39. 女−34 靑−35 協 丘−33 歌−35 海−37
어져닉일이여글일쥴을모로던가잇스라ᄒ드면아랴마ᄂ졔굿ᄐ여보니
고글이ᄂ졍은나도몰나ᄒ노라.
協−松都名妓 黃眞伊 丘−眞伊

30. 女−35 靑−37 協−34 됴−35 歌−36 海−38
쑴에단니ᄂ길이자최곳나랑이면님에집창밧기셕로ᅵ라도다르런마ᄂ
쑴길이자최업스니그룰슬허ᄒ노라.

41. 女−36 靑−36 協−35 됴−34 歌−37 海−39
쑴에왓던님이씌여보니간듸업다탐탐이괴든ᄉ랑날바리고어듸간고쑴

속이허시라망졍ᄌ로나뵈계ᄒ여라.

　丘－朴孝寬見上

42. 靑 歌－38 海 40
雨絲絲楊柳絲絲風習習花爭發을滿城桃李ᄂ聖世에和風氣로다우리ᄂ
康衢烟月인져太平歌로즑이리라.
　海－安玟英

43. 靑－39
눈으로期約터니네果然뛰엿고나黃昏에달이오니그림ᄌ도셩긔거다淸
香이술에써이시니醉코놀녀ᄒ노라.

우됴죤자즌한입

(靑－頭擧 죤쟈즌한닙　協－頭擧 죤쟈즌한닙　丘－短數大葉　歌－頭
擧 죤쟈즌한닙　海－頭擧)

44. 女－37 靑－40 協 丘－36 歌－39 海－41
뎍무인엄즁문헌듸만졍화락월명시라독의ᄉ창ᄒ여쟝탄식ᄒᄂ츳에원
촌에일계명ᄒ니이긋ᄂ듯ᄒ여라.

45. 女－38 靑－41 協 丘－37 歌－40 海－42
이리혜고져리혜니속졀업슨헴만난다험구즌인싱이슬과져슬앗난가지
금에아니쥭ᄂ쓰즌님을보려ᄒ노라.

46. 女－39 靑－42 協 丘－38 歌－41 海－43
이리ᄒ여날속이고져리ᄒ여날속여다원슈이님을이졈즉도하다마ᄂ전

젼에언약이즁ᄒᆞ미못이즑가ᄒᆞ노라.

47. **女 - 40 靑 - 43 協 됴 - 39 歌 - 42 海 - 46**

일각이삼츄라ᄒᆞ니열흘이면멋슴츄오졔마음즐겁거니남의시름싱각ᄒᆞ
랴쳔리에님리별ᄒᆞ고잠못일워ᄒᆞ노라.

48. **女 - 41 靑 - 44 協 됴 - 40 歌 - 43 海 - 47**

한슘은바람이되고눈물은셰우되여님ᄌᆞ난창밧계불면셔ᄲᆞ리과져날닛
고깁히든잠을ᄭᅴ와볼ㅣ가ᄒᆞ노라.

49. **女 - 42 靑 - 45 協 됴 - 41 歌 - 44 海 - 48**

낙엽에두ᄌᆞ만젹어서북풍에놉히ᄯᅴ여월명장안에님계신듸보닉과져진
실노보오신후면님도슬허ᄒᆞ리라.

50. **女 - 43 靑 - 46 協 됴 - 42 歌 - 45 海 - 49**

녹슈쳥산깁푼골에쳥여완보드러가니쳔봉에구름이요만학에연뮈로다
이곳이경기죠흐니예와놀녀ᄒᆞ노라.

51. **女 - 44 靑 - × 協 됴 - 43 歌 - 46 海 - 50**

가다가올지라도오다가란가지마쇼뮈다가딜지라도디다가란뮈지마쇼
뮈거ᄂᆞ되거ᄂᆞ즁에자고나갈가ᄒᆞ노라.

52. **女 - 45 靑 - 50 協 - 47 됴 - 44 歌 - 50 海 - 54**

히지면장탄식ᄒᆞ고촉빅셩이단장회라일시ᄂᆞ잇ᄌᆞ터니구즌비는무슴일
고갓득에다셕은간쟝이봄눈스듯ᄒᆞ여라.

53. 女-46 靑-49 協-46 丘45 歌-49 海-53

벽오동심운쯧즌봉황을보려터니니심운탓신지기다려도아니오고밤즁
만일편명월만뷘가지에걸려셰라.

54. 女-47 靑-48 協-45 丘-46 歌-48 海-52

옥우의나린이슬틍성좃차져져운다금영을숀죠쓰셔옥비에씌워두고셤
슈로젼홀듸업스니그를슬허ᄒ노라.

海-安玟英

55. 女-48 靑-47 協-44 丘-47 歌-47 海-51

셕류곳다딘ᄒ고하향이새로이라파란에노ᄂ원앙네인연도부럽고ᄂ옥
난에호올로지여셔시름계워ᄒ노라.

56. 靑 歌-51

玉露에눌린곳과淸風에나는닙흘老石의造化筆로깁밧탕에옴겨신져異
哉라寫蘭이豈有香가마는暗然襲人ᄒ돗다.

57. 歌-52 海-45

石坡에又石ᄒ니萬年壽를期約거다花如解笑還多事요石不能言最可人
을至今에以石爲號ᄒ고못늬즑여ᄒ노라.

海-安玟英

58. 歌-53

食不甘寢不安ᄒ니이어인모진病고相思一念에님글이는탓시로다뎌님
아닐로든病이니네곳칠コ가ᄒ노라.

59. 海-44

白岳山下의녯즈리의鳳闕을營始ᄒᆞ샤經之營之ᄒᆞ오시니庶民의子來로
다아무리物極ᄒᆞ라샤티不日成之ᄒᆞ더라.

安玫英

밤엿자진한입

(靑-栗糖數大葉 혹팅밤엇 協-栗糖數大葉 或稱半數쵬大葉 丘 海
-栗糖數大葉 歌-栗糖數大葉 或稱半쵬數大葉)

60. 女-49 靑-52 協 丘-48 歌-54 海-55

남ᄒᆞ여편지젼치말고당신제오도여남이남에일을못일과져ᄒᆞ랴마ᄂᆞᆫ남
ᄒᆞ여젼흔편지니일쏭말쏭ᄒᆞ여라.

61. 女-50 靑-53 協 丘-49 歌-55 海-56

담안에셧난옺이모란인가희당화ᄂ가힛득발긋뛰여잇셔남의눈을놀닉
ᄂ니두어라님자잇시랴나도것거보리라.

62. 海-57

九月楓菊三溪洞이요三月花柳孔德里라我笑堂봄바람과米月가을들을
어즈버六花ㅣ紛紛時에煮酒詠梅ᄒᆞ시더라.

安玫英

계면긴자즌한입

(靑 歌-界面調二數大葉 協-界面調 二數大葉 女唱 初數大葉 丘-
界面調數大葉 海-界面二數大葉)

63. 女-51 靑-55 協 됴-50 歌-56 海-58

황산곡도라드러리빅화을것서쥐고도연명차즈리라오류촌에드러가니
갈건에술듯는쇼릭는세우셩인가ᄒ노라.

64. 女-52 靑-56 協 됴-51 歌-57 海-59

황하원상비운간에일편고셩만인산을츈당이네로부터못넘느니옥문관
을엇지타일셩강덕은원앙류를ᄒ는고

65. 女-53 靑-57 協 됴-52 歌-58 海-60

금로의향신ᄒ고누셩이잔ᄒ도록어듸가잇셔뉘ᄉ랑을밧치다가월영이
샹난간키야믹바드려왓는고

　됴-金尙容見上

66. 女-54 靑-58 協 됴-53 歌-59 海-61

리화우흣날일졔울며잡고리별ᄒ님츄풍낙엽에저도날를싱각는지쳔리
에외로온쑴만오락가락ᄒ더라.

　됴-桂娘　됴 歌-扶安名妓　桂娘　海-扶安妓　桂娘

67. 女-55 靑-59 協 됴-54 歌-60 海-62

뉙졍녕술에셧겨님에속에흘너드러구회간쟝을촌촌이차자가며날잇고
남향ᄒ무음을다슬우려ᄒ노라.

68. 女-56 靑-60 協-(남창) 됴-55 歌-61 海-63

남산에봉이울고부악에긔린이논다요쳔슌일이아동방에밝아셰라우리
도셩쥐뫼시고동낙틱평ᄒ리라.

69. 女-57 靑-61 協-55 丘-56 歌-62 海-66

잘ㅅㅣㄴ나라ㄷㅡㄹ고남누에북우도로십쥬ㅣ가긔ㄴ허랑타도ㅎ리로다두어라눈넙운님이니시와어이ㅎ리라.

70. 女-58 靑-62 協-56 丘-57 歌-63 海-67

기럭이산이로잡아졍드리고길드려셔님의집가ㄴ길을녁녁히가릇쳐두고밤듕만님싱각날졔면쇼식젼켸ㅎ리라.

71. 女-59 靑-63 協-57 丘-58 歌-64 海-68

언약이느져가니뎡믹화도다지거다아츰에우든가치유신타ㅎ리마ㄴ그려나경즁아미를다스려ㄴ볼리라.

72. 女-60 靑-64 協-58 丘-59 歌-65 海-69

도화ㄴ엇지ㅎ여홍장을짓소서셔셰우동풍의눈물은무ㅅ일고츈당이덧업슨쥴을못닉슬허ㅎ노라.

73. 女-61 靑-65 協-59 丘-60 歌-66 海-70

등잔불그물러갈졔창쎤집고드ㄴ님과오경죵나리울졔다시안고눕ㄴ님을아무리빅골이진퇴된들이즐쥴이잇시랴.

74. 女-62 靑-66 協-60 丘-62 歌-67 海-71

닉가슴슬어난피로님의얼골글여닉여나ㅈㄴ방안에족ㅈ숨아거러두고슬들리싱각날졔면족ㅈ나볼가ㅎ노라.

75. 女-63 靑-67 協-61 丘-63 歌-× 海-72

상공을뵈온후이ㅅㅅ를밋ㅈ오믹졸직ㅎㄴ음에병듥가염례러니이리마

젼러츠ᄒ시니빅년동포ᄒ리라.

76. 女-64 靑-69 協-63 丘-61 歌-69 海-74
요슌것튼님군을뫼와셩딘를곳쳐보니틱고건곤에일월이광화ㅣ로다우
리도슈역츈딕의놀고놀녀ᄒ노라.

77. 女-65 靑-70 協-64 丘-65 歌-× 海-75
남극슈셩도다잇고권쥬가로츅수로다오늘날로인들은셔로노ᄌ권ᄒᄂ
이이후란화됴월셕에민양놀녀ᄒ노라.
　丘-金汶根見上 海-金汶根 字魯夫號四敎齋哲宗朝國舅永恩府院君

78. 女-66 靑-71 協-65 丘-64 歌-70 海-84
창외습경셰우시에양인심ᄉ냥인지라신졍이미흡ᄒ여하늘이장차밝아
오닉다시금나슘을뷔여잡고홋긔약을뭇노라.

79. 女-67 靑-72 協-66 丘-86(계평거) 歌-71 海-85
창오산봉상슈졀이라야이닉시름이업슬거늘구의봉구름이가지록싀로
이라밤즁만월츌어동녕ᄒ니님뵈온듯ᄒ여라.

80. 女-68 靑-68 協-62 丘-105(界平擧) 歌-68 海-73
누리쇼셔누리쇼셔만셰를누리쇼셔무쇠기동에곳푸여열음열어ᄯ드리
도록누리쇼셔가남아억만셰밧게또만셰를누리쇼셔.

81. 靑-73 海-76
揮毫紙面何時禿고磨墨硏田畢竟無라뭇노라져ᄉ름아이글쯧즐能히알
ᄯ其人이宛爾而笑ᄒ고唯唯而退ᄒ더라.

海－安玟英 右石坡

82. 海－65
麒麟은들의놀고鳳凰은山의운다聖人御極ᄒ샤雨露를고로시니우리는
堯天舜日인제擊壤歌로즑이리라.

83. 海－77
口圃東人빗ᄂᆞ신세알니덕어病되더니似韻似閑兼得味오如詩如酒又知
音을石坡公至公筆端이시니感激無限ᄒ여라.
安玟英 右石坡所作與安玟英詞玟英感激結詞也

84. 海－78
南浦月깁푼밤의돗듸치는져ᄉᆞ공아뭇노라너탄빅야桂棹錦帆蘭舟ㅣ로
다우리는採蓮가는길이라무러무슴ᄒ리요

85. 海－79
기러기놉히쓴곳의셔리ㄹ달이萬里로다네녜쪽ᄎᄌ려고이밤의나릿ᄂ
나더거너菰花叢裡의홀노안ᄌ우더라.
安玟英

86. 海－80
엇그제離別ᄒ고말업시안졋시니알쓸이못견딀일흔두가지안이로다입
으로잇ᄌᄒ면셔가장슬허ᄒ노라.
安玟英

87. 海－81
東墻의갓치우름셧거이드럿더니쯧아닌千金書札님의얼골쓰여왓네아

셔라肝腸스난거슬보아무엇ᄒ리요
　　安玟英

88. 海 -82
永濟橋千條柳의郎의말이멋번미며大同江萬折波에妾에눈물멋말인고
夕陽의獨上練光亭ᄒ야長歎ᄒ더라.
　　安玟英

89. 海 -83
淸晨에몸을일어北向ᄒ여비는말이제속닉肝腸을한열흘밧구셔든그제
야졔날속이던恨을알들이밧갑ᄒ리라.
　　安玟英

즁허리드는자즌한입

(靑-中擧 즁허리드는쟈즌한닙 協-中擧 즁허리드는자즌한닙 丘-
中擧 歌-中擧 즁허리드는쟈즌한닙 海-中擧)

90. 女-69 靑-74 協-67 丘-66 歌-72 海-86
리화에월빅ᄒ고은한이삼경인졔일지츈심을자규야알야마는다졍도병
인양ᄒ여줌못일워ᄒ노라.
　　丘-李兆年 見上 歌-李兆年 高麗文學

91. 女-70 靑-75 協-68 丘-67 歌-73 海-87
요지에봄이드니벽도화ㅣ다뀌거다슴쳔년미친열미옥반에담아시니진
실노이반곳바드시면만슈무강오리라.

92. 女-71 靑-76 協-×(남창) 됴-68 歌-74 海-88
셔산에일모ᄒᆞ니텬지에가히업다리화에월빅ᄒᆞ니님싱각이시로이라두
견아너는누를글여밤시도록우ᄂᆞ니.

93. 女-72 靑 77 協 됴-69 歌-75 海-89
은하에물이지니오작교ㅣ쓰단말가쇼잇근션랑이못건너오리로다직녀
의쵼만흔간장이봄눈스듯ᄒᆞ여라.

94. 女-73 靑-78 協 됴-70 歌-76 海-90
솟보고츔츄는나뷔나뷔보고당신웃는솟과져둘의ᄉᆞ랑은졀졀이오것마
는엇지타우리에ᄉᆞ랑은가고아니오ᄂᆞ듯.

95. 女-74 靑-79 協 됴-71 歌-77 海-91
창오산히진후익이비는어듸간고함게못쥭은들셔름이야이즐쇼냐쳔고
에이쯧알이는닷뿜힌가ᄒᆞ노라.

96. 女-75 靑-80 協 됴-72 歌-78 海-92
산쵼의밤이드니먼뒷기즈쪄온다싁비를열고보니하늘이츳고달이로다
져기야공산잠든달을즈쪄무슴ᄒᆞ리요

97. 女-76 靑-81 協 됴-73 歌-79 海-93
동창이긔명커늘님을ᄂᆡ여보ᄂᆡ오니비덩방즉명이라월츌지광이로다탈
앙금퇴원침ᄒᆞ고뎐젼반측ᄒᆞ쇼라.

98. 女-77 靑-82 協 됴-74 歌-80 海-94
츈풍이슬아니라북벽즁방쓸치마라원앙금찬듯험도님업슨탓시로다

만지장야잔등에뎐젼불미ᄒ노라.

99. 女−78 靑−85 協−77 됴−× 歌−83 海−97
리별이불이되여간장이타노미라눈물이비되여ᄭᅳᆺ도ᄒ건만는함슘이
ᄇ람되니슬숑말숑ᄒ여라.

100. 女−79 靑−83 協−75 됴−81 歌−81 海−95
가락지짝을닐코네홀노날자로니네네짝ᄎᄌᆯ졔면나도님을보련마는짝
닐코글이ᄂᆫ안이야네나닉ᄂᆫ다로랴.

101. 女−80 靑−86 協−78 됴−83 歌−84 海−98
한숑졍달밝은밤에경포ᄃᆡ에물이잔졔유신ᄒᆫ빅구는오락가락ᄒ건마는
엇짓타우리에왕숀은가고아니오ᄂᆫ고
歌−江陵妓

102. 女−81 靑−127 協−114(頭擧) 됴−79 歌−120 海−138
닷드자비쎠ᄂᆫ니이졔가면안졔오리만경창파에나ᄂᆫ덧도라오쇼밤즁만
지국총쇼리에이긋ᄂᆫ듯ᄒ여라.

103. 女−82 靑−84 協−76 됴−82 歌−82 海−96
닉가슴들틍복판되고님에가슴화류등되여인연진부릐플노시운지게붓
쳣시니아무리셕달장민들쎠려질쥴잇시랴.

104. 女−83 靑−87 協−79 됴−80 歌−85 海−99
가을하ᄂᆞᆯ비긴빗즐드는칼노말나닉여쳔은팀오싀실노슈를노아옷슬지
어님계신구즁궁궐에드려볼ᄀ가ᄒ노라.

105. 女-84 靑-× 協-80 丘-77 歌 海-×(男唱)

방안에셧는쵹불눌과리별ᄒ엿관듸것츠로눈물지고속타는쥴모로는고 져쵸불날과갓틔여속타는쥴모로도다.

丘-李塏 字淸甫端宗朝直學六臣

106. 女-85 靑-89 協-82 丘-78 歌-87 海-102

셔시산젼빅노비ᄒ고도화류슈궐어비라쳥약입록ᄉ의로사풍셰우불슈 귀를이곳에장지화ㅣ업스니놀니젹어ᄒ노라.

107. 女-86 靑-91 協-83 丘-75 歌-88 海-103

뭇노라져션ᄉ야관동풍경엇더터니명ᄉ십리에희당화붉어잇고원포에 낭낭빅구는븨쇼우를ᄒ더라.

108. 女-87 靑-96 協-86 丘-91(계평거) 歌-91 海-106

울며잡운쇼미썰치고ᄀ지마쇼쵸원쟝뎨에희다져무럿늬릭창이잔등도 도고시와보면알이라.

丘-李明漢 見上

109. 女-88 靑-88 協-81 丘-76 歌-86 海-100

무왕이벌주여시늘빅이슉졔간ᄒ오듸이신군벌이불가ㅣ라간톳던지틱 공이부이기지ᄒ니아ᄉ슈양ᄒ니라.

110. 女-89 靑-92 協-84 丘-84(平擧) 歌-89 海-104

고흘ᄉ월화보에깁ᄉ미바름이라곳압혜셧는틱도고은졍을맛져셰라아 마도무즁최이는츈잉젼인가ᄒ노라.

丘-翼宗大王上純元王后進饌諡睿製 歌=翼宗大王 在東宮時上絶元

王后進饌春鶯舞詞嬋娟月下步羅衫舞風輕婉轉花前態君王任多情 海-春
鶯舞唱 右翼宗大王在東宮代理時設進饌宴作此闋.

111. 女-90 靑-95 協-85 丘-85(平擧) 歌-90 海-105

세상에약도만코드는칼이잇건마는졍배힐칼이업고님이즐약이업늬우
어라닛고버히기는후천에나헐넌지.

112. 女-91

무릉원일편홍이부절업시무룰좃차츈광을누셜ᄒ니어리셕은져어랑아
일후에다시차즌들언에곳을아오리.

113. 靑-90 歌-92 海-101

秦王擊缶ᄒ니六國諸侯ㅣ다쓸거다이제와혜여ᄒ니數千年ㅅ이여늘다
시금玉樓上봄ㅁᄇ룸에擊缶聲이이는고.
　　海-安玟英

114. 靑-93

아츰은비오더니느즈니는ᄇ룸분다千里萬里ㅣ길에風雨는무ᄉ일고두
어라黃昏이머럿거니쉬여간들엇더리.

115. 靑-94

寒食비온밤에봄ㅁ빗치다낫탓다無情ᄒ花柳도ᄶ를아라뛰엇거든엇덧
틋우리의님은가고아니오는고.

116. 海-107

第二太陽館의봄ᄃ바룸이어리엿다闌干얇히웃는꼿과슈풀아리우는싀

라잇다감纖歌細樂은鶴의츔을일희현다.

安玟英

막닉논쟈즌한입

(丘-平擧 막드는즈즌한닙 協-平擧 막드는즈즌한닙 丘 海-平擧
歌-平擧 막드는쟈즌한닙)

117. 女-92 靑-97 協 丘-87 歌-93 海-108

님이허오시민나는젼혀밋엇든니날ᄉ랑ᄒ든졍을뉘손듸옴기신고젼젼
에뮈시든거시면이딕도록셔루랴.

丘-宋時烈字英輔號尤庵顯宗朝相

118. 女-93 靑-98 協 丘-88 歌-94 海-109

쵸당츄야월에실솔셩도못금커든무삼호라야반에홍안셩고쳔리에님리
별ᄒ고줌못일워ᄒ노라.

119. 女-94 靑-105 協-95 丘-96 歌-101 海-116

초강어부들아고기낙가굼지말라굴슘녀튱혼이어복리에드러나니아무
리뎡확에슬문들익을줄이잇시랴.

120. 女-95 靑-100 協-90 丘-89 歌-96 海-111

닭아우지말라옷버셔즁젼쥬료날아시지마라닭에손듸비럿노라무심ᄒ
동역다히는졈졈발아오도다.

121. 女-96 靑-99 協-89 丘-90 歌-95 海-110

닭아우지마라일우노라자랑마라반야진관에밍상군이아니로다오늘은

님오신날이니아니운들엇덧리.

122. 女-97 靑-101 協-91 됴-92 歌-97 海-112
누구나자는창밧게벽오동을심우갓턴고월명졍반에영파스도됴커니와
밤즁만굴은비쇼릭에이긋는듯ᄒ여라.

123. 女-98 靑-102 協-92 됴-93 歌-98 海-113
록쵸쳥강상에구레버슨말이되여썩썩로마리드러북향ᄒ여우는쯧즌셔
양이지너머가니님자글여ᄒ노라.
　됴-徐益字君受號萬竹亭宣廟朝

124. 女-99 靑-103 協-93 됴-94 歌-99 海-114
ᄉ랑거즌말이님날ᄉ랑거줏말이쇰에외뵈단말이긔더욱거줏말이날것
치잠아니오면어늬쇰에뵈리요.

125. 女-100 靑-104 協-94 됴-95 歌-100 海-115
님을밋을것가못밋들숀님이시라밋어온시졀도못밋을쥴아라스랴밋기
야어려워마ᄂᆞᆫ아니밋고어이리.
　됴-李廷龜見上

126. 女-101 靑-106 協-96 됴-97 歌-102 海-117
남도쥰비업고바든바도업것마ᄂᆞᆫ원슈빅발이어드러로온거인고빅발이
공되업도다날을먼져빅이ᄂᆡ.

127. 女-102 靑-107 協-97 됴-98 歌-103 海-118
뉘뉘이로기를쳥강쇼이집닷턴고비오리가슴이반도아니잠겨셰라아마

도깁고깁흘손님이신가ᄒ노라.

128. 女-103 靑-109 協-99 됴-100 歌-105 海-120
두어도다셕는간장드는칼노버혀닉여산호상빅옥함에졈졈이담앗다가
아무나가ᄂ니잇거든님계신듸보닉리라.

129. 女-104 됴-110 協-100 됴-101 歌-106 海-121
듸쳔바듯한가온듸샥리업슨남기나셔가지는열둘이요입혼삼빅예슌입
히로다그남게여름이열이되다만둘샨이러라.

130. 女-105 됴-111 協-101 됴-102 歌-107 海-122
츈슈만ᄉ틱ᄒ니물히만하못오던가하운다긔봉ᄒ니산이놉하못오던가
츄월이양명휘여든무숨탓슬ᄒ리요

131. 女-106 됴-112 協-102 됴-103 歌-108 海-123
듸한칠년인제탕님군에희싱되여젼죠단발ᄒ샤상님야에비르시니탕왕
이셩덕이격쳔ᄒ샤듸우방슈쳔리를ᄒ니라.

132. 女-107 靑-113 協-103 됴-104 歌-109 海-124
츈풍도리화들아고은양ᄌ자랑마라창송록듁을셰한에보렴우나뎡뎡코
낙낙흔뎔을곳칠쥴이잇시랴.

133. 女-108 靑-114 協-104 됴-106 歌-110 海-125
금싱려수ㅣ라ᄒ니물마다금이나며옥츌곤강인들뫼마다옥이나랴아무
리녀필죵뷘들님님마다죷츠랴.
丘-朴彭年 見上

134. 女-109 靑-116 協-106 丘-× 歌-112 海-127
어와왕쇼군이여싱각건듸불상홀亽한궁장호지쳡에박명홈도긋이업다
지금에사류쳥춍을못닉슬히ᄒ노라.

135. 女-110 靑-115 協-105 丘-107 歌-111 海-126
한창ᄒ니가셩열이오슈번ᄒ니무슈지라가셩열무슈지ᄂ님글이ᄂ탓시
로다셔릉에일욕모ᄒ니이긋ᄂ듯ᄒ여라.

136. 女-111 靑-108 協-98 丘-99(계평거) 歌-104 海-119
그려亽지말고찰하로죽어가셔월명공산에졉동식넉시되여식도록피나
게우러님에귀의들이리라.

137. 靑-117 協-107 丘-× 歌-113 海-128
녜라이러ᄒ면이얼골길엿시랴愁心이실이되야구뷔구뷔미쳐이셔아무
리풀오려ᄒ여도긋간데를몰ᄂ라.

138. 靑-118 海-129
글여亽지말고ᄎ즈ᄒ로싀여져셔閻王게白活ᄒ여님을마자다려다가死後
ᅵ나魂魄이雙을지여글이던恨을풀니라.
　　海-安玟英

139. 靑-119 海-131
그려글고보니ᅵ寧홀걸다마는불너듸答업고손리으지아니ᄒ니野俗다
造物의猜忌홈이여魂을아니붓칠쥴이. (海-야속다 혼이아니붓칠쥴이.)
　　海-仝人

140. 靑－120

뒷뫼헤우는杜鵑네아니蜀魄聲가몃千年恨이관딕져다지셜워ᄒ랴至今
에世遠年久ᄒ니니겸즉도ᄒ다마는.

141. 海－130

羅幃寂寞한흔심업시이러ᄂ셔珊瑚筆쎌여들고두어ᄌᄀ그리다가아셔라
이를뻐무엇ᄒ리.(도로누어조는듯 탈락)

安玟英

죤자즌한입

(丘－頭擧 죤자즌한닙 協－頭擧 죤ᄌ즌한닙 丘－短數大葉 歌－頭
擧 죤쟈즌한닙 海－頭擧)

142. 女－112 靑－121 協 丘－108 歌－114 海－132

쳔지ᄂ만물지역여요광음은빅딕지과긱이라인싱을헤아리니묘창히지
일쇽이로다두어라약몽부싱이니아니놀고어이리.

143. 女－113 靑－122 協 丘－109 歌－115 海－133

임슐지츄칠월긔망에빅를타고금능에나려숀죠고기낙가고기쥬고슐을
사니지금에쇼동파업스니놀니덕어ᄒ노라.

144. 女－114 靑－124 協 丘－111 歌－117 海－135

무셔리슐이도여만산을다권ᄒ니어제푸룬입히오날아츰다붉거다빅발
도검길쥴알면우리님게도권ᄒ리라.

145. 女－115 靑－123 協 丘－110 歌－116 海－134

셜월이만창흔듸ᄇ름아부지마라예리셩안인쥴은판연이알것마는글입

고아쉬온마음에힝혀권가ᄒ노라.

146. 女-116 靑-125 協 됴-112 歌-118 海-136
불로쵸로비즌슐을만년빗에가득부어잡우신잔마다비너니남산슈를진
실노이잔곳잡우시면만슈무강ᄒ오리다.

147. 女-117 靑-126 協 됴-113 歌-119 海-137
자다가씌여보니님에게셔편지왓ᄂᆡ빅번나마펴보고가슴우희언져더니
굿ᄒ여무겁든아니ᄒ되가슴이답답ᄒ더라.

148. 女-118 靑-128 協-115 됴-114 歌-121 海-139
빅천이동도희ᄒ니하시에부셔귀오고왕금ᄂᆡ에역류쉬업것마는엇지타
간장석은물은눈으로셔솟ᄂᆞᆫ고.

149. 女-119 됴-129 協-116 됴-× 歌-122 海-140
옥등에불이밝고금로에향ᄂᆡ나ᄂᆡ부용깁푼당에혼ᄌ씌여싱각더니창밧
게예리셩나니가슴금즉ᄒ여라.

150. 女-120 靑-132 協-119 됴-115 歌-125 海-143
뒤뫼헤쎼구름디고압ᄂᆡ에안기로다비올지눈이올지브름부러즌써리칠
지면뒷님오실지못오실지기만홀로짓더라.

151. 女-121 靑-133 協-120 됴-116 歌-126 海-144
압못셰든고기들아네와든다뉘너를모라다가넛커늘든다북희청쇼를어
듸두고이못셰와든다들고도못나ᄂᆞᆫ졍회ᄂᆞᆫ네오ᄂᆡ오다르랴.

152. 女 – 122

님그린상ᄉ몽이실솔에녁시되여츄야장깁흔밤에님에방에드렷다가날
잇고깁히든잠을ᄭᅵ와볼가ᄒ노라

153. 靑 – 130 協 – 117 歌 – 123 海 – 141

玉欄에곳이픠니十年이여늬덧고中夜悲歌에눈물계워안쟈이셔슬쓰리
셜운ᄆ음은나혼ᄌᆞᆫ가ᄒ노라.

154. 靑 – 131 協 – 118 歌 – 124 海 – 142

一生에얄뮈울쓴거미外에ᄯᅩ잇는가제비알푸러늬여망령그물밋ᄌᆞ두고
곳보고춤츄는나뷔를다줍우려ᄒ놋다.

155. 海 – 145

月老의밝은실은흔바람만으더늬여鸞膠의굿센풀노시운지게붓첫스면
아모리억萬年風雨ᆫ들써러질쥴이시랴.

156. 海 – 146

알쓰리그리다가만나보니우읍거다그림갓치마죠안져믹믹이볼븐이라
至今의相看無語를情이런가ᄒ노라.
安玟英

157. 海 – 147

杜鵑의목을빌고쇠고리ᄉ셜ᄲ어空山月萬樹陰의지뎌귀여울어시면가
숨의돌갓치믯친피를푸러볼가ᄒ노라.
安玟英

롱

(協 丘-弄 靑 協 歌 海-弄歌)

158. 女-123 靑-134 協-121 丘-117 歌-127 海-148

월뎡명월뎡명커늘빗롤타고츄강에드니물아리하늘이요하늘우희달이
로다아희야져달을견져스라완월장취ᄒ리라.

丘-朴尙 見上

159. 女-124 靑-135 協-122 丘-118 歌-128 海-149

쵸산에나무뷔ᄂ는아희나무뷜졔힝혀디뷜셰라그듸자라거든뷔여히오리
라낙시듸를우리도그런쥴아오미나무만뷔려ᄒ노라.

160. 女-125 靑-136 協-123 丘-119 歌-129 海-150

쵸당뒤헤와안져우은슛적다시야암슛적다신다슈슛적다우ᄂ는신다공신
이어듸업셔긔창의와안져우ᄂ는다져솟적다시야공산이하고만ᄒ되울쎅달
나우노라.

161. 女-126 靑-137 協-124 丘-120 歌-130 海-151

아ᄌ아ᄌ나쁘든되황모시필슈양미월을겁게가라흠벅찍어창쎤에언젓
더니퇴듸글구우러쪽나려지게고이졔도라가면어더올법잇시련마ᄂ는아무
나어더가져셔글여ᄂ보면알이라.

162. 女-127 靑-138 協-125 丘-121 歌-131 海-152

옥도치돌도치니무되던지월즁계슈ㅣ나남기니시위도다광한젼뒷뫼
혜잔다복쇼셔리여든아니어득졈웃ᄒ랴져달이김의곳업스면님이신가
ᄒ노라.

163. 女-128 靑-139 協-126 됴-122 歌-132 海-153

각설이라현덕이단계건너갈제쟉로마야날살녀라압헤는긴강이요뒤헤
싼루너니쵀뫼로다어듸서상산됴즈룡은날못츠자ᄒ나니.

164. 女-129 靑-140 協-127 됴-123 歌-133 海-154

록음방쵸욱어진골에곡구리룡우는져쇠쇼리식야네쇼리어여부다맛치
님의쇼리것틀시고진실노녀안고님계시면비겨나볾가ᄒ노라.

165. 女-130 靑-141 協-128 됴-124 歌-134 海-155

싱미잡아길쯱려두메쒱산영보늬고빅미슷셔바느려뒷동산숑지에미고
숀죠구글무지낙가움버들에쎄여물에치와두고아희야날볼숀오셔드란긴
여흘노슬와라.

166. 女-131 靑-142 協-129 됴-125 歌-135 海-156

옥황게울며발괄ᄒ야별악상즈나리오셔벽역이진동ᄒ며씌치쇼셔리별
두즈그졔야졍든님다리고빅년을동쥬ᄒ리라.

167. 女-132 靑-143 協-130 됴-126 歌-136 海-157

우리두리후싱ᄒ여네나되고너너되여너너글여굿튼이룰너도날그려굿
쳐보렴평싱에늬셜워ᄒ던쥴을돌녀나보면알니라.

168. 女-133 靑-144 協-131 됴-127 歌-137 海-158

북두칠셩하나둘셋넷다셧여셧일곱쌘게민망하발괄쇼지한장알외너이
다글이던님을만나졍엣말슴치못ᄒ여날이쉬싀니글로민망밤즁만슴퇴셩
츠스노아실별업시ᄒ쇼셔.

169. 女－134 靑－145 協－132 丘－128 歌－138 海－159

자네집의슐이닉거든부듸날을부르시쇼쵸당에곳이퓌여드란나도자네
를쳥히옴싀빅년썻시름업슬쇠를의논과져ᄒ노라.

170. 女－135 靑－146 協－133 丘－129 歌－139 海－160

한숀에막딕를들고쏘한손에가싀를쥐여늙는길가싀로막고오ᄂ빅발을
미로티럇더니빅발이제몬져알고즈럼길노오도다.

丘－禹倬見上

171. 女－136 靑－× 協－134 丘－130 歌－140 海－163

화산도ᄉ슈즁보로헌수동방국틱공을쳥우십회빅ᄉ절에긔봉인시옥쳔
웅을이잔에쳔일쥬가득부어만슈무강비너이다.

海－安玟英

172. 歌－141 海－161

붓긋헤젓즌먹을더져보니花葉이로다莖垂露而將低ᄒ고香從風而襲人
이라이어인造化를부럿관딕投筆成眞ᄒ인고

海－安玟英

173. 海－162

洛城西北三溪洞天의水澄淸而山秀麗ᄒ듸翼然佳亭의伊誰在矣오國太
公之偃仰이시라비ᄂ니南極老人北斗星으로享國長久ᄒ오쇼셔.

우락

(靑 協 丘 歌 海 －羽樂)

174. 女-137 靑-147 協-135 됴-131 歌-142 海-164

만경창파지슈에둥둥썻는불약금이게오리들아비솔금셩증경이동당강
셩너시두룸이들아너썻는물깁픠를알고둥썻는모로고둥썻는우리도남에
님거려두고깁픠를몰나ᄒ노라.

175. 女-138 靑-148 協-136 됴-132 歌-143 海-165

뎨갈량은틸종칠금ᄒ고장익덕은의셕엄안ᄒ엿느니셩썹다화용도좁운
길로죠미덕이슬아가단말가쳔고에름름ᄒ되장부는한슈뎡후신가ᄒ노
라.

176. 女-139 靑-150 協-138 됴-134 歌-145 海-167

ᄉ랑ᄉ랑긴긴ᄉ랑기쳔것치닉닉ᄉ랑구만리장공에넌즈러지고남는ᄉ
랑아마도이님의ᄉ랑은가업슨가ᄒ노라.

177. 女-140 靑-151 協-139 됴-135 歌-146 海-168

물아리셰가락모릭아무만밟다바자최나며님이날을아무만권들닉아던
가님의졍을광풍에지붓친ᄉ공것치깁픠를몰나ᄒ노라.

178. 女-141 靑-153 協-140 됴-136 歌-147 海-169

물아리그림ᄌ지니다리우회즁이간다져즁아거긔셔거라네어듸가노말
무러보ᄌ숀으로빅운을가르치며말아니코가더라.

179. 女-142 靑-154 協-142 됴-138 歌-149 海-171

바람은지동치듯불고구즌비는붓드시온다눈졍에거룬님을오늘밤셔로
만나자ᄒ고판쳑쳐빙세밧앗쩌니이풍우즁에졔어니오리진실로오기곳오
랑이면연분인가ᄒ노라.

180. 女-143 靑-158 協-146 됴-142 歌-153 海-177
유즈는근원이즁ᄒ야한쇽지에둘씩 셋씩광풍대우라도써러질쥴모로는
고야우리도져유즈것치써러질쥴모로리라.

181. 女-144 靑-155 協-143 됴-139 歌-150 海-174
님과나와부디둘이리별업시ᄉ자ᄒ엿더니평싱원슈악인연이이셔리별
로굿허나여희연졔고명텬이이쯧즐아오셔리별업시ᄒ쇼셔.

182. 女-145 靑-152 協-141 됴-137 歌-148 海-170
츠싱원슈이리별두즈어이ᄒ면영영아죠업시일고가슴에무읜불니려나
랑이면얽동혀더져슬암즉도ᄒ고눈으로슷슨물바다되면풍덩드럿쳐쐭우
런마는아무리슬으고쐭운들한슘을어이ᄒ리오.

183. 女-146 靑-156 協-144 됴-140 歌-151 海-175
옥의는틔나잇지말곳ᄒ면다셔방인가닉안뒤여남못뵈고텬지간의이런
답답ᄒ일이쏘어듸잇나열놈이빅말을헐지라도님이짐작ᄒ시쇼.

184. 女-147 靑-157 協-145 됴-141 歌-152 海-176
죽어이져야ᄒ랴슬아셔글여야ᄒ랴죽어잇기도어렵고슬아글이기도어
려왜라져님아ᄒ말슴만ᄒ쇼라보자ᄉ싱결단ᄒ리라.

185. 女-148 靑-159 協-147 됴-143 歌-154 海-178
군불견황하슈ㅣ텬상릭ᄒ다분류도히불부회라우불견고당명경비빅발
ᄒ다죠여쳥ᄉ모셩셜이로다인싱득의슈진환이니막ᄉ금쥰으로공듸월을
ᄒ쇼라.

186. 女-149 靑-160 協-148 丘-144 歌-155 海-179

압논에오려를뷔혀빅화쥬를비져두고뒷동산숑지에던동우희활지여걸고훗터지바독쓰로티고고기를낙가움버들에쎄여물에치와두고아희야날볼손오셔드란긴여흘노슬와라.

187. 女-150 靑-149 協-137 丘-133 歌-144 海-166

딕쵸볼붉은가지에후류혀홀터쓴담고올밤익어벙그러진가지휘두드려발나쥬어담고벗모하쵸당으로드러가니슐이쥰에풍츙청잇셰라.

188. 女-151 靑-161 協-149 丘-145 歌-158 海-180

압닉나뒤닉낫즁에쇼먹이는아희놈들아압닉엣고기와뒷닉엣고기를다물속잡아닉다락씨에너허쥬어든도르면쥬어드란너타고가는쇠등의걸쳐다가쥬렴우리도밧비가는길히오민젼혈쏭말쏭ᄒ여라.

189. 女-152 靑-162 協-150 丘-146 歌-159 海-181

ᄉ랑을ᄉ자ᄒ니ᄉ랑팔니뉘잇시며리별파자ᄒ니라별ᄉ리가뉘잇시리ᄉ랑리별을팔고ᄉ리업스니장ᄉ랑장리별인가ᄒ노라.

190. 女-153 靑-163 協-151 丘-147 歌-160 海-182

ᄉ랑을찬찬얽동혀뒤설머지고틱산쥰령을허위허위넘어가니모로는벗님네는그만ᄒ여ᄇ리고가라ᄒ건마는가다가쟈질녀죽을쎈정나는안이ᄇ리고갈가ᄒ노라.

191. 歌-156 海-172

露花風葉香氣ᄃ속에棘艾는어이석위인고웃고對答ᄒ되君不見香莖臭葉이俱長大ᄒ다닉즘즛석거그려셔以明君子小人ᄒ노라.

192. 歌-157 海-173

智謀는漢相諸葛武侯요膽略은吳侯孫伯符ㅣ로다舊邦維新은周文王之
功業이요斥邪衛正은孟夫子之聖學이로다아마도五百年幹氣英傑은國太
公이신가ᄒ노라.

歌-安亨甫 廣州人

계락

(靑 協 丘 歌 海-界樂)

193. 女-154 靑-164 協-152 丘-148 歌-161 海-183

청산도졀로졀로록슈라도졀로졀로산졀로졀로슈졀로졀로산슈간에나
도졀로졀로우리도졀로졀로자란몸이니늙기도졀로졀로늙그리라.

194. 女-155 靑-165 協-153 丘-149 歌-162 海-184

청산리벽계슈야슈이감을자랑마라일도창ᄒ면다시오기어려왜라명
월이만공산ᄒ니쉬여간들엇더리.

195. 女-156 靑-166 協-154 丘-150 歌-163 海-185

ᄇ람도슈넘고구름이라도쉬여넘는고기산진이슈진이라도쉬여넘는고
봉장성녕고기그넘어님이왓다ᄒ면나는안이ᄒ번도슈여넘우리라.

196. 女-157 靑-167 協-155 丘-151 歌-164 海-186

병풍에압니작근동부러진괴그리고그괴압헤됴고만흔ᄉ양쥐를그려두
니어허죠괴삿쌕냥ᄒ야그림에쥐를잡우려좃니는고야우리도남에님거러
두고좃니러볼가ᄒ노라.

197. 女－158 靑－168 協－157 됴－152 歌－165 海－187
이몸이싀여져셔솝슈갑산졔비누되여님에집창밧츈여굿마다집을자루
죵죵지여두고밤즁만졔집으로드는쳬ᄒ고님에품에들니라.

198. 女－누락(182) 靑－169 協－156 됴－154 歌－166 海－188
이몸이쥭거드란뭇지말고쥬푸리여메여다가듀쳔웅덩이에풍드룻쳐둥
둥씌여두고평싱에즑이던슬을장춰불셩ᄒ리라.

199. 女－159 靑－170 協－158 됴－153 歌－167 海－189
노싀노싀민양쟝식노싀밤도놀고낫도놀싀벽상에그린황계슛탈ᄀ이홰
홰쳐우도록노싀노싀인싱이아츰이슬이니아니놀고어이리.

200. 女－160 靑－172 協－160 됴－156 歌－168 海－191
한ᄌ쓰고눈물지고두ᄌ쓰고한슙지니자자항항이슈묵산슈가되거고나
져님아울며뜬편지니짐작ᄒ여보시쇼.

201. 女－161 靑－171,192 協－159,180 됴－155,176 歌－187 海－190
스랑이긔엇더터니둥그더냐모나더냐기더냐밟고남아자일너냐굿트여
긴쥴은모로되끚간데를몰니라.

202. 女－162 靑－173 協－161 됴－157 歌－169 海－192
쳥명시졀우분분ᄒ니로상희인이욕단혼니로다뭇노라목동아슐파는집
이어드메나하뇨져건너쳥렴쥬긔풍이니게가무러보시쇼.

203. 女－163 靑－175 協－163 됴－158 歌－171 海－194
건너셔는숀을치고집에셔는들나ᄒᄂ니문닷고드자ᄒ랴숀티는데로가쟈

ᄒ랴이ᄂᆡ몸둘헤ᄂᆡ여예반졔반ᄒ리라.

　204. 女－164　靑－174　協－162　됴－159　歌－170　海－193

　남산에눈날이ᄂᆞᆫ양은빅숑골이당도ᄂᆞᆫ듯한강의비ᄽᅳᆫ양은강셩두두룸이
고기를물고넘노ᄂᆞᆫ듯우리도남에님거러두고넘노라붉가ᄒ노라.

　205. 女－165　靑－176　協－164　됴－160　歌－172　海－195

　아희야연슈ᄂᆞᆫ여라님게신듸편지ᄒ자검운먹흰됴희ᄂᆞᆫ님을응당보려마
ᄂᆞᆫ져붓듸날과갓ᄐ여그리기만ᄒ도다.

　206. 女－166　靑－177　協－165　됴－161　歌－×　海－196

　졔도듸국이요쵸도ᄯᅩ한듸국이라됴고만등나라히간어졔쵸ᄒ엿시니두
어라하ᄉ비군이리ᄉ데ᄉ쵸ᄒ리라.

　207. 靑－54

　康衢에맑은노ᄅᆡ며南薰殿和ᄒᆫ바룸太平氣像을알니로다大堯의克明ᄒ
신峻德과帝舜의賢德이아니시면뉘라셔玉燭春臺를일우리요어긔야우리
의太母聖德은堯舜을兼ᄒ오시니東方堯舜이신가ᄒ노라.(東廟丁丑七十
饌時御製)

　208. 皇－164

　去年에붉든곳츨今年에다시보니반갑다花香이여너도ᄯᅩᄒᆫ반기느냐그
곳치무어ᄒ니그을답답ᄒ여라.

　209. 海－197

　屛風의그린梅花달읍스면무엇ᄒ리屛間梅月兩相宜ᄂᆞᆫ梅不飄零月不虧

이라至今의梅不飄月不虧ᄒ니그를죠하ᄒ노라.

安玟英

210. 海-198
四月綠陰鶯世界는又石公의風流節을石想樓놉픈집의琴韻이玲瓏ᄒ다
玉階의 蘭花低ᄒ고鳳鳴梧桐ᄒ더라.

安玟英

편자존한입

(靑-編數大葉 편ᄌ즌한닙 協 丘 歌 海-編數大葉)

211. 女-167 靑-178 協-166 丘-162 歌-173 海-199
남산숑빅울울창창한강류슈호호양양듀상뎐하는차산슈것치산봉슈갈
토록셩슈무강ᄒ샤쳔쳔만만셰를틱평으로누리셔든우리는일민이되야강
구연월에격양가를부루리라.

212. 女-168 靑-179 協-167 丘-163 歌-174 海-200
딘인난딘인난ᄒ니계슴호ᄒ고야오경라츌문망츌문망ᄒ니쳥산은만즁
이요록슈는쳔회로다이윽고기즛는쇼릭에빅마유야랑이넌즈시도라드니
반가온마음이무궁탐탐ᄒ야오늘밤셔로즐거오미야어늬굿이잇시라.

213. 女-169 靑-180 協-168 丘-164 歌-175 海-201
오늘도져무러지게져뮬면은싀리로다싀면이님가리로다가면못오려니
못오면글이려니글이면응당병들녀니병곳들면못슬니로다병들어못슬쥴
알냥이면자구나갉가ᄒ노라.

214. 女 - 170 靑 - 181 協 - 169 됴 - 165 歌 - 176 海 - 202

모시를이리져리슴아두루슴아감슴다가가다가한가운듸똑근텨지옵거
든호치단슌으로홈쌜며감쌜라셤셤옥슈로두긋마죠잡ᄋ바볏쳐이오리라
져모시를우리도사랑긋쳐갈졔져모시것치이으리라.

215. 女 - 171 靑 - 183 協 - 171 됴 - 167 歌 - 178 海 - 204

옥것튼님을일코님과것튼자네를보니자네건지긔자네런지아모권쥴늬
몰늬라자네긔나긔자네낫즁에자고나갈ㄱ가ᄒ노라.

216. 女 - 172 靑 - 184 協 - 172 됴 - 168 歌 - 179 海 - 205

문독츈츄좌삐젼ᄒ고무ᄉ쳥룡언월도라독힝쳔리ᄒ사오관을지나실졔
쓴루는져장ᄉ야고셩북쇼리를드럿ᄂ냐못드럿ᄂ냐쳔고에관공을미신ᄌ
ᄂ익덕인가ᄒ노라.

217. 女 - 173 靑 - 185 協 - 173 됴 - 169 歌 - 180 海 - 206

월일편등슴경인졔나간님을헤여ᄒ니쳥루쥬ᄉ에식님을거러두고불승
탕졍ᄒ야화간믹상츈장만ᄒ되쥬마투계유미반이라슴시쥴망무쇼식ᄒ니
진일난두의공당장을ᄒ노라.

218. 女 - 174 靑 - 186 協 - 174 됴 - 170 歌 - 181 海 - 207

일뎡빅년슬쥴알면쥬식츰다관계ᄒ햐힝혀참운후에빅년을못슬면긔아
니이다를쇼냐인명이자유텬졍이니쥬식을츰운들빅년슬기쉬오랴.

219. 女 - 175 靑 - 182 協 - 170 됴 - 166 歌 - 177 海 - 203

모란은화즁왕이오향일화ᄂ츙신이로다연화ᄂ군ᄌ요힝화쇼인이라국
화ᄂ은일ᄉ요미화한식로다박곳즌로인이요셕쥭화ᄂ쇼년이라규화무당

이요히당화는창녀로다이즁에리화시긱이요홍도벽도슴싁도는풍류랑인
가ᄒ노라.

220. 女-176 靑-187 協-175 됴-171 歌-182 海-210
쥬싁을슴가ᄒ란말이넷스롬에경계로되답쳥등고졀에벗님네다리고시
귀을풀젹에만쥰향료를를아니취키어려오며려관의잔등을딕ᄒ여독불면홀
졔졀딕가인만느잇셔안니놀고어어리.

221. 女-177 靑-189 協-176 됴-172 歌-183 海-211
딕쳔바다한가온딕즁침세침풍덩샌져여라문ᄉ공놈이길넘운ᄉ앗딕로
귀쎄여늬단말이잇셔이다님아님아왼놈이븩말을헐지라도딤작ᄒ여드르
시쇼.

222. 女-178 靑-190 協-177 됴-173 歌-184 海-212
슈박것치두렷ᄒ님아참외것치단말슴마쇼가지가지ᄒ시눈말슴왼말인
쥴늬몰늬라구시월싸동아것치속셩긘말마로시쇼.

223. 女-179 靑-188 協-178 됴-174 歌-185 海-213
화작작범나뷔빵빵류쳥쳥쇠소리빵빵남즘싱길버러지다빵빵이노니는
딕우리도졍든님다리고빵지어놀녀ᄒ노라.
　　丘-柳希齡字子罕號夢窩晉州人中宗朝登第官禮議所撰大東詩聯珠詩
格大行于世

224. 女-180 靑-191 協-179 됴-175 歌-186 海-214
눈물풀졉심홍이요슐퉁퉁부븩을거눈고당당노릭ᄒ니두룸이둥둥츔을
츈다아희야싀문에긔즛즈니벗오시나보ᄋ라.

丘-金煐正宗朝武科官大將

225. 女-181 靑-× 協-181 丘-177 歌-188 海-215
벽도화를손에들고비옥잔에슐을부어우리셩모게비ᄂᆞᆫ말ᄉᆞᆷ져벽도화갓
트쇼셔

슴쳔년에곳이픠고슴쳔년의열ᄆᆡ밋쳐곳도무진열ᄆᆡ도무진무진장춘식
이라아마도요지왕모에쳔슈를셩모게드리고져ᄒᆞ노라.

歌-翼宗大王 在東宮代理時上純元王后珍饌宴歷製今雖不俗唱錄於編
次使後人知翼宗之孝奉己丑宴 海-翼宗大王 在東宮時上純元王后道宴
睿製今代不待俗唱錄於編次以使後人知翼宗之孝奉

226. 丘-178
初生달늬버혀져그며보름달늬그려둥그랴ᄂᆞᆫ요늬물흘너마르지안코연
긔나며ᄉᆞ라지니셰상에영허소쟝ᄂᆞᆫ몰나 東山李先生牛峰人

227. 歌-189 海-209
石坡公의造化蘭과秋史必紫霞詩ᄂᆞᆫ詩書畵三絶이요蘇山竹石蓮梅ᄂᆞᆫ梅
與竹兩絶이라그中에本밧기어려울쓴石坡蘭인가ᄒᆞ노라.

歌-安玟英

228. 歌-190
石坡에又石ᄒᆞ니萬年壽를期約거다花如解笑還多事요石不能言最可人
을至今에以石爲號ᄒᆞ고못늬즑여ᄒᆞ노라.

229. 海-208
몰라病되더니알아쏘흔病이로다몰라病알아되면病의어리여못슬이로

다아무리華扁을만는들이病이야곳칠손가.

安玫英

協-歌終奏臺 女唱 歌-歌畢奏臺 海-闋終唱臺

230. 協-186 歌-191 海-216
이리ᄒ여도太平聖代져리ᄒ여도太平聖代堯之日月이요舜之乾坤이로
다ᵡ우리도太平聖代니놀고놀녀ᄒ노라.

계락ᄲ진 것(女唱歌謠錄)

282. (본문에 삽입)

庚午仲春望間雪峰(愚泉)試-女

1. 相思別曲 靑-1 協-3
人間 離別 萬事中의 독슉공방이 더욱 셜다 상ᄉ불견 이 늬 진정을
제 뉘라셔 알니 맷친 시름 이렁져렁이라 홋트러진 심 다 후루혀 더져
두고 즈나쌔나 쌔나즈나 님을 못 보니 가슴이 답답 어린 양ᄌ 고은
쇼릭 눈의 암암허고 귀의 징징 보고지고 님의 얼굴 듯쇼지고 님의 소
릭 비티이니 ᄒ늘님계 님 싱기라 허고 비너이다 젼싱ᄎ싱이라 무슴
죄로 우리니 두리 싱계ᄂ셔 쥭지 마ᄌᄒ고 빅연긔약 오동츄야 밝은
달의 님 싱각이 시로워라 만쳡쳥산을 드러간들 어늬 우리 낭군이 날
ᄎ즈리 산은 쳡쳡허여 고기 되고 물은 츙츙 흘너 소희로다 한 반 이
별ᄒ고 도라가면 다시 오기 어려웨라.-靑

人間離別萬事中에 獨宿空房 더욱셟다 相思不見 이닌 眞情을 제뉘
라셔 알니 밋친 시름 이렁저렁이라 훗트러진 근심 다 후릇쳐 더뎌두
고 쟈나끼나 쟈나끼나 자나 님을 못보아 ᄀ슴이 답답 언린 樣姿 고은
소리 눈에 黯黯ᄒ고 귀에 錚錚 보고지고 님의 얼골 듯고지고 님의 말
슴 비닉이다 하ᄂ님게 이제 보게 ᄒ오소셔 前生此生이라 무슴 罪로
우리 둘이 숨겨나셔 글인 相思 한데 만나 離別마즈 百年期約 죽지말
고 한데잇셔 닛지마즈 쳐음 盟誓ㅣ 千金珠玉 귀밧기요 世事一貧關係
ᄒ랴 根源흘너 沼이 되야 깁고깁고 다시 깁고 ᄉ랑뫼혀 뫼히되여 놉
고놉고 다시 놉하 문허질즐 모로거든 싄쳐질즐 어이알니 造物이 시
오ᄂ지 鬼神이 戲짓ᄂ지 一朝郎君 離別後에 消息좃ᄎ 頓絶ᄒ랴 오늘
이나 드러올가 來日이나 奇別올까 日月無情 절노가니 玉鬢紅顔이 空
老ㅣ로다 梧桐秋夜 성귄비에 밤은 어이 더듸 시며 綠陰芳草 져문날
에 ᄒ는 어이 기돗던고 이닌 相思 아랏시면 님도 날을 글이ᄂ가 獨宿
空房 혼ᄌ안저 다만 한숨이 닉 벗이라 一寸肝腸 구븨구븨 펴여나니
가슴답답 우ᄂ 눈물 밧ᄋ닌면 비를 타고 아니가랴 뛰는 불이 니러나
면 님의 옷세 당긔리라 ᄉ랑겨워 우든우름 싱각ᄒ면 목이메고 嬌態
계워 웃던 우슴 혜여보니 더욱셟다 咫尺東南 千里되여 도라보니 눈
이싀고 萬里相思그려닌들 흔붓스로 다그리랴 나릭돗틴 鶴이 되어나
라가면보련마ᄂ 山은 疊疊ᄒ여 고기되고 물은 퉁퉁흘너 沼히로다 天
地人間離別中에 날갓트니 쏘잇ᄂ가 곳즌꾀여 절노지고 ᄒ는돌아 져
문날에 이슬갓튼 이 人生이 무슴일노 숨겨ᄂ고 ᄇ람부러 구즌비와
구름씌여 져문날에 나며들며 뷘房으로 오락가락 혼ᄌ서셔 님가신데
ᄇ라보니 이닉相思虛事ㅣ로다 空房美人獨相思ᄂ 예로부터 이러ᄒ가
닉라혼ᄌ 이러ᄒ가 님도아니 이러ᄒ가 날ᄉ랑ᄒ던 싯티 남ᄉ랑ᄒ시
난가 無情ᄒ여 이젓ᄂ가 山鷄野鶩 길흘드려 노흘줄 모로난가 路柳墻
花 것거쥐고 春色으로 노니ᄂ가 가ᄂ쏨이 ᄌ최되면 오ᄂ 길이 무뇌

리라 한번 죽어 도라가면 다시 보기어려우니 아마도 옛情 이 잇거든 다시 보게 숩기소셔.-協

2. 春眠曲 靑 - 2 協 - 4

春眠을 느지 씨여 쥭창을 열고 보니 정화는 작작ᄒ여 가는 나븨를 머무는 듯 안뉴는 의의ᄒ여 셩긘 닉을 씌윗는 듯 챵젼의 덜 괴인 슐를 니삼빗 먹은 후의 호탕ᄒ여 미친 흥을 부졀 업시 자아닉여 빅마금편으로 야류원을 츠져가니 화향은 습의ᄒ고 월식은 만졍헌듸 광긱인 듯 취긱인 듯 흥을 계워 머무는 듯 빅회이고면허고 유정이 셧노라니 취와쥬란 노믈십의 녹의홍상 일미인니 ᄉ창을 반기허고 운넌 듯 반기는 듯.(一作 허고 下 옥안를 잠깐 드러)-靑

(以下 嬌態ᄒ야 마즈드려 秋波를 暗注ᄒ고 綠綺琹 빗기안고 淸歌 一曲으로 春意를 즈아닉니 雲雨陽臺에 楚夢이 多情ᄒ다 스랑도 그지업고 緣分도 깁풀시고 이스랑 이緣分은 비길데가 젼혀업다 너는 쥭어 곳치되고 나는 쥭어 나븨되여 三春이 다 盡토록 써ᄂᆞᆺ지 마짓더니 人間에 일이 만코 造物죳ᄎ 싀암발나 新情이 未洽ᄒ듸 이다를쓴 離別이야 淸江에 노든 鴛鴦 우려녜고 써나는 듯 狂風에 놀난 蜂蝶 가 다ᄀᆞ셔 돌치는 듯 夕陽은 다 져가고 狂馬는 자로 울제 羅衫을 뷔혀쥽고 黯然이 여힌 後에 밋친 시름 슬든 情을 님의 편에 붓쳐두고 슬푼 노릭 긴 한숨을 벗을 숨아 도라오니 어져 이님이야 싱각ᄒ니 寃讐ㅣ로다 肝腸이 다 셕으니 목숨인들 保全ᄒ랴 一身에 病이 되고 萬事에 無心ᄒ야 紗窓을 굿이닷고 섬쩌이 누엇시니 花容月態는 眼中에 森然ᄒ고 粉壁紗窓은 枕邊에 如舊ㅣ로다 花叢에 雨滴ᄒ니 別淚를 ᄲᅡ리는 듯 柳暮에 烟籠ᄒ니 離恨을 머무는 듯 空山夜月에 杜鵑이 슯히울제 슬푸다 져식소릭 닉말갓치 不如歸라 三更에 못든 잠을 四更에 비러드니 相思ᄒ던 우리 님은 꿈가온데 暫間보고 千愁萬恨 못다일너 一

場蝴蝶 훗터지니 아릿다온 玉鬢紅顔 겻테 얼픗 안젓는 듯 於臥怳忽
ᄒ다 숨을 常時숨고지고 撫枕戲歡ᄒ야 밧바나러 ᄇ라보니 雲山은 疊
疊ᄒ여 千里眼을 가리왓고 晧月은 蒼蒼ᄒ야 兩鄕心에 빗최엿다 어져
닉일이야 나도 모를 일이로다 이리져리 그리면서 어이 그리 못 보는
고 弱水三千 머단 말을 이런 데를 니르도다 佳期는 杳然ᄒ고 歲月은
如流ᄒ야 엇그제 二月꼿치 綠岸邊에 붉엇더니 그덧졔 凋忽ᄒ야 秋風
落葉 되단말가 식벽달 지실젹에 외기력이 우러녠다 반가운 님의 消
息 倖兮올까 ᄇ랏더니 蒼茫흔 구름밧게 뷘소릭 ᄲᆞᆫ이로다 支離ᄒ다
이 離別을 언제만나 다시 볼쏘 山頭片月되야 님의 낫체 빗최고져 石
上梧桐되여 님의 무릅 볘오고져 屋上雕梁에 져비되여 날고지고 玉窓
櫻桃에 나뷔되여 나니고져 華山이 平地되고 錦山이 다 마른다 平生
에 슬푼 懷抱어듸다가 가흘ᄒ리 書中有女란 말 나도 暫間 드럿더니
ᄆᆞ음을 고쳐먹고 慷慨를 다시 닉여 丈夫의 功名을 일노좃ᄎ 말니로
다. —協

3. 路中歌 길구낙 靑 - 3

오날도 하 심심ᄒ니 길쑤낙이나 허여를 보즈 어이 업다 이연나 말
드러를 바라 노오나 네니나루 노오나 어이루 난니루나 이니루나 니
나루 어네난나 나루노 오나니나루 노오나 예이난이나루 노오난니냐
루 노오나니나루 노오나 가소가쇼 즈네 사쇼 즈네 가다가셔 닉가 못
살야 정방산성 북문 밧게 히도라지고셔 다리 도다온다 눈비 찬비 찬
이슬 맛고 혼도 셧는 老松남기 짝을 일코서 홀노 살야 닉 각시 네 이
리로허다셔 닉 못살야 어이업다 이연아 말드러를 바라 죠고마헌 상
제듕이 斧刀쳐을 두루쳐 메고 萬疊靑山 드러를 가셔 크다라헌 고향
남글 니리 쿡 찍고 져리로 찍어서 졔 홀노 찍어느라 닉각시 네 어리
로 허다셔 닉 못살냐 어이 업다 이연아 말드러을 바라 어이업디 이연

아 말드러라 네라헌들 漢宮女며 닉라헌들 斐君子ㅣ라 나무ㅣ 쌀이
너쏜이여 나무ㅣ아들리 나쏜이라 쥭씨살기를 오날날노 오나 결짠을
허즈 어이업다 니연아 말드러을바라 노오오나 비니나루노오 오나니
이루나 니루나 이니루나니 나루이네나니 나루노오오너니나루 노오나
너니 나니나루 노오나니 나루노오나. 靑

4. 白鷗詞 靑-4 協-7

白鷗야 펄펄 나지 마라 너 잡을 닉 안니로다 성상이 버리시니 너
을좃츠 옛왓노라 오류춘광 경죠흔듸 빅마금편 화류가즈 운침벽계 화
홍도 유룩헌듸 만학천봉 비쳔시라 호듕쳔지의 별건곤이 여긔로다 고
봉만쟝 청계울헌듸 늑죽창숑이 욱계을 닷토와 명수십이의 히당화만
다 퓌엿짜 진광풍의 견듸지 못ᄒ여 쑥쑥 써러져 아쥬 펄펄 나라가니
건들 아니 경이론가 바위암샹의 다람쥐 긔고 시니계변의 금즈라 긘
다 죠팝남긔 피쥭시 쇼리며 함박꽂테 벌이라셔 몸은 둥글고 발른 적
어 졔 몸을 못 닉여 동풍딘 듯 불 쩨마다 이리로 졉뒤젹 져리로 졉뒤
젹 너훌너훌 츔을 츄니 건들 아니 경이론가 황금겻튼 쐬꼬리식는 버
들 스이로 왕닉허고 빅셜겻튼 흰나븨는 꼿츨 보고 반기역여 두 나릭
펼치고 나라든다 써든다 감아케 별겻치 동고라케 달겻치 아쥬 펄펄
나라드니 건들 아니 경이론가. 靑 協

5. 漁夫詞 靑-5 協-1(漁父詞)

雪鬢漁翁이 住浦間ᄒ야 自言居水勝居山을 至菊叢至菊叢於斯臥ᄒ니
倚舡漁父ㅣ一肩高ㅣ라 빈씌여라빈씌여라 早潮纔落晩潮來라 靑菰葉上
에 凉風起ᄒ고 紅蓼花邊白鷺閑을 닷드러라 닷드러라 洞庭湖裏駕歸風
을 至菊叢至菊叢於斯臥ᄒ니 帆急前山이忽後山을 盡日泛舟烟裏去ᄒ야
有時搖棹月中還을 어워러어워라ᄒ니 我心隨處自忘磯를 至菊叢至菊叢

於斯臥ᄒ니 叩枻乘流無定去를 萬事無心一竿竹이요 三公을 不換此江
山을 돗지여라돗지여라 山雨溪風捲釣絲를 至菊叢至菊叢於斯臥ᄒ니
一生縱跡이 在滄浪을 東風西日楚江深ᄒ니 隔岸漁村兩三家를 濯纓歌
罷汀洲靜ᄒ니 竹逕柴門猶未開라 비뎌어라비뎌어라 夜泊秦淮近酒家를
至菊叢至菊叢於斯臥ᄒ니 瓦甌蓬箸로 獨斟時를 醉來睡看無人喚ᄒ니
流下前灘也不知를 비미여라비미여라 桃花流水鱖魚肥를 至菊叢至菊叢
於斯臥ᄒ니 滿江風月屬漁舡을 夜靜水寒不食 ᄒ니 滿舡空載月明歸를
닷지여라닷지여라 罷釣歸來繫短蓬을 至菊叢至菊叢於斯臥ᄒ니 風流未
必載西施를 一自持竿上釣舟로 世間名利盡悠悠를 빗붓쳐라비붓쳐라
繫舟猶有去年痕을 至菊叢至菊叢於斯臥ᄒ니 欸乃一聲山水綠을.   靑
協 歌

6. 黃鷄打令 靑-6

　一朝郎君 이별후의 消息조ᄎ 돈졀허다 지어ᄌ 죠흘씨고 병풍의 그
린 황계 두 나릐를 둥덩치며 스오경 일졈의 날싀라고 쏙씌요 울거든
오랴는가 지어ᄌ 죠흘씨고 져 다라 보느냐 님 계신 듸 명긔를 빌여라
나도 보ᄌ 지어ᄌ 말듯쇼 한 고즐 바라보니 뉵관되ᄉ 졍신이는 팔션
녀 더리고 희롱흔다 지어ᄌ 죠흘씨고 죠흘죠흘죠흘 경의 어듸을 가
구셔 날 아니 찻노 지어ᄌ 말듯쇼 널낭 죽어 황하슈 되고 나는 죽어
돗듸션 되야 바람부는 듸로 물쎨치는 듸로 에화둥덩실 쩌셔 노ᄌ 지
어ᄌ 죠흘씨고　靑

7. 處士歌　靑-7 協-2

　平生 아ᄌ 쓸데 업셔 셰상공명을 하즉허구 양간슈명하여 울림쳐ᄉ
되오리라 구승갈포 몸의 걸고 숨졀쥭쟝 숀의 쥐고 낙됴강노 경됴흔
듸 망혜완보로 닉려가니 젹젹송간 다다럿다 요요향원 긔즈지니 경긔

무궁 죠흘시고 산님쵸목 푸루럿다 창암병풍 둘넛는듸 빈운심쳐 집을 짓고 강호의 어부갓치 듁관스립을 젓쎄 쓰고 십이십이 수정 닉려가니 빈구비거쌘이로다 일위편범 놉피 달고 만경창파로 흘이져어 슈쳑은어 낙까닉여 숑강노어 비길노다 일낙쳥강 져문니레 박쥬포져로 도라드니 남북고촌 두세집은 낙하모연의 줌계셰라 긔산영슈이 안이야 별류쳔지 여긔로다 아마도 이 강산 님즈는 나쑌인가 허노라. (비길노다 以下 子陵灘頭 낙든덴가 銀鱗玉尺 쒸노는다 箕山潁水 예 아니면 別有天地 쏜히로다 日落淸江 져문날에 泊舟浦渚 도라드니 南北孤村 두세집이 落霞暮烟 줌겨셰라 아마도 이 江山 님즈는 나쑌인가 ㅎ노라. 協) 靑 協

8. 首陽山歌 靑-8

首陽山의 고스리을 것쎄 위슈빈의 고기를 낙거 의젹의 비신 슐 이 틱빅 발근 달의 등왕각 놉푼집의 쟝건의 승스ᄒ고 달구경 가는 말며을 쳥허즈 바람불고 눈비 오라는가 동역홀 둘너보니 ᄌ봉좌작봉과 쳥쳥발근듸 벽숑의 빅운이 층층방곡이 졀노 거머 흔들흐흔들 애에에 죠흐니 네조오니 네니나네루 이러루허고나 노이리루허고 네로네로네 니나노나 이히루허고 네로네니너니나노계이나이힐 나누니네로나 목왕은 쳔지로되 요지의이연낙허구 항羽는 壯士로되 만안영츄월의 비가강긔허고 明皇은 영쥐로되 양귀妃 이별의 馬嵬驛의 우럿는니 한벽당 쳥풍월의 만고쳔ᄒ영웅쥰걸드리 안져 오날것치 죠코죠흔날 만나 아니 놀고 무엄일 허즈노니. 靑

9. 名妓歌 協-5

닉本是虛浪ᄒ여 酒肆靑樓 거니더니 靑袍仙 보려ᄒ고 月烟臺에 올나가니 三春이 져문 後에 桃李花 지거구나 雲深不知處에 눌다려 무러보니 紅桃花 지는 곳에 柳色만 남아세라 氣烈獨香으로 靑蝶을 머무는 듯 殘枝舊葉을 松梅에 比헐소냐 杜梅處處에 粉丹을 바아는 듯 木蓮花 흔 柯枝에 碧香을 씌여세라 柯枝柯枝 香丹이요 葉葉히 芙蓉이라 夕陽芳芳草에 風景을 漸受ᄒ야 秦樓 져문 날에 望月徘徊ᄒ니 一片銀蟾이 春景도 美愛헐졔 맑고 붉은 비치 月下樓 빗최엿다 禮心恭謹ᄒ야 柳惠를 ᄉ랑ᄒ니 襄王의 醉흔 쑴이 楚情을 戱弄ᄒ니 潤玉雙金이 環佩를 나붓긴다 楚雲깁푼 곳에 彩雲이 날니는 듯 落梅花 흔 曲調에 醉仙을 씌오는 듯 玉貌花容은 翠蟾도ᄒ려니와 淸歌妙舞야 醉仙인들 ᄇ릴소냐 長相思在長安에 不見千愁萬恨ᄒ니 骨髓에 病이 되고 가슴이 뭉긔리라 蕭少娥落葉聲에 이닌 肝腸 다 슨는다 楚江漁父들아 龍의 如意珠를 슈고로이 낙가닌여 龍의 愁心 바아는 듯 그ᄉ랑 이닌무음 님의 比헐손가 蒼林秋八月에 淸風이 細丹ᄒ니 此節이 佳節이라 細梅를 것거쥐고 細丹을 次丹ᄒ여 其餘를 ᄎᄌ가니 石蓮花 붉은 골에 梅月이 빗최엿다 醉興을 못 닉의여 西閣을 ᄎᄌ가니 空庭에 섯는 石梅 날을 보고 반기는 듯 草坪에 긔여올나 梅花를 굽어보니 淸風이 徐來ᄒ고 楚月이 團團이라 氷玉갓치 고은 梅花 우리를 怒ᄒ는 듯 난듸 업슨 버러지는 落落長松 다가운다 鴛鴦枕翡翠衾에 一夜를 愛宿ᄒ면 丈夫의 노리는 이쑨인가 ᄒ노라.   協

10. 關東別曲 協-6

江湖에 病이 드러 竹林에 누엇시니 關東八百里를 特命으로 맛기시니

於臥 聖恩이여 가지록 罔極ᄒ다 迎秋門 드리다라 慶會南門 ᄇ라보고 下直고 도ᄅ셔니 玉節이 압헤셧다 平丘驛馬 갈아타고 黑水로 도라드니 蟾江은 어듸메오 雉岳山이 여긔로다 昭陽江 나린 물이 어듸메로 드단말고 孤臣去國에 白髮도 ᄒ도흘벗 東州ㅣ ᄃ밤 겨오싀와 北

關亭올나가니 三角山 第一峰을 ㅎ마ㅎ면 보리로다 弓王大闕터에 烏
鵲이 즈져괴니 千古興亡을 아는다모로는다 淮陽녯 일홈이 맛초아 갓
틀시고 汲長孺風采를 곳저아니 볼쎠이고 時節이 三月인제 營中에 無
事ㅎ니 花川시닛길에 風樂으로 버럿시니 行裝을 다썰치고 石逕에 막
딕딥고 百川洞 겻혜두고 萬瀑洞 드러가니 銀것튼 무지게와 玉것튼
龍의 초리 섯돌며 쑴는소릭 十里에 ᄌ잣시니 드를제는 우레러니 보
니는 물이로다 金剛臺민옥層에 仙鶴이 삿기치고 春風玉笛소릭 첫줌
을쎄오는 듯 縞衣玄裳이 半空에 소소쓰니 西湖녯 主人을 반겨셔 넘
노는 듯 小香爐大香爐를 樓아릭 굽어보니 正陽寺 歇惺樓에 혼ᄌ 올
ᄂ 안즌말이 盧山眞面目이 여기와 다뵐노다 於臥 造化翁아 헌ᄉ도
헌ᄉ헐샤 날거든 쒸지마라 셧거든 솟지마라 芙蓉을 곳ᄌ는 듯 白玉
을 묵것는 듯 東溟을 박차는 듯 北劇을 괴왓는 듯 놉풀ᄉ 望君臺와
외로올ᄉ 穴望峰을 開心臺 올ᄂ안져 衆香城바라보며 萬二千峰을 歷
歷히 바라보니 峰마다 밋쳐닛고 씃마다 서린氣運 맑거든 조치마라
조커든 맑지마라 이 氣運 허러닉여 人傑을 밍글과져 形容도 그지업
고 體勢도 하도할ᄉ 天地숨기실제 自然이 되연마는 이제와 보게되면
有情함도 有情헐ᄉ 毗盧峰上上峰에 올나보니 긔 뉘신고 東山과 泰山
이 어느야 놉단말고 魯國 됴은 줄을 우리는 모로거니 넙우나 넙은 天
下 뉘라셔 됴다턴고 於臥 져 境界를 어이ㅎ야 알쎠이고 오릭 잇지 못
ㅎ거든 나려감이 怪異ㅎ랴 圓通골 가넌 길에 獅子峰에 올나가니 그
아릭 너른 ㅂ회 九龍沼이 되어셰라 千年老龍이 구뷔구뷔 서려잇셔
晝夜로흘너ᄂ려 滄海에 니엇시니 風雲은 어제엇어 三日雨를 닉여다
가 陰崖에 이운 풀을 다 술나닉여스라 摩訶衍妙吉祥에 雁門水岾 넘
어드러 외나무석은다리 佛頂臺 올나기니 千尋絶壁을 半空에 셰워두
고 銀河水흔 구뷔를 寸寸이 싣어닉여 실것치 풀쳐닉여 뵈것치 거럿
시니 圖經열두구뷔 닉보민 여러히라 李謫仙이 이제와셔 곳쳐 議論ㅎ

게되면 廬山이 여긔도곤 낫단말 못ㅎ려니 山中을 每樣보랴 東海로
가자세라 藍輿를 倚支ㅎ야 山映樓에 올나가니 玲瓏碧溪와 數聲啼鳥
는 景物을 즈랑ㅎ고 離恨을 怨ㅎ는 듯 旌旗를 다뼐치고 五色이 넘노
는 듯 鼓角을 섯거부니 海雲이 다 것는 듯 明沙길 닉은 막쎄 醉仙을
빗기실어 碧波를 戱弄ㅎ며 海棠花路 드러가니 白玉樓 남운 기동 다
만 네히 셔이셰라 公輸子의 精靈인가 鬼斧로 다듬인가 굿트야 굿은
面을 무엇스로 像톳턴고 高城을 몬져보고 三日浦로 드러가니 丹書는
完然ㅎ고 四仙은 어듸간고 예셔 수흘 머문 後에 쏘어듸가 묵을손고
仙遊潭永郎湖에 거긔나 가잇는가 祥雲이 집혓는 듯 六龍이 밧드는
듯 日出을 보랴ㅎ고 밤ㄷ中만 니러보니 祥雲이 집혓는 듯 洛山東畔에 義成臺 올나가니
바다혜 써날제는 萬國이 어릐더니 天中에 쩌오르니 毫髮을 혜리로다
아마 졔구름이 近處에 머물셰라 神仙은 어듸가고 海苔만 남앗나니
天地間 壯한 奇別 仔細이 알거이고 斜陽峴山에 躑躅을 문이밟아 芝
輪羽蓋로 鏡浦臺 올나가니 十里氷紈아로 돌니곳쳐딕여 물결도 춤도
출샤 모릭를혜리로다 長松鬱鬱ㅎ딕 슬ㅋ장 펼첫시니 孤舟를 解纜ㅎ
고 亭子우헤 올나가니 江門橋넙운것히 大洋이 여긔로다 紅粧의 古事
는 헌스라 ㅎ리로다이곳에서 가즌곳이 쏘어듸잇단말가 從容할亽 져
氣像 調遠할亽 져境界야 江陵大都護는 風俗도 됴흘시고 節孝旌門이
골골버럿시니 比屋可封이이제잇다 ㅎ리로다 眞珠宮竹西樓에 五十川
나린물이 太白山그림즈를 東海로 당아가니 출하로 漢江에가 南山을
다히고져 王程이 有限ㅎ고 風景을 모슬뮈워 天根을 못닉보아 望洋亭
올나가니 仙槎를 씌여닉여 斗牛를 向ㅎ실가 幽懷도 ㅎ도홀샤 客愁도
긋이업다 바다밧게 ㅎ늘이요 ㅎ늘밧게무어신고 仙娥를 츠즈리라 丹
穴에 머무실까 갓득에 性닌고릭 뉘라셔 놀닉관딕 불거니 쏨거니 어
즈러이 구는지고 銀山을 것거닉여 六合이 나리는 듯 五月長天에 白
雪은 무숨일고 져근덧 밤이드러 風浪이 定ㅎ거늘 扶桑咫尺에 明月를

기다리니 瑞光千丈이 뵈는 듯 숨는고나 珠簾을 곳쳐 玉階를 다스리고 啓明星돗아올 듯 곳초언즈 바라보니 白蓮花 혼 柯枝를 뉘라셔 보니신고 아 됴혼 世界를 남디도 보고지고 梨花酒부어줍고 달드려 무른말이 英雄은 어디가고 四仙은 뉘런고 아무나 만나보아 넷 奇別뭇즈하니 三山東海에 갈길이 멈도멀수 松根을 벼고누어 픗줌을 엇풋드니 꿈에 혼 스람이 날다려니른 말이 그디를 뉘알거니 上界에 神仙이라 黃庭經一字를 어이하야 그릇닑고 人間에 謫下하야 우리들 모로나냐 적은 듯 가지말고 이슬혼盞 먹어보고 北斗星기리켜 滄海酒 부어 니여 져먹고날勸커늘 一二盃 거우르니 春風이 習習하여 兩腋을 취혀드니 九萬里長空에 덕이면날니로다 이슬혼盞부어더가 四海에 고로는화 億萬蒼生을 다 醉킈 믹근 後에 그제야 다시만나 쏘혼盞먹즈하니 잘지즈 鶴을 타고 九霄에 올나가니 空中玉笛소리 어제런가 그제런가 나도 줌을 씌야 滄海를 굽어보니 깁픠를 모로거든 가인들어이알니 거러니다 다기러니며 퍼니다 다 퍼니라 兒禧야 盞을 씨셔 이슬 한盞 어다가 九重으로 도라가셔 모다 취케 하오리라. 協

11. 勸酒歌　協－8

잡우시요 잡우시요 이슬혼盞 잡우시요 이 슬 혼 盞 줍우시면 千萬年이는 스오리다 이슬이 술이 아니라 漢武帝의 承露盤에 이슬 바든 거시오니 쓰느다는 줍우시요 勸홀적에 줍우시요 제것두고 못먹으면 王將軍之庫子 ㅣ오니 若飛蛾之拍燈이며 似赤子之入井이라 단불에 나뷔 몸이 곳즐것거 籌를녹코 無盡無盡 먹스이다 名沙十里 海棠花야 곳진다고 슬허마라 明年三月 봄이 되면 너는 다시 퓌러니와 可憐하다 우리 人生 샥리업슨 萍草 ㅣ라 紅顔白髮이 졀노 오니 근들 아니 셟단말가 駕一葉之扁舟하야 擧瓠樽而相屬이라 寄蜉蝣於天地하니 渺滄海之一粟이라 哀吾生之須臾하고 羨長江之無窮이라 挾飛仙而遨遊하고

抱明月而長終이라 知不可乎取得일식 식벽셔리 춘ᄇ람에 외기력이 슬피 운다 님의 消息 바랏더니 滄茫ᄒᆞᆫ 구름 밧게 ᄲᅢ인소리 ᄲᅢᆫ이로다 梧桐秋夜 밝은 달에 님ᄉᆡᆼ각이 ᄉᆡ로이라 님도 날을 ᄉᆡᆼ각ᄂᆞᆫ가 人生 한번 도라가면 뉘라흔번 먹ᄌᆞ흐리 술앗슬제 이리노ᄉᆡ 勸君終日酩酊醉ᄒᆞ쟈 酒不到劉伶墳上土ㅣ니 相思ᄒᆞ던 우리 郞君을 쑴가운ᄃᆡ 暫間만나 萬端情懷다못ᄒᆞ여 ᄒᆞ늘이 將次 밝아온다.

가람본

권쥬가 장진주 상ᄉᆞ별곡 춘면곡 길군악 빅구ᄉᆞ 황계ᄉᆞ 쥭지ᄉᆞ 슈양산가 미화ᄉᆞ 쳐ᄉᆞ가 양양가

(朴孝寬 跋文)

余每見歌譜則武時俗詠歌之第次名目使覽者未能詳知故與門生安玟英相議略聚各譜分別其羽界名目第次抄爲新譜欲使後人昭然易考而羽界本非係着者亦推移有權變之度唯在歌者之變通而或以羽爲界以界爲羽數大葉弄樂編互相推移歌之非徒以譜上名目偏執可也韻彙之平上去入高低淸濁亦有權變合勢之理也且所謂女唱辭說亦非女唱坪係着者也男唱辭說中移以爲之者也亦非會理通神者則不可解得者也爾

歌雖一藝乃聖世太平氣像之源流也古者上自卿宰下至黎庶志高不俗之人有製有唱述其志敍其懷而興賦比諷詠之趣與詩三百雅頌國風相爲表裏律呂陰陽相生之理字音淸濁高低之韻不踰其矩可以感發人之志而樂而不淫者凡詠歌之度心不正則聲不正是豈非君子之正音乎挽近俗末碌碌謀利之輩孜孜上趍薰然共和於鄙咨之習或偸閑爲戲者以無根之雜謠詭浪之駭擧貴賤爭與纏頭習尙奚有古昔賢人君子爲正音之餘派者余不勝慨歎其正

音之泯絶略抄歌闋爲一譜標其句節高低長短點數俟後人有志於斯者爲鑑
準焉　　歌 가람本 一石本 花

『歌曲源流』와 관련된 논저 목록

單行本

六堂本 『歌曲源流』, 경성제대 조선어문학과(油印), 1929 ; 국어국문학연구
　회, 1952.
國樂院本 『歌曲源流』, 동국대학교(油印), 1957.

김신중, 『역주 금옥총부(주옹만영)』, 박이정, 2003.
愼慶淑, 『19세기 歌集의 展開』, 계명문화사, 1994.
沈載完, 『時調의 文獻的 研究』, 세종문화사, 1972.
尹榮玉, 『금옥총부의 해석』, 문창사, 2007.
咸和鎭, 『增補 歌曲源流』, 1943 ; 再版 1956
黃忠基, 『歌曲源流에 관한 연구』, 국학자료원, 1997.
＿＿＿, 『靑邱永言』, 푸른사상사, 2006.
＿＿＿, 『靑丘樂章』, 푸른사상사, 2006.
＿＿＿, 『歌詞集』, 푸른사상사, 2007.
＿＿＿, 『海東樂章』, 푸른사상사, 2009.
＿＿＿, 『協律大成』, 푸른사상사, 2013.

論文

강경호, 「가집 해동악장의 작품 수록 양상과 편찬특성」, 『어문연구』 제
　136호, 2007.

姜銓燮, 「金玉叢部에 대하여」, 『語文研究』, 충남대학교, 1971.

_____, 「安玟英 序文의 '爰錄于曲譜之末'에 대한 釋明」, 『시조학논총』
　제16집, 한국시조학회, 2000.

고미숙, 「안민영의 작품세계와 그 예술사적 의미」, 『한국학보』, 1991. 봄
　호.

고정희, 「가곡원류 시조의 서정시적 특징」, 서울대학교 석사학위 논문,
　1995.

權宅璟, 「周翁 安玟英 시조연구」, 한국교원대학교 석사학위 논문, 1998.

金根洙, 「歌曲源流攷」, 『논문집』 제1집, 명지대학교, 1968.

金善祺, 「『金玉叢部(周翁漫詠)』의 作品 後記에 관한 연구」, 『어문연구』
　제37집 어문연구회, 2002.

_____, 「안민영 시조를 둘러싼 국악원본 가곡원류와 금옥총부의 비교
　고찰」, 『한국언어문학』 제48집, 한국원우문학회, 2002.

김전수, 「安玟英의 시조연구」 대구대학교 교육학과 석사학위 논문, 1989.

김현식, 「안민영의 가집편찬과 시조문학의 양상 연구」 서울대학교 석사
　학위 논문, 1999

류준형, 「安玟英의 梅花詞論」, 『韓國古典詩歌作品論』(백영 정병욱 선생
　10주기 추모논문집), 1992.

朴魯埻, 「安玟英 時調의 基本 '틀'과 志向世界」, 『古典文學硏究』 제5집,
　한국고전문학연구회, 1990.

_____, 「안민영의 삶과 시의 문제점」, 『조선후기 시기의 현실인식』,
　1998.

朴乙洙, 「安玟英論」, 『韓國文學作家論』, 형설출판사, 1977.

성기옥, 「한국 고전시 해석의 과제와 전망. 안민영의 <매화사> 경우」,
　『진단학보』 제85집, 1998.

성무경, 「「金玉叢部」를 통해 본 '雲崖山房'의 풍류세계」, 『泮橋語文硏究』
　제13집, 반교어문학회, 2001.

宋　炳,「金玉叢部 작품 후기의 성격 고찰」,『古詩歌硏究』 제4집(한국고
시가문학회), 1977

송원호,「安玟英의 作品世界와『金玉叢部』硏究」, 고려대학교 석사학위
논문, 1999.

＿＿＿,「가곡 한 바탕의 연행 효과에 대한 일고찰(2) - 안민영의 羽調 한
바탕을 중심으로」,『어문논집』 제42집, 안암어문학회, 2000.

＿＿＿,「안민영의 승평곡 연구」『어문논집』 제47집, 민족어문학회, 2003

신경숙,「안민영과 기녀」『민족문화연구』 제10집, 한성대학교 민족문화연
구소, 1999.

＿＿＿,「안민영과 예인들 - 기악연주자들을 중심으로」,『어문논집』 제41
집, 안암어문학회, 2000.

＿＿＿,「안민영 예인집단의 좌상객 연구」『한국시가연구』 제10집, 한국
시가학회, 2001.

＿＿＿,「하순일 편집 가곡원류의 성립」,『시조학논총』 제26집, 2007.

＿＿＿,「가곡원류 편찬 연대 재고」,『한민족어문학』 제54집, 한민족어문
학회, 2009.

沈載完,「金玉叢部(周翁漫筆) 硏究」,『論文集』 제2집, 청구대학교, 1961.

＿＿＿,「歌曲源流系 歌集硏究」,『論文集』 제10집, 청구대학교, 1967.

吳鍾珏,「가곡원류의 새로운 이본인 지음 연구」,『국어국문학눈문집』 제
15집, 단국대학교 국어국문학과, 1997.

尹榮玉,「朴孝寬論」,『續古時調作家論』, 한국시조학회, 1990.

李能雨,「歌曲源流와 現代的 解釋」,『조선일보』, 1955.11.15.

이동복,「박효관의 생애와 업적에 관한 연구」,『국악원논문집』 제14집,
국립국악원, 2002.

이동연,「19세기 가객 안민영의 예인상」,『이화어문논집』 제13집, 이화여
대 한국어문학연구소, 1994.

이형대,「안민영의 시조와 낭만적 상상력」,『우리어문연구』 제18집, 우리
어문학회, 2002.

＿＿＿,「안민영의 시조와 애정 정감의 표출 양상」,『한국문학연구』 제3
호, 고려대민족문화연구원 한국문학연구소, 2002.

鄭武龍, 「安玟英 時調 研究 1」, 『龍淵語文論集』 제4집, 경성대학교 국어국문학과, 1988.

鄭炳昱, 「三大時調集의 傳承體系 小考」, 『時調研究』 제1호, 1953.

曺圭益, 「安玟英論·歌曲史的 位相과 작품세계를 중심으로」, 『국어국문학』 제109호, 국어국문학회, 1993.

趙潤濟, 「歌曲源流 解題」, 『朝鮮語文學會報』 제5호, 1932.

_____, 「歷代歌集의 編纂意識에 대하여」, 『震檀學報』 제7호, 1935.

秦東赫, 「周翁 安玟英의 時調와 生活」, 『군자어문학』 제2집, 수도사범대학교, 1975.

黃淳九, 「安玟英의 時調文學考」, 『无涯梁柱東博士古稀紀念論文集』, 1972.

_____, 「歌曲源流 研究」, 『論文集』, 서일공전, 1982.

_____, 「原本 歌曲源流 補遺」, 『月河李泰極博士古稀紀念文集』, 1982.

_____, 「安玟英論」, 『現代時調』 1984년 봄호.

_____, 「安玟英論」, 『古時調作家論』, 한국시조학회, 1990.

_____, 「歌曲源流 研究」, 『時調生活』 제10호, 1991.

황인완, 「가곡원류의 이본 계열 연구」 고려대학교 박사학위 논문, 2007.

黃忠基, 「三大歌集과 瓶窩歌曲集의 對比考察」, 『국어국문학』 제70호, 1976.

_____, 「歌曲源流 編者에 대한 異見」, 『語文研究』 제50호, 1986.

_____, 「歌曲源流 編者에 관한 再檢討」, 『국어국문학』 제97호, 1987.

_____, 「安玟英論」, 『時調學論叢』 제5호, 韓國時調學會, 1989.

_____, 「歌曲源流에 대하여」, 『蠶新』 제1호, 잠신고등학교, 1992.

_____, 「歌曲源流 編者에 대한 이견 (2)」, 『어문연구』 제76호, 1992.

_____, 「歌曲源流 編者에 대한 異見 (3)」, 『어문연구』 제81, 82 합병호, 1994.

_____, 「歌曲源流 編者에 대한 異見 (4)」, 『歌曲源流에 관한 研究』, 1997.

_____, 「朴孝寬論」, 『歌曲源流에 관한 研究』, 1997.

_____, 「女唱歌謠錄의 傳承過程 考察」, 『時調學論叢』 제37집, 2012.

作者別 整理

* 괄호 안은 여창

作品別 整理

* 괄호 안은 여창